Anna Jansson

TOTENWACHE

Kriminalroman

Deutsch von
Eckehard Schultz

Rowohlt Taschenbuch Verlag

Die Originalausgabe erschien 2001 unter dem Titel
«Alla de stillsamma döda» bei Bokförlaget Prisma, Stockholm

2. Auflage November 2004

Deutsche Erstausgabe
Veröffentlicht im Rowohlt Taschenbuch Verlag,
Reinbek bei Hamburg, Mai 2004

Redaktion Julia Hesse
Umschlaggestaltung any.way, Barbara Hanke/Cordula Schmidt
(Foto: Premium)
Satz Quadraat PostScript PageMaker
bei Pinkuin Satz und Datentechnik, Berlin
Druck und Bindung Druckerei C. H. Beck, Nördlingen
Printed in Germany
ISBN 3 499 23401 7

Fragst du, Bruder, nach den Sterbenden,
deren Hütten zerfallen.
Rund um die feurige Insel des Lebens
branden kühlende Wogen.

Über der verpesteten Zelle des Gefangenen
glühen klar leuchtende Sterne.
– Dort sehe ich im funkelnden Glitzerschaum
alle die stillen Toten ...

Willst du wissen, wohin die Reise geht,
antworte ich auf deine Frage:
dort wo es keine Fragen mehr gibt
dämmern die tanzenden Wogen dahin.

Aus Nils Ferlins Gedichtsammlung
«Mit vielen farbigen Lampions»

I

Sie nimmt als Erstes das Grollen des Donners und einen ekelhaften Gestank nach menschlichem Kot wahr. Der Schmerz breitet sich im gleichen Maße in ihr aus, wie das Bewusstsein wiederkehrt. Heftig und stechend zwingt er sie zur Klarheit. Die Dunkelheit ist beinahe undurchdringlich. Über ihrem Kopf tanzt Licht wie ein schmaler Nebelstreifen. Wirklich über ihrem Kopf? Sie ist sich nicht sicher. Es bereitet ihr Schmerzen, sich auf den Lichtstreifen zu konzentrieren. Kriminalinspektorin Maria Wern macht einen Versuch, sich auf dem harten Zement aufzurichten, und übergibt sich. Die Bewegung schmerzt sie wie ein Schlag mit der Axt auf den Hinterkopf. Alles um sie herum dreht sich, bewegt sich wie in einem Blitzlichtgewitter auf und ab. Sie versucht, sich vorsichtiger zu erbrechen, ohne aufstoßen zu müssen. Im Mund brennt bittere Galle. Vorsichtig hebt Maria den Arm und streicht sich über den hämmernden Kopf. Die Hand wird feucht. Sie hält sich den Finger unter die Nase. Erkennt den Geruch des Blutes. Der Magen zieht sich zu einem neuen Krampf zusammen. Der Kopf explodiert, und sie fällt in das schützende Dunkel zurück.

Wie lange war sie bewusstlos? Sie weiß es nicht. Zwei Minuten? Vielleicht stundenlang? Der Regen trommelt laut, aber nur einzelne Tropfen fallen auf ihr Gesicht. Eine feuchte Kühle erfasst ihren Körper. Die Dunkelheit ist jetzt undurchdringlich. Maria reibt ihre Augen. Versucht in der totalen Finsternis, die sie umgibt, Konturen zu erahnen. Der Gestank ist unerträglich. Sie strengt sich an, sich zu erinnern. Das Chaos in ihrem Inneren zu ordnen. Sie weiß nicht, wo sie sich befindet. Angst beschleicht sie und windet sich wie eine glitschige Schlange den Rücken hinauf. Bilder von Krister und den Kindern kommen ihr in den Sinn, lassen sich aber nicht in einen Zusammenhang bringen. Sie werden von der Bedrohung weggewischt. Das Gefühl einer bevorstehenden Katastrophe wächst. Etwas, was sie vielleicht verhindern kann. Aber sie weiß nicht, was es ist.

Maria lässt die Hand über den Boden gleiten. Der fühlt sich kalt und rau an, wie Beton. Krister und die Kinder, wo sind sie? Wo ist sie selbst?

«Hallo! Hilfe, ist dort jemand?» Maria strengt die Stimme bis aufs Äußerste an. Der Ton, ein krächzender Laut, wird von den kalten unnachgiebigen Wänden verschluckt. Wie ist sie in dieses stinkende Gefängnis geraten?

«Hallo!» Vorsichtig streckt Maria ihre rechte Hand in der Dunkelheit aus und stößt gegen eine Wand aus Stein oder Beton. Sie spürt einen starken Druck auf die Blase, schafft es aber nicht aufzustehen. Ihre Hände tasten über ihren Körper, vorsichtig versucht sie festzustellen, ob etwas gebrochen ist. Die Wunde an ihrem Hinterkopf ist klebrig. Das Haar fühlt sich zwischen den Fingern steif an. Sie friert.

«Hilfe! Helft mir doch!» Draußen trommelt der Regen. Wellen brechen sich am Strand. Sie splittern wie Holzstücke an Steinen oder einem Bootssteg. Ruhelos. Das Grummeln des Donners verschluckt ihre Stimme. Krister und die Kinder, sind sie in Sicherheit? Maria kann nichts von dem, was mit ihr geschehen ist, rekonstruieren. Ein Donnerschlag lässt die Luft vibrieren. Ein Blitz flimmert durch einen dreigeteilten Spalt über ihr. Sekundenlang kann Maria ihr Gefängnis sehen. Sie hat das Gefühl, als ob sie sich in einem Bunker befindet. Links neben ihr liegt ein großes schwarzes Bündel auf dem Boden. Ein Mensch? Mit angehaltenem Atem wartet Maria auf den nächsten Blitzschlag. Der Donner entfernt sich immer mehr. Eine Ewigkeit vergeht, bis ein neuer Blitz aufleuchtet, aber er ist viel zu schwach, um den dunklen Raum zu erhellen. Krister? Ist das

Krister oder nicht? Maria streckt ihre linke Hand aus. Fühlt den Körper durch den Stoff, tastet nach dem Arm.

«Krister!» Sie findet seine Hand. Drückt sie ganz fest. «Krister, wo sind die Kinder? Wo sind Emil und Linda?» Die Hand ist so kalt. «Du musst aufwachen, Krister!» Maria versucht angestrengt, sich näher an ihn heranzuschieben. Versucht sich aufzurichten und mit der Hand über sein Gesicht zu streichen, ihn zu wecken. Er muss aufwachen! Muss aufwachen und erzählen, was geschehen ist. Die Kopfschmerzen sind unerträglich, lassen sie an nichts anderes denken. Zwingen sie, sich wieder mit der Wange auf den kalten Boden zu legen. Der Brechreiz drückt im Hals, kriecht unter die Haarwurzeln. Maria bekommt etwas zwischen die Finger. Es knirscht, wenn sie den Zeigefinger gegen den Daumen drückt, sie spürt ein Krabbeln am Hals und auf der Kopfhaut. Irgendwelche Insekten, vielleicht Asseln oder Ohrwürmer? Es kratzt sie am Rücken. Maria schüttelt sich angeekelt, sieht aber ein, dass sie es nicht schafft, den Arm noch einmal zu heben.

«Krister, du musst aufwachen! Ich liebe dich.» Seine Hand liegt schlaff in der ihren. Maria versucht sich mit letzter Kraft aufzurichten und verliert wieder das Bewusstsein.

Ein schwacher Lichtschein hat sich durch die zugenagelten Luken des Bunkers vorgetastet. Der Regen fällt immer noch und sammelt sich in den Vertiefungen des Bodens. Der Sturm knickt die Glockenblumen, Margeriten und knospenden Mädesüß, die zu Boden gedrückt auf der Strandwiese vor dem Betonbunker, einem Relikt aus dem letzten Krieg, liegen. Immer wieder fährt er über das Strandgras, das sich ungeschützt und ohne Möglichkeit zu entkommen den wütenden Windstößen beugen muss. Der Strand liegt einsam und leer vor dem dunkelgrünen dichten Fichtenwald.

Maria erwacht in jämmerlichem Zustand. Ihre Blase ist zum Bersten gefüllt. Im Kopf hämmert es. Kristers Hand ist so kalt und steif. Vorsichtig schlägt sie die Augen auf und blinzelt ins Licht. Starrt auf die Hand in ihrer Hand und den toten Mann neben sich. Mitten in ihrem entsetzten Schrei ist sie gezwungen, den Slip herunterzureißen und zu pinkeln. Instinktiv sucht sie die niedrigste Stelle und hockt sich dort hin, um nicht das Rinnsal auf dem Fußboden vor sich zu haben. Dicht an der Tür ist eine Vertiefung. Die ist schon vorher zum gleichen Zweck benutzt worden, ist voller Kot und Erbrochenem, und der Schmutz verbreitet einen fürchterlichen Gestank. Immer noch in der Hocke, versucht Maria die Stahltür aufzudrücken. Aber die Tür bewegt sich nicht. Sie ist mit dem Toten zusammen eingeschlossen. Die Wände kommen auf sie zu und bewegen sich auf allen Seiten nach innen. Die Luft bleibt ihr weg. Es besteht kein Zweifel, dass der Mann tot ist.

Wachsbleich und erschlafft ruht sein Kopf auf dem Boden. Die farblosen Lippen spannen sich über den Zähnen. Der Mund ist weit geöffnet, die Augen sind halb offen. Der Blick ist ins Unendliche gerichtet. Auf dem weißen Oberhemd liegt ein grüner Zweig. Maria reibt vorsichtig die schmalen Blätter zwischen ihren Fingern. Rosmarin. «Hier ist Rosmarin, der stärkt das Gedächtnis», sagt Ophelia zu Hamlet. Die Frau in dem Kräutergarten taucht aus dem Nebel auf, namenlos. Hat sie es nicht so gesagt? «Hier ist Rosmarin, der stärkt das Gedächtnis.»

Rosmarin zur Erinnerung an die Toten, so war das doch. Maria zwingt sich, den Toten anzusehen. Lachen und Schluchzen steigen zugleich aus ihrer Kehle. Vor Schreck und Erleichterung darüber, dass es nicht Krister ist, der da neben ihr liegt. Wie lange hat sie die Hand des Toten gehalten? Maria blickt auf ihre Hand, als ob sie ein fremder Gegenstand sei. Angstvoll klammert sie sich an Details, um die ganze Wahrheit verdrängen zu können. Das schüttere Haar des Mannes. Die braunen Sandalen. Der seidene Schlips nachlässig gebunden. Die schwarze staubige Hose. Sie steht auf und versucht mit aller Kraft gegen die Bretter zu treten, mit denen die drei Luken zugenagelt sind. Ganz unten gibt es einen beinahe zehn Zentimeter breiten Spalt. Wenn es ihr gelingt, die Bretter wegzudrücken, könnte sie sich durch eins der Löcher hindurchzwängen. Wieder ruft sie um Hilfe. Ihr Kopf zerspringt fast bei jeder Anstrengung. Das Schwindelgefühl nimmt zu. Ihre Stimme wird matt. Es ist sinnlos, gegen den Sturm anzuschreien. Der Mund fühlt sich herb und trocken an. Wie lange ist es her, dass sie etwas getrunken hat? Maria friert trotz der Fleecejacke. Noch einmal versucht sie die Tür aufzustoßen, ohne Erfolg. Der Platz, den sie sich mit dem Toten teilen muss, ist höchstens vier Quadratmeter groß. Sie zwingt sich wieder, dem Mann ins Gesicht zu sehen, und meint ihn zu erkennen. Vage kann sie sich erinnern, ihn früher schon einmal gesehen zu haben. Aber sein Name fällt ihr beim besten Willen nicht ein.

Langsam kommt die Dämmerung und verwischt die Gesichtszüge des Toten. Die Ecken des Bunkers verschwinden in der Dunkelheit. Maria Wern sucht fieberhaft in ihrem Gedächtnis, um ihre aussichtslose Situation zu verstehen: zusammen mit einem toten Mann in einem Bunker eingesperrt. Wer hat ihr auf den Hinterkopf geschlagen? Warum ist die Tür verschlossen? Warum lebt sie, nicht aber der Mann? Vielleicht muss der Mörder sie gar nicht selbst töten. Wie lange kann ein Mensch ohne Wasser durchhalten? Drei Tage? Wohl kaum mehr. Bei Wärme kürzere Zeit. Ebenso, wenn man sich erbricht. Sie setzt sich auf den Boden. Versucht ihre Kräfte zu sammeln. «Hier ist Rosmarin, der stärkt das Gedächtnis.» Die Frau in dem Kräutergarten. Maria strengt ihr Gedächtnis bis aufs Äußerste an, sucht nach Assoziationen und Bildern. Ein Donnerstag taucht aus dem Unterbewusstsein auf. Der Donnerstag, an dem sie Rosmarie Haag getroffen hat.

2

Sie hatten bereits zwei Monate in dem Haus in Kronviken gewohnt. Niemals hätte sie sich vorstellen können, dass da so viel Arbeit hineingesteckt werden musste. Im ersten Moment des Entzückens, als sie nur die guten Seiten und die Möglichkeiten gesehen hatten, war kein Platz für realistische Beurteilungen gewesen.

Das Bad hatte keine Duschkabine, nur eine entzückende blaue Badewanne auf vier Beinen, mit einem Gummischlauch, der behelfsmäßig an einen Wasserhahn angeschlossen werden konnte, wenn man duschen wollte. Aus den Hähnen kam entweder kochend heißes oder eiskaltes Wasser, man musste selbst nach Bedarf mischen. Höchst gefährlich im Hinblick auf die Kinder. Sämtliche Hähne brauchten neue Dichtungen. Alle achtzehn Fenster, auch die an der Veranda, hatten Innenfenster mit Watterollen dazwischen. Zum Putzen wurden sie herausgehoben und auf den Fußboden gestellt. Anschließend mussten sie wieder eingehängt, mit Bolzen und Schrauben befestigt und schließlich mit langen Streifen aus Papier verklebt werden, die vorher mit Wasser anzufeuchten waren. Maria konnte sich nicht erinnern, so etwas jemals vorher gesehen zu haben. Jedenfalls hatte sie sich nie Gedanken gemacht, welchen Aufwand das Putzen solcher Fenster erforderte.

In ihrer Phantasie hatte sie unbegrenzt Zeit und viel Geld gehabt, die sie in das Traumhaus investieren konnte. Neue Tapeten, neue Fußböden, ein neues Badezimmer. Eine Waschküche. Nicht mal eine Waschmaschine war vorhanden! Lediglich zwei Waschzuber hinter einem Vorhang und eine Wäscheleine draußen im Garten. Als sie damals den Kauf perfekt machten, hatte sie sich nicht träumen lassen, wie das einmal werden würde. Nein, sie hatte sich kopflos in das Haus verliebt, völlig überrumpelt von dem Kachelofen und der Glasveranda, dem alten

Holzherd in der Küche mit dem gemauerten Abzug und dem kleinen Treibhaus draußen gleich neben dem Kücheneingang. Krister hatte lange verschwiegen, dass er einen Feuchtigkeitsschaden im Keller entdeckt hatte. Er wollte seine Frau nicht mit solchen Kleinigkeiten belasten, wenn sie nun endlich richtig glücklich war, sagte er. Und weil sie das Haus so billig erstanden hatten, wollte er deswegen auch keinen Streit anfangen. Mit der Folge, dass sie alles aufgraben und die Drainage umlegen lassen mussten, und danach war das Geld alle. Also wirklich restlos aufgebraucht. Außerdem war der Heizkessel uralt und konnte jederzeit seinen Geist aufgeben.

Kurz vor Mittsommer war die Schwiegermutter erschienen und hatte ein Geschirr überreicht, das sie für das neue Heim gekauft hatte. Mehrmals wies sie darauf hin, dass das Geschirr 16 000 Kronen gekostet hatte, es war für eine Familie mit Kindern völlig nutzlos, konnte aber nicht umgetauscht werden. «Jedenfalls nicht, wenn man es sich nicht völlig mit ihr verderben will», darauf wies Krister mit Nachdruck hin. Und dabei blieb es. «Ihr kommt doch an Mittsommer zu uns?», hatte die Schwiegermutter gefragt, als Maria das Paket öffnete. Das Geschenk war offenbar nicht selbstlos gemacht worden, sondern als Bestechung. «Nein, wir haben uns vorgenommen, nach Uppsala zu fahren.» Und das hatten sie auch getan. Am Montag nach dem Mittsommerwochenende hatte die Schwiegermutter angerufen und war völlig außer sich gewesen. «Hier habe ich mit all den schönen Sachen sinnlos herumgesessen, Omeletts und Aufläufen, Torten und Keksen. Aber ihr seid nicht gekommen. Ihr vergesst uns alte Leute einfach.» Maria hatte sie darauf hingewiesen, dass sie ganz deutlich gesagt hatte, sie würden nicht kommen. «Gesagt und gesagt! Ich habe mir einfach nicht vorstellen können, dass ihr so rücksichtslos seid und uns am Mittsommerabend einfach sitzen lasst!» Gefühlsmäßige Erpressung nannte man so etwas! Das wäre Maria beinahe herausgerutscht, trotzdem hatte sie irgendwie ein schlechtes Gewissen.

Den ganzen Mittwochabend hatten sie bis zum Anbruch der Dunkelheit versucht, die Beete um das Haus herum nach dem Verlegen der Drainage wieder in Ordnung zu bringen. Maria Wern, Mitte dreißig, starrte kritisch auf ihre Nägel. Es war schwer, sie wieder sauber zu bekommen, wenn man am Abend vorher wie ein Maulwurf in der Erde gewühlt hatte. Sie trank einen ordentlichen Schluck Kaffee und überflog eine Anweisung der Polizeiverwaltung, in der es um problemorientiertes und strukturiertes Arbeiten ging. Um sechs Uhr hatte der Wecker geklingelt, nach knapp vier Stunden Schlaf. Um sieben hatte sie das Haus verlassen, um die Kinder in den Kindergarten zu bringen. Linda war im Auto schlecht geworden, und sie hatte sich auf den Rücksitz des Wagens erbrochen.

Maria zwirbelte ihren blonden Zopf mit der Hand und wickelte ihn zu einem Dutt zusammen. Die Augen brannten, als sie versuchte, sich auf den Text des Blattes vor ihr zu konzentrieren, die Buchstaben an ihren Plätzen zu lassen und daraus einen sinnvollen Zusammenhang zu lesen.

«Du hast Besuch», knisterte es aus dem Haustelefon. «Rosmarie Haag. Sie hat offenbar bereits mit Örjan Himberg telefoniert, möchte aber mit jemand anderem reden.» Darüber wunderte sich Maria überhaupt nicht. Das wollten alle, die mit Örjan Himberg gesprochen hatten. Bei der Kriminalpolizei war er ebenso beliebt wie eine Steuernachzahlung. Aber seit Jesper Ek nach einem Messerstich in den Bauch für längere Zeit krankgeschrieben worden war, hatte man sich gezwungen gesehen, jemanden von der Schutzpolizei auszuleihen. Und wen kommandierten sie ab? Natürlich Örjan! Örjan selbst war nicht gerade erfreut darüber, dass er seiner Lieblingsbeschäftigung nicht mehr nachgehen durfte: Autofahrer anzuhalten und deren Wagen zu kontrollieren. Schulmeisterlich und herrisch beschuldigte er seine Mitmenschen wegen schmutziger Nummernschilder, vermeintlichen Fahrens unter Alkoholeinfluss, eventuell zu schnellen Fahrens, nicht sauberer Scheinwerfer und nicht genehmigter Sonderausstattung. Jungen um die achtzehn ließ er niemals ohne genaue Untersuchung weiterfahren. Über die machte er sich mit einem Eifer her, der das gesamte übrige Rechtswesen in den Schatten stellte. Kristers Neffe war ihm in die Hände gefallen und imitierte gern, wie Örjan seinen Führerschein misstrauisch und ausführlich studiert hatte, wie bei einer Passkontrolle während des Krieges. Die jungen Leute hatten Örjan Himberg den Spitznamen Himmler verpasst.

Maria wurde in ihren Überlegungen durch ein vorsichtiges Klopfen an der Tür unterbrochen, und Arvidsson erschien mit ihrem Besuch. Die Frau, die in das Zimmer trat, stellte sich als Rosmarie Haag vor. Sie hielt sich kerzengerade. Das volle wellige rote Haar war mit einer Lederspange zum einem Knoten gebunden. Sie hatte große graue Augen, rund wie die einer jungen Katze. Das elegant geschnittene Kleid aus naturfarbenem Leinen hob auf diskrete Art und Weise ihre gutgeformte Figur hervor. Aber es sah warm aus, hatte lange Ärmel und war bis zum Hals zugeknöpft. Das sorgfältig geschminkte Gesicht wies die Tönung der ganzen braunroten Skala auf. Sicher wäre Örjan Himberg entgegenkommender gewesen, wenn er dieser Erscheinung Auge in Auge gegenübergestanden hätte, überlegte Maria zynisch.

«Mein Mann ist seit gestern Nacht verschwunden. Polizeiinspektor Himberg wollte mir einreden, dass Clarence unterwegs gewesen und gefeiert hätte und danach im falschen Bett gelandet ist. Das kann ich mir nicht vorstellen. Als ich zum dritten Mal anrief, wurde Polizeiinspektor Himberg unfreundlich. Ich habe ihn zu Hause angerufen, denn seine Schicht war heute Nacht um ein Uhr zu Ende. Ich weiß natürlich auch, dass das ungewöhnlich ist, aber ich wollte Klarheit haben, was geschehen ist. Himberg sagte, er würde mich in die spezielle Datei eintragen.» Maria kniff die Augen zusammen und holte tief Luft. Hoffentlich blieb es ihr erspart, der Frau zu erklären, dass diejenigen, die in die spezielle Datei eingetragen wurden, Menschen waren, die nicht unbedingt die Hilfe der Polizei brauchten, sondern eher eine andere Form von Beistand: ängstliche Trottel, die meinten, die Heizkörper in ihren Wohnungen strahlten giftige Gase ab, den einen oder anderen, der sich von außerirdischen Wesen belästigt fühlte, oder solche Mitbürger, die regelmäßig die Polizei anriefen und anzeigen wollten, dass die neunzigjährige im Rollstuhl sitzende Dame, die im Haus gegenüber wohnte, ein Bordell betrieb. Der Blitz sollte Örjan Himberg zur Strafe für seine Instinktlosigkeit treffen.

«Bitte setzen Sie sich. Wir wollen das einmal gründlich durchsprechen. Wie heißt Ihr Mann mit Nachnamen?»

«Haag. Er wollte gestern Abend zu einem Geschäftsessen fahren. Zwanzig Minuten nach sieben ist er mit dem Auto in die Stadt gefahren. Danach habe ich ihn nicht mehr gesehen.» Rosmarie wich ihrem Blick aus und biss sich auf die Unterlippe.

Es erstaunte Maria, dass die Frau eine so tiefe Stimme hatte. Sicher und wohlartikuliert, wie die Stimme einer ausgebildeten Fernsehreporterin, füllte sie den Raum bis in den letzten Winkel, ohne die Lautstärke eines normalen Gesprächs zu übersteigen. Mit solcher Stimme kann man alles behaupten und es glaubwürdig klingen lassen, überlegte Maria mit einem Anflug von Eifersucht. Wenn der feuchte Handschlag und das hastige, beinahe nervöse Lächeln nicht gewesen wären, hätte die Frau nach außen hin so unberührt vom Verschwinden ihres Mannes wirken können, als ob es sich um einen entflogenen Kanarienvogel handelte. Obwohl sie Himberg dreimal angerufen hatte! Eigenartig. Die Worte und die Körpersprache der Frau stimmten nicht mit ihrem Verhalten überein. Unter der ruhigen Oberfläche verbarg sich eine große Unsicherheit.

«Was ist Ihr Mann von Beruf?»

«Clarence ist Immobilienmakler. Er hat eine eigene Firma: ‹Haags Immobilien›, falls Sie davon schon mal gehört haben? Er wollte sich mit einem Kunden in der Goldenen Traube treffen. Es ging um eine wichtige Investition, hat er gesagt. Ich habe ein Foto mitgebracht.» Rosmarie grub in der zum Kleid passenden Handtasche. Die Hand zitterte leicht, als sie Maria die Fotografie zeigte. Maria fielen die Fingernägel auf, unter denen Erde war, und sie fand es sympathisch, dass die perfekte Fassade einen Sprung bekam. Willkommen im Kreis der Maulwürfe. Der rothaarige Mann auf dem Bild lächelte ihnen entgegen. Ein halb vergoldeter Zahn gab dem Gesicht ein leicht robustes Aussehen. Ein interessanter Kontrast zu dem eleganten braun gestreiften Anzug und der Brille mit dem goldenen Gestell. «Diesen Anzug trug er gestern Abend», ergänzte Rosmarie.

«Hat er gesagt, wann er wieder zu Hause sein wollte?»

«Nein. Aber um Mitternacht bin ich unruhig geworden und habe ein Taxi runter zur Goldenen Traube genommen. Die hatten bereits zwei Stunden vorher zugemacht. Alles war verschlossen und dunkel. Ich habe herumtelefoniert, ob eins der anderen Lokale am späten Sonntagabend noch aufhatte. Aber das Park-Restaurant schloss an diesem Abend um elf, und dort war er nicht gewesen. Vielleicht ist er mit dem Kunden zu ihm nach Hause gefahren? Er wollte sich eindeutig mit einem Mann treffen! Das hat er gesagt», betonte Rosmarie nachdrücklich. «Ich habe natürlich in seinem Kalender nachgesehen. Dort stand kein Name. Nur ‹Goldene Traube 19 Uhr›. Weder sein Kompagnon noch seine Sekretärin wissen, mit wem er sich treffen wollte. Die Goldene Traube macht heute nicht vor elf auf, und ich habe den Besitzer zu Hause nicht erreichen können. Es scheint so, als ob er den Telefonstecker herausgezogen hat. Sie müssen mir helfen.» Die runden Augen wurden noch runder und nun auch feucht. Mit den Tränen wurde das Bild der Frau klarer.

«Wir versuchen es nochmal am Telefon. Wenn er sich nicht meldet, schlage ich vor, dass wir zu ihm nach Hause fahren. Wir können im Auto weitersprechen.» Ein Lächeln erhellte Rosmaries Gesicht. Und schlagartig hatte sich ihre Erscheinung verändert. Mit ihren Lachgrübchen und den Sommersprossen sah sie aus wie ein kleines Schulmädchen.

Der Eigentümer der Goldenen Traube wohnte in einem der herrschaftlichen Häuser am Fluss nicht weit vom Stadtpark entfernt, die aus der Zeit der Jahrhundertwende stammten. Als sie über die Brücke fuhren, konnten sie kurz die riesige Terrasse mit eigenem Anleger und Segelboot sehen. Die große gepflegte Rasenfläche lag in der Sonne. Die Pergola war von zahlreichen Blumenkübeln und Kletterrosen eingerahmt und setzte sich mit einem weißen Zaun bis zum eingefriedeten Pool fort.

«Hat Ihr Mann besondere Kennzeichen, einen Leberfleck, Muttermale oder etwas anderes Spezielles?»

«Nein, Muttermale hat er nicht. Als Erstes wird man wohl auf den Goldzahn aufmerksam.»

«Wie ist er dazu gekommen?»

«Das war wohl eine Schlägerei, aber es ist lange her. Er hat sich den Zahn aus Gold ausgesucht, fand wohl, dass das chic aussieht.»

«Was könnte Ihrer Meinung nach geschehen sein? Wo kann er hin sein? Haben Sie schon darüber nachgedacht?»

«Wenn ich das wüsste, wäre ich nicht hier», antwortete Rosmarie mit ruhiger und sachlicher Stimme.

«Nein, natürlich nicht. War Ihr Mann schon mal nachts unterwegs, ohne von sich hören zu lassen?»

«Nein. Oder doch, als einmal ein Flugzeug verspätet war. Aber damals habe ich vom Flugplatz bestätigt bekommen, dass es sich um eine Verspätung handelte. Und letzten Herbst, aber das war nur ein dummes Missverständnis. Ich hatte mich im Tag geirrt. Darüber hinaus ist es in den fünf Jahren, in denen wir jetzt verheiratet sind, niemals vorgekommen. Ich habe auch bei der Notaufnahme im Krankenhaus angerufen, aber dort wurde kein Mann im Alter von fünfundvierzig Jahren eingeliefert. Wir müssen ihn finden. Es ist eine Qual, nicht zu wissen, wo er ist!»

«Ja, das ist es», bestätigte Maria und merkte, wie ihr das Atmen schwerer fiel. Es war erst ein halbes Jahr her, dass ihre Tochter Linda verschwunden gewesen war. Kriminalinspektorin Maria Wern wusste sehr wohl, was Ungewissheit bedeutete.

Der Besitzer der Goldenen Traube, der auch der Oberkellner war, trug einen Pyjama, als er seine Haustür öffnete. Auf seiner behaarten Brust prangte eine dicke goldene Kette. Das lockige braune Haar mit den leicht silberfarbenen Schläfen war zurückgekämmt. Ein Duft von Old Spice schlug ihnen entgegen. Damit nicht genug. Ehe Maria sich versah, wurde ihr die Hand geküsst. Beinahe wäre sie vor Schreck rückwärts durch die Tür gestolpert. Für Rosmarie war das offenbar ganz alltäglich. Sie streckte höflich die Hand aus, und das wurde gebührend gewürdigt.

Mit einem unterwürfigen Lächeln wies der Oberkellner die Damen in seine Musterküche. Maria fiel ein uralter James-Bond-Film ein, den sie zusammen mit Krister gesehen hatte, nachdem er endlich zugegeben hatte, dass Liebesfilme ihn langweilten. Mr. Bond hatte überall in seiner Küche Kupfertöpfe, hohe und flache, reihenweise frisch geputzte und blitzende Kochtöpfe, Kasserollen, Restaurantpfannen, Soßenschüsseln und Servierplatten. Als sie das Kino verließen, hatte Maria nur einen Gedanken: Wer putzt all die Töpfe für Mr. Bond? Sich James selbst mit gestreifter Schürze vorzustellen, mit einem Putzmittel und einem weichen hellblauen Stofffetzen, der von einer ausgedienten Jeans stammte, würde wohl jedem Bond-Liebhaber Verdauungsprobleme bereiten. Die gleiche Frage hing in dem blendenden Küchentempel des Oberkellners in der Luft. Wer putzt das alles?

«Was darf ich den Damen anbieten? Kaffee, Espresso, Cappuccino? Vielleicht einen Toast mit Ei?» Der Oberkellner schlief offenbar mit dem Bestellblock in der Hand.

«Kaffee, sehr gern, danke.» Rosmarie Haag antwortete für sie beide.

Gerüchteweise war der Besitzer der Goldenen Traube ein Mann mit einer großen Schwäche für hübsche Frauen, je üppiger, umso besser. Soweit man wusste, war er immer Junggeselle gewesen. Als sie alle drei dasaßen und frühstückten, kam Maria in den Sinn, dass der Oberkellner wohl niemals seine Frauen nach Hause gehen ließ, ohne dass sie ein reichhaltiges Frühstück bekommen hatten. Sonst wäre sein guter Ruf infrage gestellt worden. Es schien ihm auch kein bisschen peinlich zu sein, dass er im Pyjama auftrat, was auf eine gewisse Routine schließen ließ.

«Erkennen Sie ihn?» Maria reichte ihm das Foto von Clarence Haag hinüber. Der Oberkellner zog seine Brille aus der monogrammgeschmückten Pyjamatasche und sah sich den Mann mit dem Goldzahn einen Augenblick an.

«Selbstverständlich! Einer meiner Stammkunden. Nimmt öfter Geschäftsfreunde mit in mein Restaurant. Ich kann mir beinahe vorstellen, warum Sie hier sind. Aber das muss ich ganz offen sagen, Männer sind nun mal Männer, und ein Unglück geschieht so leicht. Das kommt in den besten Familien vor. Deshalb ist es klug, wenn man jeden Tag seine eigene Plage haben lässt.»

«Was meinen Sie», Rosmarie schnappte nach Luft. «Ist denn ein Unfall passiert?»

«Ein Unglück kommt selten allein, und deshalb sitzen ja nun Sie beide hier», scherzte der Oberkellner in einem schwachen Versuch, die Stimmung zu retten. «Er hat wohl etwas zu kräftig ins Glas geguckt, der gute Clarence, so was passiert nun mal. Muss man kein großes Theater draus machen. Es sind schon ganz andere als Freund Clarence nach solchen Mischungen umgekippt.»

«Ins Glas geguckt? Was meinen Sie damit, hat Clarence Alkohol getrunken, bis er betrunken war?»

«Na klar, Blumenwasser war das bestimmt nicht», antwortete der Oberkellner und zog die Augenbrauen hoch.

«Das glaube ich nicht. Er muss krank gewesen sein, sehr krank. Clarence trinkt so gut wie keinen Alkohol. Er nimmt höchstens ein Glas Wein und nippt daran, wenn wir Gäste haben.»

«Armer Kerl», entfuhr es dem Oberkellner mit einem Seufzer. Es war nicht klar, ob er Clarence bedauerte, weil der von seiner Ehefrau so kurz gehalten wurde, oder ob er den erbärmlichen Zustand meinte, in dem sich der Mann am gestrigen Abend befunden hatte.

«Wollen Sie uns bitte genau erzählen, was gestern vorgefallen ist?», bat Maria. Der Oberkellner reckte sich, als er feststellte, dass der informelle Teil des Gesprächs beendet war und er jetzt einem Repräsentanten des Rechtswesens seine Beobachtungen schildern sollte.

«Clarence hatte einen Tisch für sieben Uhr bestellt, seinen üblichen Platz. Sein Gast, irgendein Künstlertyp mit Sportmütze, dunkler Brille und Lederhandschuhen, kam ungefähr Viertel nach sieben.» Der Oberkellner spuckte das Wort Sportmütze so aus, dass niemand im Unklaren darüber bleiben konnte, was er von einer solchen Kopfbedeckung bei Tisch hielt. «Sie bestellten beide Hering und Schnaps dazu. Deutlich mehr Schnäpse als Heringe, will ich meinen. Dann ließen sie mich das Steak nach Art des Hauses empfehlen, selbstverständlich schwedisches Fleisch, mit Gorgonzola und in Scheiben geschnittenen Champignons in Rotweinsoße. Dazu bestellten sie zwei Flaschen Rotwein: Chateau Olivier 1989, einen feinen Jahrgang.

Hinterher habe ich gesehen, dass beide in dem Essen nur herumgestochert haben. Ich muss Ihnen ehrlich sagen, das hat mich enttäuscht. Dieses Gericht ist immer ein Erfolg. Zum Kaffee tranken die Herren Cognac. Danach wurde dem guten Clarence übel. Der Mann mit der Sportmütze folgte ihm hinaus auf die Straße. Er hielt sein Taschentuch auf Clarence' Mund gedrückt, um ihn daran zu hindern, sich auf den Fußboden zu erbrechen, bevor sie hinauskamen, nehme ich an. Gutes Reaktionsvermögen, das muss ich sagen. Da konnte ich ihm die Sache mit der Sportmütze beinahe verzeihen. Die Rechnung wurde bar bezahlt. Das Geld lag auf dem Tisch. Der genaue Betrag, keine Öre Trinkgeld. Clarence ist sonst sehr großzügig mit Trinkgeldern, deshalb hat sicher der andere bezahlt, auf die Öre genau. Ich bin ihnen bis an die Tür nachgegangen, um zu sehen, ob ich ihnen behilflich sein konnte. Aber da saßen sie bereits im Auto. Einem blauen BMW. Sie bogen zur Umgehungsstraße ab. Ich konnte nicht mehr sehen, wer von den beiden fuhr. Aber das kann wohl kaum Clarence gewesen sein, das versteht sich von selbst.»

«Das Auto von Clarence ist immer noch verschwunden. Es ist ein blauer BMW», erklärte Rosmarie mit beherrschter Stimme. Maria schrieb sich die Autonummer auf und nahm ihr Handy, wählte die Nummer von Kriminalinspektor Hartman und erklärte die Situation.

«Wir fahnden umgehend nach dem Wagen», sagte sie, nachdem das Gespräch beendet war.

«Wenn der Mann am Lenkrad nicht nüchtern war, kann das Auto ja in irgendeinem Graben liegen. Clarence kann ja nicht der Fahrer gewesen sein. Er war ja anscheinend krank. Wie schnell kann sich eine Lebensmittelvergiftung bemerkbar machen?», fragte Rosmarie und fasste sich an den Hals.

«Nein, jetzt muss ich aber protestieren! Wir verwenden nur erstklassige Rohwaren in meinem Restaurant, alles andere ist unvorstellbar. Zu behaupten, dass einer meiner Gäste sich eine Lebensmittelvergiftung zugezogen hat, ist eine grobe Beleidigung.» Der Mann im Pyjama bekam ein hochrotes Gesicht.

«Entschuldigen Sie, ich wollte Ihnen nicht zu nahe treten. Ich kann mir nur nicht vorstellen, dass Clarence etwas getrunken hat. Ich will es einfach nicht glauben.» Rosmarie fuhr sich mit den Fingern durchs Haar, sodass der Knoten im Genick sich löste und die roten Locken auf ihre Schultern fielen. «Zu Hause haben wir einen Barschrank, damit er Geschäftsfreunden und Besuchern etwas anbieten kann. Er rührt nur selten selbst einen Tropfen an. Wenn ich mir mal ein Glas Wein genehmige, ohne dass wir Gäste haben, kann er den ganzen Abend über schlechter Laune sein. Clarence verabscheut angetrunkene Frauen.»

Einer der beiden muss nüchtern genug gewesen sein, um den Betrag auszurechnen und die Rechnung zu bezahlen, überlegte Maria im Stillen, und bedankte sich, als der Oberkellner die Kaffeekanne in ihre Richtung hielt.

Rosmarie Haag wurde nach Hause gefahren, um von dort aus Verwandte und Freunde anzurufen. Ihr Mann hatte dem Kalender nach eine Verabredung um 9.30 Uhr und eine Hausbesichtigung um 11.00 Uhr. Nachmittags wollte er den Zug hinunter nach Stockholm nehmen. So war es vor mehr als einer Woche verabredet worden. Als sie vor Rosmarie Haags Haus anhielten, ging Maria auf, dass sie vor «Rosmaries Kräutergarten» standen, einer Gärtnerei mit Kräutergarten und Gaststätte halbwegs zwischen dem Campingplatz am Kronviken und der Stadt. Maria war hier täglich vorbeigekommen, seit sie in das gelbe Haus gezogen waren, und sie war mehrmals drauf und dran gewesen, abzubiegen und einzukaufen, hatte es aber bleiben lassen, weil sie erst abwarten wollten, was denn auf ihrem Grundstück alles zum Vorschein kam, wenn die Schneewehen endlich geschmolzen waren. Dann hatten sie aber, wie gesagt, erst mal eine neue Drainage legen müssen.

«Ich wusste gar nicht, dass Sie diese Rosmarie sind», lächelte Maria. «Ich schaue nach der Arbeit vorbei, wenn wir nicht schon vorher erfahren haben, was passiert ist.» Sie reichte ihr einen Zettel mit ihrer Durchwahl.

«Rufen Sie mich an, wenn Sie etwas Neues erfahren haben. Haben Sie jemanden, der bei Ihnen sein kann, jemanden, der Ihnen behilflich sein kann?»

«Mein Vater, er wohnt in dem kleinen roten Häuschen am Hang. Aber ich glaube nicht, dass er mir eine große Stütze ist. Er und Clarence können nicht miteinander. Niemand würde sich mehr darüber freuen als er, wenn Clarence für immer verschwinden würde. Ich sage das, wie es ist, obwohl er mein eigener Vater ist.»

«Was hat er gegen Clarence?»

«Eigentlich alles. Nein, ich bin nicht allein. Das Personal hier fängt um neun an. Ist schon in Ordnung. Wir hören voneinander.» Rosmarie seufzte tief und machte sich eilig auf den Weg. Erleichtert, weil sie ihren Auftrag ausgeführt hatte? Maria hatte zum wiederholten Mal das Gefühl einander widersprechender Signale.

3

«Du bist also den ganzen Vormittag über weg gewesen, hast ein feudales Frühstück gegessen und Rosmaries Kräutergarten besichtigt. Mit der Absicht, Blumen für den eigenen Garten zu kaufen, kann ich mir vorstellen. Mehr hast du also während dieser Arbeitsstunden nicht geschafft? Vielleicht hast du noch einen Termin beim Friseur verabredet, oder die Maniküre bestellt?» Kommissar Ragnarssons eng stehende Augen fixierten Maria. Die nicht angesteckte Zigarette unter der Oberlippe wippte im Takt, als er sprach. Wie ein ganz kleiner Taktstock, überlegte Maria und versuchte ihr Lächeln halbwegs zu verbergen. «Hier wird lang und breit darüber geklagt, dass wir zu wenig Leute haben und zu geringe Mittel, dass wir unterbesetzt sind und auf dem Zahnfleisch gehen, und dann hat diese Frau da», Ragnarsson zeigte bösartig auf Maria, «die Dreistigkeit und spielt den ganzen Vormittag Kindergarten. Warst du nicht mit deinen Schreibarbeiten im Rückstand, mit Vorgängen, die morgen an die Staatsanwaltschaft gehen sollen? Hattest du nicht so was gesagt?»

«Das schaffe ich schon. Wir wissen noch nicht, was Clarence Haag passiert ist», erwiderte Maria, ohne seinem Blick auch nur einen Millimeter auszuweichen.

«Nein. Und wir wollen dankbar sein, wenn wir drum herum kommen. Wahrscheinlich sitzt er besoffen irgendwo draußen im Wald, und dann können wir nur froh sein, wenn er keinen Verkehrsunfall verursacht hat. Oder, und das ist wahrscheinlicher, er ist im Suff mit der richtigen Dame im falschen Bett gelandet, und dann ist es ebenfalls nicht unsere Aufgabe, die Angelegenheit aufzuklären. Verstanden! Ein Ehemann muss ein Recht auf sein Privatleben haben! Kann Wern das nicht begreifen?»

«Aufrichtig gesagt, nein. Nicht wenn er die Hilfe der Polizei braucht, um nach Hause zu finden. Ich frage mich, wer der Mann mit der Sportmütze gewesen sein kann. Einer von den beiden war nüchtern genug, um die Zeche auszurechnen und auf die Öre genau zu bezahlen.»

«Einer von denen war nüchtern! Meinst du wirklich, dass einer von denen nüchtern war?! Soll ich lachen oder weinen? Ist es nicht bald Zeit für die große neurologische Untersuchung? Sieh dir Himberg hier an und lerne, wie man Schwerpunkte setzt. Die Frau ruft ihn an und sagt, dass ihr Mann verschwunden ist. Himberg ist ein ERFAHRENER Polizist. Er WEISS, dass Ehemänner in 99 von 100 Fällen wie Märzkater in der Dämmerung auftauchen, um sich nach den Anstrengungen der Nacht auszuschlafen.» Örjan Himbergs breites Lächeln strahlte vor Selbstgefälligkeit. Zufrieden über das Lob, das ihm zuteil wurde.

«Ich kann dir noch so das eine oder andere beibringen, Mädel», sagte er mit lässiger Stimme und ließ seinen Blick unzweideutig über Marias Körper wandern.

«Dann möchte ich wissen, in welcher Absicht ein Polizist mit der speziellen Datei drohen sollte? Du hast da vielleicht deine eigene Homepage, die du Rosmarie Haag zeigen wolltest? ‹Örjans romantisches Plätzchen?›»

Kriminalinspektor Arvidsson, der lange versucht hatte, sich auf die Tageszeitung zu konzentrieren, erhob sich in voller Länge. Sah sich um mit einem Blick, der alles sagte, und verließ den Aufenthaltsraum. «Tollhaus!», hörten sie ihn murmeln, bevor er die Tür hinter sich schloss.

Musste das Leben so fürchterlich kompliziert sein? Arvidsson sank an seinem Schreibtisch zusammen und stützte den Kopf in seine hohlen Hände. Er seufzte laut. Er hätte etwas zu Marias Verteidigung sagen müssen, aber das war eben unmöglich, ohne dass er rot wurde. Verdammt, wie er seinen Körper hasste, der alles verriet. Das Hemd war unter den Achseln feucht vom Schweiß. Wie konnte er mit Maria tagsüber ganz normal zusammenarbeiten, wenn sie nachts die Frau seiner schlaflosen Träume war? Allein der Gedanke an ihre schlanken Fußgelenke war erregend, ebenso die langen hellen Haare, die manchmal, wenn sie hochgesteckt waren, den unwiderstehlichen Nacken entblößten. Wenn sie lachte, bekam er Gänsehaut, so schön war sie! Wie konnte er neben so einem Geschöpf leben, ohne es berühren zu dürfen?

Sie hatte zwei kleine Kinder, den fünfjährigen Emil und die zweijährige Linda. Das nahm ihm neben dem EDV-Berater Krister Wern jede Chance. Wenn nicht die Kinder gewesen wären, hätte er wohl allen Mut zusammengenommen und wäre irgendwann in die Offensive gegangen. Jetzt hieß es einfach, sich zusammenzunehmen, auch wenn er dadurch langweilig und steif wirkte. Arvidsson biss sich auf die Innenseite der Backen. Wurde es schlimmer, dann hielt er es hier nicht länger aus. Ihm blieb dann nur die Möglichkeit, sich versetzen zu lassen.

Bis zur Mittagspause kümmerte sich Maria um die Papierstapel auf ihrem Schreibtisch, beinahe vierzig Vorgänge, von denen statistisch gesehen nur etwa zehn dem Staatsanwalt zur Beurteilung vorgelegt wurden. Etwa drei Viertel der Anzeigen, die erstattet wurden, mussten aus Mangel an Beweisen zu den Akten gelegt werden. Entmutigend und manchmal auch peinlich. Als Ermittler hat man meist nur die Möglichkeit, sich mit dem Anzeigenden nach einem Monat oder noch später in Verbindung zu setzen, sofern nicht jemand physisch verletzt worden ist. Die Spuren sind kalt. Die Zeugen können sich nicht mehr erinnern. Man könnte sich viele Stunden Arbeit ersparen, wenn sofort nach der Anzeige eine gründliche Untersuchung des Tatortes stattfinden würde. Nervöses Warten und viele ungeduldige Anrufe könnten vermieden werden. Eine Zeitersparnis sowohl für den Anzeigenden als auch für die Polizei. Aber um das zu schaffen, durfte man nicht im Rückstand sein. Der Gedanke, vorbeugend zu arbeiten, wenn man nicht mal die laufenden Arbeiten schaffte, war erst recht unrealistisch. Maria nahm die obersten Vorgänge vom Stapel: ein Einbruch in einem Sommerhaus, Trunkenheit und Missbrauch in Videvägen, ein weiterer Einbruch in Bredströms Juweliergeschäft und als Sahnestück obendrein der Versuch, böhmische Wüstenmäuse über das Internet zu verkaufen. Man sollte meinen, dass der Käufer beim Wort Wüste in Zusammenhang mit Böhmen reagiert haben müsste, aber das war nicht der Fall gewesen. Der gutgläubige Käufer hatte seine Lieferung mit Mäusen erhalten, war gebissen worden und hatte ein schweres Nierenleiden, Nephropathia epidemica, bekommen. So stand es im Laborbericht der Infektionsklinik. Dort war zu lesen, dass es sich um den Biss einer gewöhnlichen Wühlmaus handelte. Diese Art von Nierenleiden war andererseits durchaus ungewöhnlich und nicht zu bagatellisieren. Sie konnte neben Fieber auch zu Koagulationsstörungen und Nierenversagen führen, was für den Patienten dann Intensivstation bedeutete. Der Erkrankte forderte Schadenersatz. In diesem Zusammenhang hatte die Mutter des von den Wühlmäusen Gebissenen die Untiere als Beweismaterial mit auf die

Polizeiwache in Kronköping gebracht. Ragnarsson hatte schadenfroh entschieden, dass Maria sich der Frau und der Pelztiere annehmen musste. Sicher in der Hoffnung, dass sie Angst vor Mäusen hatte. Maria war von den langen gelben Zähnen der Tiere fasziniert gewesen. Die sahen alle aus wie Kettenraucher. Aber sie schüttelte sich, als sie an die Löcher dachte, die sich an den Außenwänden ihres Hauses befanden. Vorher hatte sie sich deswegen keine Gedanken gemacht, aber jetzt ging ihr auf, dass es Wühlmauslöcher sein konnten. Was war, wenn Emil und Linda gebissen wurden?

Hin und wieder wanderten ihre Gedanken zu Clarence Haag. Aber das Telefon blieb still und es kamen auch keine Mitteilungen über die Haussprechanlage. Auch wenn sie sich immer noch über Himberg ärgerte, musste sie zugeben, dass Ragnarsson in gewisser Weise Recht hatte. Sie hatte aus einem spontanen Gefühl heraus gehandelt. Begründet sicherlich durch die entsetzlichen Stunden damals, als ihre Tochter Linda verschwunden war. Stunden der Ungewissheit. Das normale Verfahren, wenn ein Mann nach einem Restaurantbesuch verschwindet, ist natürlich abwarten und mal sehen, was nach einem Tag daraus geworden ist. Trotzdem spürte Maria ganz deutlich, dass es sich hier um etwas anderes als einen normalen Fehltritt nach einem durchzechten Abend handelte. Das Problem war nur, wie sie diesen Standpunkt Ragnarsson gegenüber erklären sollte.

«Das sagen sie doch immer: Ja, der Clarence, der passt beim Alkohol sehr auf. Und dann, wenn der Ehemann wieder auftaucht, kommt heraus, dass er alles getan hat, was man ihm nie zugetraut hätte», meinte der Kommissar. Nein, in diesem Punkt verließ sie sich mehr auf Rosmarie Haag als auf ihren Chef. Rosmarie schien sich irgendwie mehr wegen des Trinkens, das man ihrem Mann unterstellte, Sorgen zu machen, als wegen seines Verschwindens an sich.

Während der Mittagspause befand sich Maria Wern daher im elegantesten Restaurant der Stadt, in der Goldenen Traube. Sie hatte sich das Tagesmenü bestellt, das billigste, ein Bauernfrühstück für 85 Kronen, und das riss trotzdem ein ordentliches Loch in die schmale Brieftasche. Der Oberkellner höchstpersönlich war zur Stelle und führte sie an den Tisch, an dem Clarence Haag und der Mann mit der Mütze am Abend vorher gesessen hatten. Clarence mit dem Rücken zur Tür und der Mann mit der Mütze ihm gegenüber. Neben dem Tisch standen, um den Platz ein wenig hübsch zu machen und Abstand von den anderen Tischen zu schaffen, ein kleinblättriger Gummibaum in einem großen Topf und daneben zwei Exemplare einer kleineren Palme, deren Namen Maria nicht kannte. Die Töpfe standen in riesigen Terrakottaschalen direkt hinter dem Stuhl des Mützenmannes. Das Blumenwasser des Gummibaums sah eher rot als erdfarben aus. Maria steckte den Finger hinein und roch daran. Sie war verwirrt und probierte die Flüssigkeit. Zweifellos Rotwein! Es musste auch eine größere Menge gewesen sein, wenn die Flüssigkeit durch die ganze Blumenerde gesickert war und trotzdem die Schale füllte. Warum hatten die Herren so teuren Wein bestellt und ihn dann in die Blumenerde geschüttet? Einer armen Kriminalinspektorin gab so etwas zu denken. Warum hatte der Mützenmann Clarence ein Taschentuch vor den Mund gehalten, wenn der sich gar nicht übergeben wollte? Was konnte den Grundstücksmakler Clarence Haag veranlasst haben, eine solche Behandlung zu akzeptieren? War das irgendein Scherz? Was kann man in einem Taschentuch verstecken? Eine Pistole? Eine kleine Browning kann durchaus in der Hand unter einem Taschentuch verborgen werden. Mit einer solchen Theorie zu Kommissar Ragnarsson zu kommen könnte natürlich das Todesurteil bedeuten. Es konnte ja auch so sein, dass den Herren der Jahrgangswein des Oberkellners nicht geschmeckt hatte und sie ihn heimlich weggegossen hatten, um den Mann nicht zu kränken. Maria nahm mit ihrem Dessertlöffel ein wenig von der Blumenerde auf ihren Teller und verteilte sie in kleine spitze Haufen. Hackte die Haufen auseinander und glättete sie. Der Mann am Tisch neben ihr beobachtete interessiert ihre Arbeit.

«Mit dem Servieren dauert es hier immer ein Weilchen, aber ich kann garantieren, dass sich das Warten lohnt», lächelte er aufmunternd. Maria lächelte zurück.

«So was passiert, wenn man in anderen Umständen ist, man sehnt sich nach Mörtel und allem Möglichen.» Eigentlich wusste sie nicht, warum ihr das gerade einfiel. Aber sie hatte nicht geschwindelt. Sie hatte nicht gesagt, dass sie selbst in anderen Umständen war, lediglich dass dann so etwas vorkam.

«Ich weiß, wie das ist. Als meine Lebensgefährtin ein Kind erwartete, musste ich mitten in der Nacht rausgehen und salzige Lakritze kaufen.»

Das Bauernfrühstück wurde auf einem angewärmten Teller serviert. Für 85 Kronen hätte die rote Bete mindestens in Scheiben geschnitten oder flambiert sein können, fand Maria und legte sich die Leinenserviette auf die Knie.

Auf der Kühlschranktür im Aufenthaltsraum, dem offiziellen schwarzen Brett, hing eine Einladung zur Feier des vierzigsten Geburtstages von Kriminalinspektor Jesper Ek. Grillfest im Grünen, stand da. Sie hatte Ek einen Monat lang nicht gesehen. Beim letzten Mal, als sie ihn in seiner Zweizimmerwohnung in der Grönsångargatan besuchten, hatte er im Vertrauen gesagt, dass er daran dächte, seine Kündigung einzureichen. Er hätte sich noch nicht endgültig entschlossen, aber er tendiere dazu. «Als Zwanzigjähriger ist man unverletzlich. Später holt einen der Ernst des Lebens ein. Ich will ein normales Leben führen, nicht vorzeitig sterben oder wie ein Paket in der Rehaklinik liegen, nur weil es jemandem eingefallen ist, mir ein Messer in den Bauch zu stechen. Nicht für 18 000 im Monat.»

«Du bist wohl kaum der Bezahlung wegen Polizist geworden», hatte Hartman entgegnet. «Irgendwann musst du doch der Meinung gewesen sein, dass es eine vernünftige Lebensaufgabe, ein sinnvoller Beruf ist.» Da hatte Ek gelacht, wie es nur Jesper Ek konnte, mit dem ganzen Körper, ohne schützendes Netz. «Ich will die Wahrheit sagen, die ganze Wahrheit und nichts als die Wahrheit. Ich bin Polizist geworden, weil ich hinter einer Frau her war, die gerade ihren Aufnahmeantrag für die Polizeischule eingeschickt hatte. Was für eine Frau! Sie war zwar verlobt, aber das habe ich nicht als besonders großes Hindernis betrachtet. Das Problem war, dass ich angenommen wurde, sie aber nicht. So sah das aus. Erst im Laufe der Jahre hat mir die Arbeit dann etwas bedeutet. Aber jetzt bin ich eben ein ängstlicher Polizist, und ein ängstlicher Polizist ist kein guter Polizist und auch kein guter Mensch, mit dem man gern zusammenleben will.»

«Ich habe auch manchmal Angst gehabt. Das haben alle. Wie du schon sagst, das kommt mit den Jahren, wenn die Unverletzlichkeit dich im Stich lässt und die Wirklichkeit sich meldet. Ich möchte, dass du weißt, dass du ein guter Polizist bist, Ek.» So hatte er das gesagt, der gute alte Hartman, und Ek hatte sich entschlossen, noch einmal gründlich zu überlegen, ehe er irgendein Papier einreichte. Maria drückte die Daumen. Möge Ek wieder zum Dienst kommen und Örjan Himberg zur Schutzpolizei zurückversetzt werden.

Die Sonne brannte durch das Fenster in Marias Büro, das daher schon um zehn Uhr kochend heiß war. Es war ein Raum, der sich wegen ungenügender Isolierung dem Wechsel der Jahreszeiten anpasste. Im Winter war er eiskalt und zugig, im Herbst konnte man nicht hinaussehen, weil die weinroten Blätter des Blutahorns gegen die Scheiben geklatscht wurden, und im Sommer kam man sich wie in einem Treibhaus vor. Maria schaltete den Computer ein und zog die Vorhänge zu, um auf dem Bildschirm überhaupt etwas sehen zu können. Clarence Haag war im Laufe der Jahre an einer Reihe von Zivilprozessen beteiligt gewesen, aber nie wegen eines Verbrechens verurteilt worden. Im Verkehrsregister war nichts zu holen. Ihm gehörte ein BMW, und alles hatte seine Ordnung. Rosmarie Haag war desto häufiger im Verkehr aufgefallen, darüber hinaus fand sich aber nichts. Maria stand auf und öffnete das Fenster. Die Luft stand still. Nachdem sie noch eine Weile gesucht hatte, fand sie eine Anzeige, die Rosmarie Haag vor etwas mehr als zwei Monaten erstattet hatte. Es ging um Diebstahl und Beschädigung. Jemand hatte im Kräutergarten Pflanzen ausgegraben. Täter unbekannt, stand in Örjan Himbergs knappem Bericht.

Maria rief den Kindergarten an und ließ ausrichten, dass sie spät kommen würde. Eigentlich hatte sie vorgehabt, Überstunden abzubummeln, um drei Uhr Schluss zu machen und den Nachmittag mit den Kindern am Strand zu verbringen. Aber jetzt war sie mit dem Papierkram im Verzug und außerdem hatte Krister angerufen und sie gebeten, Dichtungen für die Wasserhähne zu kaufen, er selbst würde es unmöglich schaffen, vor Ladenschluss in ein Sanitärgeschäft zu kommen. Außerdem waren die Milch und der Käse alle, vom Toilettenpapier war nur noch eine angebrochene Rolle da und der Schadenexperte der Versicherungsgesellschaft wollte baldmöglichst angerufen werden. Und Emil mussten die Haare geschnitten werden, denn morgen sollte der Fotograf in den Kindergarten kommen. Zwei Mitglieder der Familie Wern würden deswegen ziemlich ungnädig werden. Hoffentlich ließen sie sich mit einem Eis besänftigen.

Clarence Haags Kompagnon, Odd Molin, hatte sich auf die Anfrage von Himberg aus Stockholm gemeldet. Er klang ziemlich aggressiv. Maria musste den Hörer ein ganzes Stück vom Ohr weg halten. Clarence war zu keiner der für diesen Tag verabredeten Besprechungen erschienen.

«Ist vermutlich Rosmarie, die ihn zugrunde gerichtet hat», behauptete Odd mit bissiger Stimme.

«Wie meinen Sie das?»

«Er ist wahrscheinlich auf seinem Posten mit dem Spaten in der Hand zusammengebrochen. Seiner geliebten Rosmarie würde er ja nichts abschlagen. Winkt sie mit dem kleinen Finger, dann vergisst er alles andere um sich herum. Wenn Rosmarie irgendwo hin will, fährt er sie, obwohl sie selbst einen Führerschein hat, und ist sie auf einem Fest, wartet er draußen im Auto bis lange nach Mitternacht.»

«Rosmarie weiß auch nicht, wo Clarence sich aufhält. Sie ist tief beunruhigt.»

«Beunruhigt, die! Die kümmert sich doch nur um ihr Gemüse», schnaubte Odd in den Hörer.

4

Der Volvo dampfte innen buchstäblich. Alle Fenster auf! Lindas nur notdürftig abgewischtes Erbrochenes hatte in der Wärme seinen vollen Gestank entfaltet. Das Lenkrad brannte in der Hand. Maria versuchte mit den Fingerspitzen zu lenken. Es war gar nicht daran zu denken, in der Stadt einzukaufen und dann die Milch im Auto sauer werden zu lassen, während sie Rosmarie besuchte, um dann anschließend die Kinder aus dem Kindergarten abzuholen. Einfacher wäre es allerdings gewesen, die Einkäufe ohne die Kinder zu erledigen. Die Hitze nahm ihr den Atem. Die Kleider klebten am Körper. Wenn das kein Tag für den Strand war!

Der Volvo zog eine Staubwolke hinter sich her, als sie bei Rosmaries Kräutergarten einparkte. Die Erde dampfte, und die Luft vibrierte in der Sonnenglut. Wie ein frisch gekneteter Butterteig ergoss sie sich an die frische Luft. Der leichte ablandige Wind strich wie eine schnurrende Katze um Marias nackten Beine. Sie zog ihren zerknitterten Baumwollrock zurecht und strich sich das Haar aus der Stirn.

Sowohl das Restaurant als auch das Wohnhaus waren aus Holz. Sie waren in einem rosa Farbton gestrichen und die Fensterrahmen in Hellgrün. Vermutlich von Monet inspiriert, fiel Maria ein. Sie war noch nie in Monets Garten gewesen, allenfalls in ihrer Phantasie, aber die Ähnlichkeit mit den Bildern, die sie gesehen hatte, war auffallend. Um den Restaurantbereich und den Kräutergarten herum lief eine niedrige Steinmauer, und darüber hingen Büsche von Heckenrosen, hellrosa und schwach duftend. Am Fuße der Mauer wuchs Lavendel, der so blau wie der Abendhimmel war. Weiter hinten konnte man die Reste der Gärtnerei, einen Pavillon, einen Seerosenteich mit einer Hängebrücke und das Wohnhaus mit einer hübschen grünen Veranda sehen. Maria ging auf das Restaurant und die Samenhandlung zu. Rosmarie kam ihr entgegen, sie trug jetzt eine Khakihose und einen weißen Rollkragenpullover mit langen Ärmeln. Das rote Haar war zu einem Pferdeschwanz gebunden. Kleine Locken hatten sich gelöst und flatterten in der Brise. Maria erkannte die Frage in ihren großen grauen Augen.

«Nichts, rein gar nichts.»

«Das Auto?»

«Ist noch nicht gefunden worden.»

«Kommen Sie, wir setzen uns in den Pavillon, wenn Sie einen Moment Zeit haben. Dort sind wir ungestört. Ich setze mich da hinein, wenn ich allein sein will. Möchten Sie etwas zu trinken haben?» Maria nickte dankbar, als sie den Korb an Rosmaries Arm entdeckte. Eine graue Angorakatze schlich in den Rosenbüschen neben ihnen her, erblickte einen Schmetterling und verließ ihr Versteck.

Der Pavillon war achtkantig, grün gestrichen und lag auf einem kleinen Hügel, im Schatten einer großen Eiche. Die Fenster waren hoch und liefen oben spitz zu, wie in einer Kirche. Am Hang wuchs Immergrün, Enzian und Efeu zwischen den runden weißen Steinen. Die Katze kam mit ihnen herein und sprang schnurrend auf Rosmaries Knie.

«Ich habe festgestellt, dass Sie vor einiger Zeit einen Diebstahl angezeigt haben.»

«Ich habe eigentlich nicht angerufen, weil Pflanzen verschwunden waren, sondern mich an die Polizei gewandt, weil ich Angst hatte. Damals habe ich ebenfalls mit diesem Himberg gesprochen. Ich habe ihm gesagt, dass ich seit etwa zwei Monaten den Eindruck hätte, ich würde von jemandem beobachtet. Ich hatte das sichere Gefühl, dass jemand vor dem Wohnzimmerfenster stand und mich ansah, wenn ich vor dem Fernseher saß. Manchmal habe ich die Terrassentür aufgemacht und versucht, hinaus ins Dunkel zu sehen. Einmal raschelte es und ich habe gesehen, wie sich die Jasminbüsche bewegten, obwohl es windstill war. Ein anderes Mal habe ich gemeint, dass jemand ‹Rosmarie› flüsterte, wie ein gepresster Schrei, sehr leise. Kaum hörbar.»

«Haben Sie eine Person gesehen? War es ein Mann oder eine Frau?»

«Also, ich kann nicht direkt sagen, dass ich jemanden gesehen habe. Das Ganze ist mir sehr unheimlich. Es kommt mir vor, als ob jemand mir etwas antun will. Clarence wurde wütend, weil ich die Polizei angerufen habe. Er fand, dass ich mich lächerlich mache. Polizeiinspektor Himberg war auch nicht gerade interessiert daran, was ich ihm sagen wollte. Er wurde richtig wütend, obwohl ich ihm, als er Konkreteres wissen wollte, von den Pflanzen erzählt habe, die im Garten ausgegraben worden sind. Blauer Eisenhut und gefleckter Schierling sind ja wohl konkret genug! Beide enthalten tödliche Gifte! Keine anderen Pflanzen sind verschwunden, nur Eisenhut und Schierling! Und die wuchsen nicht mal nebeneinander. Ich habe das ungute Gefühl, dass derjenige, der die Pflanzen mitgenommen hat, sehr wohl wusste, was er da ausgrub. Darauf habe ich Himberg mehrmals hingewiesen, aber da hörte er schon nicht mehr zu.»

«Und es kann niemand anderes in der Gärtnerei gewesen sein, der sie umgepflanzt hat?»

«Nein, warum sollte jemand das getan haben? Nein, ich glaube nicht. Im antiken Griechenland wurde mit dem Tode bestraft, wer Eisenhut und Schierling in seinem Garten anpflanzte. Wussten Sie das? Eisenhut führt langsam und sehr schmerzhaft zum Tode. Während Schierling zu jener Zeit von den Gerichten zur Vollstreckung der Todesstrafe genutzt wurde. Es ist überliefert, dass Sokrates gezwungen wurde, einen Giftbecher zu leeren, der Schierling enthielt. Das soll entsetzlich schlecht schmecken, man nimmt es also nicht versehentlich zu sich. Damals sah man das Austrinken des Giftbechers als eine würdige und humane Art der Hinrichtung an. Beinahe so ehrenvoll wie der Brauch der alten Römer, sich in ein heißes Bad zu legen und sich, umgeben von Angehörigen und Freunden, die Pulsadern aufzuschneiden. Eigenartig, wie sich die Normen auf diesem Gebiet verändert haben. Heutzutage wird uns beinahe das Recht auf den eigenen Tod genommen.» Maria hörte den Unterton und wartete auf eine Fortsetzung, die jedoch nicht kam.

Rosmarie goss mehr Holunderblütensaft in Marias Glas. Einen kurzen Augenblick lang überlegte Maria, ob es ein Giftbecher war, den sie da eben geleert hatte. Aber die kleinen Kümmelzwiebäcke auf der Schale sahen so appetitlich und harmlos aus, dass sie den Gedanken sofort beiseite schob.

«Wie ist das Verhältnis zwischen Ihnen und Ihrem Mann? Haben Sie sich gestritten?» Maria lehnte sich zurück. Vielleicht war die Frage sehr direkt, aber in diesem Zusammenhang musste sie erlaubt sein. Ein Schatten fiel über Rosmaries sahneweiße Haut, sie schien ausweichen zu wollen.

«Wir haben uns nicht gestritten. Wir streiten uns nie. Jeder kümmert sich um seine Angelegenheiten. Wir vertragen uns gut.»

«Lieben Sie ihn?» Maria stellte fest, wie Rosmarie mit der Frage kämpfte. Sie schien etwas sagen zu wollen, entschloss sich aber anders. Abwesend goss sie mehr Holunderblütensaft ein. Die Hand zitterte leicht, aber die Stimme war fest.

«Ist Liebe etwas anderes als ein Hormonstoß? Eine Eigenart der Natur, damit die Art weiterbesteht. Wir leben zusammen. Ich glaube nicht, dass es uns besser oder schlechter geht als anderen. Clarence kümmert sich um die wirtschaftliche Seite. Da brauche ich mir keinerlei Gedanken zu machen. Die Hausarbeit und der Kräutergarten sind meine Angelegenheiten. Zu streiten gibt es keinen Grund. Jeder von uns hat seinen Bereich.»

«Haben Sie Kinder?»

«Nein.» Die Antwort kam schnell und hart, als ob sie auf die Frage gewartet hatte. Sie schmerzte. Maria wartete einen Moment schweigend, gab Rosmarie Gelegenheit, ausführlicher zu antworten, wenn sie das beabsichtigte.

«Einmal hat es mich richtig erwischt, einige Monate war ich wahnsinnig verliebt. Der Appetit ist mir vergangen. Ich wurde schwanger. Er verschwand und ist nie wieder aufgetaucht. Im siebenten Monat habe ich das Kind verloren. Viele Jahre später tauchte Clarence auf. Er rettete den Kräutergarten und die Gärtnerei vor dem Konkurs. Wofür hätte ich noch weiterleben sollen, wenn man mir den Kräutergarten genommen hätte?»

Maria überließ sich eine Weile ihren Gedanken. Ließ den Blick über den Seerosenteich mit den großen weißen Blumen, den Trauerweiden und der Hängebrücke schweifen. Hier saß sie und sprach mit Rosmarie Haag, als ob sie sich ein Leben lang kannten. Die schöne unglückliche Rosmarie Haag. Maria stellte erstaunt fest, wie sehr sie sich über die Offenheit der Frau wunderte. Vielleicht deutete Rosmaries Freimütigkeit auf eine große Einsamkeit hin. Oder es war die Unruhe, die sie zu einem derartigen Bekenntnis trieb. Manchmal kann es sogar leichter sein, sich einem völlig Fremden anzuvertrauen. Maria kam nicht umhin, ihre eigene Ehe mit Krister mit der von Rosmarie zu vergleichen. Bei ihnen wechselten sich Streit und Glücklichsein ab wie Ebbe und Flut. Richtiger Streit erfordert gefühlsmäßiges Engagement, und natürlich liebte sie Krister. Er war zwar übergewichtig, hatte schon dünnes Haar, war total untrainiert und hoffnungslos eigensinnig, aber hinreißend. Absolut begehrenswert. Weshalb, konnte man sich fragen? Doch kaum, weil er der prachtvollste Mann war, mit dem sie Kinder haben wollte, wenn man nun weiter sachlich biologisch argumentierte. Ganz bestimmt nicht. Da ging es um ganz andere Qualitäten: Nähe und guten Willen. Vielleicht auch Humor. Gesehen werden, mit eigenen Augen sehen und sich trotzdem lieben. Nicht ohne Schwierigkeiten. Nicht ohne Zorn. Niemand kann einen Menschen so sehr verletzen, wie derjenige, den man liebt. Nicht mal Örjan Himberg oder Ragnarsson-Sturm konnten solche Gefühle der Ohnmacht und der Raserei in ihr wecken wie Krister. Beim besten Willen nicht, obwohl man ihnen lassen musste, dass sie sich große Mühe gaben.

«Sie wollen sich also einen Kräutergarten anlegen?» Rosmaries Stimme, die der Geschäftsfrau, unterbrach das Schweigen. Maria antwortete zustimmend und bekam gute Ratschläge über die Bodenvorbereitung, Bewässerung und den richtigen Platz im Garten. Bevor sie alles gründlich durchdenken konnte, hatte sie den Arm voll Thymian, Zitronenmelisse und Basilikum.

«Oregano ist leicht zu halten, der sät sich wie Unkraut aus, Basilikum ist etwas schwieriger. Es verträgt keinen Frost.» Maria rieb die Spitzen einer kleinen Pflanze mit langen nadelartigen Blättern zwischen den Fingern und sog das nach Kampfer duftende Aroma ein.

«Was ist denn das?»

«‹Das ist Rosmarin, das ist für die Treue›, sagte Ophelia zu Hamlet. Der ist nicht ganz leicht anzubauen. Verträgt ebenfalls keinen Frost. Ein altes Sprichwort besagt, wo die Frau dominiert, überlebt Rosmarin.»

«Dann hat es keinen großen Zweck.»

«Sagen Sie das nicht. Rosmarin wurde auch im alten Ägypten benutzt. Es war Sitte, dem Toten einen Zweig Rosmarin mit ins Grab zu legen. ‹Rosmarin zur Erinnerung›, sagte man. Das ist eine hübsche Pflanze. Der Name bedeutet so viel wie Meertau, Rosmarinus. Das passt gut zu Lammfleisch und Wild. Rosmarin kann ich Ihnen für Ihr Kräuterbeet nur empfehlen. Sie können die Pflanze als Zugabe bekommen, wenn Sie die anderen Kräuterpflanzen kaufen.»

Rosmarie kam mit zu ihrem Auto und hielt die Kofferraumklappe auf, damit Maria die Pflanzen hineinstellen konnte, ohne dass ihr die Klappe auf die Finger knallte. Krister hatte schon seit einiger Zeit versprochen, sie in Ordnung zu bringen. Seine Zwischenlösung war eine abgebrochene Angelrute, die davor als Zeltstange gedient hatte. Wo die eigentliche Stütze geblieben war, wusste sie nicht. Vielleicht war es der Stab, der vorübergehend als Unterkante des behelfsmäßigen Springrollos herhalten musste.

In Rosmaries Haltung war etwas Zögerliches zu spüren.

«Sie wollten nicht noch etwas anderes sagen?», versuchte Maria.

«Nein», antwortete Rosmarie hastig und drehte sich um.

5

Eine kluge Mutter lässt ihre Kinder das Eis nicht im Auto essen. Maria hatte es eilig und musste die Konsequenzen tragen. Linda, die es interessanter fand, das Eis vom Boden zu essen, es aber nicht schaffte, weil das Eis im heißen Auto zu schmelzen begann, schmierte mit den Resten die Seitenscheibe und die Armstützen voll. Milch kaufen, stand zuoberst auf der Einkaufsliste. Mit einem Stich ins Herz hatte Maria die Biomohrrüben zur Seite gelegt, damit das Geld für das Eis reichte. Ein schlechtes Gewissen hatte sie wegen des teuren Bauernfrühstücks sowieso. Hinein mit Emil zum Friseur, der wollte sich die Haare nicht schneiden lassen, ließ sich aber überreden, weil er während des Wartens einen Zeichentrickfilm ansehen durfte. Die Versicherungsgesellschaft anrufen und dann ins Geschäft für Sanitärbedarf. Die Kinder, die endlich aus dem heißen Auto steigen durften, wurden in der Kühle des klimatisierten Ladens munter. Zwischen den Klostühlen und Duschvorhängen liefen sie wild umher. Maria blickte sehnsüchtig auf die hübschen Ausstellungsstücke in Kirschholz, Teak und Walnuss. Die Messingteile glänzten. Die Schlange bis zur Bedienung war lang. Nur ein Verkäufer trotz dieses Hochbetriebs. Aber so ist das eben, auch die Angestellten in den Geschäften mussten Urlaub machen. Maria hatte vor, zusammen mit Krister im August vier Wochen frei zu nehmen.

«Ihr dürft nicht aus dem Geschäft laufen, das müsst ihr mir versprechen.» Die Kinder nickten gehorsam und verschwanden lachend wieder zwischen den Duschvorhängen. Es kam ihr so vor, als ob die ganze Stadt ausgerechnet heute gekommen war, um Einrichtungsgegenstände fürs Bad umzutauschen. Maria sah sich nach den Kindern um, konnte sie aber nicht entdecken.

«Leider, solche Wasserhähne haben wir schon seit vielen, vielen Jahren nicht mehr. Haben Sie sich mal überlegt, ob Sie die nicht gegen Einhandmischer auswechseln wollen?» Überlegt und überlegt, hier ging es um die raue Wirklichkeit: das Lebensnotwendige auf der einen und den Einhandmischer auf der anderen Seite. «Ich werde mal im Lager nachsehen», sagte der freundliche Verkäufer, als er Marias entnervten Gesichtsausdruck sah.

Und wo waren die Kinder? Maria stopfte die altertümlichen Dichtungen in die Tasche zurück und sah sich um. Emil lief durch die Gänge hinter einem gleichaltrigen Mädchen her, aber

Linda war nicht zu sehen. Maria spürte die Unruhe in ihrer Magengrube brennen. Sie eilte auf den Ausgang zu, blieb aber mit einem halberstickten NEIN stehen. Das durfte nicht wahr sein! Dort im Schaufenster auf einer ausgestellten Kloschüssel saß Linda mit heruntergezogenem Höschen und drückte mit aller Kraft. Maria hob ihr Kind hoch und sah sich das Resultat in der Toilettenschüssel an. Ein älteres Paar ging vorbei, zeigte auf Mutter und Kind und lachte fröhlich. Maria spürte, wie sie vor lauter Anspannung Kopfschmerzen bekam.

Nachdem Kind und Ausstellungsstück gereinigt waren, konnte sie ihre Fahrt nach Hause fortsetzen. Ein lauter Ton aus ihrem Handy ließ Maria in ihrem gestressten Zustand hochfahren. Krister hatte sich einen ganzen Abend Zeit genommen, um die kurze Melodie vom Auto des Eismanns einzuspielen, die jetzt als Signal zu hören war. Für sie war es immer ein Augenblick der Irritation, bevor sie dahinter kam, worum es sich bei dem Krach handelte.

«Hei, hier ist Rosmarie Haag. Entschuldigen Sie, wenn ich auf Ihrer privaten Nummer anrufe. Ich weiß nicht mehr, was ich machen soll. Ich traue mich nicht, im Haus zu bleiben, wenn Clarence nicht zu Hause ist. Wo mag er sein?», schniefte Rosmarie. «Bald wird es Abend. Ich habe Angst, im Haus allein zu bleiben, Angst davor, dass jemand, der sich im Garten versteckt, mich anstarrt.»

«Aber Sie haben nie jemanden gesehen?»

«Nein, es ist nur so ein Gefühl. Ein unangenehmes Gespür, als ob etwas da draußen ist. Das gleiche Gefühl sagt mir, dass Clarence tot ist. Auf seinem Kopfkissen lag ein Zweig Rosmarin, als ich hereinkam. Nur ich, Papa und Clarence haben einen Schlüssel zum Haus. Die Tür war abgeschlossen, genauso wie ich sie hinterlassen hatte, als wir zum Pavillon gingen und Kaffee getrunken haben. Jemand muss den Zweig hingelegt haben, als wir da draußen waren. Papa ist es nicht gewesen. Ich habe ihn gefragt. Logischerweise müsste Clarence es gewesen sein. Aber daran glaube ich nicht. Warum sollte er einen Zweig Rosmarin auf sein eigenes Kopfkissen legen? Gerade er, der selbst bei Tageslicht eine Rose nicht von einer Tulpe unterscheiden kann. Stellen Sie sich vor, Clarence ist tot und jemand hat seinen Schlüssel genommen und einen Zweig Rosmarin auf sein Bett gelegt. Ich kann hier einfach nicht allein bleiben. Können Sie nicht herkommen? Man hat doch das Recht auf Polizeischutz, wenn man bedroht wird», schniefte Rosmarie.

«Es tut mir Leid, aber die Bedrohung muss handfester sein als so etwas.» Maria fühlte sich hin und her gerissen. Rosmarie hörte sich so überzeugend an, auch wenn, was sie sagte, logisch gesehen nichts anderes als vage Spekulation war. «Frauen, die von einem Mann, der Heimverbot hat, misshandelt werden, können eine Alarmanlage erhalten, die direkt zur Polizei geschaltet ist. Aber ich vermute, in Ihrer Situation haben wir zu wenige Anhaltspunkte. Ich verstehe durchaus, dass Sie es nicht leicht haben, dass Clarence' Verschwinden Ihr Dasein völlig verändert hat. Wir werden alles unternehmen, um herauszufinden, was da geschehen ist. Können Sie nicht so lange bei Ihrem Vater wohnen oder eine Freundin bitten, bei Ihnen zu übernachten?» Maria versuchte sie zu beruhigen, so gut es ging, und verwies auf die Polizisten, die zur Zeit im Dienst waren, gleichzeitig mahnte sie die Kinder zur Ruhe, die sich auf dem Rücksitz kabbelten, weil sie mithören wollten, was Rosmarie am Telefon sagte. Hartman hatte Spätdienst, bei dem war die Frau jedenfalls in guten Händen.

Als Maria in die letzte Kurve zu dem gelben Haus in Kronviken einbog, blickte sie mit Sorge auf ihren Garten, in dem Kristers Busenfreund, Mayonnaise genannt, seine Rostlauben genau auf den Platz gestellt hatte, den sie sich für ihren Kräutergarten ausgesucht hatte. Als Maria am Mittwochabend nach Hause gekommen war, hatten sie da wie Überreste nach einem Krieg zwischen Schrottfirmen gestanden. Fünf rostige Volvo 240 und ein Saab. Das mit dem Busenfreund war Mayonnaises Auffassung. Krister konnte sich schwach erinnern, dass der Mann irgendwann in der Mittelstufe in seine Parallelklasse gegangen war. Später hatten sie gemeinsam eine Werkstatt gemietet, ein paar Jugendliche unter sich. Krister konnte sich daran erinnern, dass Mayonnaise dort eine Ecke gehabt hatte. Es war ein leer stehendes Gebäude gewesen, aber inzwischen war die Werkstatt abgerissen und an gleicher Stelle ein Lagerhaus gebaut worden. Eins der Autos gehörte gerüchteweise Krister, was der nicht dementieren konnte. Mayonnaise war davon überzeugt, dass die Autos mittelfristig einen hohen Sammlerwert haben würden, wenn sie bis dahin nicht verrostet waren. Krister war sich da unsicher. Warum die Autos nicht im Garten von Mayonnaise abgestellt werden konnten, war noch nicht ganz klar. Andeutungsweise hatte Maria munkeln hören, dass es um Jonna und Scheidung ging, und das schien ihr nur zu verständlich. In letzter Zeit hatte sich Mayonnaise in Marias Augen zum Sonntagsstörer entwickelt. Jeden Sonntag bei Wind und Wetter klingelte er an der Tür. Jedes Mal mit einem neuen Anliegen. In der Hinsicht fehlte es ihm nicht an Phantasie. Mit einem fröhlichen: «Na, wie läuft's, Krister? Du kannst doch nicht den ganzen Tag verschlafen!», erwartete er ein Sesam-öffne-dich. Danach wurde man ihn kaum noch los. Häufig hatte er seinen Sohn, Biffen, dabei. Ein Kind wie Karlsson vom Dach. Egoistisch und dominierend wie sein großes Vorbild, der Vater. Ein richtiges kleines Ekel, wenn man so etwas von einem Kind sagen durfte. Emil hatte ein wenig Angst vor ihm und hielt sich dicht an Krister, wenn Biffen auftauchte. Aber nicht genug mit den Schrottkisten, heute standen zwei neue Autos auf dem Parkplatz. Der weiße Saab von Schwiegermutter Gudrun und ein roter Renault, den sie nicht kannte. Einen Moment lang sehnte sich Maria zurück in ihr Büro. Die Schwiegermutter beobachtete die Straße, allerdings nicht sie allein. Neben sich hatte sie eine Freundin.

Die beiden saßen auf der Treppe wie eine träge dahinfließende groß geblümte Masse und warteten gierig darauf, hineingelassen und zu Kaffee und Kuchen eingeladen zu werden.

«Jetzt sehen wir uns erst mal das Haus an», hörte man Gudrun Werns krächzenden Sopran aus der Diele. «Wir wussten nicht recht, was wir heute unternehmen sollten, und da meinte Astrid, dass es doch ganz schön wäre, wenn wir hinaus in die Natur fahren würden. Ich habe einen Kardamomkuchen mitgebracht, da brauchst du nur noch Zimtsemmeln und Kekse herauszuholen.» Maria fiel das schmutzige Waschbecken in der Toilette ein, niemand war in der Lage gewesen, es nach dem nächtlichen Graben in den Beeten sauber zu machen. Und die Stapel von schmutzigem Geschirr in der Spüle. Eilig schloss sie die Tür zum Schlafzimmer, in dem Kristers Unterhosen dort lagen, wo er sie hatte fallen lassen.

«Heute passt es eigentlich nicht gut. Ich würde dich bitten, vorher anzurufen ...» Sie stieß auf taube Ohren. Gudrun Wern hatte bereits mit ihrer Führung begonnen und ließ sich so schnell nicht abfertigen.

«Und hier haben wir das Wohnzimmer. Wenn man diesen hässlichen Kachelofen herausreißt, wäre genügend Platz für einen Esstisch, dann brauchte man nicht draußen in der zugigen Veranda zu sitzen. Du kannst dir ja vorstellen, wie viel Qualm und Schmutz ein so altes Ding verbreitet. Und hier haben wir die Küche.» Maria flüsterte fünf, sechs hässliche Wörter in den Hibiskus, den sie von der Schwiegermutter geschenkt bekommen hatte, ging dann aber gehorsam in die Küche und setzte Kaffee auf, während sie gleichzeitig Würstchen für die Kinder heiß machte.

«Ja, heutzutage macht man es sich mit dem Kochen leicht. Immer nur Fertiggerichte. Als meine Jungen klein waren, war das was anderes. Da gab es Schweinefleisch mit Zwiebelsoße, Béchamelmohrrüben und Kartoffeln.» Die geblümte Masse nickte beifällig.

«Du hast wirklich Recht mit dem, was du sagst», stimmte Astrid, die kleine magere Frau mit dem spitzen Gesicht, zu.

«Krister hat sich heute verspätet, da müssen wir nehmen, was da ist, ich weiß nicht, was er zum Abendessen geplant hat.»

«Ja, er ist eben mit selbst gekochtem Essen aufgewachsen. Richtiger Hausmannskost! Für einen richtigen Mann gibt's nichts Besseres.»

«Er kann richtig gut kochen, dein Sohn. Das hat er wohl von dir gelernt, Gudrun», seufzte Maria, um dem Gerede ein Ende zu bereiten, und die Schwiegermutter schluckte den Köder mit Haut und Haaren. Plötzlich verschwanden die tadelnden Gesichtszüge, und die Frau leuchtete auf wie ein Vollmond. Sie drehte und wand sich genüsslich in ihrem Stuhl.

«Ach, das kann ich gar nicht glauben», lachte sie geschmeichelt. Doch die blumige Freundin stimmte mit ein:

«Aber sicher. Du bist da sehr tüchtig, Gudrun. Dein Kardamomkuchen, der stellt alles in den Schatten.» Das erinnerte Gudrun daran, dass sie gewisse Gastgeberpflichten hatte, und sie ging an den Kühlschrank, um die Kaffeesahne zu holen.

«Wo hast du die Sahne, Maria?»

«Tut mir Leid, von uns nimmt keiner Sahne in den Kaffee, deshalb haben wir keine gekauft. Man kann ja nicht wissen, wann man unangemeldeten Besuch bekommt.»

«Was ist denn das hier?» Gudrun stand mit einem kleinen Glas in der Hand da und öffnete den Deckel.

«Sieht aus wie Tapetenkleister.» Maria wurde dunkelrot im Gesicht und nahm der Schwiegermutter das Glas aus der Hand.

«Das ist tatsächlich Tapetenkleister.»

«Warum steht Kristers Name auf dem Glas?»

«Wahrscheinlich hat er das Glas in seinem Lunchpaket gehabt, für Senf oder Ketchup», log Maria.

«Ach ja, er ist so sparsam und ordentlich, der Krister. Für alles hat er Verwendung.» Gudrun lächelte ihrer Freundin zu.

Maria verschwand aus der Küche und schloss sich in die Toilette ein. Sie biss ins Handtuch, um nicht laut loszuschreien. Was ist Hausfriedensbruch? Was bedeutet Unverletzlichkeit des Privatlebens? So lauteten die Quizfragen heute Abend. Es kam ihr so vor, als ob die Kloakenratten die Weltherrschaft übernommen hatten! Die krochen in jede Ecke, quollen haufenweise aus dem Klo und nagten sich durch bis auf die blanken Knochen. Andererseits war sie doch ganz froh, dass Krister nicht schon nach Hause gekommen und gezwungen worden war, seiner Mutter und deren Anhang zu erklären, warum er eine Spermaprobe im Kühlschrank aufbewahrte. Irgendwie schien er sowieso bedrückt und traurig zu sein. Obwohl es seine Idee gewesen war, sich sterilisieren zu lassen, weil Maria die Pille nicht mehr vertrug. Er wollte nicht mal den Verband, der den ganzen Bauch bedeckte, abwickeln, um die Stiche von der Operation zu zeigen. Die letzten zwei Wochen hatte er auf seiner Seite mit dem Gesicht zur Wand geschlafen. Völlig unempfänglich für alle Annäherungsversuche. Maria überlegte bereits, ob sie ihre beste Freundin in Uppsala anrufen sollte. Karin arbeitete in der urologischen Abteilung, und sie konnte sie fragen, ob dieses Verhalten nach einer Sterilisation normal war. Eine Art von Depression. Man stelle sich vor, sie hätten danebengeschnitten und andere wichtige Funktionen verletzt. Die Studenten mussten ja bei jemandem üben, ehe sie fertige Ärzte waren.

«Hallo, Maria, bist du da drin?» Kristers fröhliche Stimme kam durch das Schlüsselloch. «Ach, Mädchen, habt ihr eure Sommerkleider angezogen und euch meinetwegen hübsch gemacht, oder wer ist der Glückliche?», scherzte er und löste damit bei den Damen allgemeine Heiterkeit aus. Eine simple Stimmungskanone, aber effektiv.

«Er ist so charmant, dein Sohn», kicherte Astrid.

Ein Fluchtweg weg von den Kloakenratten hatte sich aufgetan. Krister hatte einen Käufer für seine Rostlaube gefunden. Dann waren nur noch Mayonnaises fünf Autos abzutransportieren. Maria sollte in ihrem Volvo 740 hinterherfahren, um Krister wieder mit nach Hause zu bringen, wenn er den alten 240er übergeben hatte. Die Schwiegermutter versprach, währenddessen auf die Kinder aufzupassen. Ein Geben und ein Nehmen also. Bei einem unangemeldeten Besuch geht man das Risiko ein, unverhofft zum Babysitter zu werden.

6

«Meine Mama ist ein Engel und mein Vater ist Schlosser. Er weiß gar nicht, wie er ohne mich zurechtkommen würde. Ich habe eine Taube dort im Käfig. Die heißt Arrak. Ich habe sie gefragt: Wie heißt du denn? Und da hat sie gesagt: Arrak. Darum heißt sie Arrak.»

«Wie heißt du denn?», fragte Maria den Mann im Overall, der ihnen das Tor aufmachte, damit sie auf den Hof fahren konnten. Sie konnte sein Alter nicht schätzen, aber ohne Zweifel war er geistig behindert, Downsyndrom.

«Gustav Arne Herbert Hägg. Ich wohne hier und helfe meinem Papa, damit hier alles läuft. Ich bin 34 Jahre und kann Mundharmonika spielen, willst du mal hören?», fragte Gustav und schob die Brille auf der Nase hoch.

«Vielleicht nachher. Ist dein Papa drinnen?»

«Klar. Er ist im Schlafzimmer und holt Tauben heraus. Morgen ist Wettkampf bei der Brücke der Wichtelmännchen. Ivan ist auch da. Wir wollen Eierkuchen essen und Kaffee mit Schuss trinken. Ivan kann ‹Mutters kleiner Olle› auswendig und er kann wie Donald Duck sprechen. Er hat keine Nägel. Früher hatte er Klauen, aber die sind ihm mit einer Kneifzange ausgerissen worden. Einen Schnabel hat er nie gehabt.» Maria fragte sich im Stillen, ob Ivan ein Mensch oder ein Vogel war, ließ das aber auf sich beruhen und blickte auf die Uhr. Für jemanden, der ihn nicht kannte, war es nicht ganz leicht zu verstehen, was Gustav sagte, seine Zunge lag den Worten sozusagen im Wege.

Sie gingen den frisch geharkten Schotterweg entlang, vorbei an dem Rondell mit der Fahnenstange und hinauf zu dem kleinen grauen Haus, das mit Eternitplatten verkleidet war.

«Dein Papa will ein Auto von mir kaufen», sagte Krister.

«Er ist oben im Schlafzimmer. Wir haben Tauben im Schlafzimmer. Das ist so harmonisch.»

«Ist das harmonisch?», lächelte Maria zu dem schlitzäugigen und kurzgeschorenen Gustav.

«Ja, man kann die Tauben ansehen, wenn man einschlafen will, und sie ansehen, wenn man aufwacht. Und wenn es in der Nacht ganz still ist, hört man sie gurren.»

Und richtig. Als sie die Treppe hinaufgestolpert waren, auf der schmutzige Wäsche, Taubenkäfige und andere undefinierbare Dinge in wüsten Haufen übereinander lagen, konnten sie die Glaswand sehen, die den Schlafraum unter dem Dach in zwei Teile teilte, einen Schlafteil mit zwei hohen Bettgestellen in dunkler Eiche und einen Taubenschlag mit Glastür zum Schlafzimmer. Beide Betten waren so hingestellt worden, dass man die Tauben voll im Blick hatte, wenn man im Bett lag. Hinter der Glaswand hörte man ein gewaltiges Flattern und Gurren, wenn die Tauben aus ihren Nestern aufflogen. Zwei Tauben kämpften miteinander, sodass die Federn und der Taubenkot nur so umherflogen. Mehrere Vögel verließen ihre Sitzstangen und schwebten zum Fenster hinaus in den grauer werdenden Himmel. Mitten im Schlafzimmer stand ein großer Schreibtisch; die zwei Männer dahinter stellten sich als Egil Hägg und Ivan Sirén vor.

Die eine der kämpfenden Tauben hatte begonnen, der anderen auf den Kopf zu hacken. Egil klopfte an die Scheibe, und daraufhin ließen sie eine Weile voneinander ab.

«Es ist lächerlich, dass man die Taube als Friedenssymbol ausgewählt hat», lachte er vor sich hin. «Mir fällt kein anderes

Tier ein, das aggressiver ist und andere mehr tyrannisiert als dieser Vogel. Dagegen ist die Taube ein schönes Symbol für Treue. Sie leben in Paaren zusammen und sind ein Leben lang umeinander bemüht.» Sorgfältig studierten Ivan und Egil die Schwungfedern der Tauben, um festzulegen, welche Tiere morgen zum Wettkampf mitgenommen werden sollten. Noch standen zwei Käfige leer da. Männchen, deren Weibchen brüteten, waren die am stärksten motivierten Flieger, konnte Egil erklären. Gustav nahm seinen Arrak aus dem Transportkäfig, eine hübsche braune Taube mit weißen Schwungfedern und weißem Kopf. Sie sahen sich ähnlich, Vater und Sohn, wie sie da in ihren Overalls standen. Beide mit intensiv blauen Augen, stupsnasig und rundlich. Ivan Sirén war das genaue Gegenteil. Mit seinem langen weißen Haar und dem ergrauten Bart sah er aus wie ein Prophet, der nach vierzig Tagen Fasten und Mühsal aus der Wüste zurückgekommen ist. Ein magerer Typ, kein Weihnachtsmann. Von weitem hatte man den Eindruck, als ob er nicht weit vom Rentenalter sei, aber als Maria näher trat, sah sie, dass sein Gesicht ganz jung war. Möglicherweise war er im gleichen Alter wie Krister. Das war schwer zu sagen.

«Wie geht so ein Brieftaubenwettkampf vor sich?», wollte Krister wissen. Er war von Natur aus neugierig. Maria warf einen Blick auf die Uhr und dachte an die Schwiegermutter, die auf die Kinder aufpasste.

«Morgen früh bringen wir sie nach Sandåstrand. Da draußen gibt es eine hübsche alte Steinbrücke. Gustav pflegt den Platz die Brücke der Wichtelmännchen zu nennen. Um sieben Uhr morgen früh werden die Tauben frei gelassen. Alle, die an dem Wettkampf teilnehmen, haben eine Kontrolluhr. Um sicherzugehen, dass alle Uhren gleichgehen, trifft man sich vor dem Wettkampf und synchronisiert sie. Ivan lässt die Brieftauben fliegen, und ich und Gustav sind hier zu Hause und nehmen sie entgegen, wenn sie angeflogen kommen. Im Durchschnitt fliegen sie mit einer Geschwindigkeit von 70 Kilometern in der

Stunde. Aber der Geschwindigkeitsrekord liegt knapp unter 120. Dann, wenn Arrak angeflogen kommt ...» Egil lächelte Gustav zu, der seiner Taube stolz über den Rücken strich. «Wenn Arrak angeflogen kommt, landet er auf dem Dach unter dem offenen Fenster zum Taubenschlag. Manchmal spaziert er da auf und ab, während die Kontrolluhr weitertickt. Dann fällt ihm endlich ein, dass er sich ziemlich nach seinem Weibchen sehnt, und dann kommt er herein, sodass wir ihn fangen und ihm den Gummiring abnehmen können, den er um den einen Fuß hat. Der Ring wird dann in die Kontrolluhr gesteckt, und die markiert die Zeit. Später, wenn wir nach Schluss des Wettkampfes gemeinsam die Uhren aufmachen, wird die Fluggeschwindigkeit und die Durchschnittszeit jeder einzelnen Taube ausgerechnet.»

«Wie finden die nach Hause?» Maria sah die Begeisterung im Gesicht ihres Mannes und konnte sich vorstellen, dass er in seiner Phantasie bereits einen eigenen Taubenschlag entworfen hatte. Ihre einzige Hoffnung war, dass er nicht vorhatte, den ins Schlafzimmer einzubauen. Aber das konnte man nicht sicher vorhersagen. Sie selbst konnte nur mit Mühe das Harmonische an einer solchen Anordnung erkennen. Die ganze große Glaswand musste doch hin und wieder geputzt werden, oder nicht?

«Eine Brieftaube kehrt immer zu dem Platz zurück, an dem sie geboren ist. Die Tauben navigieren mithilfe eines Magnetfeldes. In der Nähe ihres Taubenschlages können sie auch ihren Geruchssinn nutzen. Ältere erfahrene Tauben nehmen auch Landmarken zu Hilfe. Ich weiß, dass man Experimente gemacht hat, indem man ein kleines Eisenstück am Kopf der Taube befestigt hat. Dann verfehlen sie die Richtung. In der Gegend um Uppsala herum gibt es starke Magnetfelder. Dort haben es die Brieftauben schwer, nach Hause zu finden.» Egil Hägg begutachtete die letzte Taube und setzte sie in den Käfig.

«So, ihr habt also ein Auto zu verkaufen. Wollen wir rausgehen und es uns ansehen, oder sollten wir erst Kaffee trinken? Gustav will Eierkuchen backen. Er ist ein Könner auf diesem Gebiet. Ich weiß nicht, wie ich ohne ihn auskommen sollte.» Gustav lächelte und seine fröhlich glänzenden Augen trafen sich sekundenlang mit den lachend blauen von Egil. Ivan, der noch kein Wort gesagt hatte, ja beinahe in der getönten Glasscheibe verschwunden war, räusperte sich:

«Bereits vor zweitausend Jahren haben die Ägypter Brieftauben eingesetzt. Julius Cäsar, Herrscher im Römerreich, nutzte Brieftauben im Krieg, um festzustellen, wie der Stand der Dinge in der Schlacht gegen die Gallier oder andere Feinde war. Es ist also ein sehr alter Sport.»

Krister ließ die Worte auf sich wirken. Ein Sport mit langer Geschichte, ein Sport, bei dem man nicht ins Schwitzen kam oder sich anstrengen musste – und trotzdem ein Sport. Nicht schlecht, sicher nicht schlecht. Hin und wieder hatte Krister sich gedrängt gefühlt, sich sportlich zu betätigen. Manchmal hatte er sich einen Ruck gegeben und versucht, die Erwartungen zu erfüllen, aber das war ja so grässlich anstrengend und schweißtreibend. Manchmal sogar schlicht schmerzhaft, wenn es vorbei war.

«Wir haben sie im Zweiten Weltkrieg auch eingesetzt, habe ich gehört. Irgendwo habe ich gelesen, dass für die Widerstandsorganisationen kistenweise Tauben an Fallschirmen abgeworfen wurden, damit die Briten informiert werden konnten, was in den besetzten Gebieten geschah.» Ivan nickte überrascht. Maria hatte schlimmste Befürchtungen: «Wir haben sie im Zweiten Weltkrieg eingesetzt!» Krister hatte an keinem Zweiten Weltkrieg teilgenommen, daher konnte «wir» nur «wir Brieftaubenbesitzer» bedeuten, und das hörte sich beunruhigend an.

Während sie im Schlaf- und Taubenzimmer der Familie Hägg gewesen waren, hatte der Himmel sich verdunkelt. Graue unfreundliche Wolken hatten sich wie Stahlwolle zusammengeballt und verdeckten den rötlichen Abschied der Abendsonne. Die Hitze waberte unter den Dachpfannen und wartete auf Entladung. Noch war es sehr warm. Maria fühlte sich aber wohl dabei, fast ein wenig glücklich. Für die Schrottkiste waren ihnen 2000 Kronen angeboten worden. 2000 Kronen konnten für eine Waschmaschine reichen, wenn man sie gebraucht auf eine Anzeige hin kaufte. Gleichzeitig konnte sie nicht verhindern, an das Geschirr zu denken, das sie von der Schwiegermutter geschenkt bekommen hatten, das 16 000-Kronen-Geschirr, die hässlichen kleinen Goldtassen, und was man stattdessen für so viel Geld alles hätte kaufen können.

Jetzt kam die Kaffeekanne auf den Tisch, nachdem die Teller von gestern, Zeitungen, Reklamezettel und ein Paar beinahe fertig gestopfte Strümpfe weggeräumt worden waren. Gustav rührte den Eierkuchenteig zu Beethovens C-Dur-Symphonie, die aus einem billigen Kassettenrecorder rauschte und knisterte. Mit dem Schneebesen dirigierte er ein unsichtbares Orchester. Die Musik lebte in seinem Körper von den Zehen bis hinauf zu den Haaren, die im Takt der Streicher hin und her flogen.

«Allegretto», lächelte er und nickte Egil süffisant zu.

«Ja, schauderhaft! Der Kerl soll ja taub gewesen sein, sagt Ivan. Hab ich mir schon lange gedacht. Solchen Lärm komponiert niemand mit normalem Gehör. Aber Gustav findet, dass die Sachen schön sind, also die von diesem Beethoven.»

Maria dachte an die Schwiegermutter und Astrid, die großblumige Heimsuchung. Vielleicht gingen die immer noch umher und sahen sich die Wollmäuse in den Ecken und die Spinnennetze an den Zimmerdecken an, oder sie hatten genug davon mitgekriegt und waren nach Hause gefahren. Krister fühlte sich in der Hägg'schen Küche unheimlich wohl und schien nicht verstehen zu wollen, als Maria diskret auf ihre Armbanduhr zeigte. Sollten hier Eierkuchen und Kaffee mit Schuss serviert werden, so war er jedenfalls kein Spielverderber.

Das Kaffeetrinken wurde praktiziert, wie es die Tradition erforderte: Ein Zuckerstück auf dem Boden der Tasse wurde mit Kaffee übergossen, sodass es nicht mehr zu sehen war. Dann wurde Schnaps aus einem Kanister darüber gegossen, senkrecht in die Tasse hinein, bis das Zuckerstück wieder zum Vorschein kam. Über die Herkunft des vermutlich selbst gebrannten Alkohols wollte Maria lieber im Unklaren gelassen werden.

«Wir hatten hier draußen Probleme mit einem Hühnerhabicht», erzählte Egil. «Vier Jungtauben hat er im Frühjahr erwischt und eine meiner besten Zuchttauben jetzt im Mai. Aber dann ist er verschwunden. Ein Hühnerhabicht kann ganz leicht die Kurve kratzen», sagte er mit einem verschmitzten Lächeln.

«Du meinst, ihr habt ihn erledigt?», fragte Krister. «Ich dachte, die ständen unter Naturschutz und man darf sie nicht schießen.»

«Das haben wir auch nicht gemacht.» Egil begann zu lachen, aus vollem Hals zu lachen. Mit dem Mund voller Eierkuchen prustete er los, sodass alle am Tisch ihren redlichen Teil abbekamen. Eine alte Narbe, die über seine linke Wange lief, nahm eine dunkelrote Farbe an. «Jetzt wissen wir jedenfalls, dass die Auspuffrohre an Ivans Audi tadellos funktionieren», brüllte er los. Ivan machte eine abwehrende Geste mit der Hand. Aber Egil übersah sie geflissentlich. Er wollte weitererzählen:

«Ich habe den Schlingel mit einem Käscher im Taubenhaus gefangen, als er da herumflatterte. Dann habe ich den Habicht in einen Plastiksack gestopft und den an das Auspuffrohr von Ivans Auto gebunden. Aber das brachte nichts. Der Katalysator war viel zu effektiv. Bei meinem alten Saab war das anders ...»

«Jetzt reicht es aber», unterbrach Ivan und fasste Egil an den Arm. Aber der ließ sich nicht bremsen.

«Er starb, als ich ihm eine Herzmassage verpasste. Die haben ein schwaches Brustbein, die Hühnerhabichte.»

Wie immer bei solchen Gelegenheiten, wenn Menschen darauf bestanden, in ihrer Ahnungslosigkeit ein Vergehen nach dem anderen zum Besten zu geben, wurde Maria wieder bewusst, dass es nicht ganz einfach war, Polizistin zu sein. Der Inhalt des kleinen Kanisters war niemals in der Nähe des staatlichen Alkoholladens gewesen, darauf konnte sie getrost ihre Leber verwetten, und jetzt wurde ihr auch noch diese Geschichte mit dem Hühnerhabicht serviert. Andererseits, wenn man auch noch in der Freizeit kleinlich alle Vergehen in seiner Umgebung zur Anzeige brachte, wäre man schnell sozial isoliert und nervlich am Ende.

«Gustav hat erzählt, dass du Schlosser bist, Egil.»

«Ich habe zwei Berufe. Eigentlich bin ich Fischer. Wir haben unten in der Bucht einen kleinen Kutter, *Marion II*. Ivan und Gustav fahren mit mir raus. Aber von der Fischerei kann man nicht leben. Nicht, wenn der Dorsch quer durchs Land gekarrt wird, um ihn zu vierkantigen Klötzen zu verarbeiten, und er dann auf dem gleichen Weg quer durchs Land zurück zu den Kunden kommt. In den letzten Jahren ist es hier draußen auch nichts mehr mit dem Fisch. Stell dir vor, als Gustav klein war, haben wir jede Menge Lachse gefangen. Jetzt habe ich schon seit fünfzehn Jahren keinen Lachs mehr im Kronviken gesehen. Mit dem Dorsch ist es auch bald zu Ende, und weiter runter im Süden haben sie Probleme mit der Algenblüte, einem rosalila Matsch, der auf die Strände zutreibt. Es sieht so aus, als ob die Ostsee kotzt. Wir selbst haben sie krank gemacht. Nein, zum Glück habe ich daneben die Schlosserei, sonst würden wir nicht rumkommen.»

«Und du, Ivan, was machst du?», wollte Krister wissen, und anpassungsfähig, wie er war, hatte er sich ebenso breitbeinig hingesetzt wie sein Gastgeber und sprach im gleichen Tonfall.

«Ich bin unfreiwillig Nerzfarmer geworden. Als mein Großvater den Löffel abgegeben hat, habe ich die Farm geerbt. Ich habe versucht, sie zu verkaufen, aber es ist schwer, einen Käufer zu finden. Besonders nach dem Sprengstoffattentat in der

Schlachterei am Neujahrstag. Ich habe bis jetzt nicht gehört, dass sie jemanden deswegen festgenommen hätten. Aber man verdächtigt Tierschutzaktivisten.» Maria versetzte ihrem Mann unter dem Tisch einen Tritt, damit er nicht sofort seiner vom Schnaps gelockerten Zunge freien Lauf ließ und zum Besten gab, dass seine Frau bei der Polizei war. «Sogar das Haus, also das Heim meiner Großeltern, ist schwer an den Mann zu bringen. Die Nerzfarm ist erst später dazugekommen, die Gebäude gehören also zusammen. An dem Haus hängen so viele Erinnerungen.»

Maria blickte Ivan verwundert an. Er war jetzt wirklich gesprächig geworden, obwohl er zu Beginn kaum auf Fragen geantwortet hatte.

«Die Haustür am vorderen, dem feinen Eingang hat verschiedenfarbiges Glas in den Vierecken: blaue, rote, gelbe, grüne und ungefärbte Scheiben. Als ich klein war und die Sonne durch das Fenster schien, fielen die Farben auf den Fußboden. Das sah aus wie eine große Palette. Wenn man sich ins Licht stellte, konnte man sich aussuchen, ob man eine rote Hand oder ein grünes Gesicht oder vielleicht einen blauen Fuß haben wollte. Man konnte aber auch in den Garten hinaussehen. Die Wirklichkeit beeinflussen, indem man die Betrachtungsweise wählte. Wir hatten ein weißes Huhn. Dieses Huhn glaubte sicher, es sei weiß. Konnte es sich meinetwegen einbilden, aber ich habe mir ausgesucht, wie ich es sehen wollte. Blau oder lila, vielleicht rot, aber niemals weiß. Dann wird man erwachsen, und nichts wird so, wie man sich das mal vorgestellt hat. Die meisten Alternativen schrumpfen wie Rosinen. Später, wenn man Bilanz zieht, kann man darüber nachdenken, ob man überhaupt eine Wahl hatte.»

Krister war zu Tränen gerührt. Seine Augen wurden immer feucht, wenn jemand ein Gedicht vorlas oder etwas Hübsches sagte, insbesondere wenn er schon etwas getrunken hatte.

«Du, Ivan, ich glaube, da ist jemand draußen beim Nerzhaus.» Egil schob den blau gestreiften Nylonvorhang mit seiner kräftigen Hand zur Seite und spähte hinaus in den Regen. «Tatsächlich, da draußen ist jemand.»

7

Dass Ivan in einem Fuchseisen festsaß, konnte man sich leicht vorstellen, als man sein Gebrüll hörte. Er stand hilflos auf der anderen Seite des Baches, der zwischen den beiden Gehöften dahinfloss. Krister kam ihm als Erster zu Hilfe. Mit einem kräftigen Griff öffnete er die Trittfalle. Die Zähne waren tief in Ivans Fußgelenk eingedrungen. Das Blut färbte den Strumpf rot, mischte sich mit dem Regenwasser der Pfütze. Ein Blitz fuhr über den Himmel und beleuchtete einen frisch geschriebenen Text an der roten Wand des Nerzstalles. In weißer Sprayfarbe konnte man lesen: MÖRDER, TIERQUÄLER! In großen kantigen Buchstaben.

«Das ist eine Sauerei!», prustete Egil, atemlos nach dem schnellen Laufen. «Wie geht es dir, Ivan?» Gustav starrte auf das Blut, das sich langsam über den Strumpfrand ausbreitete, wankte und schlug der Länge nach in das nasse Gras hin. Weit hinter dem Holzplatz startete ein Auto. Nur die Scheinwerfer konnten sie schwach erkennen, als der Wagen hinter der ersten Biegung der Landstraße verschwand. Maria machte einen Versuch, in Ivans Audi zu springen, um die Verfolgung aufzunehmen. Aber der Wagen war abgeschlossen. Der Schlüssel lag irgendwo im Haus. In seinem aufgeregten Zustand konnte Ivan nicht sagen, wo er zu finden war. Danach war es zu spät. Sie hatten nicht sehen können, wie das Auto aussah. Gestützt auf Krister und Maria, hinkte Ivan, der unfreiwillige Nerzfarmer, in sein Haus. Egil hatte Gustav auf die Beine gebracht, und der war schniefend unter die Flügel seines Vaters geschlüpft. Seine Brille war beschlagen.

Sie setzten sich in Ivans blitzsaubere Küche, in der die Zeitungen ihr eigenes Regal hatten und die Spüle wie ein windstiller See bei Mondschein glänzte. Nicht der kleinste Fleck, kein einziger Kratzer. Ivan selbst war sehr bleich und mitgenommen. Tränen, aber vielleicht auch der Regen gaben seinem Bart einen noch graueren Ton. Die Schultern zitterten leicht. Maria zog ihm vorsichtig den Strumpf aus und sah die Wunden an, die die Zähne des Fuchseisens geschlagen hatten, zentimetertiefe Hautlappen. Mit großem Nachdruck stieß Ivan hervor, dass er weder daran dachte, ins Krankenhaus zu fahren noch die Polizei zu rufen.

«Ein einziger Satz im Polizeifunk und wir haben die Presse hier. Nie im Leben lasse ich mich auf diese Weise lächerlich machen. Das reicht jetzt schon völlig aus. Schwer verkäuflich war die Farm auch vorher schon. Nach einer halben Seite in der Zeitung wird es unmöglich, einen anständigen Preis zu erzielen.» Maria bekannte Farbe und bat ihn darum, eine diskrete Untersuchung des Tatortes vornehmen zu dürfen. Morgen würde sie einen Techniker mitbringen, ohne dass darüber gleich groß geredet wurde. Ivan war sehr zögerlich, aber Maria hielt es für wichtig, der Sache nachzugehen.

«Seit dem Brand in einer Schlachterei haben wir die Geheimpolizei eingeschaltet. Damals ging der ganze Bürotrakt in Flammen auf. Die von der Geheimpolizei sind sehr daran interessiert, alle denkbaren Informationen über Vorfälle in diesem Zusammenhang zu bekommen. Wir werden das sehr diskret machen. Ich verspreche es. Was tun wir mit deinem Bein? Die Wunde muss doch irgendwie versorgt werden.»

«Da mach dir mal keine Sorgen. Das erledigt Ivan selbst. Der ist seit seiner Geburt noch nie im Krankenhaus gewesen. Selbstversorgung nennt man das. Er kann es. Er ist, wie man so sagt, ein Heilkundiger. Von seiner Sorte gibt es nicht mehr viele. Blut stillen und Infektionen heilen, das kann er. Das hat er von seinem Großvater geerbt. Gustav und ich gehen nie unnötig zum Arzt. Nicht solange wie wir Ivan haben.» Gustav nickte und blickte von Ivans Telefonblock auf, über dem er eine Weile gebrütet und auf den er etwas gekritzelt hatte. Stolz zeigte er Maria seine Zeichen. Keine Buchstaben, aber eine Art von Symbolen.

«Die hat Gustav sich selbst ausgedacht, damit er mir Briefe schreiben kann. Ich sage, es ist langweilig, immer nur Rechnungen zu bekommen, und dann schreibt Gustav mir einen Brief und legt ihn in den Briefkasten, zur Abwechslung mal kein brauner Umschlag. Er ist so pfiffig», schmunzelte Egil stolz. «Dieser runde Kopf mit den spitzen Ohren bedeutet Brücke der Wichtelmännchen, er meint damit den Platz, von dem aus wir morgen die Tauben starten lassen. Ein runder Ball mit Schnabel bedeutet Arrak, und wenn er nur einen runden Ball malt, meint er mich.» Gustav schielte eine ganze Weile zu Maria und malte dann ein Herz, dann sprang er auf, lief in die Diele und kam mit einer grauen Fleecejacke zurück.

«Du frierst. Es ist nicht gut, wenn man friert, dann kriegt man Schnupfen und es geht einem schlecht.»

«Du bist ja ein richtiger Gentleman, Gustav!»

«Ja, nimm sie nur», pflichtete Ivan bei. «Krister kann sie ja morgen wieder mitbringen, wenn er und die Kinder zu dem Brieftaubenwettkampf kommen.»

«Was meint Ivan jetzt damit?» Maria versuchte Augenkontakt mit ihrem Mann aufzunehmen.

«Ich nehme mir morgen Vormittag frei. Die Kinder werden es sicher sehr spannend finden, wenn sie bei einem Brieftaubenfliegen dabei sein dürfen. Dem letzten vor der Sommerpause. Danach tut sich nichts mehr vor September.»

«Die Kinder? Ich habe den Eindruck, als ob deren Vater nicht völlig uninteressiert ist.»

«Du bist also Polizistin?» Egil fuhr sich mit der Hand über

sein rundes Gesicht. «Dieser Makler, über den sie in der Zeitung schreiben. Habt ihr den schon gefunden? Das ist ein richtiger Scheißkerl!»

«Wie meinst du das?»

«Der hat meiner Schwester ihren Hof abgeluchst. Für rein gar nichts hat er ihn gekauft. Er war da und machte sich beliebt und bekannt. Scharwenzelte um sie herum, bis das Geschäft gelaufen war, danach hat sie ihn nicht mehr gesehen. Sie hätte mich um Rat fragen sollen, ehe sie verkaufte. Sicher hat er irgendwo das ganz große Geschäft gemacht und ist mit dem Geld verschwunden. Das habe ich mir gleich gedacht, als ich in der Zeitung davon las. Solche niederträchtigen Kerle müssen eingebuchtet werden.»

«Jetzt stehen hier nur noch Mayonnaises Rostlauben herum. Wann holt er die denn ab, was meinst du?», fragte Maria, als sie auf die Landstraße einbogen.

«Weiß nicht. Jonna hat ihm wohl ein Ultimatum gestellt.»

«Und wir? Warum haben wir das Nachsehen, wenn die sich einig sind? Wir müssen das jetzt mal angehen, Krister. Ich will einen Kräutergarten anlegen, und die Schrottautos stehen im Wege. Die verschandeln den ganzen Garten. Wenn du es ihm nicht sagst, werde ich es tun.»

Krister sah aus, als ob das eine blendende Lösung des Problems sei, und Maria hatte das Gefühl, als ob er mal wieder zu elegant dabei weggekommen war. Wie üblich.

«Warum wird er Mayonnaise genannt? Er wird doch sicher einen richtigen Namen haben.» Krister überlegte eine Weile. Dann lachte er.

«Ich glaube, es war in der sechsten Klasse, als wir die berühmte Maskerade hatten. Mayonnaise kam an, ohne sich verkleidet zu haben. Er hatte lediglich seine rundlichen Backen rot angemalt. ‹Als was gehst du denn, Manni? Was stellst du dar?›, haben wir ihn gefragt. Aber Manni schwieg nur und spitzte die

Lippen. ‹Sag schon, was los ist, Manni, du hast vergessen, dich zu verkleiden, gib es zu!› Aber Manfred antwortete nicht, und bald standen alle in einem Kreis um ihn herum. ‹Als was hast du dich verkleidet? Sag es uns jetzt!› Da drückte er beide Hände fest auf die rot angemalten Backen, sodass alle Mayonnaise, die er im Mund hatte in einem gleichmäßigen Strahl herausspritzte: ‹Pickel›, sagte er. Und nichts weiter. Eklig, aber imponierend! Nach dieser Maskerade hieß er nur noch Mayonnaise. Die meisten haben sicher längst vergessen, dass er eigentlich Manfred Magnusson heißt.»

In ihrem gelben Haus sah es kein bisschen anders aus, als Maria erwartet hatte. Nachdem sie die Schwiegermutter vier Stunden lang ohne Überwachung allein gelassen hatte, waren alle Schmuckgegenstände an andere Plätze gestellt worden. Kristers Unterhosen waren gebügelt und wieder in die Schublade gelegt worden, die Post war sortiert und kommentiert. In diesem Augenblick bedauerte Maria tief, dass sie nicht Tagebuch führte. Welch bombensichere Methode, um sich Gehör zu verschaffen. Niemals würde Gudrun widerstehen können, in dem Tagebuch zu lesen. Am besten lag es halb versteckt zwischen der Unterwäsche oder im Bad unter den Handtüchern. Die erste Seite könnte so anfangen: Liebes Tagebuch, liebe Schwiegermutter. Da du dir nun die Freiheit genommen hast, in meinem Tagebuch zu lesen, halte ich das für einen guten Anlass zu einem Gespräch darüber, wo die Grenze zu meiner Intimsphäre verlaufen soll. Gerade jetzt bist du zu weit gegangen! Viel zu weit! Von jetzt an will ich nicht, dass du deine neugierige Fratze hier sehen lässt, solange du nicht eingeladen bist. Denk bitte mal über die Wörter nach: EINGELADEN und PRIVATLEBEN.

Krister hatte sich sofort ins Bett gestürzt und schlief schon wie ein Toter, als Maria drei Minuten später unter die Bettdecke kroch. Mit der wertvollen Kenntnis seiner heimlichen Vorlieben versuchte sie ihn zu verführen, aber er stöhnte nur schwermütig und drehte sich zur Wand hin.

«Was ist mit dir los, Krister?»

«Ich bin müde, todmüde», fauchte er mürrisch und bohrte sich noch tiefer in die Matratze. Sein Körper war da ganz anderer Ansicht, dessen war sich Maria sicher.

«Sag doch, was los ist, Krister. Wir müssen darüber sprechen.»

«Ich will schlafen!», zischte er und warf sich herum auf den Bauch wie ein Hering in der Bratpfanne. Traurig und beunruhigt stand Maria auf und zog sich wieder an. Etwas stimmte hier doch nicht. Nur eine Viertelstunde vorher hatte er enthusiastisch von Brieftauben gesprochen und war unmittelbar danach direkt ins Bett gestolpert wie ein Marathonläufer über die Ziellinie.

Die Wolken waren weggeweht worden. Durch die Baumkronen blies ein leichter Wind. Im Mondschein trug Maria die beiden Waschzuber hinaus auf den Gartentisch und bearbeitete nach und nach den Wäscheberg, der sich angesammelt hatte, in der Hoffnung, dass morgen irgendetwas trocken und verwendbar war, denn jetzt waren die Schränke so gut wie leer. Es hätte schlimmer sein können. Sie brauchte das Waschwasser nicht auf dem Herd zu wärmen. Es hätte natürlich auch besser sein können. Maria dachte an Clarence Haag, der jetzt schon länger als einen Tag verschwunden war. An Rosmarie, die allein in ihrem großen Haus saß. Sicher war sie jetzt wach und zermarterte sich ihr Gehirn. Vielleicht ging sie ruhelos von Zimmer zu Zimmer und spähte hinaus in die Dunkelheit. Sicher suchte sie zwischen Clarence' Sachen, um eine Erklärung für das zu finden, was geschehen war. Plötzlich fielen Maria die Pflanzen im Auto ein. Sie öffnete die Kofferraumklappe und leuchtete mit der Taschenlampe hinein. Da im Dunkel welkten Thymian,

Basilikum und Rosmarin vor sich hin. Rosmarin, um sich zu erinnern.

Sie waren am Bach entlang spazieren gegangen. Er hatte Rosmaries kleine Hand in seiner kräftigen Faust gehalten, sie umschlossen. Die Kälte hatte auf der Haut gebrannt, aber er hatte keine Handschuhe anziehen wollen. Ihre Hand war so warm und weich. Das war die Zeit, bevor das Böse gekommen war. Eine kurze Zeit des Glücks. In einem anderen Leben. Vielleicht hatte diese Zeit ihm gar nicht gehört. War nur eine Anleihe. Es kam ihm unwirklich vor, an jene Zeit zu denken, wie ein flimmernder schwarzweißer Amateurfilm. Die Zeit vor dem Bösen, als er noch heil und ganz war und etwas anderes als Bitterkeit empfinden konnte. Die Zeit, bevor die guten warmen Gefühle in ihrem Fluss vor Kälte erstarrt waren.

Das Wasser war gefroren. Raureif glitzerte an den nackten Ästen der Bäume und kniff in die Wangen. Er hatte sich herabgebeugt und die weiße durchsichtige Haut auf ihrer Stirn geküsst. Ihre Wärme an seinen vor Kälte steifen Lippen gespürt. Sein Gesicht in ihrem Haar geborgen. Da sahen sie in einiger Entfernung den Rehbock. Regungslos mit den Vorderfüßen unten auf dem Eis. Der Kopf mit dem prächtigen Geweih vornübergeneigt, bereit zum Kampf. Das Tier hatte sich nicht bewegt, als sie näher kamen. Lauschte nicht auf ihre knirschenden Schritte, als sie durch den verkrusteten Schnee liefen. Kleine Silberschuppen glitzerten in seinem Fell. Rosmarie sah es zuerst: dass er tot war, dass die Beine in das Eis eingebrochen waren. In aufrechter Stellung war er erfroren und zu einer Statue geworden. So stolz mit seinem hoch aufragenden Geweih. Nur der gebrochene Blick verriet, dass alles Leben ihn verlassen hatte. Erst sehr viel später hatte er wieder an ihn gedacht. War eifersüchtig auf ihn wegen seines beneidenswerten Zustandes: ohne Schmerzen, ohne Verluste. Stolz und unantastbar bis zum letzten Atemzug. Ohne etwas zu verlieren.

8

Nach einem anstrengenden Arbeitstag sank Kriminalinspektor Hartman in seinen abgenutzten Sessel vor dem Fernseher, um sich die lokalen Nachrichten anzusehen. Seine Frau Marianne hatte Gemüsedip und Orangensaft bereitgestellt, wieder ein tapferer Versuch, ihrem Mann beim Abnehmen zu helfen. Einer der wichtigsten Beiträge beschäftigte sich an diesem Abend mit dem verschwundenen Grundstücksmakler Clarence Haag, dessen Auto man im Laufe des Abends verlassen auf einem Waldweg dreißig Kilometer von der Stadt entfernt gefunden hatte. Tomas Hartman sah sein eigenes Gesicht auf dem Bildschirm vorbeiflimmern, er hatte den Stand der Fahndung kurz kommentiert. Frech von dem Kameramann, einen Weitwinkel zu benutzen. Denn es konnte doch nicht sein, dass er wieder so sichtbar zugenommen hatte? Das Interview war stark zusammengeschnitten worden und gab das Material, das Hartman dem Fernsehreporter vorgelegt hatte, höchst unvollständig wieder. Ein blauer knisternder Schein beleuchtete den Fußboden des Wohnzimmers. Das Bild auf dem Fernseher verschwand.

«Verfluchtes Meerschweinchen!!» Die Superratte Peggy hatte es mal wieder geschafft. Das Fernsehkabel war durchgenagt. Das unverwundbare Tier starb nie an den Stromstößen, die es sich selbst zufügte. Stattdessen wurde es offenbar nur noch munterer. Wie eine lebendige Kanonenkugel fuhr es unter das Sofa und begann an den Möbelfüßen zu nagen. Kriminalinspektor Tomas Hartman hatte sich den Tod des kleinen Tieres häufiger gewünscht, als er sich erinnern konnte. Peggy beherrschte inzwischen das gesamte Familienleben. Nachdem die Tochter ausgezogen war und sie ihr über alles geliebtes Meerschweinchen geerbt hatten, war nichts mehr so wie früher. Die Tochter war der festen Überzeugung gewesen, dass es für Peggy nichts Besseres gab, als frei in der Wohnung umherzulaufen.

Keine Gitter, keine Käfige durften den Freiheitsdrang ihres kleinen spritzigen Lieblings einschränken. Und auf eine nicht zu erklärende Weise hatte sich der Rest der Familie damit abgefunden. Wegen Peggy kaufte er sich auch keinen neuen bequemen Sessel. Das wäre eine sinnlose Geldausgabe gewesen, solange die Pestratte Peggy mit Freuden die Möbel annagte.

Während des Tages hatten Hartman und Arvidsson nach dem Ursprung des weißen zusammengerollten Taschentuchs mit dem leichten Duft von Äther gefahndet, das man auf dem Parkplatz der Goldenen Traube gefunden hatte, an der Stelle, an der der BMW gestanden hatte. In Kronköping gab es zwei Apotheken: die «Lilie» unten am Hafen, in der Hartmans Frau Marianne als Apothekerin arbeitete, und die «Anemone», die auf der Hauptstraße neben dem Kiosk lag. Marianne wusste sicher, dass sie irgendwann während der Woche Äther an einen jungen Mann und seinen kleinen Sohn verkauft hatte. Die wollten aus Rizinusöl und Äther Treibstoff für einen Modellmotor machen. Der Kleine war aufgeregt gewesen und wollte die Tüte unbedingt selbst tragen. Ein Kollege von Marianne hatte in der gleichen Woche ebenfalls Äther verkauft, und zwar an einen Mann mit Bartstoppeln, zerknitterter Kleidung und fettigen strähnigen Haaren. Der Mann hatte gleichzeitig ein Rezept abgegeben. Marianne konnte sich noch an seinen Nachnamen erinnern, weil sie überlegt hatte, ob der Mann wohl mit einem ehemaligen Mitschüler von ihr verwandt war. Er hieß Trägen, Per Trägen. Diesen Namen im Telefonbuch zu finden war nicht besonders schwer gewesen. Die Adresse des Mannes war Videvägen 4. Das verrufene Wohngebiet im Osten der Stadt. Hartman und Kriminalinspektor Arvidsson hatten sich sofort auf den Weg dorthin gemacht. Arvidsson, der viermal in der Woche Krafttraining machte, war in bester physischer Verfassung, und dadurch fühlte Hartman sich älter und untrainierter, als es sonst der Fall gewesen wäre. Sich so etwas einzugestehen ist nicht angenehm.

Eine Trainingsstunde in der Woche wäre vorstellbar gewesen, aber er dachte gar nicht daran, deswegen freiwillig die späten Abendessen mit seiner Frau zu opfern. Sie feierten jeden Abend, dass die Töchter nach einer turbulenten Zeit ausgezogen waren. Vielleicht wurde daraus der erste Schritt zu einer soliden mündigen Verbundenheit zwischen den Familienmitgliedern. Hartman wollte das nur zu gern glauben. Zur Zeit genoss er allerdings die Ruhe.

Videvägen war früher einmal ein neu gebautes und hübsches Wohngebiet gewesen, aber die Mieten hatten der Bevölkerung nicht geschmeckt. Als sich bei der Stadtverwaltung Probleme mit der Vermietung häuften, wurden die Ansprüche an die Mieter heruntergeschraubt, und so verkam der Stadtteil nach und nach. Immer mehr Sozialfälle zogen ein, diejenigen, die ihre Miete selber zahlten, suchten sich andere Wohnungen, und damit war das Schicksal des Stadtviertels besiegelt. Nicht mal die Stadtverwaltung konnte den Schein länger wahren. Die gelb verputzten Fassaden lagen unter einer dicken Schicht aus Schmutz, die Waschküchen waren teilweise außer Funktion und die Spielplätze stark heruntergekommen. Im Treppenhaus stolperte Arvidsson beinahe über eine weiße Maus, die sich ihren Weg in die Freiheit suchte. Einen Augenblick lang dachte Hartman darüber nach, den Fahrstuhl in den dritten Stock zu nehmen, in dem Per Trägen laut der blauen Tafel im Eingang wohnen sollte, überlegte es sich aber sofort anders, als er die Fahrstuhltür öffnete und ihm der Gestank von Urin entgegenschlug, der in der Hitze dampfte. Alle Fahrstuhlknöpfe waren schwarz und bis zur Unleserlichkeit mit Feuerzeugen abgefackelt. Arvidsson nahm die Treppen in schnellen Sprüngen. Hartman kam mit schweren Schritten langsamer hinterher.

Per Trägen öffnete die Tür vorsichtig einen Spalt, nachdem sie in der Annahme, dass die Klingel nicht funktionierte, eine ganze Weile dagegengehämmert hatten. Sein ungepflegtes Äußeres, der Gestank nach angebranntem Essen und Müll verbreiteten die gleiche Aura wie das Treppenhaus. Klar hatte er Äther gekauft. War das denn verboten, oder was? Sie wurden durch eine dreckige, verräucherte Wohnung geführt, stiegen über Haufen von Bierdosen und schmutziger Wäsche in ein kahles Zimmer mit fleckiger Schaumstoffmatratze auf dem Boden und von dort hinaus auf einen Balkon.

«Meine Schwester hatte Mäuse.» Per Trägen fuhr sich nachdenklich durch den zentimeterlangen Bart und starrte auf seine nackten, relativ sauberen Füße. Eins der Augen und der Mundwinkel hingen herab. Seine Aussprache war undeutlich. «Die Mäuse haben sich maßlos vermehrt und sind ausgerissen und in der Wohnung herumgelaufen. Überall waren Mäuse, massenweise. Sie hat sie nicht mehr im Griff gehabt. Wenn jemand die Wohnungstür aufmachte, sind die Mäuse ins Treppenhaus gelaufen und dann in andere Wohnungen. Die Nachbarn beklagten sich. Meine Schwester wäre beinahe rausgeflogen. Zuerst hatte sie nur zwei kleine Mäuse aus dem gleichen Wurf. Da waren die ja noch richtig süß. Als ich ihr gesagt habe, dass die weibliche Maus schwanger ist, wollte sie mir einfach nicht glauben. Die Mäuse waren doch Geschwister. So was machen die nicht, sagte sie beleidigt. Dann kam es, wie es kommen musste!» Per Trägen öffnete den Deckel eines Eimers, der in einer Ecke an der Hauswand stand. Arvidsson wandte den Kopf ab und stöhnte, nachdem er hineingesehen hatte. Der Eimer war voller toter Mäuse und stinkendem Wasser. In der Sommerhitze hatte die Verwesung eingesetzt.

«Was wollten Sie mit dem Äther tun?», fragte Hartman und versuchte wieder auf ihr ursprüngliches Anliegen zurückzukommen.

«Man ist ja Tierfreund. Ich habe sie mit Äther auf einem Taschentuch betäubt, das ich in den Eimer gesteckt hatte. Danach habe ich sie ertränkt, wenn sie eingeschlafen waren.»

«Das Taschentuch, haben Sie das aufgehoben?»

«Ich hab es da wieder hingelegt, wo ich es gefunden habe. Ich habe es auch wieder ordentlich zusammengefaltet. Ich hoffe, der Besitzer findet es. Ich habe es nicht beschädigt, nur ein wenig ausgeliehen.»

«Wo war das?»

«Auf dem Parkplatz vor der Goldenen Traube. Man ist ja ein rechtschaffener Mitbürger, Herr Wachtmeister.»

«Darf man fragen, warum Sie sich die Mühe gemacht und das Taschentuch zurückgebracht haben?», fragte Arvidsson verblüfft.

«Das war so hübsch bestickt. Meine kleine Mutter hat abends vor dem Kamin immer so fleißig gestickt. Ich weiß, wie lange Zeit man für so eine englische weiße Stickerei mit Löchern und kleinen Knoten braucht», antwortete Per empfindsam und wischte sich mit der Faust über die Augen.

An diesem Abend, als Hartman in seinem abgewetzten Sessel vor dem defekten Fernseher saß, überlegte er im Stillen, ob man Peggy nicht eine kleine Ätherkur verpassen konnte. Würde so was als ein natürlicher Tod aufgefasst werden, oder würde seine Frau dahinter ihre bessere Hälfte vermuten? Das war hier die Frage.

9

«Last uns davon ausgehen, dass Clarence Haag gegen seinen Willen entführt worden ist. Marias Beobachtungen und die Zeugenaussagen aus der Goldenen Traube deuten darauf hin. In diesem Fall hat der Mann mit der Mütze sich mindestens der Entführung eines Menschen oder der Freiheitsberaubung schuldig gemacht. Andererseits haben wir dafür keinen eigentlichen Beweis. Wie Maria schon sagt, sieht das Ganze nach einem Polterabend-Streich aus. Weshalb sollte sich ein Kunde mit Clarence verabreden und dann den teuren Wein in die Blumenkübel der Goldenen Traube gießen? Warum sollte jemand Clarence Haag entführen wollen? Lösegeld ist nicht gefordert worden. Er macht auch nicht den Eindruck, als ob er so reich wäre, dass sich die Mühe lohnt, meine ich.» Hartman lehnte sich zurück und schaukelte nachdenklich mit dem Stuhl, rührte in der Kaffeetasse und stocherte gedankenvoll mit dem Kaffeelöffel in seinem Ohr.

«Die Frage ist, warum der Mützenmann Clarence ein Taschentuch vor das Gesicht gehalten hat, sofern das nicht mit Äther präpariert war. Wern kann Recht haben mit ihrer Vermutung, dass er darin eine Waffe versteckt hielt.» Arvidsson streckte die Beine unter dem Tisch aus und berührte dabei Marias Fuß. Verlegen zuckte er zusammen und setzte sich wieder gerade hin.

«Vielleicht verhält es sich so», fuhr Hartman fort, «dass Clarence wollte, dass es so aussah, als ob er entführt würde. Aber das scheint doch noch unlogischer. Warum könnte er das gewollt haben?»

«Vielleicht war er seine nörgelnde Frau einfach leid», grinste Himberg.

«Hat sich die Frau gemeldet?»

«Ununterbrochen», antwortete Himberg mit einem langen Seufzer und blickte Aufmerksamkeit heischend umher.

«Hatte sie etwas Neues zu sagen? Es ist wichtig, dass sie weiß, dass wir an allen Details interessiert sind, die mit dem Verschwinden zusammenhängen.»

«Ja und nein, sie sprach von einem eigentümlichen Telefonat, das Clarence vor einiger Zeit geführt hat. Rosmarie hatte den Hörer im oberen Stock abgenommen, um zu telefonieren, und hat einen Teil des Gesprächs mit angehört.» Örjan Himberg blätterte wie wild in seinem Block. «Hier. Sie hat eine fremde Männerstimme sagen hören: ‹Ich habe nicht viel zu verlieren, aber bei dir ist das etwas anderes, Clarence.› Da hat Haag geantwortet: ‹Du verdammtes Schwein, dir werd ich's zeigen.› Rosmarie glaubt nicht, dass Clarence mit einem Kunden gesprochen hat.»

«Das kann ich mir vorstellen», stimmte Hartman zu.

«Nach diesem Gespräch scheint Haag schweigsam und verschlossen geworden zu sein. Genauso hat sie es gesagt: schweigsam und verschlossen.»

«Wir müssen natürlich die wirtschaftliche Situation des Mannes überprüfen. Sowohl die private als auch die der Firma. Der Kompagnon von Clarence, Odd Molin, kommt heute Vormittag noch hierher. Ich habe mir gedacht, dass Wern sich seiner annimmt. Frag ihn besonders nach der finanziellen Lage des Unternehmens, bitte ihn um den letzten Bericht der Buchprüfer. Vielleicht erinnert er sich an den Namen des Kunden, mit dem Clarence Haag in der Goldenen Traube gespeist hat. Um die privaten Finanzen kümmert sich Arvidsson. Was uns interessiert, sind größere Einzahlungen oder Auszahlungen. Sprich mit der Ehefrau darüber, ob sie weiß, worum es sich bei den Transaktionen handelt. Kontrolliere, ob das Paar gemeinsame Konten hat, ob sie einen Ehevertrag haben, Versicherungen und so weiter. Versuche diskret herauszuhören, ob Clarence irgendwann früher eine andere nebenher gehabt hat, oder ob er bedroht worden ist.» Hartman ließ die Tüte mit Kopenhagenern herumgehen, die er auf dem Weg zur Arbeit gekauft hatte. Nach einem Frühstück mit Vollkornbrot und Magermilch musste sein Magen ein wenig aufgemuntert und der Blutzuckergehalt sichergestellt werden.

«Wern, du wolltest mit mir unter vier Augen sprechen. Das können wir in einer Viertelstunde bei mir tun.» Maria nickte. Die Sache mit der Nerzfarm wollte sie diskret handhaben. Das hieß, ohne dass Himberg seine Ohren lang machte. Diskretion war nicht seine starke Seite.

Clarence' Kompagnon, Odd Molin, war von Kopf bis Fuß Verkäufer, anders gesagt, ein Mann mit einer Nase für Geschäfte. Tadellos gekleidet in Armanihemd und Seidenschlips, das Jackett gerade so weit aufgeknöpft, dass man die Marke sehen konnte, nahm er am Tisch eine offensive Haltung ein. Er reichte die Hand zu einem Vertrauen erweckenden und ehrlichen Handschlag hinüber. Sein Lächeln erstreckte sich bis zu den hinteren Backenzähnen. Der Spalt zwischen den Schneidezähnen gab ihm ein eichhörnchenhaftes Aussehen. Das schon ein wenig dünne Haar war sorgfältig zurückgekämmt. Maria konnte noch schnell die Rolex bemerken, bevor er die Hand in die Aktentasche steckte, um den letzten Revisionsbericht herauszuziehen. In wenigen Augenblicken hatte er Maria als zukünftige Kundin ausgemacht. Sie verstand gar nicht, wie ihm das gelungen war. Sofort hatte Odd sich angeboten, das gelbe Haus in Kronviken zu verkaufen, um in seiner Güte Kriminalinspektorin Wern von all ihrem Ärger zu befreien. Maria war wider Willen beeindruckt. Der Mann war ein absoluter Profi.

«Eine Wohnung in der Stadt hat ihre großen Vorteile. Alles ist in der Nähe. Die Spielkameraden der Kinder. Und überlegen Sie mal, wie praktisch. Wenn etwas kaputtgeht, braucht man nur den Hörer hochzuheben, mit dem Hauswirt zu sprechen, und dann wird es repariert. Ich könnte zu Ihnen hinauskommen und eine Bewertung des Hauses erstellen. Eine Schätzung kann doch nie schaden. Gratis natürlich. Sozusagen unter uns beiden. Wissen Sie, die Bank nimmt dafür einen Tausender.»

«Sie haben eine lange Reise hinter sich. Möchten Sie eine Tasse Kaffee und ein belegtes Brot haben, bevor wir die Papiere durchgehen?», fragte Maria, um seine Offensive zu durchkreuzen.

«Eine Tasse Kaffee kann niemals schaden», antwortete Odd mit einer Stimme, die meilenweit von der Verärgerung entfernt war, die er am Telefon zum Ausdruck gebracht hatte, als sie über Rosmarie Haag gesprochen hatten. Eine Tasse Kaffee kann niemals schaden! Auf dem Weg in die Küche sah sie Odd wie einen Verkäufer in der Herrenausstattungsbranche vor sich: Ein schwarzes Oberhemd ist immer richtig. Aber nicht doch, Herr Molin, ein schwarzes Oberhemd ist völlig fehl am Platze, wenn man ein Kind hat, das sich ständig übergibt. Oder als Autoverkäufer. Ein rotes Auto ist immer richtig. Stimmt nicht, Odd, wenn man sich unbemerkt in einem Kriegsgebiet bewegen will, kann ein rotes Auto den sicheren Tod bedeuten. Maria reichte den Kaffeebecher mit einem versonnenen Lächeln hinüber, das zu einem glucksenden Lachen wurde, als Odd Molin ahnungslos erklärte, dass ein wenig Milch im Kaffee immer richtig sei.

Problemlos konnte Odd Molin nachweisen, dass die Finanzen der Firma solide waren. Clarence kümmerte sich um die finanziellen Dinge und er selbst hielt den Kontakt zu den meisten Kunden. Das schien eine durchdachte Arbeitsteilung zu sein. Er hatte nicht die blasseste Ahnung, wen Clarence in der Goldenen Traube getroffen haben konnte. Es war ja auch nicht ganz abwegig, dass es sich um eine rein private Investition handelte, meinte er.

«Was könnte Clarence Ihrer Meinung nach zugestoßen sein? Haben Sie sich darüber Gedanken gemacht?», wollte Maria wissen.

«Sein größtes Problem ist ohne Zweifel Rosmarie. Ich glaube nicht, dass sie mental ganz gesund ist.»

«Wie meinen Sie das?»

«Sie ist völlig versessen auf ihre Pflanzen. Sie spricht von ihnen, als ob es sich um lebendige Wesen handelt.»

«Aber das sind sie doch.» Maria sah den blühenden Garten in seinem kraftvoll überschwänglichen Grün vor sich. «Höchst lebendig.»

«Sie begreifen das nicht, sie ist Veganerin. Neulich, als wir ein Essen mit Geschäftsfreunden hatten, machte sie alles kaputt, indem sie über unwürdige Tiertransporte mit gestressten Tieren sprach, deren Hormone dann auf dem Teller landen und ins

Blut wandern. In allen Einzelheiten schilderte sie uns, wie das Schlachten vor sich geht und wie die Transporte von Schlachtvieh den Treibhauseffekt fördern, und schloss ihre Ausführungen mit einer langen Rede über BSE und Tiermehl ab. Die Leute wollen einen Restaurantbesuch doch genießen. Sie zieht all ihre Lebensmittel selbst, giftfrei und ohne Kunstdünger. Wenn man bei denen zu Besuch ist, riecht es so nach Hühnerscheiße, dass einem die Tränen in die Augen steigen. Ich verstehe schon, dass Clarence manchmal wütend wird. Er hätte bei mir wohnen können, wenn er nur ein Wort gesagt hätte.»

Maria lächelte vor sich hin. Nächstes Mal, wenn sie Gemüse einkaufte, würde sie es bei Rosmarie tun. Naturbelassene Produkte waren teuer, aber sie wollte ihren Kindern giftfreies Essen vorsetzen. In der derzeitigen Situation war Rosmaries Gärtnerei ganz bestimmt eine Alternative. Man stelle sich vor, die EU würde mit ihrer Landwirtschaftspolitik den giftfreien Anbau von Gemüse fördern, statt sich solcher Nebensächlichkeiten zu widmen wie der Frage, ob alle Gurken gleich lang sein sollen. Offenbar um der Gerechtigkeit willen mussten alle EU-Bürger gleich giftige Lebensmittel und gleich große und gleich runde Erdbeeren essen. Anforderungen an die Umweltverträglichkeit durften nicht zur Behinderung des Handels führen, das war der eigentliche Sinn. Stattdessen sollte man keine krummen Gurken mehr kaufen dürfen.

«Sie wissen also nicht, wo er ist?»

«Nein, aber er wird wohl wieder auftauchen, wenn er sich entschieden hat, wie es mit der Frau weitergehen soll.»

«Noch eine Sache. Können Sie etwas über die Alkoholgewohnheiten von Clarence sagen?»

«Nein. Was sollte das denn sein? Manchmal muss man natürlich repräsentieren, vielleicht die eine oder andere Sauferei, aber er macht seine Arbeit ordentlich. Da kann ich wirklich nichts anderes sagen.»

«Er lehnt also Alkohol nicht völlig ab?»

«Machen Sie Witze? Obwohl das schon schlimmer gewesen ist. In den Jahren nachdem wir aus Zypern zurückgekommen sind, glaubte ich manchmal, er würde zum Alkoholiker werden. Aber dann hat sich das gegeben, nachdem Rosmarie sich um ihn gekümmert hat.»

«Haben Sie zusammen im UNO-Kontingent gedient?»

«Ja, aber das ist beinahe zwanzig Jahre her. Wir haben tatsächlich überlegt, ob wir zusammen runter nach Stockholm ins Restaurant Engelen fahren, Clarence und ich. Dort veranstalten sie jeden ersten Montag im Monat Treffen für UNO-Soldaten. Soll richtig gemütlich dort sein.»

Odd Molin stand auf und sammelte seine Unterlagen ein.

«Denken Sie an die Besichtigung Ihres Hauses. Übrigens, wenn Sie heute Abend nichts Besonderes vorhaben, dürfte ich Sie vielleicht zu einer kleinen Segeltour, Gravad Lachs, Erdbeeren und ein bisschen Sekt, einladen? Die *Viktoria* liegt unten im Sportboothafen. Sie ist ein ungewöhnlich hübsches Mahagoniboot. Eine Segeltour ist immer gut, wissen Sie.»

«Dank für die Einladung, aber ich glaube, eine Segeltour kommt nicht infrage. Ich muss zwei müde und verdreckte Kinder aus dem Kindergarten abholen und sie baden.»

«Selbst schuld», meinte Odd mit einem verführerischen Blinzeln und tänzelte zur Tür hinaus.

10

Nach dem Mittagessen war Erika Lund so weit, dass sie mit hinaus zu dem unfreiwilligen Nerzfarmer, Ivan Sirén, fahren konnte, um mit der technischen Untersuchung des Tatortes anzufangen. Erika hatte das Buch «Die Wolfsfrau erzählt» gelesen. Maria fragte sich, wann sie zuletzt ein Buch aufgeschlagen hatte. Aufgeschlagen hatte sie vielleicht eins, aber gelesen schon lange nicht mehr, obwohl das Bücherregal an der Wand im Wohnzimmer vom Boden bis an die Decke mit Büchern gefüllt war. Als sie Krister getroffen hatte, war sie eine Art Bücherwurm gewesen, aber inzwischen war sie langsam, aber sicher in die Rolle der Mutter von Kleinkindern geschlüpft, in der Bücher nun mal zurückstehen mussten und nur von weitem geliebt werden durften. Wenn man tagsüber nicht mal einen Knopf annähen kann, ohne dabei dreimal gestört zu werden, und nicht mal auf der Toilette in Ruhe gelassen wird, versteht es sich von selbst, dass man nicht zum Lesen kommt. Aber Erika Lund hatte, wie gesagt, das Buch über Frauen, die mit Wölfen lebten, gelesen, und Maria hörte aufmerksam zu, hungrig nach intellektueller Stimulanz.

«Diese Therapeutin, die das Buch geschrieben hat, ließ die Frauen Fotografien von ihren weiblichen Ahnen mitbringen, den Frauen in ihren Familien, und dazu Texte schreiben, die folgendermaßen eingeleitet wurden: ‹Von diesen Frauen stamme ich ab.›»

Maria fand den Gedanken ganz interessant. Woher bekommt man seine Frauenrolle? Das Erbe wiegt schwer. Wie oft hatte sie sich nicht vorgenommen, es anders als ihre Mutter zu machen, wenn sie eigene Kinder bekam, und trotzdem tat sie dann genau das Gleiche: half ihnen, Milch aus vollen Verpackungen einzugießen, ließ sie nicht ohne Mütze und Handschuhe aus dem Haus und zwang sie, den Teller leer zu essen. Eine richtige Glucke war sie, und seit ihr Linda vor einem halben Jahr beinahe weggenommen worden war, hatte sich das nicht gerade gebessert. Es geschah häufig, dass sie nachts aufstand, um festzustellen, dass mit den Kindern alles in Ordnung war, dass sie atmeten.

«Danach, wenn die Frauen sich mit ihrer Ahnenschar beschäftigt haben, sind sie bereit, sich einer neuen Gruppe von Frauen anzuschließen. Frauen, die sie sich selbst aussuchen.

Anderen Wölfinnen, die ihnen helfen, reifer und erwachsener zu werden, Wildheit und Kreativität zuzulassen. Wölfe stehen unverdient in schlechtem Ruf, meint die Autorin. Vielleicht weil die Männer von deren Wildheit abgeschreckt werden. Die Wölfin hat viele gute Eigenschaften, die hervorgehoben zu werden verdienen: Mut, Ausdauer und Loyalität. Wölfinnen fragen sich nicht gegenseitig, wie viele Jahre sie auf dem Buckel haben. Sie fragen: Wie viele Narben hast du auf deiner Seele? Ein unerhört interessantes Buch.» Erika machte eine enthusiastische Handbewegung und bog unvorschriftsmäßig ohne zu blinken nach links ab.

«Ich glaube nicht, dass man allzu streng sein sollte, wenn es um die Einstellung der Männer zu Frauen geht. Es gibt viele Männer, die kreative Frauen unterstützen, ebenso wie es Mitschwestern gibt, die eifersüchtig jeden Versuch beobachten, den Kopf zu heben oder vom üblichen Muster abzuweichen. Ich glaube eher, das ist eine Frage der Großzügigkeit oder des Selbstvertrauens, als eine Frage der Zugehörigkeit zu einem bestimmten Geschlecht», gab Maria zu bedenken und dachte an ihren Vater, der oft wie ein Schatten hinter ihr stand und ihr zuflüsterte: Das machst du ja wunderbar! Das schaffst du, Maria!

«Vielleicht, vielleicht auch nicht. Du hättest das Buch lesen sollen. Es ist ungeheuer interessant, sich die Frauen anzusehen, von denen man abstammt: Erika, geboren von Emma, geboren von Svea, geboren von Agnes. Festzustellen, wie gerade meine Rolle von den Wünschen und Träumen, den Siegen und Niederlagen der Generationen geformt worden ist.»

«‹Nur ein Wolf versteht einen Wolf.›»

«Was hast du gesagt? Das war gut gesagt. Wo hast du das her?»

«Das ist Bamse, der Bär mit dem Honigtopf. Der stärkste Bär der Welt», antwortete Maria ein wenig verlegen. «Die Bösen in der Serie sind die Wühlmaus Krösus und der Wolf, der stiehlt und allerlei Unfug anrichtet. Wenn er von dem starken Bamse zur Rechenschaft gezogen wird, sagt er: ‹Nur ein Wolf versteht einen Wolf.›»

«Ganz interessant. Man bringt kleinen Kindern bei, Schlechtes über Wölfe zu denken, über das Kreative und Weibliche. Denk doch nur mal an Rotkäppchen und den Wolf, Peter und den Wolf und nun auch noch Bamse und der Wolf. ‹Nur ein Wolf versteht einen Wolf.› Gut gesagt!»

«Ich kann dir nicht ganz folgen. Ich habe das Buch ja nicht gelesen, nur die Fernsehserie gesehen», wandte Maria ein und versuchte vorsichtig dem Gespräch, das so gut begonnen hatte, ihr jetzt aber immer weiter entglitt, eine andere Richtung zu geben. Gleichzeitig verschlechterte sich ihre Laune, weil sie lange nichts Interessantes mehr gelesen hatte, nichts Anspruchsvolles. Eben nur die Bamse-Comics.

«Was hältst du denn von dem Vorgehen gegen die Nerzfarm? Ist das gegen ihn als Privatperson oder in seiner Eigenschaft als Nerzfarmer gerichtet? War das einer allein oder waren es mehrere? Zu Neujahr hatten wir ja einen Vorstoß gegen die Genossenschaftsschlachterei. Ein Molotowcocktail, der den ganzen Bürotrakt in Brand setzte. Der Text an der Wand der Nerzfarm ist der Gleiche, der damals geschrieben wurde. Wir sollten vielleicht umgehend die Geheimpolizei einschalten, falls sich da was Interessantes ergibt.»

Die Fassade des Wohnhauses war weiß verputzt. An der Südwand zur Landstraße hin waren allerdings große Teile des Putzes abgeblättert. Die Fenster glänzten öde und leer. Nur ein kleiner blau karierter Gardinenstreifen befand sich an den Seiten, Blumen oder Schmuckgegenstände, die ein bisschen Wärme und Wohnlichkeit vermitteln konnten, fehlten ganz. Der Eindruck war düster.

Die Hoffläche war voll gemüllt. Leere Kisten, Autoteile und Baumaterial lagen umher. Der Rasen leuchtete voller gelber Löwenzahn und am Giebel wucherten die Brennnessel. Bei dem

Gedanken an Ivans klinisch sauberer Küche fielen einem unwillkürlich Doktor Jekyll und Mr. Hyde ein, überlegte Maria. Oder war es ganz einfach die übliche schwedische Eifersucht, weil Ivan in seiner Küche sehr viel besser Ordnung hielt als die Familie Wern. Und da gehörte ja nicht viel dazu.

Niemand meldete sich, als sie klingelten. Maria versuchte es mit Klopfen, die Klingel konnte ja abgestellt sein. Sie blickte durch die verschieden eingefärbten Glasfenster hinein. Rot, blau und grün. Eine grüne Diele war zweifellos am hübschesten. Wollte man sie in Lila haben, musste man ordentlich in die Knie gehen. Um durch die gelbe hineinzusehen, musste sie sich auf die Zehenspitzen stellen. Erika trat ungeduldig von einem Fuß auf den anderen und fuhr sich nervös durch ihre braunen lockigen Haare. Kein Lebenszeichen. Maria begann entschlossen hinunter auf den ersten roten Nerzstall zuzugehen. Erika zog sie am Arm.

«Geh vorsichtig und nicht übers Gras. Da können noch weitere Trittfallen sein.»

Eine Bewegung im Fenster des am weitesten entfernten Stalles erregte ihre Aufmerksamkeit. Sie klopften an der grauen Brettertür, die nach einer kleinen Weile von einem Mann mit weißem strähnigem Haar und grauem Bart geöffnet wurde. Er hatte einen langen blauen Arbeitskittel an und eine blutige Schürze umgebunden. Maria merkte, wie Erika zurückzuckte und reflexartig nach dem Pistolenhalfter griff, das sie nicht trug. Maria konnte sich das Lachen kaum verkneifen.

«Hei, Ivan, was macht der Knöchel?»

«Ist gut», antwortete Ivan, der offensichtlich zu seiner gewohnten Wortkargheit zurückgefunden hatte.

«Wir haben gedacht, wir sehen uns mal ein bisschen um. Wo haben Sie das Fuchseisen?», fragte Erika.

«Hausflur», sagte Ivan und zeigte auf das Wohnhaus. «Kaffee?»

«Ja, danke, das wäre jetzt gut», beeilte sich Maria zu sagen.

«Ich möchte das Fuchseisen untersuchen und den Ort, wo es gelegen hat, danach würde ich gern Ihren Fuß fotografieren, wenn es geht.» Erika sah sich interessiert Ivans alte runtergelatschte Botten an.

«Geht das in Ordnung, Ivan?» Maria suchte vergeblich Augenkontakt. Ivan murmelte etwas Unverständliches und fuhr mit seiner Arbeit, dem Mahlen von Fleischresten zu Nerzfutter, fort. Die Bandsäge kreischte, als sie sich durch Knochenstücke fraß, sie übertönte sogar die Nerze. Das gemahlene Fleisch ringelte sich wie eine rote Schlange aus der Öffnung der Fleischmühle hinunter in einen Eimer aus rostfreiem Stahl.

Enttäuscht stellte Erika fest, dass Ivan den gesprayten Text MÖRDER, TIERQUÄLER! übergestrichen hatte. Die Farbe war noch nicht trocken, deckte aber. In dem Johannisbeerstrauch dicht daneben machte sie jedoch einen Fund. Eine Sprayflasche, die weiße Farbe enthalten hatte. Vorsichtig sicherte sie eventuelle Fingerabdrücke auf der Flasche mit einem Plastikfilm. Als sie sich an das Fuchseisen machen wollte, griff Maria ein.

«Krister hat die Falle aufgemacht. Ich werde ihm wohl Fingerabdrücke abnehmen lassen müssen, damit wir ihn ausschließen können», sagte Maria mit vollem Ernst und lachte mit den Augen. «Ich glaube übrigens, dass Egil Hägg das Eisen zum Haus getragen hat. Und Gustav hat es auch angefasst, als Egil ihm gezeigt hat, wie man es aufstellt und wie es zuschnappt, damit er begriff, was geschehen war. Ich glaube auch, ich selbst bin dagegen gekommen, als ich Ivans Knöchel untersucht habe.» Erika stöhnte laut.

«Wir können nur hoffen, dass derjenige, der die Spraydose benutzt hat, ebenso amateurhaft vorgegangen ist wie ihr anderen. Dann hätten wir nämlich eine ganze Menge Fingerabdrücke.»

Ein Taubenschwarm kreiste niedrig über Ivans Haus und flog weiter zum Taubenschlag der Häggs. Maria, die dicht neben Ivans Wäscheleine stand, konnte sehen, wie die Tauben ihre Visitenkarten auf den weißen Laken hinterlassen hatten.

II

Manche Dinge sieht man sich lieber nicht so genau an, dachte Maria, als sie Mayonnaise tief gebeugt über die Motorhaube eines seiner Sammlerobjekte stehen sah, sodass seine Arschfalte halb sichtbar war. Der leere hintere Teil der Hose hing im besten Landstreicherstil herunter. Immer noch hatte sich die Zahl der Schrottautos nicht verändert, obwohl Maria mit allem nötigen Nachdruck darauf hingewiesen hatte, dass die Rostlauben verschwinden mussten. Sie verzweifelte. Dem Kerl fehlte jedes Gefühl für normales Sozialverhalten. Und hier ging es nicht um Fingerspitzengefühl, sondern um ganze Karossen.

Linda war bitterböse, weil sie beim Nachhausekommen kein Eis bekommen hatte, und Emil stimmte ihr zu:

«Papa gibt uns immer Eis!» Linda sang Spottverse auf ihre Mama und kroch sofort in ihr Puppenbett mit einem Buch als Dach über dem Kopf. Nach der Melodie von «Das Eichhörnchen saß auf der Fichte» sang sie eine lange eigene Komposition. Maria, die spürte, dass es nicht mehr lange bis zum Müde- und Hungergeschrei war, beeilte sich und kochte Mehlsuppe. Krister war nicht zu sehen. Wenn ich meine Tage hier mit Mayonnaise verbringen muss, ziehe ich in eine Wohnung in die Stadt um, empörte sich Maria und war gleichzeitig erschreckt über den Gedanken. Der Sonntagsstörer hatte neues Terrain erobert und nun auch die Abende in der Woche mit Beschlag belegt. So ging es nicht weiter. Sie hatten keine Kraft mehr,

Freunde einzuladen, mit denen sie wirklich zusammen sein wollten. Mayonnaise nahm ihnen mit seiner Anwesenheit alle Energie. Wie ein Blutegel ließ er erst von seinen Opfern ab, wenn er alle Kraft aus ihnen herausgesaugt hatte. Wenn sie endlich mal Zeit füreinander hatten, wollten sie auch allein sein.

Übrigens schien es so, als ob Mayonnaise noch mehr in seinem Element war, wenn sie ausnahmsweise Gäste hatten. Dann wurde ja ein Fest gefeiert! Er konnte von seinem Küchenfenster aus leicht feststellen, dass Autos zu Krister und Maria kamen, und dann saß er da plötzlich ganz einfach auf dem Wohnzimmersofa und unterhielt sich mit dem einen oder anderen Gast. Sein Lieblingsthema war Zypern, also die Zeit, als er auf Zypern UNO-Soldat gewesen war. Maria wusste stets, wann es so weit war, denn dann hatte er seine Uniformhose an. Alles, was von Zypern handelte, bekam das Präfix Axt. Im schlimmsten Soldatenjargon erzählte er von Axtgold und Zypernkuchen (Hähnchen) auf Axttellern. Wenn man sich das zweimal angehört hatte, kamen einem selbst Axtgedanken. Alles, was mit Zypern zu tun hatte, war Axt.

Krister hatte erzählt, dass Mayonnaises Aufenthalt auf Zypern nicht sehr lange gedauert hatte. Nach zwei Monaten war er nach Hause geschickt worden.

Weiter kam Maria nicht in ihren Überlegungen, denn die Haustür schlug auf und aus der Diele war Kristers fröhliche Stimme zu hören. Auf diese Stunde hatte sie sich gut vorbereitet. Sie mussten sich aussprechen. Irgendetwas stimmte nicht. Ein dumpfes Gefühl der Angst breitete sich in ihrem Bauch aus. Warum vermied er jeden Körperkontakt und warum war er ständig müde? War er nun ernsthaft krank, hatte er eine andere kennen gelernt, oder hatte die Operation ihn seelisch impotent gemacht? Sie mussten gemeinsam über das Problem reden. Gegen Impotenz gab es Therapien mit vorsichtigen Berührungen und Massagen, hatte Maria in einer Zeitung beim Zahnarzt gelesen. Wenn es daran lag, mussten sie das Problem zusammen bewältigen. Alles war besser als diese Unsicherheit.

Misstrauisch betrachtete Krister die Kerzen auf dem Tisch, die Weinflasche und sein Lieblingsgericht: Schweinefilet mit rosa Pfeffersoße. Das kam ihm wie ein Köder am Haken vor. Geburtstage, Namenstage und Hochzeitstage gingen ihm durch den Kopf, ohne dass er sich einen Reim darauf machen konnte.

«Was ist denn das?», fragte er unglücklich.

«Ich dachte, wir könnten es uns ein bisschen gemütlich und kuschelig machen. Die Kinder schlafen heute früh ein. Die haben einen anstrengenden Tag im Kindergarten hinter sich. Emil hat die ganze Woche über Tiger gespielt. Das Personal wird seine Phantasien langsam ein wenig leid. Die Neue, die immer Röcke und hohe Absätze trägt, hat mich gefragt, ob er zu Hause auch so fordernd ist. Er will offenbar nicht an gemeinsamen Aktivitäten teilnehmen, wenn er Tiger ist. Sie gibt sich Mühe, ihm zu verstehen zu geben, was Phantasie und was Wirklichkeit ist.»

«Da hat sie wohl den Grundkurs verpasst. Kinder im Alter von vier und fünf Jahren leben in der Welt der Fabeln. Wahrscheinlich ist sie nur Praktikantin oder so was. Die alten Erfahrenen hätten gesagt: ‹Komm jetzt mal her, Tiger, wir spielen das Namenspiel.›» Krister lächelte erleichtert, jubelte beinahe innerlich. Über die Kinder wollte sie also ihm mit diskutieren. Emils Phantasien. Es war ein Gespräch unter Eltern.

Ruhig und geschickt lenkte Maria das Gespräch über das Thema Kinder darauf, wie müde man als Eltern von Kleinkindern werden kann, und dann auf die eigentliche Frage:

«Ich habe bemerkt, dass du abends sehr müde bist. Bedrückt dich irgendetwas Besonderes?» Krister sog die Luft durch die Zähne ein und errötete, zuerst nur ein wenig, dann aber auffallend. «Erzähl es mir. Ich werde es schon verkraften», beruhigte Maria ihn und hielt sich unter dem Tischtuch an der Tischkante fest.

«Du wirst mir niemals vergeben.» Der Satz blieb ihm beinahe im Halse stecken.

«Teste mich einfach, ich kann eigentlich alles wegstecken.»

«Du wirst bitterböse werden.»

«Ja, werde ich vielleicht. Aber davon stirbst du nicht.»

«Tja, also ...»

Weiter kam er nicht, denn die Haustür flog auf, und Mayonnaise stürmte in die Diele. Der große braune Keramiktopf flog mit einem Knall auf den Boden. Aus dem dunklen Bart kam eine Stimme, weich wie Motoröl.

«Ich hab Licht gesehen», zögerte er. Von dem zerbrochenen Keramiktopf nahm er keinerlei Notiz. Er war es wahrscheinlich so sehr gewohnt, dass die Dinge um ihn herum keinen dauerhaften Wert besaßen, dass er eine Mitteilung darüber als unwesentlich beiseite schob. Das gehörte ganz einfach zu dem allgemeinen Wirrwarr rund um seine Person.

«Bei dir zu Hause brennt sicher auch Licht. Ich finde, du sitzt unter deiner eigenen Küchenlampe ebenso gut wie unter unserer», fauchte Maria.

«Als ich sah, dass ihr eine Flasche Wein aufgemacht und was Gutes aufgetischt hattet, fiel mir ein, dass ihr meinen letzten Kirschwein noch nicht probiert habt», fuhr er unbeirrt fort und lächelte seinem Gastgeber gutmütig zu. «Hier, Krister. Der ist Spitze.» Mayonnaise überreichte mit einer großmütigen Geste eine Weinflasche der verrufenen Sorte, mit der er üblicherweise seine Umgebung beglückte, als eine Art von Eintrittskarte. Naturhefe, widerlich und mit einem ordentlichen Schuss, um den fehlenden Alkoholgehalt bei dem missglückten Gärungsprozess auszugleichen. Linda war von dem Krach in der Diele, als der Keramiktopf zu Boden fiel, aufgewacht und kam auf nackten Füßen, hellwach und mit dem Schnuller im Mund, angetapst.

«Wie konntest du sehen, was wir auf dem Tisch hatten? Von hier aus kann man in deinem Küchenfenster keine Einzelheiten unterscheiden?», fragte Maria und lehnte sich über den Tisch zum Fenster hin. «Hast du etwa dein Fernglas benutzt? Hast du wieder dagesessen und uns mit deinem Fernglas beobachtet?!!»

«Na klar, ich saß da und habe ein bisschen mit meinem Axtfernglas gespielt. Jonna ist nicht schöner davon geworden, dass ich sie angestarrt habe, und fröhlicher auch nicht. Da habe ich dann aus dem Fenster geguckt und gesehen, wie ihr hier gesessen und gefeiert habt. Na, dachte ich, ich geh mal rüber und sorge für Stimmung.»

«FÜR STIMMUNG SORGEN!! Du hast also dagesessen und uns mit dem Fernglas beobachtet! Krister, sieh zu, dass der Kerl aus dem Haus ist, wenn ich wiederkomme. Ich gehe raus!»

«Wo willst du hin?», fragte Krister vorsichtig. Maria antwortete nicht. Die Tür wurde mit einem Knall zugeschlagen, und etwa gleichzeitig stieg Emil aus dem Bett.

Der ablandige Wind hatte langsam zugenommen. Es nieselte leicht. Maria nahm den Pfad hinunter zum Strand, vorbei an den Strandschuppen, die sich grau und ungemütlich gegen den Wind zusammendrückten. Sie blickte bei dem alten Jacob hinein, der über den Tisch gebeugt dasaß und schlief. Sicher müde von dem Unwetter. Sonst saß er abends auf der Bank am Giebel und flickte seine Netze, mit der weiten See vor Augen. Er war so beruhigend, der alte Jacob. Die Sicherheit selbst. Als sie das letzte Mal miteinander gesprochen hatten, saß er da und schmunzelte. «Wenn man die Mütze in die Stirn schiebt, ein sauberes blaues Hemd anhat und ordentlich Kautabak hinter der Lippe, dann spürt man, dass Sonntag ist», hatte er gesagt. Jacob schien gute Augen und ein gutes Gedächtnis zu haben. Wäre schön, wenn man als alter Mensch ebenso munter sein könnte. Das kann man sich nur wünschen. Man konnte sagen, dass Jacobs Schuppen so etwas wie ein Treffpunkt war. Die meisten kamen hier vorbei, wechselten ein paar Worte, tranken eine Tasse Kaffee und bekamen einen guten Rat oder einen Witz mit auf den Weg. Zwar kochte er manchmal den Kaffee zweimal mit dem gleichen Kaffeesatz, um nichts zu vergeuden, aber wenn man sonntags vorbeikam, waren garantiert frische Bohnen im Kessel.

Maria ging mit großen Schritten hinunter an den Strand. Die Wellen rollten auf den Strand, überspülten den steinernen Bootssteg und zogen sich mit ihrer Beute aus Muscheln und in der Sonne getrocknetem Tang gierig zurück. Mit jeder Welle wurde das Sandschloss mit seinem Wallgraben aus Seegras, seinen Wimpeln aus Vogelfedern und seinen kleinen Wegen aus Tang niedriger. Bald war nur noch ein kleiner Hügel von dem Schloss zu sehen, das Emil gebaut hatte. Maria ließ sich auf einem feuchten Stein nieder. Ließ den Blick über die See gleiten und sog die Meeresluft mit tiefen Atemzügen ein. Das aufgelöste Haar, mit dem der Wind gespielt hatte, wurde vom Regen schwer, der jetzt in immer größeren Tropfen fiel.

Einsamkeit, Zeit, für sich allein zu sein, ohne andere Geräusche als die der Natur. Warum gönnt man sich das so selten? Das müsste zu den Grundrechten der Menschen gehören: das Recht auf Zeit für sich allein, um ein ganzer Mensch zu werden, um festzustellen, wer man ist und was man mit seinem Leben anfangen will. Zeit auf einem Stein am Meer, in der niemand Forderungen stellt. Vielleicht sollte man sich mit sich selbst verabreden: Wir sehen uns jeden Donnerstagabend bei einer Mütze voll Seeluft oder Waldluft, wir sehen uns auf der Wiese bei den Eichen, ich und ich. Um sich im Selbst auszuruhen. Warum war die Zeit so ungleich verteilt? Oftmals war Maria Menschen begegnet, die mit ihrer Einsamkeit und der vielen Zeit kaum fertig wurden, die sich danach sehnten, mit jemandem gemeinsam etwas zu unternehmen.

Langsam legte sich ihre Wut, und sie konnte die Schönheit ihrer Umgebung genießen. Die Abendsonne brach durch die goldgeränderten Wolken. Die letzten kraftvollen Strahlen richteten sich beinnahe senkrecht wie eine verklärte Kerze auf

Kronholmen. Das dunkle Wasser und die dunklen Regenwolken am Himmel schafften Kontraste zu dem Licht. Eine erhabene Schönheit, die den ganzen Körper durchflutete.

Ein elegantes Segelboot weit draußen vor Kronholmen steuerte langsam auf den Sportboothafen zu. Vielleicht war es Odd Molin, dem es gelungen war, Damengesellschaft aufzugabeln, wer weiß. Widerwärtig: für leichten Gravad Lachs und Seekrankheit, dachte Maria und stand auf, um steif und durchgefroren nach Hause zu gehen. Jetzt, nachdem sie ihr inneres Gleichgewicht wiedergefunden hatte, tat ihr Krister fast ein wenig Leid, wie er da mit seinen schlaftrunkenen, quengelnden Kindern und Mayonnaises ekelhaft vergorenem Wein saß. Der alte Jacob schlief immer noch, als Maria an dem Strandschuppen vorbeikam. Sie klopfte vorsichtig ans Fenster, aber der Alte schlief so fest, dass Maria ihn nicht stören wollte. Gab es denn einen Grund, bei diesem grässlichen Wetter wach zu bleiben?

Als Maria die Küchenlampe anknipste, sah sie den Zettel auf dem Tisch: einen Gutschein, einmal ungestörtes Ausschlafen am Morgen. Maria hatte drei davon Krister zum Geburtstag geschenkt, als ihr nichts anderes eingefallen war. Die ersten beiden hatte er sofort genutzt. Dies war der dritte und letzte. Morgenmuffel, der er war, hatte er das Geschenk wirklich zu würdigen gewusst.

Maria trat ins Schlafzimmer und wartete einen Moment, bis die Augen sich an die Dunkelheit gewöhnt hatten. Auf einem einzigen Haufen kreuz und quer durcheinander wie Mikadostäbe lagen ihr Mann und ihre Kinder. Leise schlich Maria auf Zehenspitzen ins Kinderzimmer, damit sich kein Legostein in das Fußgewölbe bohrte, und kuschelte sich in Emils ungemachtes Bett.

12

Bis hinten in den Aufenthaltsraum hörte man Arvidssons und Himbergs wütende Stimmen und Hartmans Vermittlungsversuche. Arvidsson war selten bei Laune, bevor er seinen morgendlichen Kaffee getrunken hatte.

«Er hat einen fürchterlichen Geschmack, was Musik angeht. Das ist schlimmer als Soldatenlieder.»

«Ich zeige den Diebstahl des CD-Players an», drohte Himberg.

«Nun bleibt mal ruhig, Jungens, mäßigt euch.»

«Ich nehme lieber Wern mit nach Videvägen, die hört wenigstens das Erste Programm», brummte Arvidsson und angelte widerwillig die Hülle von Himbergs Lieblings-CD aus dem Papierkorb.

Während der vergangenen Nacht war eine Frau in Videvägen belästigt worden. Eine Gruppe von Jugendlichen hatte ihr Dior-Kostüm mit roter, blauer und weißer Farbe besprüht.

«... wie die französische Fahne, die Trikolore», erklärte Hartman. Obwohl die Frau mehrere Tausenderscheine in der Handtasche gehabt hatte, war sie nicht bestohlen worden. Lediglich vollgesprayt.

«Was bringt eine Frau im Dior-Kostüm mit Tausenderscheinen in der Tasche dazu, mitten in der Nacht nach Videvägen zu fahren? Das sieht mir ein bisschen nach mangelndem Urteilsvermögen aus, finde ich.» Maria schüttelte den Kopf und gähnte laut. Sie war seit fünf Uhr morgens auf den Beinen gewesen, um die Kinder um sieben im Kindergarten abzugeben. Hoffentlich hatte Krister seine Karte für das ungestörte Ausschlafen auch richtig genossen.

«Ihr Sohn wohnt da. Sie hatte ihm versprochen, seine Blumen zu gießen. Er ist mit seinem Motorrad irgendwohin auf Urlaub gefahren. Die Tasche aus Krokodilleder hat die Jugendlichen gereizt und die hochhackigen Schuhe, die waren auch aus Krokodilleder oder etwas Ähnlichem.»

«Nur ein Nerzpelz hätte noch mehr provoziert, vermute ich.» Arvidsson hob die Augenbrauen.

«Vielleicht. Aber dafür ist jetzt nicht die richtige Saison.»

Sie ließen sich im Konferenzraum nieder und begannen mit der Arbeit. Hartman angelte eine Rolle Kekse aus seiner Aktentasche und eine Tüte mit gefüllten Berlinern aus der Manteltasche.

«Rosmarie Haag hat angerufen, sowohl gestern Abend als auch jetzt am Morgen. Sie scheint eine Vorliebe für Wern zu haben. Kannst du hinfahren und hören, was sie für Kummer hat? Sie sprach von einem Einbruch, aber es scheint nichts gestohlen worden zu sein. Das Schloss ist nicht aufgebrochen. Sie ist auch beunruhigt, weil nachts jemand im Garten herumschleicht, aber eigentlich hat sie keinen Menschen gesehen. Sie kann einem Leid tun. Es ist schwer, plötzlich allein gelassen zu werden, ohne recht zu wissen, warum. Offenbar ist der Vater, der direkt daneben wohnt, vorübergehend ins große Haus gezogen.»

«Komm ihr nicht zu sehr entgegen, Wern, sonst ruft sie dich noch zu Hause an.» Himberg lächelte schief und verkniffen und pulte mit dem Zeigefinger die Creme aus seinem Berliner.

«Vor zwei Monaten hat sie angezeigt, dass giftige Pflanzen aus ihrem Garten gestohlen worden sind, Blauer Eisenhut und Gefleckter Schierling. Ich finde, das müssen wir im Auge behalten. Wie geht es mit dem Restaurant Engelen weiter?», fragte Maria und lehnte einen zweiten Berliner ab, was ihr kurz danach schon wieder Leid tat. Der erste war ganz frisch, herrlich weich und cremig gewesen. Hartman leckte sich sorgfältig den Zucker von den Fingern und sah sich zufrieden um.

«Was sagst du, Himberg?»

«Engelen geht klar, aber nur, wenn ich mir den Sozialkundevortrag dieses Langweilers ersparen kann.» Himberg machte eine Kopfbewegung in Richtung Arvidsson. «Der ist so trocken wie die Wüste selbst. Wer ist verdammt nochmal an europäischen Umweltforschungen, Treibhauseffekten und Ozonschichten interessiert?»

«Du jedenfalls nicht. Dein Bewusstsein reicht nicht weiter als zu den Fusseln in deinem Bauchnabel. Er kann ja mit Rosmarie Haag nach Stockholm fahren, wenn sie interessiert ist, dann sind wir ihn ein paar Stunden los.»

«Das ist keine schlechte Idee», stimmte Hartman unbedacht zu und kratzte sich mit dem Kaffeelöffel in den Haaren.

In Rosmaries Kräutergarten saß unter einer großen Eiche ein Mann mit Strohhut, Bart und runder Brille auf einer grün gestrichenen Bank. Der Mann stellte sich als Konrad Hultgren, Rosmaries Vater, vor. Die graue Angorakatze strich um seine Beine und kratzte ganz leicht an seiner Hose.

«Rosmarie steht unter der Dusche. Sie hat heute Nacht wenig geschlafen, hat wohl auch gefroren. Sie kommt gleich heraus. Nehmen Sie so lange einen Apfel», sagte der Alte und hielt ihr einen schönen roten Apfel aus seiner Papiertüte hin.

«Danke.» Maria setzte sich auf die Bank und ließ den Blick über die sorgfältig angelegten Beete, die Gewächshäuser und den wunderbaren Kräutergarten, die von Heckenrosen überwachsene Mauer und die Pergola mit dem sich daran hochschlängelnden Hopfen schweifen. Dicht unterhalb des Kräutergartens befand sich eine ganz frisch angelegte Terrasse, groß genug für einen Tisch und vier Stühle. Der Erdhaufen lag noch daneben.

«Wussten Sie, dass auch Äpfel ihre Wechseljahre haben?»

«Nein», antwortete Maria. Die Frage kam etwas plötzlich. Vermutlich aus einem Gedankengang heraus, an dem sie nicht von Beginn an beteiligt war.

«Der Apfel hat sein Klimakterium, wenn er ausgereift ist. Erst dann entwickelt er sein volles Aroma und die richtige Festigkeit. Diese Äpfel sind ausgereift.» Maria sog den Duft ein und biss ein Stückchen ab. Nicht ohne dabei an Schneewittchen zu denken. Kein Wunder, wenn man seinen Kindern Märchen vorliest.

«Der ist wirklich gut. Wollen Sie mir etwas über Clarence erzählen? Was halten Sie von seinem Verschwinden?»

«Clarence ist ein Taugenichts, auch wenn er meiner Tochter den Kopf verdreht hat. Ich billige seine geschäftlichen Machenschaften nicht. Die sollen ja legal sein, wird gesagt. Ich schäme mich trotzdem, dass ich überhaupt Kontakt zu dem Mann habe, deshalb versuchen wir, uns nach Möglichkeit aus dem Weg zu gehen», brummelte Konrad in den Bart. «Er hat die Gärtnerei vor dem Konkurs gerettet, und das war für Rosmaries Seelenfrieden wichtig. Der Garten ist ihr Ein und Alles. Aber was wir ihm schuldig sind, habe ich durch meine Arbeit doppelt und dreifach zurückgezahlt. Im Laufe der Jahre ist mir auch der Verdacht gekommen, dass Clarence hinter unseren Zahlungsschwierigkeiten steckte, indem er Gerüchte verbreitete, sodass unsere Kunden wegblieben. Damit verloren wir auch die Basis für den Kredit, mit dem wir für die Reparaturen im Haus und der Cafeteria gerechnet hatten. Nein, ich sage Ihnen offen, ich hatte mit einem anderen Schwiegersohn gerechnet. Aber das ist eine lange und traurige Geschichte. Rosmaries eigene Geschichte. Das ist lange her.»

Ohne Vorwarnung sprang die graue Katze auf Marias Knie und drehte sich einmal um sich selbst, um es sich bequem zu machen. Die Katze hatte große runde Augen, wie Rosmarie. Vielleicht hat sich die Frau das Tier deswegen ausgesucht, überlegte Maria. Man sagt ja, man wählt den Hund nach seinem eigenen Aussehen aus, warum also nicht auch eine Katze?

«Wie war er, der Mann, den Sie als Schwiegersohn lieber gehabt hätten?»

«Er war noch ein Junge, als er bei uns in der Gärtnerei anfing. Wir haben uns gut verstanden. Er war wie ein offenes Buch.

Vielleicht zu verletzlich in seiner Offenheit. Immer fröhlich. Er liebte meine Rosmarie. Und wie die beiden sich geliebt haben. Sie waren immer zusammen. Dann fuhr er nach Zypern. Clarence hat ihn dorthin gelockt. Der Junge wollte beweisen, dass er ein Mann war, der in der Welt etwas erreicht, glaube ich. Rosmarie erwartete ein Kind. Das war kein Drama. Nicht mal zu jener Zeit. Sie freute sich darauf. Wartete auf ihn. Dann kam das Unglück, Schlag auf Schlag. Aber das hat Rosmarie Ihnen alles schon erzählt, wie ich weiß.»

«Können Sie sich denken, warum Clarence gegen seinen Willen entführt worden sein könnte?»

«Ich hätte es selbst tun können, wenn es Rosmarie nicht gäbe», murmelte Konrad und stocherte mit dem Botten im Schotter. «So oft, wie er Leute betrogen hat, ältere Damen, einsame alte Männer. Er weiß genau, welchen Ton er anschlagen muss, um für einen Spottpreis zu kaufen und zu einem Wucherpreis zu verkaufen. Es gibt schon den einen oder anderen, der um sein Erbe gebracht worden ist, völlig legal, sage ich mal.

Aber an den alten Gideon ist er nicht rangekommen. Der hat weder an die Stadt noch an Clarence verkauft», lachte Konrad zufrieden in sich hinein. «Ich muss Ihnen von Gideon erzählen. Sein Anwesen heißt Sandåtorp und liegt am Sandåstrand, direkt am Rande der Schießbahn, wenn Ihnen das was sagt. Das Häuschen steht leer, seit der Eigentümer irgendwann Mitte der Siebziger gestorben ist. Ich war mit auf Gideons Beerdigung. Das war eine Trauerfeier mit allem Drum und Dran, wenn man so sagen darf. Gideon Persson war Gärtnermeister. Über die Arbeit haben wir uns kennen gelernt. Er hatte keine eigenen Kinder, und die Stadt wollte sein Grundstück kaufen. Gideon würde sich in dem Altersheim in der Stadt richtig wohl fühlen, wollte man ihm einreden. Aber Gideon weigerte sich hartnäkkig, sein Strandgrundstück zu verkaufen. Zwar war er schwer herzkrank, aber an die Stadt zu verkaufen, daran dachte er gar nicht, denn die wollten die Bucht ausbaggern, einen neuen Hafen mit Industriegebiet anlegen und alles zerstören, was er sein Leben lang hochgehalten hatte. Die fruchtbare Erde sollte unter Asphalt verschwinden. ‹Was kann man der nächsten Generation Besseres vererben als gute fruchtbare Erde›, sagte Gideon zu seinen Freunden, die beunruhigt waren, weil ihre ruhigen Badebuchten verschwinden sollten. Gideon weigerte sich, wie gesagt, zu verkaufen, und die Stadtverwaltung drohte mit Enteignung. ‹Abscheulich›, sagte Gideon und starb. Im Testament, das im Beisein einiger entfernter Verwandter und den Leuten vom Amtsgericht feierlich verlesen wurde, stand, dass das gesamte Gelände der Stadt zufiel. Aber nur unter der Voraussetzung, dass darauf ein Altersheim nach den Plänen, die Gideon beigefügt hatte, errichtet wurde, dass das Wohnhaus unberührt stehen gelassen wurde, die Anpflanzungen nach vorgegebenen Anweisungen gepflegt wurden und dass ein temperiertes Schwimmbad für das Wohlbefinden der alten Leute eingerichtet wurde.

Weil die Stadt das Grundstück geschenkt bekommen hatte, konnte von Enteignung keine Rede mehr sein. Andererseits war die Schenkung mit Vorgaben belastet, und die Stadt hatte nicht die geringste Lust, denen nachzukommen. Also verwildert Gideons Hinterlassenschaft langsam, und das macht mir Freude», sagte Konrad und schubste die Katze, die rüber auf sein Knie gestiegen war und mit hocherhobenem Hintern zu kratzen begonnen hatte, hinunter.

«Lassen sie nicht von Sandåstrand aus Brieftauben fliegen?»

«Ich weiß nicht. Ich bin da in den letzten Jahren nicht mehr gewesen. Ich schaffe es nicht mehr, weite Strecken am Stück zu gehen», seufzte Konrad, nahm den Strohhut ab und kratzte nachdenklich mit dem kurzen Pflanzstock in seinem grauen zerzausten Haar.

«Ich wollte Sie noch etwas anders fragen: Wie steht es mit Clarence und dem Alkohol?»

«Das hat Rosmarie also erzählt. Meistens ist er ja nüchtern

und kann sich benehmen, aber wenn er zu trinken anfängt, kann er nicht aufhören. Er wird wie besessen und führt sich ganz fürchterlich auf. Rosmarie hat mir verboten, mich einzumischen. Aber Sie müssen wissen, dass es einem alten Mann viele Male in den Fingern gejuckt hat», erzählte Konrad und schloss die Hand hart um den Pflanzstock. «Am nächsten Tag weiß er nicht mehr, was gewesen ist. Er bedauert es immer wortreich, und Rosmarie vergibt ihm, und so geht es denn weiter.»

Mit dem Handtuch zu einem Turban gewickelt, in Jeans und einem langärmeligen weißen Rollkragenpullover kam Rosmarie auf sie zu. Maria stellte fest, dass man schrecklich verfroren war oder seinen Körper verstecken wollte, wenn man an einem Tag wie diesem einen langärmeligen Rollkragenpullover anzog.

«Ich war wahrscheinlich etwas voreilig, als ich Sie gestern anrief», lächelte sie entschuldigend. «Ich habe nicht gleich daran gedacht, aber vielleicht hat die Katze den Rosmarinzweig ins Haus geschleppt. Die Katzenklappe ist in beiden Richtungen offen. Das kann eine Erklärung sein. Der Zweig kann an ihrem Pelz hängen geblieben sein. Der ist so zottelig.»

«Wenn es geht, würde ich mich trotzdem gern im Haus umsehen. Wir können uns vielleicht gegenseitig bei dem Versuch helfen, etwas zu finden, das Sie übersehen haben. Irgendein kleines Detail, das uns hilft zu verstehen, was mit Clarence geschehen ist. Sie müssen mir erzählen, was Ihnen eingefallen ist, ob Sie nach Briefen gesucht haben, welche Kleider fehlen und ob es einen zweiten Kalender gibt, ob Merkzettel oder Notizblöcke am Telefon liegen. Vier Augen sehen mehr als zwei.» Rosmarie nickte bekümmert.

«Es sieht so unsauber aus. Ich bin ja meistens draußen, und Clarence, na der weiß ja kaum, wo der Staubsauger steht.»

Sie traten in die hellgelbe Diele, die fast ganz von einer grau lasierten Fichtenholztreppe eingenommen wurde, an der überall Sträuße zum Trocknen aufgehängt waren: Ranunkel, Jungfer im Grünen, Flachs, Rittersporn und verschiedene Kräuter. Und überall waren Engel, Bilder, auf denen Engel Kinder an einem Steilhang vorbeigeleiteten, rundliche kleine Engel à la Raphael auf einer Wolke ruhend, und Bilder von Engeln mit Blumengirlanden. Ein kleines, mit Engeln besticktes Kissen lag auf dem Fichtenholzsofa, und auf dem Kaminregal standen neben einem großen Arrangement aus getrockneten Rosen kleine goldene Engel und spielten Flöte. Große Engel, Seraphim und Cherubim und kleine Amoretten, deren Männlichkeit hinter hellblauen Seidenbändern verborgen war, hatten auch das Schlafzimmer erobert.

Warum stellt man sein Haus mit Engeln voll? Geht es darum, beschützt zu werden? Schutzengel, die Kinder daran hindern, in einen Abgrund zu fallen? Engel als Wache? Aber wovor?

«Ich habe die Schränke von Clarence überprüft, auch die Waschküche. Soweit ich sehen konnte, fehlen keine Kleidungsstücke bis auf die, die er trug, als er zur Goldenen Traube fuhr», erklärte Rosmarie und öffnete den blau gebeizten Kleiderschrank, der oben mit getrockneten Blumen dekoriert war. Auf einem der Kopfkissen lag im Bett immer noch der grüne Rosmarinzweig. Maria bat darum, ihn mitnehmen zu dürfen.

«Haben Sie in Jackentaschen, Hemden und Hosentaschen nachgesehen, ob sich darin etwas von Wert befindet?»

«Ich habe einen Zettel in der Tasche dieser grauen Jacke gefunden, eine Handynummer. Das ist aber nur die von Odd Molin.» An der Schärfe in Rosmaries Stimme konnte Maria erkennen, dass Odd Molin nicht gerade zu ihren guten Freunden gehörte.

«Ist Odd hier häufiger zu Besuch?», fragte sie vorsichtig.

«Nur wenn ich nicht zu Hause bin. Wir verstehen uns nicht besonders gut ... Er hat versucht, sich mir zu nähern, aber ich bin nicht interessiert», fügte sie nach einem kurzen Schweigen hinzu.

«Was sagt denn Clarence dazu, wenn Odd Ihnen den Hof

macht?», fragte Maria und sah sich mit gespieltem Interesse einen Engel mit einer Spieldose unter dem weiten Rock an.

«Clarence ist darüber wohl ein wenig verärgert.»

«Nur verärgert?»

«Er wird böse, wenn ihm nicht die ganze Aufmerksamkeit gewidmet wird.»

«Kommt das öfter vor oder nur, wenn er betrunken ist?»

Maria sah, wie die Farbe aus Rosmaries Gesicht wich, nur zwei geschminkte Stellen auf den Wangen behielten ihren leichten rosa Teint. Sie schlug die Augen nieder und blickte dann zur Seite. Ein wimmernder Laut kam über ihre Lippen.

«Schlägt er Sie, wenn er getrunken hat?»

«Ja», flüsterte Rosmarie.

«Als Clarence das letzte Mal verschwand, haben Sie das nicht angezeigt.»

«Nein.»

«Warum nicht?»

«Ich war froh und erleichtert weil er weg war.» Rosmarie sprach so leise, dass Maria sich richtig anstrengen musste, um die Worte zu verstehen.

«Sie waren erleichtert», wiederholte Maria. «Was geschah, als er wieder nach Hause kam?»

«Er sagte, ich würde ihn nicht genug lieben. Wenn ich das täte, hätte ich mir die Mühe gemacht, nach ihm zu suchen. Darauf kam er immer wieder zu sprechen.»

«Haben Sie deshalb immer wieder bei der Polizei angerufen, den Kollegen Himberg sogar zu Hause? Haben Sie das getan, um Clarence zu beweisen, wie sehr Sie ihn vermisst haben, dass Sie ernsthaft nach ihm gesucht haben, damit er zurückkommt?»

«Ja», die Stimme wollte nicht richtig gehorchen. «Ja.»

«Vermissen Sie ihn wirklich?»

«Nein, eigentlich möchte ich, dass er aus meinem Leben verschwindet. Dass ich sicher weiß, dass er nie, nie zurückkommt. Dass er mich nie mehr anfasst.»

«Ich vermute, dass Sie Verletzungen unter dem großen Rollkragenpullover verstecken. Stimmt das?»

«Ja.» Rosmarie fasste sich an den Hals und schloss die Augen.

«Wenn Sie nichts dagegen haben, möchte ich mir Ihren Hals und Ihre Arme ansehen.» Rosmarie nickte.

«Ich will Sie nicht unter Druck setzen. Wenn Sie glauben, dass es Ihnen jetzt zu schwer fällt, können wir damit warten.»

«Ist schon okay.» Schweiß perlte auf Rosmaries Stirn. Sehr behutsam half Maria der Frau aus ihrem dicken Rollkragenpullover. Zwei breite blaurote Male am Hals leuchteten auf der weißen Haut. Die Arme waren voller blauer Flecken. Rosmarie kauerte sich zusammen und verbarg den Kopf in den Händen, versteckte den Hals hinter ihren schmalen Armen.

«Sie müssen sich nicht schämen, weil Sie geschlagen worden sind. Das ist nicht Ihre Schande. Jeder Beliebige kann geschlagen werden, und je länger das anhält, umso schwerer ist es, aus dem Teufelskreis auszubrechen. Schämen muss sich der, der Sie geschlagen hat!»

«Das passiert nur, wenn er getrunken hat, später tut es ihm Leid, und er sagt, ich sei das Beste im Leben, das er hat. Dass es niemals wieder vorkommen soll. Er wollte sich das Leben nehmen, das hat er gesagt, als ich beim vorigen Mal davon sprach, dass wir besser getrennte Wege gehen sollten. Ich habe Ihnen etwas vorgelogen. Er trinkt periodisch. Er hat versprochen, nie wieder ...»

«Das ist schon okay. Manchmal muss man lügen, um das Leben auszuhalten. Haben Sie irgendeine Ahnung, wo Clarence sich jetzt aufhalten könnte?» Rosmaries große graue Augen wurden schwarz vor Angst.

«Er hat gesagt, er würde sich das Leben nehmen, wenn ich ihn verlasse.» Rosmarie zog sich ununterbrochen am Ohrläppchen, das dadurch abwechselnd rot und weiß wurde. «Aber das kann ich mir nur schwer vorstellen. Sie dürfen meinem Vater nichts sagen. Er weiß von nichts. Er hätte Clarence totgeschlagen ... er wäre außer sich geraten.»

«Hatten Sie jetzt überlegt, ihn wirklich zu verlassen?»

Rosmarie bekam kein Wort heraus. Der ganze Körper bibberte. Maria legte den Arm um sie und wiegte sie wie ein kleines Kind. Strich ihr übers Haar. Wortloser Trost für wortlose Trauer. Bis die Tränen wie ein erlösender Regen kamen.

«Ja. Er hat mich vergewaltigt. Die ganze Nacht lang. Hat mich gewürgt. Immer wieder. Und mich in den Magen geschlagen. Schrie, ich sei ein verdammtes Luder. Ich bekam keine Luft», stotterte Rosmarie. «Er hatte die Lampe angelassen. Wollte mich sehen. Wollte sich darüber freuen, wie er meinen Körper beherrscht. Meine Angst regte ihn an. Sein Blick war wahnsinnig, wie im Fieber. Ich glaube, ich bin bewusstlos geworden. Aber er hat weitergemacht. Die ganze Nacht. Bis er das Gesicht am Fenster gesehen hat. Da hat er Angst bekommen. Es ist mir geglückt, hinauszukommen und mich im Geräteschuppen einzuschließen. Nackt. Ich fror. Und wie ich gefroren habe. Als er zur Arbeit gefahren war, als ich sicher wusste, dass er zur Arbeit gefahren war, traute ich mich ins Haus. Als er dann am Abend nach Hause kam, hatte ich gepackt. Clarence war voller Reue. Er bat mich dazubleiben. Er weinte. Er drohte mir, mich umzubringen, und ich tat so, als ob ich nachgeben würde. Aber ich hatte mich entschlossen. Ich hielt es nicht mehr aus. Kurz vor sieben musste er in die Goldene Traube, um dort einen wichtigen Kunden zu treffen. Seitdem ist er verschwunden. Diesmal war der Auslöser für seine Wut gewesen, dass Odd mich gefragt hatte, ob ich ihn auf einem Bootsausflug mit der *Viktoria* begleiten will, wenn Clarence in Stockholm ist. Wenn Odd das alles gewusst hätte.»

«Wie ist denn Ihr Verhältnis zu Odd?»

«Es hätte was werden können mit uns. Ich fühlte mich einsam. Es war kurz davor, aber das ist jetzt lange her. Er wollte, dass ich Clarence verlassen sollte, aber ich konnte nicht. Der Kräutergarten gehört Clarence.»

«Es ist gut, dass Sie mir das alles erzählt haben. Ich möchte Ihre Wundmale fotografieren, am liebsten wäre mir auch, wenn wir eine Vernehmung auf Video nehmen, bei der Sie wiederholen, was Sie mir eben gesagt haben. Ich verstehe, dass Ihnen das unangenehm ist, aber es ist wichtig, dass wir Beweise für ein bevorstehendes Gerichtsverfahren haben, wenn wir ihn in Haft behalten wollen. Ich gehe mit Ihnen zu einem Arzt, wenn Sie es möchten. Es ist zu Ihrem Vorteil, wenn Sie eine Bestätigung dieser Verletzungen haben. Ich glaube auch, dass wir vor diesem Hintergrund eine Alarmanweisung erstellen und ein Handy mit Direktnummer zur Polizei bereitstellen können, wenn Sie kein eigenes haben. Es ist nichts Ungewöhnliches, dass Männer, die ihre Frauen schlagen, für eine kurze Zeit verschwinden, um sie zu verunsichern. Es ist gut, dass Ihr Vater mit ins Haus gezogen ist, damit Sie nicht allein sind. Versuchen Sie mit ihm zu sprechen. Sagen Sie ihm, wie es ist. Sie brauchen Hilfe und Unterstützung bei dem, was Sie durchmachen. Sobald Clarence auftaucht, nehmen wir uns seiner an, sodass er Sie nicht mehr belästigen kann. Glauben Sie nicht, dass Sie ihn ändern können. Sie können nur Ihr eigenes Leben verändern.»

Mit einem erstickten Schrei stürzte Rosmarie vor, riss das Hochzeitsfoto von der Kommode und warf es gegen die Wand. Das Lächeln mit dem Goldzahn zersprang in zwei Teile, als das Glas barst.

«Ich will, dass er tot ist! Tot!» Die Stimme zitterte vor Zorn und Angst. «Und was passiert jetzt? Wie lange muss er fortbleiben, bis er für tot erklärt werden kann? Ich kenn mich in finanziellen Sachen nicht aus. Muss ich seine Rechnungen bezahlen? Was wird nun? Ich werde damit nicht fertig.»

«Sie werden Unterstützung in diesen Dingen bekommen. Wir werden auch eine gründliche Untersuchung vornehmen. Sie müssen sich zur Verfügung halten, um uns in einigen Fragen zu helfen. Ich will, dass Sie uns informieren, wenn Sie irgendwohin verreisen wollen. Nach dreißig Tagen wird das

Verschwinden der Reichskriminalpolizei gemeldet. In der Zwischenzeit tun wir alles, um herauszufinden, was geschehen ist. Der nächste Schritt bei der Fahndung ist ein Treffen alter UNO-Soldaten im Restaurant Engelen in Stockholm. Polizeiinspektor Himberg fährt hin, um festzustellen, ob Clarence die Absicht hat, daran teilzunehmen. Wenn Sie mitfahren wollen, gibt es Platz für Sie im Auto.»

«Nein danke, wenn es nicht unbedingt sein muss», wehrte Rosmarie ab, und der Anflug eines Lächelns war flüchtig in ihren großen grauen Augen zu sehen, die rund wie die eines Kätzchens waren.

Die Katze war von allein zu ihm gekommen. War an seinem Bein entlanggestrichen, zutraulich und nichts von den dunklen Seiten des Lebens ahnend. Sie war ihm gefolgt. Er hatte sie nicht verscheucht. Warum, wusste er selbst nicht. Vielleicht lag es an ihren Augen. Die großen runden grauen Augen, die ihn erwartungsvoll ansahen. Er hatte sie nicht streicheln wollen, zu Anfang nicht. Die Hand knirschte wie Sandpapier, als er ihr zögernd übers Fell strich, danach war es sozusagen zur Gewohnheit geworden. Entspannt und liebebedürftig kroch sie schnurrend zu seinem Gesicht hinauf, die glänzend grauen Augen betrachteten aufmerksam seine Nase.

Er nannte sie Klein Rosa. Er hätte es besser wissen müssen. Klein Rosa ging ihre eigenen Wege, wie es ihr gefiel. Die ganze Nacht über sehnte er sich nach ihrem weichen warmen Körper, aber sie kam erst in der Morgendämmerung zurück. Da waren aus Bitterkeit die Hände hart geworden und die Knöchel weiß. Er versuchte ihr über das regennasse Fell zu streichen, aber sein Griff hatte alle Zärtlichkeit verloren. Härter und härter drückten die Finger um ihren Hals. Sie versuchte etwas zu sagen, aber es war gefährlich, zuzuhören, gefährlich, weich zu werden. Mit Abscheu spürte er seine eigene Lust am Bösen. Die Hände hatten sich im Griff um ihren Hals verkrampft, willenlos, jenseits aller Vernunft. Schließlich lag sie leblos auf seinem Arm. Erst da wurde er das Blut an seinen zerkratzten Armen gewahr.

13

Mit einem Gefühl der Lustlosigkeit und absolut nicht ausgeschlafen, wurde Maria von der Sonne geweckt, die durch das Schlafzimmerfenster strahlte. Trotz des dunkelbraunen Lakens, das vorübergehend als Rolloersatz diente, fiel das Licht herein. Maria schwitzte in der Wärme. Sie hätte versuchen können, wieder einzuschlummern und dann richtig auszuschlafen, denn sie hatte Spätschicht. Eine aufdringliche Fliege summte durchs Zimmer und spazierte auf Marias nackten Beinen herum, flog hoch und landete mitten in ihrem Gesicht. In einem letzten Versuch, noch einmal einzuschlafen, zog sie sich die Decke über den Kopf und wäre bei der Hitze beinahe erstickt. Ein Kratzen an der Schlafzimmertür, die knarrend aufglitt, bedeutete endgültig das Ende der morgendlichen Ruhe. Irritiert starrte Maria auf den Wecker. Nicht mal acht! Krister und die Kinder waren gerade erst losgefahren. Humpe, die Katze, machte einen Sprung und landete zielsicher auf ihrem Bauch, um sich dann sofort über ihre Füße herzumachen, die sich unter der Decke bewegten.

Der Rosmarinzweig, der auf Clarence Haags Kopfkissen gelegen hatte, befand sich in Reichweite auf der Kommode. Maria nahm ihn aus der Plastiktüte und lockte die Katze mit schnellen Bewegungen hin und her. Erst machte Humpe einen Satz, um ihn zu fangen, aber dann zog sie sich wegen des Geruchs zurück. Das Experiment wurde mehrmals wiederholt, immer das gleiche Resultat. Maria versuchte, den Zweig in das zerzauste Fell zu stecken. Aber die Katze befreite sich sofort. Sich vorzustellen, dass eine Katze einen solchen Zweig stark duftenden Rosmarins ins Haus schleppte, war so gut wie ausgeschlossen, überlegte Maria und setzte die Füße auf den Boden.

Das Badezimmer stank von den Windeln der vergangenen Nacht, die Krister nicht mit hinaus zur Mülltonne genommen hatte. Kein «Odour-Control» da drinnen. Der Wäschekorb war übergelaufen. Am meisten irritierten sie Kristers zusammengerollte Strümpfe. Maria hatte selbst gesehen, wie er ihn vom Fuß herunter zu einem Ball rollte. Er warf ihn zur Angabe hoch und schmetterte ihn in den Wäschekorb. Machte das V-Zeichen und nahm den Beifall des virtuellen Publikums entgegen, bevor er mit dem anderen Strumpf das Gleiche tat. Sieben Paar Strümpfe, wie Kondome zusammengerollt, können die Geduld eines Engels auf eine harte Probe stellen. Maria war kein Engel, nur eine gewöhnliche, sterbliche Kriminalinspektorin.

Sie empfand eine vage Unruhe. Gestern war Krister um halb zwölf nach Hause gekommen und hatte sich sofort mürrisch brummelnd unter die Decke verkrochen. Maria war zu ihrem griesgrämigen Ehemann gekrabbelt, aber der hatte sich knurrend auf die andere Seite gedreht. Es tut weh, wenn man abgewiesen wird. Wo war ihr gemeinsames Leben geblieben? Sie wollte gerade unter die Dusche gehen, als das Telefon klingelte.

«Hei, ich bin's, Ninni ist hier. Erinnerst du dich an mich?», kicherte eine aufdringliche Frauenstimme am anderen Ende der Leitung. Maria hoffte von ganzem Herzen, dass sich jemand verwählt hatte.

«Nein, ich kann mich nicht an dich erinnern.»

«Also, ich bin Ninni. Bist du seine Mutter? Ich will mit Krister sprechen. Jetzt gleich», lispelte sie.

Maria hätte hundert Kronen darauf wetten können, dass das schmatzende Geräusch im Hintergrund von einem großen rosa Kaugummi kam.

«Nein, ich bin nicht Kristers Mutter. Ich bin seine Frau. Kann ich ihm etwas ausrichten?»

«Au Backe, au Backe! Nein, es ist nichts.» Die lispelnde Stimme und das Schmatzen verstummten. Der Hörer wurde aufgelegt. Maria blieb mit ihrem Hörer in der Hand und einem Eisblock im Magen stehen. War es möglich, dass Krister ein

Verhältnis mit einer Kaugummi kauenden Göre angefangen hatte? Es war zwar auch früher schon vorgekommen und würde sicher auch in Zukunft passieren, dass junge Mädchen sich in Krister verknallten und anriefen, um sich bei ihren Studienaufgaben helfen zu lassen. Er war ein ausgezeichneter Dozent, lustig und voller Einfälle. Er beherrschte die Szene und genoss sein Publikum. Sein großer Charme lag in seiner Intensität, seiner absoluten Direktheit. Er sah die Menschen, sah sie wirklich um sich herum. Manche Frauen vertragen solche Aufmerksamkeit nicht, ohne sich sofort zu verknallen. Sie selbst war ja ein gutes Beispiel dafür.

Ninni, die kleine Ninni, sicher ein knackiger Teenager, schlank und braun gebrannt, in engen Teenagerkleidern und voller Bewunderung, auf dem Silbertablett serviert. Welcher Mann kann dem auf die Dauer widerstehen? Und wenn sie nun schwanger von ihm war? Die Phantasie ging mit ihr durch, in rasendem Tempo wie ein Formel-1-Auto, und keine Bremsen dieser Welt konnten sie halten. Ohne sich Gedanken darüber zu machen, ob das nun richtig oder falsch war, durchwühlte Maria Kristers Jacken- und Hosentaschen. Heftklammern, Parkmünzen und eine Serviette aus einem Hamburgerrestaurant. In der Brusttasche des blauen Jacketts lag ein Zettel. Ganz normal aus einem karierten Block gerissen, mit einer Telefonnummer und den Worten «Wir sehen uns dann», geschrieben mit kleinen aufreizenden Buchstaben, daneben ein Kussabdruck von rotem Lippenstift.

«Telefonauskunft, Kundenservice.» Automatisch hatte Maria die Nummer gewählt und erhielt prompt die Information. Die Nummer gehörte zu Ninni Holm. Das Universum wankte. Sie fühlte sich schwindlig und ihr war übel. Tröstlich war nur, dass Krister jetzt nicht bei der kleinen Ninni sein konnte, denn dann hätte Ninni ja nicht anrufen und mit «Kristers Mutter» sprechen müssen. Mit unsicherem Finger wählte sie die Nummer von Kristers Arbeitsstelle. Die ganze lange Nummer, bis auf die letzte Ziffer. Und blieb mit dem Hörer in der Hand stehen. Was würde er sagen? Alles abstreiten? Nein, sie musste ihm Auge in Auge gegenüberstehen. Wollte sein Gesicht sehen.

Aufgeregt und unruhig zog sich Maria nach dem Duschen an und ging in den Garten, um die Beete umzugraben. Tränen der Demütigung und der Wut brannten hinter den Augenlidern. Wie ernst war das mit dem jungen Kaugummi kauenden Ding? So bald sie Krister gegenüberstand, wenn möglich ohne Kinder, Schwiegermutter oder Mayonnaise, musste er dazu Stellung nehmen. «Wir sehen uns dann! Küsschen! Küsschen!» Wenn es nun keine gemeinsame Zukunft für sie beide gab? Wie sollte es mit den Kindern weitergehen? Musste sie sich das Sorgerecht mit Schwiegermutter Gudrun teilen? Krister hielt es ja niemals längere Zeit mit ihnen aus. Und hier stand sie, die Betrogene, und säte Salat und Mohrrüben. Wozu eigentlich noch? Maria stieß den Spaten zornig mit aller ihr zur Verfügung stehenden Kraft in die Erde. Spatenstich für Spatenstich, bis die Erschöpfung stärker war als die Unruhe. Da beugte sie sich über den Griff und weinte. Manchmal braucht man die Nähe des Erdbodens, um eine Perspektive zu erkennen.

Plötzlich wurde ihr bewusst, wie allein sie war. Alle alten Freunde waren in Uppsala oder besser gesagt übers ganze Land verteilt. Karin wohnte in Uppsala. Die ganze Clique, die immer Silvester, Mittsommer oder Ostern gemeinsam gefeiert hatte, war in alle Winde zerstreut, je nachdem, wo der Einzelne Arbeit gefunden hatte. Maria überdachte ihr Leben, zum ersten Mal, seit sie nach Kronviken gezogen war. Die Tage waren ausgefüllt, aber es gab keine fröhlichen Stunden mehr. Sie fühlte sich isoliert. Keine Erwachsenen im Bekanntenkreis, abgesehen von Jonna und Mayonnaise und selbstverständlich Kristers Familie. Bei der Arbeit war Erika da, aber das war doch etwas anderes als mit Karin, und dann natürlich Hartman. Maria dachte dankbar an ihn. Hartman war ein Prachtkerl. Ein Mann, der gleichermaßen Respekt einflößte, wie er alle anderen respektierte, die Raufbolde ebenso wie die Kollegen. Trotzdem war es nicht das Gleiche, als ob man die alten Freunde um sich hatte. Vielleicht musste man sich das so vorstellen, dass die alte Maria, die in Uppsala gelebt hatte und glücklich gewesen war, nur in deren Gegenwart wieder auferstehen konnte. In diesem Augenblick empfand sie das jedenfalls so. Mit noch immer von Erde und Tränen verschmiertem Gesicht wählte Maria Karins Nummer.

Danach fühlte sie sich besser. Karin hatte sie ebenso sehr vermisst und ernsthaft darüber nachgedacht, sich eine Stelle im Krankenhaus in Kronköping zu suchen. Dort wurden dringend Krankenschwestern gebraucht, und man lockte mit Übernahme der Umzugskosten, einer hübschen Wohnung und 40 000 Kronen Handgeld. Karin hatte große Neuigkeiten zu berichten. Sie hatte einen Mann kennen gelernt und war über beide Ohren verliebt.

«Wir haben schon über eine gemeinsame Wohnung gesprochen. Er kann sich vorstellen, nach Kronviken zu ziehen, sagt er. Mal sehen, ob er auch Arbeit findet. Sicher kann ich nichts versprechen», sagte Karin. «Aber mir liegt sehr daran, in deiner Nähe zu wohnen. Das ist mal ganz klar.» Hinsichtlich Kristers eigenartigem Verhalten konnte Karin Maria nur raten, ihn sich so schnell wie möglich vorzuknöpfen und dann dafür zu sorgen, dass er den Verband abnahm. Die Sterilisation eines Mannes erforderte, wenn's hoch kam, ein Pflaster auf jeder Seite. Mit einem Verband über den ganzen Bauch wochenlang herumzulaufen war lächerlich. «Das riecht doch ganz nach krankfeiern», meinte sie.

Nach dem Gespräch mit Karin ging es ihr schon besser, und sie fühlte sich längst nicht mehr so isoliert. Maria begann mit neuem Elan wieder an ihr Kräuterbeet zu denken, obwohl Mayonnaises Autos immer noch dicht an dicht auf dem Rasen standen. In der Bibliothek hatte sie sich alles über Kräuter ausgeliehen. Über Anis konnte man nachlesen, dass ein Aufguss dieses Krauts Mann und Frau Lust aufeinander machte. Das Gleiche stand über die gemeine Ringelblume, Basilikum und Bohnenkraut zu lesen. Vielleicht sollte man einen Liebestrank zusammenbrauen und ihn bei Krister ausprobieren. Einen richtigen Donnerschlag, wie Mayonnaise es ausdrücken würde.

Möglicherweise brauchte man auch nur einen simplen Ouzo, wenn ein bisschen Anis ausreichte, um das Eheleben wieder in Ordnung zu bringen. Auf der anderen Seite regte Giovanni Boccaccios Gedicht über Isabella die Phantasie an. Isabella verwahrte das abgeschlagene Haupt ihres Liebhabers in einem Krug mit Basilikum, damit es nicht verweste. Vielleicht sollte sie Krister das Gedicht gelegentlich zu lesen geben.

Während sie darüber nachdachte, nahm Maria ihren Skizzenblock und die Aquarellfarben und ging hinunter an den Strand, um ein wenig zu malen. Nach allen Vorschriften der Kinderfürsorge eine Todsünde. Kinder dürfen nur dann im Kindergarten sein, wenn die Eltern arbeiten oder schlafen. Neulich, als Maria Schichtdienst gehabt hatte und danach nicht schlafen konnte, hatte sie sich die Freiheit genommen und die Verandafenster geputzt. Und was geschah? Mayonnaises Jonna begegnete ihr auf dem Hof des Kindergartens, redete ein paar Worte mit ihr, oberflächlich und hinterhältig, bis die Erzieherinnen vorbeikamen, und da, genau in dem Augenblick, stach sie der Hafer.

«Ich habe gesehen, wie du Fenster geputzt hast», sagte sie mit überdeutlichen Mundbewegungen, sodass auch ja niemand die Information übersehen und überhören konnte. «Darf man das, wenn man die Kinder im Kindergarten hat? Es besteht doch die Gefahr, dass so was zur Routine wird und das System ausgenutzt wird. Es gibt doch Leute, die ihre Kinder ständig dalassen würden, wenn sie nur dürften», meinte Jonna mit einem Blick auf das Personal, das Maria trotzdem nicht mit der gewünschten Schärfe zurechtwies.

Du zum Beispiel, dachte Maria. Es gibt nun mal überarbeitete, müde Erwachsene, die sich eine Zeit lang nicht genügend um ihre Kinder kümmern können, weil sie mit sich selbst mehr als genug beschäftigt sind. Ist es denn so gefährlich, ihnen eine Gelegenheit zu geben, sich zu entspannen? Den Kindern bekommt es sicher besser, wenn sie mal eine Weile länger im Kindergarten bleiben, als wenn sie mit einem Erwachsenen zusammen sind, der nervlich am Ende ist. Maria sagte nichts. Jonna würde sicher nach einer derartigen Bemerkung eine noch größere Show abziehen und über alles Mögliche wie Drogenkonsum oder Kindesmisshandlungen reden.

«Durftest du dir Manfreds Fernglas leihen?» War alles, was sie in die gespannte Stille hinein fragte.

Als Maria voller Vorfreude und Ideen mit ihren Farben zum Strand ging, fühlte sie sich trotzdem schuldig, schuldig des illegalen Aquarellfarbenbesitzes und des Pinselmissbrauchs. Jeden Augenblick musste sie damit rechnen, dass Jonna angelaufen kam und fragte, wo sie die Kinder gelassen hätte.

14

Maria hatte gerade begonnen, die Farben anzumischen, als ein Kahn auf den Anleger zuglitt, hinter sich die Möwen wie eine Unheil verkündende Schar. Trotz deren Geschrei hörte sie von weitem die heiseren Rufe des Fischers und eilte auf den Steg. Vollkommen außer sich zeigte der Mann auf das Bootsheck.

«Ich habe einen Toten im Netz. Einen toten Menschen. Er trieb unterhalb von Kronholmen auf der Wasseroberfläche. Ich bin hingerudert, um nachzusehen, was da im Wasser lag. Ihn ins Boot zu ziehen habe ich nicht geschafft. Hab mich auch nicht getraut, den Motor anzuwerfen. Ich hatte Angst davor, dass er wieder ins Wasser fällt, wenn das Netz reißt oder sich in den Motor verwickelt. Ich bin die ganze Strecke hierher gerudert, die ganze Strecke», stieß er atemlos hervor. Maria konnte sehen, dass sein blaues Fischerhemd ihm schweißnass auf dem Rücken klebte.

Mit vereinten Kräften zogen sie den Körper über den Bootsrand: ein bleicher Mann mittleren Alters. Die aufgeweichte Haut an den Handflächen mit den weißen Furchen machte deutlich, dass er schon längere Zeit im Wasser gelegen hatte. «Ich habe kein Handy. Die ganze Zeit über, während ich ruderte, habe ich mir Vorwürfe gemacht, dass ich kein Handy mitgenommen habe», sagte der Fischer und schüttelte unglücklich seinen kahlen Kopf, auf dem er eben noch seine Mütze gehabt hatte.

«Dieser Mann ist sicher nicht erst heute ertrunken. Zwei Stunden mehr oder weniger spielen da keine Rolle. Es war klug von Ihnen, den Körper vorsichtig zu transportieren, das macht es der Polizei einfacher, festzustellen, was geschehen ist.»

Maria rief die Vermittlung der Polizei an und hörte, wie die näselnde Stimme des Wachhabenden sich überschlug. Am Anleger begannen sich inzwischen die Leute zu sammeln. Der Strand, der eben noch so still dagelegen hatte, verbarg offenbar mehr Menschen in seinen Mulden und Schilfdickichten, als sie geahnt hatte. Als der Streifenwagen ankam, hatte sich die Menge verfünffacht. Die Presse, die den Code im Polizeifunk verstanden hatte, traf ein, als die Absperrungen gerade fertig waren. Der Reporter von Kronköpings «Allehanda», der dicht gefolgt vom Fotografen aus dem Wagen sprang, sah sichtlich enttäuscht aus, als ihm der Zugang zum Anleger versperrt wurde.

«Was hat die Polizei zu dem Vorfall zu sagen?», rief er Maria zu, die über den Toten gebeugt dastand.

«Musst du den Wachhabenden fragen», antwortete Maria freundlich, aber bestimmt.

«Handelt es sich um Mord oder einen Unglücksfall?»

«Kann ich nicht sagen. Sprich mit dem Wachhabenden.»

«Das ist der Hausmakler, stimmt's?» Der Reporter fasste Maria an den Arm, als sie an ihm vorbeiging.

«Ich bin nicht befugt, deine Fragen zu beantworten, das weißt du doch ganz genau.»

«Auch das noch», stöhnte der Reporter und trat einen Schritt zurück, um Platz für den Fotografen zu machen.

Der Tote wurde in einem schwarzen Plastiksack mit Reißverschluss zum Leichenwagen getragen, der dicht gefolgt von dem Streifenwagen in Richtung Krankenhaus verschwand.

Erst als sie drinnen beim Arzt war, der den Tod bescheinigen sollte, fiel Maria ein, dass sie vergessen hatte, die Haustür abzuschließen. Krister würde sich sicher wundern. Der junge Arzt machte ein merkwürdiges Gesicht. Vielleicht war es für ihn das erste Mal, dass er mit der Polizei zusammenarbeitete, oder der Geruch der Leiche, die zu verwesen begann, machte ihm zu schaffen.

«Der Leichnam ist heute Morgen von einem Fischer gefunden worden, ungefähr um 7.30 Uhr. Danach ist der Verstorbene an Land gerudert worden, das dauerte nicht ganz drei Stunden. Soll er obduziert werden?»

«Ja, damit müssen wir rechnen. Ein Verbrechen kann nicht ausgeschlossen werden. Die Identität ist noch nicht geklärt. Der Körper ist geschwollen und verändert. Der Fischer, der ihn aus dem Wasser gezogen hat, meint ihn zu kennen, aber wir müssen wohl einen Gebissabdruck machen lassen, um die Identität sicher feststellen zu können.»

Als Maria mit dem Schreibkram, der Anzeige und dem vorläufigen Protokoll über den Todesfall fertig war, ging sie zu Hartman.

«Hat man ihn identifizieren können?», fragte der.

«Wir sind dabei.»

«Was meinst du denn, kann es Clarence Haag sein? Du hast ja Fotos von ihm gesehen. Wenn ich es richtig verstanden habe, war der Verstorbene schon etwas aufgedunsen. Ich meine, es wäre besser, wenn wir alle Alternativen ausschließen, ehe wir Frau Haag herbitten, um ihn zu identifizieren.»

«Mein erster Gedanke war, dass es Clarence sein könnte. Sie sind sich nicht ganz unähnlich, ungefähr gleiches Alter, gleicher Körperbau. Aber als wir den Mann auf den Kahn gezogen hatten, sah ich die Zähne. Das kann nicht Clarence Haag sein. Clarence hatte einen halb vergoldeten Vorderzahn.

Der Fischer, mit dem ich den Leichnam aus dem Wasser gezogen habe, meinte ihn erkannt zu haben. Soll ein Mårten Norman sein. Ich habe nach dem Namen im Computer gesucht. Mårten Norman taucht häufiger in den Registern auf. Er hat wegen Rauschgiftdelikten gesessen, wegen Einbruchs, Diebstahl und Körperverletzung. Gerade jetzt war er unter Auflagen entlassen und vor drei Tagen von seinem Betreuer als vermisst gemeldet worden. Letzte Adresse war ein Schuppen unten am Strand von Kronviken. Den Unterlagen nach ist er vor einem Jahr zwangsweise aus seiner Wohnung in Videvägen hinausgeflogen.»

«Aus seiner Wohnung in Videvägen hinausgeflogen! Das sagt schon einiges über den Mann.» Örjan Himberg, der sich während des Gesprächs hinzugesellt hatte, lächelte so breit, dass seine Ohren wie Rosetten an den Mundwinkeln aussahen. Hartman warf ihm einen missbilligenden Blick zu, und Himbergs Lächeln schmolz auf eine normale Größe zusammen.

«Was hat er für Angehörige?»

«Eine Mutter. Lily Norman.»

«Wer fährt zu ihr, wenn wir sicher sind, dass es sich um Mårten Norman handelt?»

«Wern, Frauen sind rein gefühlsmäßig für so was besser geeignet.» Himberg wand sich missmutig.

«Wern?»

«Wenn es niemand anders tun will, übernehme ich es. Geht in Ordnung.»

Nachdem sie mehrmals erfolglos an Frau Normans Tür geklingelt hatte, wurde Maria von einer Nachbarin darauf hingewiesen, dass Lily Norman seit mehr als einer Woche im Krankenhaus lag.

«Sie ist hingefallen und hat sich wieder verletzt, die arme Frau. Lily hat furchtbares Pech, rutscht ständig aus und stößt sich immer wieder. Sie dürfte in diesem großen Haus eigentlich nicht allein wohnen. Es ist für eine alte allein stehende Frau schwer, für sich selbst zu sorgen, mit Rasen mähen und Schnee schaufeln und allem. Neulich, als sie raufklettern und eine Glühbirne auswechseln wollte, war es das Gleiche. Sie ist gefallen und hat sich verletzt. Und der Sohn, dieser Taugenichts, hilft ihr auch nicht. Nicht einen Handschlag tut der für seine alte Mutter. Rennt nur hier rum und leiht sich Geld. Mich hat er auch anzupumpen versucht, aber bei mir kommt er damit nicht durch. Lily war mit dem Jungen immer zu lasch. Das sage ich und dazu stehe ich», erklärte die Nachbarsfrau und unterstrich ihre Behauptung mit einem kräftigen Nicken.

Auf dem Weg zum Empfang des Krankenhauses kam Maria am Kiosk vorbei. Als sie die Regale mit Schokolade, Obst und Tüten voller Süßigkeiten sah, merkte sie plötzlich, wie hungrig sie war. Das Mittagessen war mal wieder ausgefallen. Nicht einmal eine Tasse Kaffee bei dem alten Jacob hatte sie getrunken, obwohl sie sich darauf schon gefreut hatte. Ein intensives Verlangen nach Schokolade machte sich in dem leeren Magen bemerkbar, es war ganz einfach nicht zu unterdrücken. Dunkle Schokolade mit mindestens 72 Prozent Kakao, gern bittere, oder kleine wunderschöne Nougatkugeln, die langsam im Mund schmelzen, oder gefüllte Pralinen oder belgische Meeresfrüchte. Am liebsten alles auf einmal.

Nachdem Maria Schokolade für 85,50 Kronen verdrückt hatte, fiel ihr die kleine Ninni ein, die hatte sicher kein Gramm Fett mehr am Körper, als was in den BH passte, keine Schwangerschaftsfalten auf dem Bauch und keine Narben auf der Seele, die ihrem Tatendrang Grenzen setzten. Darum kaufte sich Maria eine Banane, die aufzuessen sie nicht mehr schaffte, und die sie deshalb in ihren kleinen schwarzen Rucksack gleiten ließ, um kommenden Attacken von Gefräßigkeit vorzubeugen. Übrigens war es Ninnis Schuld, dass sie die Schokolade hinuntergeschlungen hatte. Sie war es gewesen, die Maria aus dem Gleichgewicht gebracht und ihr die Laune verdorben hatte. Da hilft nur Schokolade. Viel Schokolade. Leider schwindet der Erfolg mit dem Sättigungsgefühl langsam, um schließlich ganz vom Schuldgefühl verdrängt zu werden. Immerhin hatte sie 85,50 aus der schmalen Familienkasse für Schokoladenmissbrauch verwendet. Denn als Missbrauch muss es bezeichnet werden, wenn man gute Schokolade einfach so in sich hineinschlingt. Die einzig sinnvolle Art ist doch, Schokolade in ganz kleinen Stückchen in den Mund zu nehmen und sie langsam auf der Zunge schmelzen zu lassen. Dann reichen ein, höchstens zwei Stück, und man erreicht den größtmöglichen Genuss.

Im Flur vor den Fahrstühlen hing ein großer Spiegel. Maria machte auf der Stelle kehrt, als sie ihr Spiegelbild sah, schnitt wegen ihres unansehnlichen Anblicks eine hässliche Fratze und nahm die Treppe zur chirurgischen Station, auf der Lily Norman lag. Langsam ging sie Stufe für Stufe hinauf, um Zeit zu gewinnen und sich auf das Gespräch mit der Mutter des Toten vorzubereiten.

Es ist immer schwer, eine Todesnachricht zu überbringen. Auf dem Weg in den fünften Stock überlegte Maria, wie sie sich am besten ausdrücken sollte. Es ist vielleicht eine der schwersten Aufgaben für einen Polizisten. Auf der Polizeischule wurde man nicht darin ausgebildet, wie so etwas rein praktisch zu handhaben war. Zu Anfang musste man zuhören, wie ältere Kollegen so etwas formulierten, es dann nachmachen oder ablehnen: «Ich bin von der Polizei. Ich habe die traurige Pflicht, Ihnen mitzuteilen, dass Ihr Sohn verstorben ist.» Schwer, eine

Formulierung zu finden, die dem Anlass entsprach, ohne allzu hochtrabend zu klingen: «Maria Wern, ich bin von der Polizei. Können wir uns irgendwo hinsetzen, wo wir ungestört miteinander reden können? Ich habe eine traurige Nachricht. Ihr Sohn ist ertrunken.» Erst gestern hatte Maria im Radio gehört, dass nur sieben Prozent der Kommunikation durch das gesprochene Wort vermittelt werden. Körpersprache und Tonlage haben einen viel höheren Stellenwert; Wärme und Wohlwollen spielen eine große Rolle, auch wenn das etwas verworren klingt. Natürlich hatten sie in der Schule einiges über Alltagspsychologie und Krisenreaktionen gehört, aber das bedeutete noch lange nicht, dass sie auch nur einen blassen Schimmer davon hatten, wie jemand reagieren würde. Manche Angehörigen verhielten sich steif, stumm und verschlossen. Manche weinten leise, andere wieder wurden rasend aggressiv und warfen mit Beschuldigungen um sich. Wie reagiert man, wenn jemand kommt und einem sagt, dass der eigene Sohn tot ist? Jemand, den man nicht kennt. Kann man ihm das abnehmen? Kann man das glauben? Das Beste wäre natürlich, wenn jemand, der den Angehörigen von früher her kennt, diese schwere Aufgabe übernimmt. Aber das kommt fast nie vor. Manchmal erhielt man von der Polizei aus einer ganz anderen Gegend des Landes den Auftrag, Angehörigen in Kronköping die Nachricht von einem Todesfall zu überbringen.

Trotzdem ist die Mitteilung nicht das Schwerste. Am allerschwierigsten ist es, denjenigen, den man mit der traurigen Nachricht erschüttert hat, allein zu lassen. Wenn es keinen guten Freund gibt, der kommen und Beistand leisten kann. Man fühlt sich irgendwie schuldig. Fühlt sich verpflichtet, die alte Harmonie und Ausgeglichenheit wieder herzustellen. In unserer hoch effektiven Gesellschaft darf Trauer sich nicht ausbreiten. Darf kein Platz und keine Zeit für Trauer sein. Am liebsten soll der Trauernde am nächsten Tag wieder an seinem Arbeitsplatz sein und seine Aufgabe gut machen, mit Medikamenten oder ohne. Ist das nicht möglich, kann der Betreffende krankgeschrieben werden, am schlimmsten mit der Diagnose «psychisch insuffizient», psychisch unzulänglich. So, als ob Trauer eine unnatürliche Art darstellt, auf einen Todesfall in der Familie zu reagieren. Der Tod ist in unserer Kultur etwas so Fremdes geworden, dass wir nicht wissen, was wir sagen sollen oder was wir tun können, wenn jemand von einem Verlust betroffen ist. Es gibt Menschen mittleren Alters, die noch nie einen Toten gesehen haben. Man stirbt im Verborgenen im Krankenhaus oder – wie in Mårten Normans Fall – man wird in einem schwarzen Plastiksack abtransportiert, damit niemand sich von so etwas ganz Natürlichem wie dem Tod unangenehm berührt fühlen muss.

Lilly Norman sagte gar nichts. Der magere stramme Körper schien sich beinahe zu entspannen, als Maria ihr Anliegen vortrug. Sie sah aus wie ein kleiner verletzter Vogel, wie sie da mit ihrem Gipsbein und dem Gesicht voller blauer Flecken in ihrem Rollstuhl saß. Maria schob einen Stapel mit Krankenhauswäsche zur Seite und ließ sich auf dem einzigen verfügbaren Stuhl nieder, um ihr Auge in Auge gegenübersitzen zu können.

«Ein Fischer hat ihn im Wasser dicht unterhalb von Kronholmen gefunden.»

Lilly blickte eine ganze Weile aus dem Fenster. In ihren Augen glänzte es, und eine Träne fand ihren Weg über die dünne Haut ihrer Wange, dann noch eine. Maria saß mit den Händen auf den Knien still da und wartete. Sie nahm die Geräusche um sie herum wahr. Der Essenswagen donnerte vorbei. Porzellan klapperte. Das Murmeln von Stimmen.

«Er war so ein lieber Junge. Fleißig in der Schule. Fröhlich und hilfsbereit. Manchmal ein bisschen ungezogen, wie Jungen eben sind. Alles, was ich mir damals für unsere Zukunft versprach, war erreichbar. Wir konnten keine eigenen Kinder kriegen. Mårten war adoptiert. Sehnlicher als er kann kein

Kind erwartet worden sein. Alles wollten wir ihm geben. Wir waren so stolz, als er nach Hause kam und erzählte, dass er für die UNO-Schutztruppe auf Zypern ausgewählt worden war. Er sah so chic in seiner Uniform aus. Es war romantisch und zugleich rührend, wie Anita Lindblom im Radio sang: ‹Krieg und Tod im fernen Land. Tränen und Hunger, ein Land im Feuer. Aber mit seiner blauen Baskenmütze steht ein schwedischer Soldat im Schein einer Handgranate da.› Wenn wir es nur besser gewusst hätten! Er war zu empfindsam, Mårten. Geriet in schlechte Gesellschaft. Vielleicht hat er die ganze Zeit über Angst gehabt. Manchmal habe ich überlegt, ob er unseretwegen gefahren ist, damit wir stolz auf ihn sein sollten. Um uns zu beweisen, dass er erwachsen war, ein richtiger Mann. Er hätte es nicht tun müssen. Vielleicht wäre alles anders geworden, wenn er nicht gefahren wäre. Als er nach Hause kam, war er so verändert. So furchtbar verändert. Mir gegenüber war er völlig verschlossen. Bei der Trauerfeier für seinen Vater stahl er Geld aus meiner Handtasche, die 15 000, die ich abgehoben hatte, um die Kosten zu bezahlen. Die wollte er nur für kurze Zeit leihen. Das war der Anfang. Gott, wie schwer war das zu begreifen und zu ertragen. Was glauben Sie, wird er in die Hölle kommen?»

«Ich glaube, dass er die Hölle hinter sich hat.»

«Das ist richtig. Bleibt nur die Frage, ob man sagen kann, dass es sein freier Wille war. Ich weiß, dass er mich eigentlich liebt ... mich liebte, und trotzdem wurde er gezwungen, mich zu verletzen, mich zu schlagen, um Geld für seine Sucht zu bekommen. Ich habe nie die Polizei mit hineingezogen.»

«Das tun Mütter selten, wenn sie von ihren Kindern misshandelt werden.»

«Ja, und das geschieht viel öfter, als Sie ahnen.»

«Da stimme ich Ihnen zu. Wollen Sie mir erzählen, wann Sie Mårten zum letzten Mal gesehen haben?»

«Das ist genau eine Woche her. Er kam am frühen Morgen

nach Hause. Ich hatte die Wohnungstür abgeschlossen, machte aber auf, als er zu schreien anfing. Ich wollte nicht, dass die Nachbarn alles mitbekamen. Er bekam die letzten Hunderter, die ich hatte. Die Miete hatte ich im Vorhinein eingezahlt. Das hat er mir nicht geglaubt, und dann bin ich hier im Krankenhaus gelandet. Wissen Sie, was Mårten passiert ist? War es ein Unfall? Stand er unter Drogen?»

«Das können wir erst in ein paar Tagen beantworten. Stimmt es, dass er in einem Schuppen am Strand wohnte?»

«Bis vor einem Jahr wohnte er in Videvägen, aber er hat sich unmöglich gemacht. Wir haben uns geeinigt, dass er in den Strandschuppen zieht, den ich von meinem Vater geerbt habe. Der liegt unten beim Fischereihafen von Kronviken. Im Schuppen daneben wohnt während des Sommers ein älterer Mann, Jacob. Ich glaube, der achtet ... achtete ein bisschen auf Mårten, sah zu, dass er hin und wieder etwas aß.»

15

Ein neues Computersystem sollte eingeführt werden. Ragnarsson konnte beinahe an nichts anderes mehr denken, oder von nichts anderem mehr sprechen. Kommissar Ragnarsson, der den Spitznamen Sturm trug, weil er alles mit einer stürmischen Unbeherrschtheit in Angriff nahm, regte sich gerne auf, wenn sich ihm die Möglichkeit bot. Und nun ging es also um das Computersystem. Nicht mal Hartman konnte seine Mundwinkel beherrschen, als sich herausstellte, dass das neue System ausgerechnet so hieß: STURM.

Ek schaute am Nachmittag vorbei, um die Zettel mit den Anmeldungen für sein Geburtstagsfest einzusammeln. Er warf einen Blick auf die Liste und lächelte vergnügt. Alle, die nicht im Dienst waren, würden kommen. Hartman hatte mit Ragnarsson getauscht, der gezwungen war, seine Frau am bevorstehenden Samstag, als er eigentlich Dienst gehabt hätte, zum Flugplatz zu fahren.

«Alle können kommen», wiederholte Ek für sich. «Wollt ihr tanzen, oder wollen wir das Mörderspiel spielen?»

«Können wir uns nicht einfach wie erwachsene Menschen unterhalten?», fragte Arvidsson trocken und blätterte die Zeitung um, er musste sich tarnen, damit niemand sehen konnte, wie sehr er sich darüber freute, dass Ek wieder mal vorbeikam.

«Was ist denn das für ein Spiel, das Mörderspiel?», fragte Erika, der sehr daran gelegen war, mögliche Überraschungen zu vermeiden, für die sie nicht gekleidet war. Aus Erfahrung, nachdem sie damals im Kronwald eine Hindernisbahn in engem Rock und hochhackigen Schuhen zu überwinden gehabt hatte. «Ist das so was wie ‹Wahrheit oder Liebe›?»

«Schlimmer. Einer ist der Mörder und tötet, indem er den anderen, die in einem Kreis sitzen, zublinzelt. Einer nach dem anderen fallen die Toten auf den Boden. Eine andere Person ist der Detektiv und versucht festzustellen, wer der Mörder ist, also ihn auf frischer Tat festzunehmen, wenn er blinzelt.»

«Kindergartenspiele, ich passe!» Arvidsson bekam eine Gänsehaut, wenn er nur daran dachte, im Kreis zu sitzen und Maria ganz aus der Nähe in die Augen blicken zu müssen, ihr vielleicht sogar zuzublinzeln oder umgekehrt. Er wusste, dass er dann rot werden würde, und alle würden es sehen. Kommentare würden ihn in den Boden versinken lassen. «Wenn das ein Kinderfest wird, komme ich nicht», stellte er fest und hoffte, dass niemand die Enttäuschung in seiner Stimme merken würde.

«Okay, lassen wir das. Ich habe ein anderes kleines Spiel, oder eine Wette. Wir haben lange nicht gewettet. Guckt euch die Magneten am Kühlschrank an, die sitzen in einer Reihe im Abstand von genau drei Zentimetern. Warum, glaubt ihr? Weil

Ragnarsson hier war und sie zurechtgerückt hat. Ich lasse jetzt den dritten Magneten ein Stückchen sinken. Dann lautet die Frage: Wird Ragnarsson ihn wieder zurechtrücken, wenn er zum Kaffeetrinken kommt, oder wird er es nicht tun? Wir beschränken uns jetzt auf dieses eine Mal. Wenn er ihn später als vier Uhr zurechtrückt oder ihn überhaupt nicht berührt, gilt das als NEIN, und wenn er ohne irgendwelche Andeutungen» – Ek blickte Erika streng an und klemmte sich den Wetteinnehmer-Bleistift hinters Ohr –, «ohne jede Art von Hinweisen den Magneten zurückschiebt, gewinnen diejenigen, die JA gesagt haben. Als Einsatz schlage ich zehn Kronen vor, wie immer.»

Maria zerbrach sich angestrengt den Kopf. Als sie nach Kronköping kam, hatte sie sich im Aufenthaltsraum ahnungslos auf Ragnarssons Platz am Fenster gesetzt. Er hatte sie nicht direkt gebeten, sich woanders hinzusetzen, aber er hatte sie lange und sichtlich gereizt angestarrt, und als sie später aufstand, um sich nach dem Essen einen Kaffee zu holen, hatte er ihren Teller beiseite geschoben, ganz weit weg auf die Ecke des Tisches, und sich auf ihren Platz gesetzt. Ragnarssons Schreibtisch war ebenfalls eine Analyse wert. Die Stifte standen in Habtachtstellung in ihrem Gestell. Der Tisch war meistens sauber, sogar staubfrei. Das Telefon und die Haussprechanlage standen in Reih und Glied, und die Unterlagen, die in sorgfältigen Stapeln dalagen, wagten nicht, sich zu bewegen. Sicher litt er an einer Art Symmetrieparanoia. Aber die eigentliche Frage war doch die nach seiner Aufmerksamkeit: Würde er den Kühlschrank überhaupt bemerken? Galt das Gesetz von der Symmetrie aller Dinge nur in der privaten Umgebung oder ganz allgemein? War ihm jemals aufgefallen, wenn irgendwer sich die Haare hatte schneiden lassen? Oder dass der Konferenzraum neue Vorhänge bekommen hatte, oder dass Arvidsson mit einer Gehhilfe kam, nachdem er sich den Fuß verstaucht hatte? Maria setzte zehn Kronen auf NEIN und ging dann in das Vernehmungszimmer, wo sie Tord Bränn antraf, den Fischer, der

Mårten Norman gefunden hatte. Unten am Fischereihafen war keine Gelegenheit mehr gewesen, alle Angaben aufzunehmen, weil die Neugierigen und die Presse sich in einer dichten Traube um sie versammelt hatten.

Tord Bränn war in sauberem Hemd und mit einem auffallend unmodernen Schlips erschienen. Das Jackett saß stramm in den Achselhöhlen und ließ sich vermutlich nicht zuknöpfen. Er selbst musste es wie eine zivilisierte Art von Zwangsjacke empfinden, seiner Miene nach zu schließen.

«Dauert es lange, das hier?», fragte er und fingerte nervös an der Mütze, unsicher, ob er sie aufbehalten oder abnehmen sollte.

«Wollen Sie mir bitte erzählen, was heute passiert ist, so genau, wie Sie können.»

«Ich bin heute Morgen um vier aufgestanden und habe mir zwei Eier in die Pfanne gehauen. Wir haben eigene Hühner. Manchmal muss man nach den Eiern suchen, aber heute Morgen ...»

«Ich meinte, von dem Moment an, als Sie den Toten gefunden haben», beeilte sich Maria hinzuzufügen.

«Ich ging mit dem Boot raus, um die Netze in der See auszulegen. Ich habe meinen eigenen Platz gleich diesseits von Kronholmen, direkt südlich von dem Aussichtsfelsen. Ich sah, wie irgendetwas in der Fahrrinne trieb, und wurde neugierig. Aber ich habe erst mal meine Netze ausgelegt, bevor ich hingerudert bin. Ich dachte, es wäre ein großer Plastiktank, der in den Wellen auf und ab schaukelte. Konnte eigentlich nichts anderes sein. Aber es war ein Toter.»

«Ihnen kam der Mann bekannt vor?»

«Ja, verflucht!» Tord schob den Unterkiefer vor und nickte zweimal. «Das war der Fixer, Mårten Norman.»

«Wissen Sie etwas darüber, wie er ins Wasser gefallen sein kann? Haben Sie gesehen, ob er in der letzten Woche mit einem Boot hinausgefahren ist?»

«Der, der ist wasserscheu, schlimmer als 'ne Katze. Der

wäscht sich nicht mal sonntags, wie jeder anständige Mensch. Er hat kein Boot.»

«Gab es jemanden, mit dem er zusammen war, mit dem er vielleicht trotzdem auf eine Bootstour rausgefahren ist?»

«Der alte Jacob war wohl so nett und hat ihm hin und wieder was zu essen gegeben. Aber ich glaube nicht, dass irgendwer ihn mit hinaus aufs Wasser genommen hätte.»

«Warum nicht?»

«Weil man sich nicht auf ihn verlassen konnte. Es reicht schon, wenn man Wind und Wetter im Auge behalten muss. Man soll niemals was ins Boot nehmen, von dem man nicht weiß, ob man's auch an Land rudern kann. Er war völlig unberechenbar. Manchmal war er tranig wie Teer, und manchmal tobte er in seinem Schuppen, dass man glauben konnte, ein ganzes Bataillon wäre da drin.»

«Haben Sie ihn am Mittsommerwochenende gesehen?»

«An Mittsommer war ich mit den Enkelkindern in Stockholm. Ist beinahe lästerlich, wenn man die Natur hier verlässt, gerade wenn sie am schönsten ist, aber die süßen Kleinen ließen sich nicht davon abbringen, sie wollten unbedingt in den Vergnügungspark Gröna Lund. Heutzutage hat man ja nichts mehr zu sagen.» Tord nahm die Mütze ab und trocknete sich die Stirn. Der Schweiß floss ihm über den Hemdkragen. «Die Frau meinte, ich müsste mich so verkleiden, wenn ich zur Polizei gehe, sie hat nicht nachgegeben», erklärte er zu seiner Entschuldigung.

Als Maria um genau 15.32 Uhr den Aufenthaltsraum betrat, diskutierten Ek und Arvidsson schon wieder endlos. Die kulinarische Debatte hatte sich diesmal zu einer lautstarken Diskussion über das Autofahren und Opfergaben an Götter entwickelt. Wie sie darauf gekommen waren, war hinterher für Uneingeweihte unmöglich nachzuvollziehen. Maria ließ sich nieder und wartete darauf, dass die Diskussion sich dem Ende näherte.

«Die Menschen haben zu allen Zeiten und in allen Kulturen ihren Göttern geopfert. Wir tun das auch.»

«Welchen Göttern opfern die Menschen denn deiner Meinung nach heutzutage?»

«Dem Mammon in unterschiedlichster Form. Dem Markt, wenn du so willst. Schnelle Transporte von Waren erfordern mehr Autos auf den Straßen. Jedes Jahr fordert das Ungeheuer Verkehr 600 Menschenleben, und wir halten das offenbar für ein angemessenes Opfer zum Ausgleich für die Gaben, die die Götter bescheren. Das Vertrauen in den Markt ist wichtig. Aus den heiligen Börsendaten können wir die Stimmung der Götter ablesen.»

«So kann man nicht argumentieren!»

«Warum nicht? Der Unterschied zwischen den Menschopfern heutzutage und denen damals ist, dass unsere zufällig ausgewählt werden. Wir wissen nicht im Voraus, wer im Verkehr sterben muss, wer durch Umweltgifte Krebs bekommt oder wer durch den Stress am Arbeitsplatz zusammenklappt. Wenn man eine Liste der Opfer ein Jahr im Voraus veröffentlichte, würde niemand so was akzeptieren. Aber wenn es zufällig geschieht, schließen wir die Augen. Nach dem Motto: Mich wird es schon nicht treffen.»

«So kann man nicht argumentieren!» Ek stand aufgeregt mit den Händen in den Hosentaschen da und wankte mit dem Oberkörper wie ein Pendel.

«Was man sieht, richtet sich danach, welche Perspektive man wählt. Steht man mit dem Gesicht zur Wand, bekommt man eben nur sehr wenig mit.»

«Und wenn man ständig in die Tageszeitung starrt, riskiert man, dass man sich die Nase einklemmt», entgegnete Ek und kniff Arvidsson in die Nase, denn ihm fehlten die Argumente. In diesem Augenblick trat Ragnarsson ein, und alle wandten sich ihm in gespannter Erwartung zu.

«Nein, es gibt keinen Kaffeeautomaten!», sagte er fauchend,

nachdem er sie einen Moment lang angestarrt hatte und sich seine eigene Meinung über den Gesichtsausdruck jedes Einzelnen gebildet hatte. «Wir haben das früher schon durchgesprochen, und wie ihr wisst, halte ich das für eine absolut sinnlose Investition. Unnötig und zeitraubend. Stellt euch nur mal vor, was das für ein Gelaufe gibt, wenn ständig Kaffee bereitsteht. Es ist doch nichts dabei, wenn wir es wie immer machen, nämlich den Wasserkocher benutzen. Ich sage euch, diese Automaten sind der reine Schwindel. Ich glaube, die Kaffeeproduzenten beteiligen sich an den Werbungskostenzahlen, denn in solche Ungetüme geht viel mehr Pulver rein.»

«Ist das wirklich so?», fragte Ek.

«Als ich neulich im Supermarkt einen solchen Apparat ausprobierte, habe ich gesehen, was es damit auf sich hat. Erst habe ich meinen Fünfer reingelegt, dann habe ich auf den Knopf gedrückt. Daraufhin fiel er in den Kasten und der Kaffee kam herausgeflossen.»

«Und dann?», drängte Ek, um Ragnarsson auf die Sprünge zu helfen, denn der war mit der Handfläche gegen die Kühlschranktür gelehnt stehen geblieben. Die dicht beieinander sitzenden Augen starrten irritiert auf die Kühlschrankmagneten. «Und dann?»

«Danach kam der verdammte Becher», rief Ragnarsson aus und richtete in schneller Folge die übrigen fünf Magneten so aus, dass sie mit dem übereinstimmten, der versetzt worden war. Ein Schachzug, der danach zu ewigen Diskussionen zwischen Ek und Arvidsson führte.

16

Arvidsson hatte einiges über die Geschäfte von Clarence Haag zu berichten.

«Ich habe nochmal eine kleine Tour nach Videvägen gemacht und bei Mårten Normans altem Freund, dem Äthermann und Rattenjäger Per Trägen vorbeigeschaut. Zu Anfang war er nicht besonders mitteilsam, aber das gab sich, als ich ihn ein bisschen in den Schwitzkasten genommen habe. Rein mental natürlich. Warum Gewalt anwenden, wenn man nur erwähnen muss, dass es nach Fusel riecht? Ich habe darauf hingewiesen, dass das Schwarzbrennen seit 1860 verboten ist. Er versprach, sich das zu merken. Danach wurde er sozusagen etwas mitteilsamer. Wir sind als Freunde auseinander gegangen. Aber davor hat er mir erzählt, dass Mårten Geld von Clarence Haag erpresst hat. Vor gerade einer Woche 20 000 Kronen und im vorigen Monat das Gleiche. Ich habe die Kontoauszüge von Clarence überprüft, und es stimmt. Ähnliche Auszahlungen hat es mehrere Jahre lang gegeben. Als ich die Daten mit den Zeiten verglich, in denen Mårten gesessen hat, fand ich heraus, dass die betreffenden Monate keine Zahlungen von Clarence aufwiesen.»

«Vielleicht gibt es da einen Zusammenhang. Was bringt einen etablierten Hausmakler dazu, große Geldbeträge an einen bekannten Rauschgiftsüchtigen zu zahlen? Was können wir uns für ein Motiv vorstellen: eigener Konsum? Rauschgifthandel? Erpressung? Ich schlage vor, das Personal der Goldenen Traube sieht sich mal das Foto von Mårten Norman an. Vielleicht können die ihn als den Mann mit der Mütze identifizieren.» Hartman blätterte in seinem Block zurück, und eine Weile herrschte Schweigen. «Nimmst du dich der Sache an, Arvidsson?» Der Rothaarige nickte. «Nach der Obduktion des Ertrunkenen müssen wir entscheiden, wie wir weiter vorgehen. Im Hinblick auf die Zahlungen von Clarence Haag kann ein Verbrechen nicht mehr ausgeschlossen werden.»

«Ich finde, wir sollten nochmal mit Odd Molin reden. Er erinnert sich vielleicht an Mårten Norman und weiß etwas über die Geschäfte von Clarence. Schließlich sind sie doch Kompagnons», schlug Arvidsson vor.

«Wir müssen auch die Fischer vernehmen, die im Kronviken fischen. Ich kann mir vorstellen, dass die untereinander recht genau auf ihre Boote achten und sich gegenseitig nicht aus den Augen lassen», regte Hartman an.

«Es gibt einen alten Mann, Jacob Enman, der sitzt normalerweise den ganzen Sommer über vor seinem Schuppen und flickt Netze. Da hat er die volle Übersicht sowohl über den Fischereihafen als auch den Sportboothafen. Als ich zuletzt vorbeigegangen bin, lag er über seinem Küchentisch und schlief. Sicher hatte er genug von dem Unwetter ... Er lag über den Tisch gebeugt und schlief ... NEIN! Hartman, ich bin mehrmals vorbeigegangen, und er lag immer auf die gleiche Art und Weise da. Er lag über dem Tisch mit dem Kopf auf den Armen. Da stimmt vielleicht irgendetwas nicht», sagte Maria und sprang vom Tisch auf.

Wern und Arvidsson nahmen den weißen Ford hinunter zum Fischereihafen. Alle Streifenwagen waren unterwegs, zwei in Kronköping, und der dritte jagte am Schießplatz einen Autofahrer, der wahrscheinlich betrunken war. Kein Wunder, dass Alkoholdelikte im Verkehr ständig zunahmen, wenn in jedem zweiten Haus schwarz gebrannt wurde. Einige Verordnungen waren unter der Bevölkerung in den dunklen Wäldern und den einsamen Küsteregionen des Nordens auf wenig Verständnis gestoßen.

Der Wind drückte gegen das Auto, als sie in die offene Landschaft hinauskamen. Gelbe Rapsfelder und blauer Flachs sausten vorbei und wechselten sich mit Hochwald und Weideflächen ab. Maria konnte es gar nicht schnell genug gehen. Ausnahmsweise freute sie sich, dass Arvidsson fuhr und sich an die vorgeschriebene Geschwindigkeit hielt. Sie selbst hätte das Gaspedal voll durchgetreten. Ansonsten konnte sie sich manchmal aufregen, weil sich die männlichen Kollegen immer ganz selbstverständlich ans Lenkrad setzten.

Rosmaries Kräutergarten mit seinen rosa Gebäuden war schon von weitem zu sehen. Ehe sie an der Gärtnerei vorbei waren, stellte Maria fest, dass der Parkplatz halb voll war.

Als sie sich der grauen Reihe der Fischerschuppen näherten, begann der Regen in großen schweren Tropfen auf die Windschutzscheibe zu fallen. Weiße Schaumkronen trieben auf den Wellen, die dunkelgrau über die Steinpier schwappten. Fischerboote schaukelten wie Wippen in der rauen See auf und ab. Als Arvidsson aus dem Auto stieg, hörte man trotz des scharfen Windes die knarrenden Geräusche der Boote, die aneinander scheuerten. Es stürmte jetzt richtig. Maria musste die Tür an ihrer Seite regelrecht aufstemmen, als ob der Wind sie daran hindern wollte, das Unvermeidliche ansehen zu müssen. Er zerrte an ihren Kleidern. Fegte ihre Haare vor das Gesicht, sodass sie nichts mehr sehen konnte. Hart ballte sie die Hand in der Hosentasche. Was hätte sie darum gegeben, dass ihre Vermutung falsch war, dass er am Leben war, der alte Jacob. Obwohl, wenn man die neunzig überschritten hat, kann es ja jederzeit so weit sein. Irgendwann ist jedes Leben zu Ende. An seinem eigenen Küchentisch einzuschlafen hat was für sich, versuchte sie sich einzureden. Mit einem brennenden Gefühl hinter den Augenlidern rieb sie den dicksten Staub von den Scheiben und blickte hinein. Schnell konnte sie feststellen, dass der alte Jacob noch wie vorher auf dem Küchentisch lag. Maria klopfte an die Fensterscheibe. Ein schwaches jämmerliches Klopfen, das von dem heulenden Wind hinweggetragen wurde. Jacob bewegte sich nicht. Maria hämmerte so fest sie sich traute, ohne die Scheibe zu zerbrechen.

Arvidsson fasste an die Tür. Die war abgeschlossen. Seine Hände tasteten über den Türbalken und unter die flachen Steine am Eingang. Aber da befand sich kein Schlüssel. Es blieb Arvidsson nichts anderes übrig, als das Fensterglas neben der Tür einzuschlagen, den Riegel zu lösen und die Tür zu öffnen. Ein grässlicher Gestank von Verwesung schlug ihnen entgegen. Maria trat langsam nach Arvidsson ein und sah sich um. Keine Zeichen von Gewaltanwendung. Alles sah so aus, wie sie es in Erinnerung hatte: die Petroleumlampe an der Decke, das Bettsofa mit einer Tagesdecke aus gehäkelten rechteckigen Lappen, ordentlich und glatt gemacht. Die Kaffeekanne auf dem Ölofen, ein wenig angebrannt, als ob sie über dem Feuer gestanden hatte. Das große Bild mit Jesus, der den Sturm abwendet, und der Eckschrank mit der Dalamalerei, in dem Jacob seine lebensnotwendigen Habseligkeiten aufbewahrte, seinen Kautabak und den kleinen Klaren für den Feiertag. Die Netze hingen wie üblich an der einen Längswand, und der Bootshaken stand in der Ecke neben der Zinkwanne. Vorsichtig, ohne etwas zu berühren, machte Maria die letzten Schritte auf den Küchentisch zu, an dem Jacob vornübergebeugt saß. Beinahe wäre sie in die Pfütze getreten, Blut war an dem Stuhlbein heruntergelaufen und hatte eine Lache auf dem Fußboden gebildet. Die Brille lag daneben, ein Glas war zerbrochen. Maria verfolgte den Weg des Blutes über das blaue Hemd, unter einem Arm war ein geronnener Fleck. Mit spitzen Fingern berührte sie Jacobs Mütze und hob sie hoch, bis der Hinterkopf zu sehen war. Ein Fliegenschwarm kam ihr mit dem süßlichen Geruch des Bluts entgegen. Mit Entsetzen sah Maria, dass die Fliegen bereits kleine weiße Eier in die offene Wunde gelegt hatten. Eine Fliege setzte sich summend auf ihre Wange, und sie zuckte erschreckt zusammen, ohne die Augen von dem Toten abwenden zu können, der trotz der grauenhaften Wunde am Hinterkopf mit entspannten Gesichtszügen auf dem Tisch ruhte. Die Augen und die Nase hatten eine dunkelblaue Farbe angenommen, die man von außen hätte sehen können, wenn die Glasscheibe nicht so schmutzig gewesen wäre.

«Wie sieht es aus?» Arvidssons Stimme riss sie aus ihren Gedanken.

«Er ist tot! Erschlagen! Eine große Wunde am Hinterkopf.» Schnell wandte sich Maria um und ging aus dem Schuppen. Jetzt mussten die Techniker an die Arbeit. Sie merkte die Übelkeit in ihrem Hals. Zeitweise wurde ihr schwindelig.

«Was ist mit dir, geht's dir schlecht?», fragte Arvidsson, als Maria im Gras gelandet war. Da konnte sie sich nicht mehr beherrschen. Tränen flossen ihr über die Wangen. Maria lehnte sich gegen Arvidssons ausgestreckten Arm und verbarg ihr Gesicht.

«Ich hab mir nicht vorstellen können, dass er tot ist. Ich hab doch geglaubt, er schläft. Dreimal bin ich hier draußen vorbeigegangen, ohne mir Gedanken zu machen», schniefte sie. «Ich war so mit meinen eigenen Schwierigkeiten beschäftigt, dass mir gar nicht aufgefallen ist, dass Jacob immer in der gleichen Stellung am Tisch saß. Heute Morgen hab ich noch überlegt, ob wir eine Tasse Kaffee zusammen trinken sollen, und da war er schon tot.»

«Das ist doch nicht deine Schuld. Du musst dir deswegen keine Vorwürfe machen. Du hättest sein Leben sowieso nicht retten können. Es sieht tatsächlich so aus, als ob er schläft, finde ich.» Arvidsson drückte sie an sich, die Frau, in die er gegen seinen Willen verliebt war. Er hoffte nur, dass sie nicht hörte, wie sein Herz immer schneller schlug, oder bemerkte, wie das Blut in seinen Ohren rauschte, als er sich mit hochrotem Kopf über ihr Haar beugte. Er roch ihren Duft und spürte sie ganz nah. Er musste seine ganze Willenskraft aufbieten, um sie nicht zu küssen, als sie ihm jetzt ihr Gesicht zuwandte. Hin und her gerissen, biss er sich in die Unterlippe.

«Ich glaube, ihm ist eine Axt in den Hinterkopf geschlagen worden. Die Wunde war groß und breit. Die Fliegen ...» Maria holte Luft, um den Satz zu vollenden. «Die Fliegen hatten Eier gelegt», sagte sie und schüttelte sich. Diese sachliche Feststellung gab Arvidsson Kraft, sich von ihr zu lösen. Gemeinsam stemmten sie sich gegen den Wind und gingen auf den Anleger hinaus, damit Maria ihr verschmiertes Gesicht waschen konnte, ehe sie zur Wache zurückfuhren. Arvidsson hielt sie fest, während sie sich vornüberbeugte. Hätte Jacob auf seiner Bank gesessen, dann hätte er sich sicher gewundert, was die beiden da taten, überlegte Arvidsson mit einem grimmigen Lächeln.

«Rosmarie Haag sollte sich das Bild von Mårten Norman auch mal ansehen», sagte Hartman und faltete seine Pizza vierfach, ehe er sie in den Mund schob. Um Zeit zu sparen. Dann sagte er eine ganze Weile nichts mehr.

«Kann Mårten Norman das Gesicht im Fenster gewesen sein, die Person, die Rosmarie in ihrem Garten gesehen haben will? Wenn er Zeuge der Misshandlungen gewesen ist, hätte er was in der Hand gehabt. Erpressung ist ein vorstellbarer Grund für seinen Tod. Was kann man sich sonst noch vorstellen? Kann es sich bei den Zahlungen um eine Art Unterstützung handeln, zwischen ehemaligen UNO-Soldaten?» Arvidsson lehnte sich vor und schlang die Pizza in sich hinein, beide Ellenbogen stützte er auf die Tischplatte, und der lange rote Pony hing ihm vor dem Gesicht als ein Sichtschutz während des Essens. Ihm fiel das Essen schwer, wenn jemand zusah. Jetzt saß auch noch Maria neben ihm, und das machte die Sache nicht besser. Die Bissen wuchsen in seinem Mund. Er verfluchte seine Schüchternheit und schob den zur Hälfte geleerten Teller von sich.

«Rosmarie Haag braucht eine Alarmanlage. Ich fahre heute damit gern zu ihr, wenn ihr einverstanden seid.» Maria kramte ihre halb zerdrückte Banane aus dem Rucksack und kam sich ausgehungert und enthaltsam vor. Hartman, der langsam wieder sprechen konnte, murmelte kauend, dass er eine Liste der Fischer, die in der letzten Woche auf dem Kronviken unterwegs gewesen waren, in Arbeit hatte.

«Die Gespräche mit dem Personal der Goldenen Traube und mit Odd Molin können bis morgen warten. Arvidsson und ich fahren runter zum Fischereihafen. Möglicherweise müssen wir uns an die Öffentlichkeit wenden und um Hilfe bitten, wenn sich bei den Bootseignern, die wir dort antreffen, nichts Konkretes ergibt. Auf welchen Tag wir uns wegen der beiden Todesfälle genau konzentrieren müssen, erfahren wir erst, wenn wir die vorläufigen Obduktionsresultate haben. Erika Lund war nicht gerade begeistert, als ich sie getroffen habe. Sie hatte wohl am Wochenende etwas Wichtiges auf dem Golfplatz zu erledigen, und daraus wird nun nichts. Sie ist zum Fischereihafen gefahren. In den nächsten Stunden werden wir kaum etwas von ihr hören. Örjan Himberg ist auf dem Weg nach Stockholm. Wir schicken ein Bild von Clarence Haag per Fax an die Polizei in Stockholm. Deren Leute werden heute den ganzen Abend über im Engelen sein. Wir können kein Risiko eingehen. Odd Molin ist auch runtergefahren, sagt seine Sekretärin. Er kann bei der Identifizierung behilflich sein, falls Herr Haag auftauchen sollte. Wir können nicht ausschließen, dass Clarence Haag Mårten Norman ums Leben gebracht hat, ebenso Jacob Enman. Er hat ein Motiv und ist auch früher schon gewalttätig geworden.»

«Ich habe eine Liste der mir bekannten Fischer aus dem Ort Kronviken zusammengestellt, mit Telefonnummern.» Maria legte ihren Ordner auf den nicht sehr sauberen Tisch im Aufenthaltsraum. «Der oberste Name ist der des Fischers, der den Leichnam aus dem Wasser gezogen hat. Tord Bränn. Den habe ich vernommen, bin aber noch nicht dazu gekommen, das Protokoll zu schreiben. Dann kommt mein Nachbar, Manfred Mayonnaise Magnusson, er angelt für den eigenen Bedarf. Ich wäre dankbar, wenn jemand anders ihn vernehmen würde. Egil und Gustav Hägg, Vater und Sohn, haben ein Boot zusammen mit ihrem Nachbarn, Ivan Sirén. Das Boot heißt *Marion II*. Es wäre eine gute Idee, wenn wir auch die Freizeitboote im Sportboothafen kontrollieren, die letzte Woche draußen gewesen sind. Kronholmen ist ein beliebtes Ausflugsziel für Sonntagssegler.»

17

Rosmarie Haag sah sich das Bild von Mårten Norman sorgfältig an. Das helle Haar, das aus dem Gesicht gestrichen war, hing in dünnen Strähnen hinter den Ohren. Das fliehende Kinn und die spitze Nase. Die Augen saßen tief in ihren Höhlen.

«Er sieht aus, als ob ihm im Leben nichts geschenkt worden ist», stellte sie fest.

«Ja, das kann man wirklich sagen. Er ist tot.» Rosmarie gab das Foto schnell zurück, als ob sie sich die Finger daran verbrannt hätte.

«Ich habe viel über das Gespräch nachgedacht, das Clarence geführt hat. Es ist über eine Woche her, dass ich mit Himberg darüber gesprochen habe, Sie haben sicher davon gehört. Ich war im oberen Stock und habe versehentlich den Hörer abgenommen: ‹Ich habe nicht viel zu verlieren, aber du, Clarence›, und Clarence antwortete: ‹Du verdammtes Schwein. Dir werd ich es zeigen.› Ich weiß nicht, mit wem er gesprochen hat, aber es hörte sich eigenartig an. Glauben Sie, dass das der auf dem Foto war? Ob er das Gesicht am Fenster war, kann ich nicht sagen. Vielleicht, vielleicht auch nicht. Es war ja nur ganz kurz zu sehen, über die Schulter von Clarence. Ein weißes Gesicht mit dunklen, beinahe schwarzen Augen. Clarence schimpfte und fuhr aus dem Bett hoch. Ich dachte nur an Flucht. Eine Möglichkeit, wegzukommen. Clarence jagte mir einen viel größeren

Schrecken ein als das Gesicht, das ich an der Fensterscheibe gesehen hatte.»

Maria hob die Tasche mit der Alarmanlage auf und erklärte ihr das Gerät.

«Es funktioniert ungefähr so wie eine Sicherheitsanlage für ältere allein stehende Menschen. Wenn Sie Alarm auslösen, leuchtet eine rote Lampe auf dem Apparat auf. Dann wissen Sie, dass wir alarmiert worden sind. Wenn Sie versehentlich Alarm auslösen, können Sie ihn mit dem grünen Knopf abschalten. Ich möchte, dass Sie uns dann anrufen und uns mitteilen, dass es wirklich ein unbeabsichtigter Alarm war. An dem Gerät selbst befindet sich ein Mikrophon, damit wir hören können, was sich im Zimmer abspielt. Wir haben auch die Möglichkeit, eingehende Telefonate auf Band festzuhalten. Damit Sie sich außerhalb des Hauses aufhalten können, bekommen Sie ein Handy mit Direktwahl zur Polizei.»

«Das alles kommt mir ein wenig wie eine elektronische Fußfessel vor, wenn auch umgekehrt.»

«Ja, aber es ist zu Ihrer eigenen Sicherheit.»

«Lieber wäre mir ja, wenn Sie bei mir bleiben würden, aber das lässt sich wohl nicht einrichten?»

«Aufrichtig gesagt tut es mit Leid, dass ich nein sagen muss. Es gibt einfach nicht genug Personal, um allen, die es nötig hätten, eine Bewachung rund um die Uhr zu stellen. Eine solche Alarmanlage ist das Beste, was wir im Augenblick anbieten können. Ich möchte mich noch etwas im Haus umsehen, wenn es nichts ausmacht. Hat Clarence ein eigenes Zimmer, in dem er sitzt und arbeitet?» Rosmarie nickte nachdenklich. Gemeinsam gingen sie an allen geflügelten Gestalten vorbei und kamen schließlich in einen Bereich, in dem es keinerlei Engel oder getrocknete Pflanzen gab. Clarence' Büro unterschied sich wesentlich von der hellen und freundlichen Einrichtung, die das Haus im Übrigen kennzeichnete. Die Möbel waren deutlich maskulin aus Holz und Stahlrohr in schwarzen Farben. Dichte dunkelgrüne Vorhänge verdeckten die Fenster und ließen nur ein grau schimmerndes Licht in das Zimmer, das lange nicht gelüftet worden zu sein schien. An drei Wänden hingen abstrakte Bilder in kräftigen Farben, während die vierte Wand mit Trophäen aus der Zypernzeit dekoriert war: Fotografien, einem Wandbehang, einem schwarzen Brett mit den Namen verschiedener Länder auf Stoffstücken, die Rosmarie zufolge auf den Feldblusen der Soldaten aufgenäht gewesen waren. Eine begehrenswerte Tauschware. Wenn man mit den Unteroffizieren in den Vorratslagern gut konnte, war nichts unmöglich gewesen, hatte Clarence ihr erzählt. Auf dem Bücherregal unter dem schwarzen Brett lag ein Fotoalbum und auf einem etwas kleineren Tisch ein Gebetsteppich und ein Kamelsattel.

«Darf ich das Album für ein paar Tage mitnehmen?», fragte Maria.

«Natürlich, obwohl, wenn Clarence davon erfahren sollte, gibt es sicher Ärger.» Rosmarie rang die Hände. «Habe ich erzählt, dass meine Katze verschwunden ist? Sie ist weggelaufen. Das ist noch nie passiert.» Maria schüttelte den Kopf und blickte von dem Fotoalbum mit all den fröhlichen jungen Männern auf.

«Sie ist einfach weg. Ich hab bei den nächsten Nachbarn gefragt, sogar in den Gräben an der Straße gesucht, falls sie überfahren worden ist. Clarence mochte die Katze sehr gern.» Maria nahm den Terminkalender von Clarence und einige Unterlagen mit Angaben über die wirtschaftlichen Verhältnisse der Firma an sich.

«Er bringt mich um, wenn er dahinter kommt, dass wir an seinen Schubladen waren», gab Rosmarie zu bedenken, und ihr Gesicht zeigte deutliche Angst. «Haben Sie Zeit für eine Tasse Kaffee?», fragte sie, als Maria schon in der Tür stand.

«Nein danke, ein andermal. Ich komme und kaufe Kartoffeln und Mohrrüben bei Ihnen ein, wenn ich frei habe. Im Augenblick habe ich keine Minute Zeit mehr, so gern ich auch bleiben würde.»

Auf dem Weg zum Auto nahm Maria die Gelegenheit wahr und sah sich das Schlafzimmerfenster von außen an. Das Fenster befand sich ein gutes Stück über dem Erdboden. Auch für einen großen Mann war es unmöglich, das Gesicht gegen die Scheibe zu drücken, wenn er nicht irgendetwas hatte, auf dem er stehen konnte. Eine Sitzgruppe aus weißem Kunststoff stand ein Stückchen weiter auf dem Rasen. Wenn man sich auf einen solchen Stuhl stellte, konnte man sich beinahe am Fensterbrett festhalten, um die Balance nicht zu verlieren. Maria nahm Kohlepulver und einen Plastikfilm aus dem Rucksack und sicherte eventuelle Fingerabdrücke. Eigentlich konnte man sich nach dem Regen keine großen Illusionen darüber machen.

«Haben Sie in der letzten Woche die Plastikmöbel umgestellt?», rief sie Rosmarie zu, die auf der Treppe stand.

«Nein, ich glaube nicht. Aber fragen Sie meinen Vater, er ist ein sehr ordentlicher Mensch.»

Bei der großen Eiche saß Konrad auf seiner Bank in der Abendsonne. Er zog höflich den Hut, als Maria vorbeikam. Kaffeegeschirr stand fertig gedeckt auf der Terrasse, und der Erdhaufen daneben war weggeschafft worden, stellte Maria fest.

«Können Sie sich erinnern, ob Sie die Plastikmöbel in der letzten Zeit umgestellt haben?»

Konrad überlegte eine Weile, zog wieder den Hut und kratzte sich am Ohr.

«Ja, Rosmarie mit ihrer Unordnung, die stellt Stühle unter die Fenster, wenn sie sie putzen will. Ich habe einen Stuhl weggenommen, der unter dem Schlafzimmerfenster stand. Aber ich weiß nicht mehr, an welchem Tag das war. Das muss irgendwann in der letzten Woche gewesen sein.» Maria bedankte sich, nachdem sie die Fingerabdrücke auf dem Stuhl gesichert hatte. Sie kam sich beinahe etwas zu ehrgeizig vor. Aber häufig ist es gerade die sorgfältige Alltagsarbeit, die zu Ergebnissen führt. Zu Beweisen, die im Gerichtsverfahren von Bedeutung sind. Am Tor kam ihr plötzlich ein Gedanke, und sie kehrte zu Konrad zurück.

«Haben Sie einen Werkzeugschuppen?» Konrad stand mühsam von seiner Bank auf. «Was möchten Sie sich denn ansehen?»

«Ich will wissen, ob Sie eine Axt oder ein ähnliches Werkzeug vermissen, ein großes Schlachtermesser vielleicht?»

«Ein Schlachtermesser kommt mir nicht auf mein Grundstück», rief Konrad, «eine Axt habe ich vielleicht.»

Hinter den Treibhäusern befand sich ein kleiner grüner Schuppen, umgeben von Lupinen in allen Farben, wie ein duftender Regenbogen. Die Tür war nicht verschlossen.

«Tja, also, wir haben eine große Axt und eine kleinere, eine ‹Damenaxt›. Hier sind sie alle beide.»

«Darf ich sie für kurze Zeit ausleihen?»

«Sicher, wenn ich sie wiederbekomme. Ständig verschwinden irgendwelche Sachen. Im Sommer haben wir ein paar Jugendliche angestellt. Die passen nicht so genau auf die Sachen auf wie unsereins in seiner Jugend, als es nichts gab. Die jungen Leute heutzutage haben alles, was sie sich wünschen, und trotzdem sollen Produktion und Wachstum ständig zunehmen. Wenn das denen zugute kommen würde, die nichts besitzen, wäre es ja sinnvoll, aber so ist es ja nicht. Entschuldigen Sie einen alten Mann, der nichts von der Choreographie in der Hochfinanz und der Weltpolitik versteht, aber braucht man in der Industriegesellschaft noch mehr Sachen? So wie die meisten sich in ihren Tretmühlen abrackern, fragt man sich doch, ob wir nicht vor allem mehr Zeit brauchen, Zeit für Muße und Ruhe. Zeit zum Nachdenken!»

18

Auf dem Weg in den Besprechungsraum stieß Maria auf Egil und Gustav Hägg. Gustav nahm sie fest in seinen Arm. Hinter ihnen stand Hartman mit vergnügter Miene und einer Glockenblume in der Hand.

«Hast du Zeit, diese beiden Herren zu vernehmen?», fragte er und wies mit einer höflichen Geste auf den Vernehmungsraum.

Nachdem Gustav auf seiner Mundharmonika «Maria-Therese» hatte spielen dürfen, das er mit großem Fleiß geübt hatte, konnte Maria die notwendigen Angaben aufnehmen. Gustav gähnte laut, zog die Beine hoch und setzte sich im Schneidersitz auf den Stuhl. Egil blickte ungeduldig auf die Uhr und auf seinen Sohn. Der Junge musste nach Hause und sich ausruhen. Er war bleich und schweißnass.

«Dauert das hier lange? Gustav hat einen Herzfehler und ist Epileptiker. Wird er zu müde, können seine Krämpfe anfangen. Wir müssen sehr behutsam mit ihm sein.» Egil legte den Arm schützend um Gustavs Schultern, und Gustav machte es ebenso, mit dem gleichen fürsorglichen Gesichtsausdruck. Sie lehnten die Köpfe aneinander, und Gustav schloss die Augen. Sein Mund war ein einziges großes Lächeln.

«Wir machen es einfach so, dass du nach Hause fährst und so genau wie möglich aufzuschreiben versuchst, welche Boote du gesehen hast, die vor etwa einer Woche hier in Kronholmen gelegen haben. Es ist sicher schwierig, sich so im Nachhinein daran zu erinnern, aber für uns sind die Angaben sehr wichtig. Sowohl die Freizeitboote als auch die Fischerboote sind von Interesse. Ich möchte auch, dass du überlegst, wann du zuletzt mit dem alten Jacob gesprochen hast und wer ihn da besucht hat. Kennst du diesen Mann?» Maria zeigte ihm das Foto von Mårten Norman.

«Na klar! Das ist der Fixer, der in dem Schuppen neben Jacob wohnt. Hat der Jacob totgeschlagen?»

«Das können wir noch nicht sagen. Der Mann ist ertrunken und heute Morgen im Kronviken gefunden worden. Wir interessieren uns für alles, was ihn betrifft. Wann und wo er gesehen worden ist.» Das Foto von Clarence Haag wurde auf den Tisch gelegt.

«Weißt du, wer das hier ist?»

«Seine Frau ist sehr hübsch. Rosmarie heißt sie.» Gustav strahlte übers ganze Gesicht. «Hübsch und auch nett. Sie hat mir ein Stück Kuchen geschenkt.»

«Sicher kann ich das nicht sagen», antwortete Egil und strich sich nachdenklich übers Kinn. «Vielleicht? Segelt der zusammen mit diesem Odd Molin, der das schöne alte Mahagoniboot hat?»

«Das ist möglich.»

«Dann kann ich ihn und seine Frau hier unten beim Baden gesehen haben. Hat sie nicht rote Haare? Ich sage genau wie Gustav, eine verdammt hübsche Frau, diese Rosmarie. Nach der dreht man sich zweimal um, nicht wahr, Gustav?» Egil stieß seinen Sohn in die Seite und lachte, dann wurde ihm der Ernst der Stunde bewusst, und er riss sich zusammen.

«Wer zum Teufel kann etwas gegen den alten Jacob gehabt haben? Der hat in seinem Leben doch keiner Fliege etwas zuleide getan!» Maria fuhr zusammen. Keiner Fliege! Das Bild der offenen Wunde mit den weißen Eiern hatte sich ihr unauslöschlich eingeprägt.

«Hab keine Angst, Maria. Sterben ist nicht gefährlich. Man schläft einfach ein, und dann ist man nicht mehr in seinem Körper. Flupps, wie eine Banane aus der Schale, und dann gräbt man das in der Erde ein», beruhigte Gustav sie und legte den Kopf mit einem verständnisvollen Lächeln auf die Seite.

«Er ist so klug, mein Gustav», sagte Egil gerührt und zog ein Taschentuch aus der Tasche, schnäuzte sich lautstark und streckte danach die Hand zum Abschied aus. «Wir müssen jetzt nach Hause. Komm, Gustav, bevor du dich hier bei der Polizei heimisch fühlst. Ich schreibe alles auf, was uns einfällt, und dann bringen wir das morgen früh vorbei», versprach er.

«Ivan, kommt der auch?»

«Dem geht es nicht gut. Von der Wunde am Fuß hat er Fieber gekriegt. Der müsste eigentlich zu einem richtigen Doktor gehen. Ich werde ihn morgen hinbringen. Was anderes hat jetzt keinen Sinn mehr. Er ist etwas menschenscheu. Ich glaube, das sind die Nerven.»

Als sie gegangen waren, dachte Maria über das Gesicht nach, das Rosmarie Haag in ihrem Fenster gesehen hatte. Und wenn es nun gar keine geheimnisvolle Person in dem Garten gab? Es konnte sich doch genauso gut um einen Hilferuf handeln. Eine Maßnahme, um die Polizei herbeizuholen, ohne direkt auf Clarence zu weisen. Maria ließ die Frage offen, bis sich eine Gelegenheit fand, wieder mit Rosmarie Haag zu sprechen.

Durchs Fenster sah sie Egil, der sich mit Gustav an der Hand abmühte. Sie schienen sehr unterschiedlicher Meinung darüber zu sein, welchen Weg sie einschlagen sollten. Egils grollende Stimme dröhnte durch die Fensterscheibe. Gustav stampfte auf den Boden und zog mit aller Kraft. Dann waren sie hinter den Büschen nicht mehr zu sehen.

Ein Klopfen an der Tür unterbrach Maria bei ihren Überlegungen über das Gesicht am Fenster, und da stand Gustav wieder im Zimmer.

«Ich habe etwas für dich, Maria», sagte er pfiffig. «Mach die Augen zu und streck mir die Hand entgegen.» Maria tat, wie ihr gesagt wurde, und spürte etwas Kleines und Kaltes auf ihrer Handfläche.

«Jetzt kannst du die Augen aufmachen.» Maria öffnete langsam ein Auge nach dem anderen und starrte auf den Taubenring in ihrer Hand.

«Willst du dich mit mir verheiraten?» Maria konnte einfach nicht anders und lächelte in Gustavs strahlendes Gesicht.

«Tut mir Leid, Gustav. Aber ich bin schon mit Krister verheiratet.»

«Das macht doch nichts. Der kann auch dabei sein», Gustav gab sich großzügig, «wir beringen uns alle drei zusammen. Wenn du ehrlich bist, dann hast du mich doch gern. Das weiß ich!»

«Ja, du bist ein guter Junge, Gustav. Darf ich mir den Ring eine Weile von dir ausleihen, bis du ein anderes Mädchen kennen lernst, dem du ihn dann geben kannst? Ein netter Kerl wie du wird doch nicht lange ohne Freundin herumlaufen.»

«Nein, aber die Mädchen in der Werkstatt sind manchmal wirklich ein bisschen aufdringlich», sagte Gustav ernsthaft.

19

Als Hartman müde von der Arbeit nach Hause kam, empfing ihn ein wunderbarer Duft nach Steak und Portweinsoße aus der Küche. Der Tisch im Wohnzimmer war mit einem weißen Tischtuch, Kerzen und Rosen gedeckt. Das Schachbrett stand bereit, und ein Feuer flackerte im Kamin. Zusammen mit seiner geliebten Frau setzte er sich an den Tisch und trat in eine lauwarme Pfütze. Ein Stückchen weiter weg, jetzt außer Reichweite, sah er die Pestratte Peggy. Sie betrachtete ihn zufrieden mit ihren Pfefferkornaugen. Nach Tomas Hartmans Auffassung war das kleine Untier nichts weiter als ein sanitärer Missstand, aber seiner Frau zuliebe gab er nach.

«Du siehst müde aus, Tomas.» Marianne lächelte mild und freundlich. «Ich habe in den lokalen Nachrichten von dem Todesfall, dem Ertrunkenen, gehört. Die sagten auch, dass ein älterer Mann unten am Fischereihafen erschlagen worden ist, wahrscheinlich wurde er von einem Rauschgiftsüchtigen beraubt. Da hast du heute wahrscheinlich eine Menge Arbeit gehabt.»

«Ist das das Bild, das die Medien vermitteln? Ich habe es heute Abend nicht geschafft, mir die Nachrichten anzuhören», seufzte Hartman und lächelte Marianne zu. Blinzelte ein wenig mit einem Auge. «Wie schön du das wieder gemacht hast. Ich bin so froh, dass ich dich habe», sagte er und strich seiner Frau über den bloßen braunen Arm. «Wenn man all das Elend in den Hütten ringsumher sieht, kann man sich wirklich glücklich schätzen. Steak in Portwein, das ich so liebe, Kartoffelscheiben mit Estragon und eine hübsche Ehefrau. Was ist das da in der Glasschale, was du dir da ausgedacht hast?»

«Das ist Tsatsiki, griechischer Gurkensalat. Den mache ich mit einprozentigem Quark. Das ist kalorienarm und sehr gut.»

«Aber die Sahnesoße, wo ist die gute Sahnesoße?»

«Mit Tsatsiki schmeckt das ebenso gut. Probier mal, wirst schon sehen. Ich habe Angst um dich, mein Herz», antwortete Marianne und reichte die Schale mit dem Gurkensalat hinüber. «Ein bisschen Rotwein ist auch gut fürs Herz. Kannst du mir helfen, die Flasche zu öffnen?» Und gleich fühlte sich Tomas Hartman ruhiger. Manches Gute blieb einem doch erhalten.

Gerade als Hartman sich den ersten Bissen des wunderbar gewürzten Steaks in den Mund schieben wollte, wurde die Haustür mit dröhnendem Krach aufgerissen, und die jüngste Tochter stürzte mit einem Arm voller Schmutzwäsche herein. Ohne ein Wort der Begrüßung legte sie ihre Last ab, ging mürrisch rund um den Tisch und glotzte ihren Vater an. Die schwarzen Augenringe unter den silbernen, dick geschminkten Lidern sagten alles über ihren Gemütszustand aus.

«Pfui, wie grässlich! Du isst gerade eine Kuh. Ein armes Tier, das jemand umgebracht hat, geschlachtet, damit du dir nicht die eigenen Hände blutig machst. Würdest du mit gleichem

Appetit essen, wenn du sie totgeschlagen, abgehäutet und das Steak selbst mit dem Messer herausgeschnitten hättest, würdest du das?»

«Nein, wahrscheinlich nicht.» Mit müden und sehr alten Augen blickte Hartman auf seine Tochter und ließ die Gabel auf den Teller fallen.

«Es gibt Kartoffeln und Tsatsiki für dich, wenn du hungrig bist», sagte Marianne unberührt.

«Nein danke, ich will nicht vom gleichen Tisch wie ein barbarischer Fleischfresser essen. Darf ich die Waschmaschine benutzen? Ich habe es nicht geschafft, Zeit in der Waschküche zu reservieren. Man kann doch nicht mehrere Tage im Vorhinein wissen, wann man Zeit zum Waschen hat! Aber das begreifen die nicht. Diese Rentner tragen sich schon einige Wochen vorher ein. Die einzige freie Zeit ist samstags, wenn Bingolotto ist.»

Später, als wieder Ruhe eingekehrt war und die Tochter sich mit ihrer getrockneten Wäsche auf den Weg gemacht hatte, ließen sich Hartman und seine Frau mit ihren Kaffeetassen vor dem glimmenden Feuer nieder. Marianne lehnte sich über das Schachspiel und begann einen gewagten Zug mit dem weißen Springer. Hartman schaukelte zögerlich seinen schwarzen Bauern hin und her, während er mit seinen Gedanken ganz woanders war.

«Was hat Lena eigentlich für Freunde? Weißt du, mit wem sie zusammen ist? Es ist lange her, dass sie Freunde mit nach Hause gebracht hat. Macht man das vielleicht nicht mehr, wenn man zu Hause ausgezogen ist?»

«Als sie den Staubsauger leihen wollte und ich ihn ihr vorbeigebracht habe, saß da eine Gruppe junger Leute um ihren Küchentisch herum. Ich glaube nicht, dass da irgendeine Gefahr droht. Die sahen alle so nett und freundlich aus. Tüchtige junge Leute, an der Natur interessiert. Ich kann mir nicht vorstellen, dass die Drogen konsumieren oder so was. Du bist durch deinen Beruf vorbelastet, Tomas. Es sah so aus, als ob sie raus wollten und demonstrieren. Überall auf dem Boden lagen Plakate herum. Das sah richtig gut aus, fand ich. So wie in unserer Jugend. Ich meine, heutzutage wird viel zu wenig demonstriert. Wann sind wir zuletzt am 1. Mai mitmarschiert, Tomas? Kannst du dich daran erinnern?»

Hartman fingerte an einem anderen Bauern, um dann ganz erschöpft gegen besseres Wissen den schwarzen Springer zu ziehen.

20

Ein Regenwurm kämpfte in einer Pfütze um sein Leben. Der Asphalt auf dem Parkplatz glänzte schwarz im Licht der Straßenlaterne. Die Düfte, die der Regen freigesetzt hatte, hingen schwer über den Jasminbüschen und in den Linden am Parkautomaten. Maria beugte sich über die kleine Kreatur und setzte sie vorsichtig unter einem Busch auf die Erde. Wie ein kleiner Sieg für das Leben an diesem Tag, der so viel jähen Tod gebracht hatte.

Nach Hause zu fahren und zu schlafen schien ihr nicht verlockend. Es war nötig, sich auszusprechen, aber Maria spürte, dass sie Zeit brauchte, um ihre Fragen zu formulieren. Und vor allem Zeit, um sich auf die Antworten vorzubereiten, die Krister möglicherweise geben würde. Maria entschloss sich, erst mal hinunter zum Fischereihafen zu fahren. Sicher war Erika immer noch in Jacobs Schuppen beschäftigt. Eine Eingebung, die direkt aus der Tiefe ihres leeren, knurrenden Magens kam, ließ Maria hinüber zur Pizzeria fahren und zwei Quattro Stagione kaufen. Erika hatte es an diesem Abend sicher nicht geschafft, eine Essenspause einzulegen.

Während sie auf die Pizza wartete, setzte sie sich an einen Tisch und hörte sich die Nachrichten an. Ragnarssons Stimme dröhnte durch den Raum und ließ die Pelargonien ihre Blätter schütteln. Mit lauter Stimme verkündete er seine Sicht der Ereignisse an diesem Tag und sprach von den begrenzten Mitteln der Polizei, hin und wieder unterbrochen von den Fragen der Reporterin: «Aber Sie können doch die Sicherheit der Bevölkerung garantieren?»

«Wir tun unser Äußerstes.» Ragnarssons Stimme hörte sich jetzt gepresst an. Maria konnte ihn vor sich sehen, das Gesicht rot bis an die Ohrläppchen, die Kippe nervös zwischen Daumen und Zeigefinger rollend. Sie konnte sich auch das kaum versteckte Grinsen der Reporterin vorstellen, als sie merkte, dass sie Ragnarsson-Sturm aus dem Gleichgewicht gebracht hatte. Die Reporterin und Ragnarsson waren nach früheren Konfrontationen nicht gerade befreundet. Vielleicht gelang es ihr, ihm eine Äußerung zu entlocken, aus der man eine Schlagzeile machen konnte. Widerwillig musste Maria trotzdem die Fähigkeit ihres Chefs bewundern, nicht über die ausgespannten Fallstricke zu stolpern.

«Der Täter ist also bekannt. Die Polizei steht machtlos da», fasste die Reporterin zusammen, und Ragnarsson entgegnete schnell:

«Wir arbeiten nach bewährten Strategien. Das Personal arbeitet zielstrebig und sehr kompetent. Allerdings haben wir zu wenig Fachkräfte, und das ist eine Frage an unsere Politiker.»

Gut gemacht, Ragnarsson, dachte Maria. Man stelle sich vor, Ragnarsson-Sturm würde auf der Wache nur ein klein wenig Lob aussprechen, wie sich das auf das Arbeitsklima auswirken würde. So musste ein Klopfen auf die Schulter über den Rundfunk notfalls reichen, als leuchtende Ausnahme von den täglichen Unfreundlichkeiten. Bereits in ihrer ersten Woche in Kronköping hatte Maria Anlass gehabt, sich über Ragnarsson zu ärgern. «Sehr schlechtes Protokoll, Wern! Ganz schlecht!», hatte er ihr ins Gesicht gebrüllt. Nach einem Augenblick der Verblüffung hatte Maria sich zusammengenommen und die richtigen Argumente für ihr Protokoll vorgebracht. Punkt für Punkt hatte sie bewiesen, dass es sachlich richtig war, während Ragnarsson sie wie ein misstrauisches Nashorn anstarrte. Die eng sitzenden Augen, halb versteckt unter den üppigen Augenbrauen, hatten einen hohen Grad an Feindseligkeit signalisiert. Danach hatte er etwas Unhörbares gemurmelt und war hinaus zu der wartenden Presse geeilt, um sich dort wortwörtlich Marias Material und ihrer Argumentation zu bedienen, als ob sie von ihm selbst stammten.

«Kann die Polizei die Sicherheit der Bevölkerung garantieren?» Maria konnte ihre innere Stimme deutlich hören, wie sie zum Ausdruck brachte, was Ragnarsson eigentlich hätte antworten wollen: Selbstverständlich, wir haben uns sechs bis sieben bewaffnete Polizisten per Einwohner vorgestellt, falls irgendein Gauner auftauchen sollte! Zwar auf Kosten aller anderen öffentlichen Arbeiten in der Stadt, aber die Sicherheit wäre dann garantiert. Bombensicher! Die Idee, den Arbeitsschwerpunkt der Polizei auf mehr Bürgernähe und vorbeugende Maßnahmen zu verlagern, war vielleicht gar nicht so falsch, wenn man die Mittel bekam, um diese Aufgaben so zu erfüllen wie vorgesehen. Veränderungen waren immer schwierig zu realisieren, insbesondere wenn die Mittel dafür im Vorhinein gekürzt werden.

Es war trotz allem nicht ganz einfach für Ragnarsson. Maria beneidete ihn nicht um die Stunden, in denen er mit den Medien konfrontiert war. Schnelle Ja- oder Nein-Antworten auf komplizierte Fragestellungen geben, Suggestivfragen geschickt beantworten, provokante Behauptungen diplomatisch und sachlich widerlegen. Ist es das, was die Bevölkerung von Entscheidungsträgern erwartet, schnelle Antworten? Ist eine Antwort nach Bedenkzeit und einigem Nachdenken weniger glaubwürdig? Maria pulte mit einem Zahnstocher in der Blumentopferde der Geranie. Die Erde war hart zusammengepresst und knochentrocken. Keine Weinprobe hier, o nein. Hier müsste man auflockern und mit Bier gießen. Warum hatten Clarence Haag oder sein Essensgast Wein in den Blumentopf im Restaurant Goldene Traube gegossen? Gab es einen vernünftigen Grund? Jemanden betrunken zu machen, selbst aber nüchtern zu bleiben, bringt einen gewissen Vorteil. Weiter kam Maria nicht in ihren Überlegungen, denn sie wurde zur Kasse gewinkt, um die Pizzakartons und die kleinen Plastikschälchen mit Weißkohlsalat abzuholen.

Die bleichen Sterne leuchteten deutlicher, als Maria die Straßenbeleuchtung der Stadt hinter sich hatte und von der Umgehungsstraße in Richtung Kronviken abgebogen war. Tankstellen und einzelne Häuser blinkten vorbei wie Laternen in der Nacht. Die Nachtmusik im Radio wurde von dem Motorengeräusch des Volvo übertönt, nachdem die Tachometernadel an dem Neunziger-Strich vorbei war. Das Lenkrad vibrierte. Gereizt stellte Maria fest, dass sie wieder auf den Nägeln gekaut hatte. Nur die Daumennägel waren beinahe normal. So war das immer, wenn alles auf einmal kam. Wenn es ihr gleichzeitig sowohl zu Hause als auch im Beruf zu viel wurde. Der Gedanke an Kristers mögliche Untreue ging ihr nicht aus dem Kopf. Kehrte immer und immer wieder. Sie wollte es nicht glauben, konnte die Bilder aber nicht verdrängen: Krister und die Kleine zusammen, eng umschlungen. Und wenn sie nun schwanger war! Emil und Linda würden ein kleines Halbgeschwisterchen bekommen. Welch ein Gesprächsstoff für Schwiegermutters Kaffeekränzchen! Ein gefundenes Fressen für alle Klatschbasen. Und damit nicht genug, Mayonnaises Rostlauben waren nicht einen Millimeter bewegt worden. Maria verkrampfte die Hände um das Lenkrad und biss die Zähne zusammen. Weit vorn konnte sie Rosmaries Kräutergarten erahnen. In dem Pavillon brannte ein schwaches Licht. Aber das Wohnhaus lag ebenso wie das Restaurant im Dunkeln. Eigentlich ziemlich merkwürdig. Wenn Rosmarie vor jemandem Angst hatte, ihrem Mann oder einem Fremden, der durch den Garten schlich, müsste sie sich dann nicht im Wohnhaus einschließen? Aber vielleicht war sie gar nicht allein? Es war ja möglich, dass ihr Vater oder eine Freundin oder Odd Molin ihr in dem Pavillon Gesellschaft leisteten, wer weiß es schon?

Der Fischereihafen lag wie eine Geisterstadt im Mondlicht vor ihr. Ein breiter Silberstreifen blinkte in dem schwarzen Wasser, wurde von großen schläfrigen Wogen sanft gewiegt. Die rollten auf das Land zu, wurden matt und streichelten um die Steine und den Anleger herum. Die Möwen waren still geworden und hatten sich zum Schlafen auf die Pfähle im Wasser gesetzt. Die Absperrungen rund um die Schuppen waren in der Dunkelheit kaum zu sehen. Drinnen beim alten Jacob war Licht, ebenso in dem Schuppen daneben, in dem Mårten Norman gewohnt hatte. Erika blickte gerade aus der Tür, als Maria auf die Rasenfläche einbog. Sie machte ein grimmiges Gesicht.

«Pizza! Hast du Zeit?», rief Maria.

«Ich werde dich lieben, solange ich lebe!», sagte Erika, und ihre Miene hellte sich ein wenig auf. Langsam streifte sie die Gummihandschuhe ab. Sie spülte die Hände im Seewasser und rieb sie anschließend mit Alkohol ab. Gemeinsam setzten sie sich auf den Anleger und aßen mit den Fingern, auch den Weißkohlsalat. Maria hatte nicht daran gedacht, Plastikbestecke mitzunehmen.

«Weißt du, woran man erkennt, ob eine Frau älter als vierzig ist?»

«Nein», gab Maria zu und wartete auf die Erklärung.

«Sie wird unsichtbar. Denk mal darüber nach, was im Fernsehen gezeigt wird. Frauen mittleren Alters werden in der Werbung diskriminiert. Frauen über vierzig existieren nicht, es sei denn, es geht um Inkontinenz. Wenn im Fernsehen Bier getrunken wird, zeigt man zwei junge Männer, die für eine Weile allein sein wollen. Von Sängerinnen ganz zu schweigen. Wie viele von denen treten denn noch auf, wenn sie ein mittleres Alter erreicht haben? Cher möglicherweise. Aber erst als sie operiert und bis aufs Skelett korrigiert worden war. Man sollte meinen, eine phantastische Stimme reicht aus. Aber so ist es nicht. Die Stimme ist von untergeordneter Bedeutung. Sieh dir doch an, welche da lanciert werden. Das sind Teenagerküken, deren Stimme noch zur Hälfte in der Eierschale steckt. Genau so was wollen die älteren Herren sehen, junge Hühner», stellte Erika verbittert fest. Maria konnte sich dunkel daran erinnern, dass Erika früher als Sängerin mit einer Tanzkapelle aufgetreten und von einer Jüngeren abgelöst worden war, sowohl privat als auch auf der Bühne. Ek hatte das mal beiläufig erwähnt. Maria stimmte ihr von ganzem Herzen zu. Weibliche Teenager waren im Moment ein heikles Thema. Wenn das erst mal zur Sprache kam, wurde ihr das ganze Problem mit Ninni und Krister, dem Kussabdruck und den Verdächtigungen wieder bewusst.

«Man spürt das lange, bevor es passiert», fuhr Erika fort, und ihre Stimme kam von weit her aus einer anderen Zeit. «Plötzlich hat er sich neue Kleidungsstücke gekauft. Obwohl er sich sonst nie für sein Aussehen interessiert hat. Die Abende werden lang. Er macht Überstunden. Seine Augen starren voller Widerwillen auf deinen verschlissenen Morgenrock. Er will deine Füße nicht auf seinen Knien haben, wenn ihr vor dem Fernseher sitzt. Eine neue Form von Höflichkeit, ein Abstandwahren, kommt zum Ausdruck, wenn er dich anspricht, weil er sich noch nicht entscheiden kann, aber ein schlechtes Gewissen hat. Wenn du ihr Parfüm auf seinem Kopfkissen riechst, weißt du, wie nahe sie sich gekommen sind. Haut an Haut. Ich habe mich nie getraut, ihn zur Rede zu stellen. Ich wusste, dass die Schlacht verloren war, als ich die Frau in seinem Büro gesehen habe. Als ich die wunderbaren Blicke gesehen habe, die sie sich zuwarfen. Sie war achtzehn und ich achtunddreißig. Die letzten Tage mit ihm habe ich genossen, als ob es ein ganzes Leben war, und vielleicht war es das ja auch. Die letzten Tage, als sein Körper sich in meiner Nähe befand, obwohl seine Gedanken wie geile Wildkaninchen längst weggehoppelt waren und den Bau leer zurückgelassen hatten.»

Maria spürte, wie sich ihr der Magen umdrehte. Unruhe stieg in ihr hoch. Die Pizza behielt sie zwar in der Hand, aber an weiteressen war nicht zu denken. Der Weißkohl nahm die Form unappetitlicher Würmer an, die sich in ihrem Plastikbehälter umeinander ringelten.

«Vielleicht ist es ja nur ein dummes Missverständnis. Vielleicht gibt es eine einfache Erklärung dafür, dass Krister ihre Telefonnummer auf einem Zettel in seiner Tasche hat. Der Kussabdruck kann bei einer anderen Gelegenheit darauf gekommen sein. Es kann sich um eine Art Scherz handeln. Ich mache mir vielleicht unnötig Gedanken.» Marias Stimme hörte sich so an, als ob sie aus einem Buch vorlas, als ob sie die Worte, die sie aussprach, nicht selbst formulierte.

«So habe ich am Anfang auch gedacht.» Erika ließ die Hand durch das schwarze Wasser gleiten. Der Ring mit dem Amethyst glänzte ebenso wie ihre silbern lackierten Nägel. «Jetzt sitze ich hier mit meinen Schweißausbrüchen und meinem hohen Blutdruck und mit meiner schlechten Laune mitten in der Nacht in einem Strandschuppen. Ausgerechnet heute Abend, wo ich mit dem Mann meines Lebens auf dem Golfplatz verabredet war. Wir hatten vereinbart, dass wir uns wiedersehen wollten, so als eine Art Jubiläum nach fünfzehn Jahren, ach, was weiß ich. Er ist jetzt allein. Sicher ist er auch gealtert. Nicht ganz einfach, mit einem so jungen Mädchen immer Schritt zu halten. Ich glaube, es wurde ihm zu viel, nochmal Vater von kleinen Kindern zu werden. Er wollte mich wiedersehen. Ich hatte mir von diesem Abend so viel versprochen. Aber es war schön, dass du hergekommen bist. Eine Pizza und ein bisschen Gesellschaft sind nie verkehrt.»

«Bist du neulich mit Odd Molin zusammen gewesen?»

«Woher weißt du das?»

«Sag doch einfach!»

«Er hat mich dieser Tage zu einer Segeltour auf seiner außergewöhnlich schönen *Viktoria* eingeladen. Und ich dachte: warum nicht? Man kann doch genießen, was das Leben so bietet. Und es war gar nicht schlecht. Wir ankerten in einer kleinen Badebucht hinter dem Schießplatz. Heißt Sandåstrand. Eine ganz einsame Buch mit Sand weich wie Kuchenteig. Ein Stückchen landeinwärts gibt es einen verlassenen Hof mit einem verwilderten Garten. Der ist so zugewachsen, dass man ihn vom Tannenwald aus gar nicht sieht, aber wenn man den Pfad über die Steinbrücke gefunden hat, öffnet sich bald eine Lichtung. Die Brücke ist ein richtiges Schmuckstück, die Steine mit großer Präzision gehauen und ganz mit Moos bewachsen. In dem hohen Gras bei dem kleinen Haus wachsen tatsächlich Erdbeeren. Da solltest du mal mit deinen Kindern hinfahren. Es ist nicht leicht hinzufinden, aber ich kann dir eine Skizze zeichnen.»

«Von dem Platz habe ich gehört. Von dort aus lassen sie Brieftauben fliegen. Aber ich finde nicht hin, eine Karte kann also nicht schaden. Wie läuft es mit der Arbeit in den Schuppen? Sind sie schon hier gewesen und haben den Leichnam abgeholt? Weißt du eigentlich, dass ich dreimal vorbeigegangen bin und nicht gemerkt habe, dass er tot war? Dreimal!», betonte Maria und biss sich auf den Daumennagel.

Wehmütig atmete sie ein und blickte einem Schwanenpaar nach, das durch die Silberstraße schwamm, blendend weiß in das Mondlicht getaucht.

«Sprich nicht weiter, Maria. Was hätte es geholfen, wenn du ihn einen halben Tag früher gefunden hättest. Er ist mit großer Wahrscheinlichkeit schon eine Woche lang tot gewesen. Außer dir sind viele andere hier vorbeigekommen. Zwei interessante Dinge habe ich gefunden oder genauer gesagt nicht gefunden. Das eine ist der Schlüssel. Die Tür war abgeschlossen. Der Schlüssel ist verschwunden. Das andere ist die Axt. Auch die ist weg. Jacob hat einen Holzhaufen draußen auf seinem Hof und einen Hauklotz, aber keine Axt. Wir können uns also vorstellen, dass er mit seiner eigenen Axt umgebracht worden ist. Was darauf hindeuten kann, dass der Mord an Jacob nicht geplant war. Überall gibt es Fingerabdrücke. Er hat offenbar häufig Besuch gehabt, der alte Jacob. In Mårten Normans Schuppen habe ich noch nicht anfangen können. Man kann sich fragen, ob sein Tod ein Unglücksfall war. Ich habe von Hartman gehört, dass Clarence Haag ihm im Laufe der Jahre größere Geldbeträge gezahlt hat. Das ist interessant. Ein Glück, dass sein Körper so schnell gefunden wurde.»

«Wie meinst du das, hat er nicht einige Zeit im Wasser gelegen?»

«Ja, aber ein menschlicher Körper kommt nicht gleich an die Oberfläche. Erst wenn die Verwesung einsetzt und sich unter der Haut Gase bilden. Bei dieser Wärme kann das eine Woche lang dauern, aber im Winter viel länger. Es ist tatsächlich so, dass die eine oder andere verschwundene Person erst im Frühjahr auftaucht. Früher hatten sie ihre eigene Art und Weise, um Ertrunkene zu finden. Eine Methode war, mit einem Hahn rauszurudern. Wo der Hahn krähte, wurde mit dem Anker gesucht. Eine andere Maßnahme war, eine Kerze in einen Brotlaib zu stecken und dann zu beobachten, wohin der Laib im Wasser trieb. Übrigens keine dumme Idee. Auf diese Weise sah man, wie die Strömung verlief.»

Maria lief es kalt den Rücken hinunter. Unlustig schüttelte sie sich. Sie fühlte sich wie in eine andere Zeit zurückversetzt. Als Fisch noch Essen auf dem Tisch bedeutete, Leben oder Tod. Es war nicht schwer, sich die Fischerfrau vorzustellen, wie sie ängstlich wartend übers Wasser Ausschau hält nach den Booten mit den weißen Segeln, die das Leben brachten. Da draußen auf dem Meer mussten Unzählige geblieben sein. Jeder Abschied war von dem Wissen belastet. Maria spürte einen tausendjährigen Atem in der Abendbrise. Frauenangst und Frauentrauer durchzogen die Zeiten wie ein blauer Faden.

«Schön, dass du vorbeigekommen bist.» Erika blickte freundlich und vertraut zu Maria. «Bisschen unheimlich hier draußen, aber jetzt fühle ich mich besser. Solltest du jetzt nicht am besten nach Hause fahren und ein bisschen schlafen? Du arbeitest doch morgen?»

In der Küche brannte Licht. Einen kurzen Moment bildete Maria sich ein, dass Krister wach war, dass er noch auf war und auf sie wartete. Aber das war nicht der Fall. Tiefe Atemzüge waren aus dem Schlafzimmer zu hören, und da lag Krister auf dem Bauch und schlief, die Decke hatte er mit den Füßen weggeschoben. Emil und Linda schliefen auch Seite an Seite in Marias Bett. Linda mit dem Daumen im Mund. Maria überlegte, wo der Schnuller sein konnte. Es war nicht gut, wenn sie den Daumen statt des Schnullers nahm. Den Schnuller kann man einem Kind besser abgewöhnen.

Maria kroch ganz außen ins Bett und versuchte, ihre trüben Gedanken zu verscheuchen, aber das gelang ihr nicht. Wie aufgeregte Insekten schwirrten sie ihr durch den Kopf. Hatte Krister die Kinder absichtlich in das Doppelbett gelegt, um einer Konfrontation aus dem Wege zu gehen? Maria drehte und wand sich im Bett. Sie fand beim besten Willen keine Ruhe. Was Konrad erzählt hatte, ging ihr durch den Kopf. Die Geschichte von Rosmaries Geliebtem, dem jungen Mann, der in der Gärtnerei gearbeitet hatte und danach zusammen mit Clarence nach Zypern gegangen war. Konnte das Mårten Norman gewesen sein? Oder Odd? Mayonnaise war auch auf Zypern gewesen. Aber dass der Rosmaries Geliebter gewesen sein sollte, schien kaum glaubhaft. Maria lächelte vor sich hin, und die Anspannung ließ nach. Mit diesem Gedanken musste sie eingeschlafen sein, denn als sie das nächste Mal die Augen aufschlug, war es taghell im Schlafzimmer. Eine aufdringliche Fliege, ein richtiger Brummer, wanderte auf der Bettdecke auf und ab und untersuchte ihr Umfeld.

Die Stunden der Morgendämmerung waren am schlimmsten. Der saure Gestank des Bettzeugs nach Schweiß. Die Schmerzen von den fest zusammengebissenen Zähnen. In wilder Panik war er aufgewacht, hatte geschrien, sich eng zusammengerollt und seinen Kopf geschützt. Nirgendwo konnte er seinen unruhigen Geist ausruhen, nicht mal im Schlaf. Die grenzenlose Müdigkeit drückte gegen das Stirnbein, zerlegte das Gehirn in seine einzelnen Bestandteile. Der Schrei blieb ihm in der Kehle stecken, zurückgehalten von einem schwachen Willen. Die Augen brannten vor verzweifelter Schlaflosigkeit. Er wagte nicht einmal daran zu denken, wieder einzuschlafen und wieder in die grundlose Tiefe des Abgrundes zu fallen. Daher zwang er den Körper zu planloser Wanderung, planlosem Umherirren, nicht zu ruhen, nicht wieder einzuschlafen. Starker Kaffee rann durch die trockene Kehle und brannte auf der Magenschleimhaut. Die ständigen Schmerzen strahlten auf den Rücken aus, sie halfen ihm, sich gegen seinen Feind, den Schlaf, aufzulehnen.

Obwohl er alles hinter sich gelassen hatte, was ihn an die schlimme Zeit erinnerte. Gefangen im kräftigen Griff der Gefühle, hatte er seine Erinnerungen zu Asche verbrannt, alles bis auf den Ring. Den hatte er drei Faden tief im Meer versenkt. Das waren die leblosen Dinge. Jetzt blieben nur noch die lebendigen Erinnerungen an das, was geschehen war. Dann kam er vielleicht zur Ruhe, wenn nicht anders, so in der Ewigkeit. Der Gedanke an den alten Jacob ließ seinem Gewissen keine Ruhe. Ein Fehler. Er hätte an den alten Jacob denken müssen, der am Giebel seines Schuppens saß und Netze flickte. Aber die Müdigkeit hatte seine Aufmerksamkeit beeinträchtigt. Zu spät hatte er eingesehen, dass die Augen des Alten etwas gesehen hatten, was sie nicht sehen durften. Jacob wusste es noch nicht, aber wenn Fragen gestellt würden, würde das visuelle Gedächtnis des Alten eine Gefahr darstellen, eine Trumpfkarte in der Hand des Feindes. Das Risiko konnte er nicht eingehen. Ohne eiligst zu verschwinden, hatte er die neue Situation methodisch durchdacht. Warum nicht die Mordwaffe da lassen, wo die Polizei suchen würde, sie sorgfältig platzieren und sie zu einem Teil der Rache werden lassen? Noch war die Zeit nicht gekommen, sich geschlagen zu geben.

21

Maria scheuchte die Fliege aus ihrem Gesicht und wandte sich zu Krister um, der im Bett neben ihr mit langen und tiefen Atemzügen schlief. Wenn diese ekelhaften Fliegen nicht aus dem Schlafzimmer verschwanden, war sie gezwungen, Fliegenfänger anzuschaffen. Aber andererseits war es auch nicht gerade angenehm, wenn überall in Kopfhöhe diese Klebestreifen hingen. Als Teenager hatten sich Marias lange Haare einmal in einem Fliegenfänger verfangen, sie wusste also aus eigener Erfahrung, wie widerlich das sein konnte. Wenn sie nur daran dachte, wurde sie wütend. Und da lag Krister und schlief, unschuldig und friedlich wie ein kleiner Engel. Wie konnte er da liegen und schlafen, als ob nichts geschehen wäre? War er völlig gewissenlos? Je mehr Maria daran dachte, was er vielleicht getan hatte, umso wütender wurde sie. Was hatte Karin über vorgetäuschte Krankheiten gesagt? Lief Krister mit dem großen Verband herum, damit Maria ihn bedauerte und ihn in Frieden ließ? War das dann nicht der Gipfel der Frechheit? Vorsichtig zog Maria Krister die Decke weg. Hob erst den bleischweren rechten Arm hoch und dann den linken. Sie fühlte sich wie im Zeichentrickfilm von Robin Hood, der dem falschen Regenten, Prinz John, die Beutel mit Gold abnahm, wenn man davon absah, dass Krister so erwachsen war, dass er nicht mehr am Daumen lutschte. Nur Humpe, die Katze, hob ein Augenlid. Müde und schlapp nach der Jagd in dieser Nacht. «Kann man denn niemals eine ruhige Minute haben?», drückte ihre anklagende Miene aus.

Ein schmuddeliger Verband lief von Hüfte zu Hüfte, an der Unterkante durch die Unterhose gehalten, an der Oberkante mit schwarzem Isolierband festgeklebt. Sicher ein Rest, der übrig geblieben war, als er im Winter den Bandyschläger notdürftig repariert hatte. Ohne das geringste Mitleid riss Maria mit einem einzigen kräftigen Ruck den Verband ab, sodass die Hälfte der Haare auf Kristers Bauch daran kleben blieb.

«Aua, was soll denn das?», schrie Krister hell wach und versuchte seinen Bauch mit den behaarten Spindelarmen zu bedecken. Humpe verschwand aufgeschreckt durch die Tür.

«Soll und soll! Müsstest du am besten wissen!» Maria schob seine Hände zur Seite und suchte nach den Operationsnarben, fand aber keine. Nicht eine einzige. Nicht den kleinsten Punkt oder einen Minifleck, der auf einen operativen Eingriff hinwies. Krister sprang vom Bett auf und verschwand im Bad. Maria raste hinterher und griff nach der Klinke, als Krister gerade zuschließen wollte. Nach kurzem Gezerre von beiden Seiten gelang es Krister, den Schlüssel umzudrehen. Maria hörte deutlich, wie er aufatmete.

«Gib es zu, komm raus und gib es zu, du elender Feigling!» Mit beiden Händen trommelte Maria gegen die Tür. Emil und Linda, die glaubten, dies sei ein neues spannendes Spiel, halfen beim Trommeln.

«Gib es zu, du Feigling», stimmten sie mit ein, ohne die geringste Ahnung, worum es eigentlich ging. Maria brach in ein hysterisches Kichern aus. So etwas Dummes hatte sie in ihrem ganzen Leben noch nicht mitgemacht! Vorsichtig öffnete Krister die Badezimmertür, mit zerwühlten Haaren und Augen klein wie Fliegendreck, blickte er kurzsichtig umher.

«Ich war wohl noch nicht richtig so weit», gab er mit erbärmlicher Stimme zu. «Bei solchen Operationen kann so viel passieren, man kann zum Beispiel eine Blutvergiftung bekommen.» Langsam, aber sicher fand Krister seine Fassung wieder. «Oder Aids oder Gelbsucht. Es können hässliche Narben zurückbleiben. Die können versehentlich den Magen wegoperieren, sodass man für den Rest seines Lebens Mehlsuppe durch einen Schlauch zu sich nehmen muss. Oder einen Urinleiter, dann ertrinkt man in seinem eigenen Urin.» Die Kinder blickten Maria anklagend an. Daran hätte sie doch denken müssen, oder nicht?

«Wer hat dir denn so was eingeredet? Vielleicht Mayonnaise?», riet Maria. Krister nickte.

«Was für ein dämliches Gerede! Du hättest stattdessen mit Karin sprechen sollen. Bist du überhaupt im Krankenhaus gewesen?»

«Nein.»

«Und die Flasche im Kühlschrank? Der Tapetenkleister?»

«Mayonnaise hat gesagt, dass man eine Spermaprobe abliefern muss, damit sie sehen, ob überhaupt noch Leben da ist, und in einem Maizena-Soßenbinder gibt es kein Leben. Ich wäre niemals auf die Idee gekommen, Tapetenkleister zu benutzen. Pfui, so vulgär!», schüttelte sich Krister.

«Und was hast du zu der kleinen Ninni zu sagen, die dich so dringend sprechen wollte?» Maria hörte, wie hart und grell ihre Stimme wurde.

«Was?»

«Ninni Holm!»

«Ninni Holm, was hat die mit der Sache zu tun?» In Kristers offenen Mund hätten sicher fünf Tischtennisbälle gepasst, wenn er versucht hätte, sie da hineinzudrücken. «Was meinst du eigentlich?»

«Sie hat hier angerufen!»

«Ich verstehe nicht. Wir sprechen hier von Operationsrisiken, und dann sagst du einfach Ninni Holm. Wollte sie, dass ich sie anrufe? Nicht schon wieder! Die müsste den Grundkurs wiederholen, ehe sie sich an anspruchsvollere Dinge macht.»

«Das ist ja gut möglich. An was für anspruchsvollere Dinge denkt sie denn, was meinst du?» Maria blickte Krister scharf an.

«Unter anderem an Programmieren. Warum willst du gerade jetzt darüber sprechen? Ich verstehe dich einfach nicht. Bist du völlig durchgedreht? Geht es dir nicht gut, Maria? Du glaubst doch nicht etwa ...? Das kannst du einfach nicht glauben – nein, Maria, jetzt bist du aber völlig auf dem Holzweg. Niemals würde ich mich auf irgendwas mit Ninni Holm einlassen.» Krister versuchte die Arme um seine Frau zu legen, aber die duckte sich elegant und trat einen Schritt zurück. Er machte einen neuen Versuch, und diesmal fing er sie und nahm sie in die Arme.

«Was soll man davon halten, wenn du mit ihrer Telefonnummer in der Tasche herumläufst. ‹Wir sehen uns!› Ebenso gut hätte sie ‹Küsschen, Küsschen› schreiben können.»

«Jetzt geht es aber los ... hast du meine Taschen kontrolliert?» Krister schob Maria von sich weg, als ob sie eine Portion kalte Grütze wäre.

«Hast du in Papas Taschen herumgesucht?», fragte Emil, der dem Gespräch mit wachem Interesse zugehört hatte.

«Wir sprechen später darüber», brummte Krister.

«Wir diskutieren das aus, wenn du dich dazu reif genug fühlst», entschied Maria mit essigsaurer Stimme und ging in die Küche, um Kaffee aufzusetzen.

An die Wand neben dem Kühlschrank war etwas rosa Leuchtendes genagelt, etwas Rundes, das sofort Marias Aufmerksamkeit fesselte.

«Krister, was ist hier passiert?»

«Ach das, das ist Lindas Schnuller, siehst du doch. Ich fand, sie ist jetzt groß genug, um ohne Schnuller auszukommen, und da ist mir eine gute Möglichkeit eingefallen, ihr den abzugewöhnen. Wenn der an der Wand festsitzt und sie da mit platt gedrücktem Gesicht stehen muss, macht das Nuckeln keinen Spaß mehr, dachte ich. Eine rein pädagogische Maßnahme. Die lass ich mir patentieren.» Linda, der der Konflikt vom Vortag anzusehen war, begann lauthals zu brüllen.

«Was habe ich getan, um so einen Mann wie dich zu verdienen?», stöhnte Maria.

«Sei nicht so bescheiden. Du bist klug und hübsch und zeitweise auch richtig sanft in deinem Wesen.»

Krister schien sich wieder völlig gefasst zu haben. Maria, die sowohl erleichtert als auch furchtbar wütend war und sich irgendwie um ihre Genugtuung und die ernsthafte Reue, die

Kristers Buße hätte sein sollen, betrogen fühlte, begann vor lauter Erregung heftig zu weinen.

«Es ist nicht leicht, mit Krister zu leben», flüsterte sie, als er ihr übers Haar strich. In diesem Augenblick hörten sie ein Auto auf dem Hof bremsen.

«Wenn das Mayonnaise ist, gieße ich vom Balkon aus siedendes Öl über ihn», sagte Maria mit krächzender Stimme. Emil fand das interessant und merkte es sich: Öl auf Mayonnaise, vielleicht auch auf Biffen.

Gudrun Werns Kopf mit der frisch gelegten Dauerwelle wurde in der Diele sichtbar, und hinter ihr tauchte Artur auf wie ein Fels in der Brandung. Einen Moment lang sah Krister richtig perplex aus, dann strahlte er.

«Ist schön, dass ihr kommt. Ganz prima!» Maria starrte ihren Mann an, als ob er ein Verräter sei, ein Überläufer reinsten Wassers. «Wie schön, dass ihr kommt. Die Kinder gehen so gern mit euch runter an den Strand. Nicht wahr, Emil und Linda?! Wir kommen nachher mit dem Kaffeekorb hinterher.» Gudrun Wern sah aus, als ob dies wohl nicht ganz das war, was sie sich vorgestellt hatte. Es waren die Nachrichten aus der Zeitung über den Mord mit der Axt, die sie so früh am Morgen hergelockt hatten. Artur schien etwas auf dem Herzen zu haben, aber es dauerte bei ihm wie immer einige Zeit, bis er damit herauskam, wenn ihm nicht jemand sofort das Stichwort zuflüsterte. Da seine Frau sich stets ausführlichst über alles und jedes äußerte und lediglich sekundenlange Unterbrechungen machte, wenn sie Luft holen musste, hatte er sich daran gewöhnt, seine Sprache der ihren anzupassen. Meistens blieben ihm nur ein oder zwei Worte, die er im richtigen Moment mit der gleichen Präzision sagen musste, die man beim Seilspringen braucht, wenn man seinen Einsprung dem Tempo der anderen anpassen muss.

«Wühlmäuse», sagte er, als Gudrun Luft holte, nachdem sie

Kristers Kleidung, besser gesagt den Mangel an Bekleidung, kommentiert hatte.

«Was hast du gesagt, Papa?» Krister legte eine Hand auf Gudruns Arm, um sie zum Schweigen zu bringen.

«Wühlmäuse an der Hauswand», wiederholte Artur sekundenschnell und blickte wachsam auf seine Frau.

Gemeinsam gingen die Männer hinaus, um sich der wilden Tiere anzunehmen. Widerwillig machte sich Gudrun Wern mit den Kindern auf den Weg zum Strand, nachdem sie die brennendsten Fragen zu dem Mord und dem ertrunkenen Mann gestellt und ihre dringendsten Kommentare dazu abgegeben hatte.

«Diese Rosmarie Haag, die Frau von dem Hausmakler, ist eine ziemlich lockere Person. Ich habe sie auf dem Bild gleich erkannt.»

«Jaha?», horchte Maria auf, denn sie war sich nicht ganz sicher, was locker in diesem Zusammenhang bedeuten sollte. Gudrun nickte konspirativ und mit großem Nachdruck.

«Als wir neulich von euch nach Hause fahren wollten, du erinnerst dich, als Astrid und ich hier waren, sind wir den Umweg am Sportboothafen vorbei gefahren. Astrid findet das so romantisch mit all den Booten und den Lichtern. Ich fand das eigentlich ein bisschen unnötig. Es war ja so ein Unwetter und ich war müde. Das muss ich schon sagen: Die Kinder sind ja kleine Engel. Aber in meinem Alter wird man von all der Unruhe, die sie verbreiten, doch müde. Warte erst mal, wenn du so weit bist. Jedenfalls, wir konnten ja nicht aus dem Auto steigen, ohne völlig durchzuweichen, deshalb haben wir draußen auf dem Kai geparkt und uns die Boote angesehen, die da auf dem Wasser schaukelten. Da sagte Astrid: Guck mal da! Und kannst du dir vorstellen, da kommt Rosmarie Haag von einem der teuren Mahagoniboote. Also wirklich! Ein Mann ist dicht hinter ihr und begleitet sie auf den Kai. Na und dann. Sie umarmen sich. Astrid sagte, es hat so ausgesehen, als ob sie sich küssten. Ich war nicht ganz so sicher. Vielleicht haben sie nur miteinander geredet. Wenn ein so scharfer Wind weht, ist nicht ganz leicht zu verstehen, was jemand sagt. Sie standen direkt unter der Straßenlaterne. Astrid fand das richtig romantisch. Genau wie in dem alten Film ‹Ihr erster Mann›. Dann stiegen sie in ein Auto und verschwanden. Man muss sich vorstellen, sobald der Ehemann weg ist, tanzen die Mäuse auf dem Tisch. Denn der Ehemann war das nicht, da bin ich ganz sicher.»

Gudrun verzog den Mund und nickte nachdrücklich.

«Der Mann in dem Mahagoniboot ist ein guter Freund der Familie Haag. Es ist doch nur natürlich, dass Rosmarie in ihrer Sorge bei jemandem Unterstützung sucht.»

«Natürlich. Ja, das kann man sich vorstellen. Aber Astrid hat gesehen, was sie gesehen hat, und das will ich nur mal sagen: Ein lockeres Frauenzimmer, das ist sie.»

Als das Haus leer war, packte Maria einen Kaffeekorb und stellte ihn auf den Küchentisch, schrieb einen Zettel, duschte schnell und ging hinaus. Sie hatte das dringende Bedürfnis, allein zu sein. Garantiert allein! Krister und der Schwiegervater waren eifrig dabei, die Wühlmäuse in ihren Löchern auszuräuchern. Artur sah richtiggehend enthusiastisch aus. Krister ebenfalls. Er konnte seinem guten Stern danken, dass er diesmal so elegant davongekommen war. Aber er durfte sich keinen Augenblick einbilden, dass das Thema damit abgeschlossen war. Wie kann man einem Mann vertrauen, der nur vorgibt, sich sterilisieren zu lassen? Wie kann man mit jemandem zusammenleben, dem man nicht vertrauen kann? Maria winkte Krister und Artur zu, als sie auf den Pfad in Richtung Kronberg einbog, aber die beiden waren viel zu beschäftigt und bemerkten sie gar nicht.

22

Es ist ganz erstaunlich, wie Pflanzen unter so kargen Verhältnissen zurechtkommen; Fette Henne, Schafgarbe und echtes Laubkraut, Butterblumen und Wiesen-Knautie überlebten in dem mageren Mutterboden auf dem Berghang in kleinen verkümmerten Exemplaren. Wenn der Wind peitschte, in Wolkenbrüchen oder bei großer Hitze und anhaltender Trockenheit, hielten sie sich mit ihren Wurzeln fest. Maria strich sich die Haare aus dem Gesicht und wanderte schnell bergauf. Eigentlich hatte sie sich überlegt, heute Morgen ein paar Kilometer am Strand entlangzujoggen, aber mit der Schwiegermutter und den Absperrungen der Polizei unten bei den Fischerhütten gab es weder Ruhe noch Einsamkeit, und das brauchte sie jetzt wirklich.

Die Kirche von Kronviken lag ganz oben an der Kante der Klippe. Groß und mächtig ragte sie auf, wenn man sie von der Seeseite aus sah. Als Maria an der Landseite über den Kirchhof ging, wirkte sie durchaus nicht so imponierend, aber der Turm sah ziemlich hoch aus. So als ob im großen Stil angefangen worden war und dann das Geld nicht gereicht hatte, um das Bauwerk im gleichen Stil fertig zu stellen. Eine alte Frau mit gestreifter Schürze und einem geblümten Kopftuch harkte den Schotterweg. Ihr hübsches Gesicht war von Wind und Wetter gekennzeichnet und von einem feinmaschigen Netz aus Lachfalten überzogen, die ein symmetrisches Muster bildeten. Mit Kraft und Nachdruck zog sie die große Harke durch den Schotter und beugte sich mühsam herab, um eine Butterblume oder einen Nesselstrunk herauszureißen. Auf dem Kirchhof war es still und friedlich, außer der alten Frau war kein Mensch zu sehen. Die großen Kastanienbäume gaben Schatten und Kühle.

Direkt neben dem Eingang der Kirche befand sich zwischen zwei Familiengräbern ein gefällter Baumstamm aus weißem

Marmor. Der Text auf dem Stein war von Moosen und Flechten halb verdeckt. Was Marias Aufmerksamkeit weckte, war eine kleine Pflanze, die einem Nadelbaum glich. Vorsichtig löste sie ein Blatt und rieb es zwischen den Fingern. Rosmarin, Rosmarin zur Erinnerung an die Toten. Die Frau mit der Harke kam näher, und Maria trat schuldbewusst zurück auf den Schotterweg. Vielleicht gab es eine Vorschrift, der zufolge man das Gras nicht betreten durfte. Die Kirchentür stand offen. Der große Schlüssel steckte in dem rostigen eisernen Schloss. Maria trat unter das Gewölbe und wartete, bis die Augen sich an das Dunkel gewöhnt hatten. Die weiß gekalkten Wände waren voller Bilder und Ornamente aus der Geschichte des Christentums. Menschen auf einer Waage gewogen und zu leicht befunden, nachdem eine Traube kleiner Teufel die gegenüberliegende Waagschale heruntergezogen hatte. Ein Finger Gottes hätte in der ersten Waagschale sein müssen, fand Maria. Die Madonna mit dem Kind. Jesu Versuchung in der Wüste, auch hier der gehörnte Feind. Die Apostel und geheimnisvollerweise zwei schwedische Könige, die sich in die heilige Schar gemogelt hatten. Freie Flächen, um seine eigenen Bilder zu projizieren, gab es nicht. Maria hatte irgendwo von dem Schrecken gehört, den man im Mittelalter vor weißen Flächen hatte. Die Wände mit Bildern zu füllen hinderte die bösen Geister am Zutritt. Ein ähnliches Gefühl bekam man, wenn man sich in Gudrun Werns überdekoriertem Wohnzimmer befand. Welchen Zauberspuk sie damit fern halten wollte, konnte man allerdings nur erahnen.

Die Kühle war angenehm nach dem anstrengenden Spaziergang den Berg hinauf. Ganz vorn im Chor links vom Altar hing ein Schiff. Maria ging hin und las den Text auf der silbernen Platte unter dem Modell. Oben stand mit verschnörkelten Buchstaben *Die See gab und die See nahm*. Unter diesem Text waren etwa dreißig Namen von Leuten aufgezählt, die beim Sturm 1931 umgekommen waren. Maria las nacheinander alle Namen. So viel Ehrfurcht muss sein, überlegte sie, dass man sich an sie erinnert: Arnold Jacobsson, Edvin Karlsson, Holger Modig und Ivan Nilsson. Maria fiel Ivan ein, und sie blickte hinauf zu den in Blei gefassten farbigen Vierecken der Kirchenfenster. Vielleicht hatte er als kleiner Junge hier gesessen und sich Gedanken über die Farben gemacht. Das ganze Bild der Madonna mit dem Kind in seine Teile aufgelöst und sich auf die Farben konzentriert, Viereck für Viereck. Vielleicht befanden sich die Glasfenster an dieser Stelle, um zu zeigen, wie Gott die Menschen sieht. Nicht schwarzweiß, mehr Phantasie sollte er schon haben, der Schöpfer, nicht in Böse und Gute, sondern in Farben, in reichen und überraschenden Nuancen, wie die Wechselfälle des Lebens und der Wechsel der Jahreszeiten. Was hatte Ivan gesagt? Dass er seine Wirklichkeit als Kind selbst bestimmen konnte, seine Blickwinkel auswählen konnte, solange er noch Flexibilität und Phantasie besaß. Aber später, als er erwachsen war, waren seine Wahlmöglichkeiten wie Rosinen geschrumpft. Vielleicht ist das für manche Menschen so. Aber dann kommt es doch darauf an, die Rosinen aus dem Kuchen zu picken. Jedenfalls zu wählen, wenn eine Möglichkeit besteht. Was hatte das Leben für einen Sinn, wenn alles vom Schicksal vorbestimmt war, wenn die Fäden des Lebens nur die Schnüre einer Marionette waren? Wenn man lediglich eine Figur in einem vorbestimmten Spiel war? Weshalb sollte man dann Mörder bestrafen, wenn ihnen vorbestimmt war, Morde zu begehen, ohne selbst entscheiden zu können? Eigentlich müsste denjenigen, die eine so grausame Rolle zu spielen hatten, dazu größter Respekt und viel Mitgefühl entgegengebracht werden. Ganz abwegig war Ivans Gedankengang nicht. Wir werden unter unterschiedlichen Voraussetzungen geboren. Aber ein Mensch ist niemals ohne Alternativen, wie groß oder klein sie auch sein mögen. Maria warf einen schnellen Blick auf die Uhr und stand hastig von der Kirchenbank auf.

Die alte Frau zupfte Unkraut auf dem Familiengrab neben dem Grabstein, der Marias Interesse geweckt hatte. Sie grüßte ein wenig schüchtern, knickste beinahe und blickte den Hügel hinunter. Maria sah, wie sie ihre von der Erde grauen Hände hinter ihrem Rücken verbarg und mit offenem Mund einen Schritt auf sie zu machte. Es schien, als ob sie etwas hatte sagen wollen, es sich dann aber doch anders überlegt hatte.

23

Gudrun rief ihnen zu, dass jetzt Kaffeepause sei. Waren sie schon zu Hause? Die Kinder konnten doch sonst nie lange genug am Strand sein, auch wenn heute das Wasser etwas zu kalt zum Baden war. Linda erzählte mit dem Mund voller Zuckerkuchen, dass sie einmal untergetaucht war, dass Emil aber nur die Zehen hineingetaucht hatte, so viel konnte man jedenfalls mit ein wenig gutem Willen verstehen, wenn man ihre Sprechweise kannte.

«Aber da waren doch Quallen!», schrie Emil.

«Na und, was macht das?», entgegnete Linda höhnisch.

«Onkel Egil, über den Oma sich geärgert hat, hat gesagt, dass sind Einlagen für Büstenhalter, die aus Amerika angeschwommen kommen. Die sind ganz eklig!» Emil zitterte am ganzen Körper, wie er da so in seinen Bademantel gewickelt auf der Gartenbank saß.

«Silikon!», ergänzte Linda mit Kennermiene.

«Ja, wenn die Frauen in Amerika baden, dann hauen die Silikone ins Meer ab und schwimmen nach Schweden, das kannst du dir doch vorstellen!» Krister musste so lachen, dass ihm der Kaffee im Hals stecken blieb.

«Und darüber hat sich Großmutter geärgert?», fragte er.

«Nein, sie hat sich geärgert, weil Onkel Egil sie angestarrt hat, als sie sich umgezogen hat. Ihm sind die Augen aus dem

Kopf gefallen, hat Oma gesagt. Gustav hat nicht geguckt, er schlief. Weißt du, was Oma da gemacht hat?» Krister schüttelte den Kopf und bemerkte erstaunt, dass Gudrun ein wenig rot wurde und ihr Mund sich zu einem Ungewitter zusammenzog. Linda lachte und fiel dabei beinahe von der Bank.

«Ich wusste gar nicht, dass ihr euch kennt. Ich habe ihn ordentlich ausgeschimpft und ihn gefragt, ob er noch nie ein Paar wollene Unterhosen gesehen hat.»

«Das hat er sich wohl auch gefragt, denn danach gingen er und Gustav nach Hause. Sicher war er hungrig», erklärte Emil und streckte sich nach einem weiteren Stück Zuckerkuchen. Linda kroch auf Arturs Knie. Sie fror ein wenig. Das lange blonde Haar hatte ihr Kleid auf dem Rücken völlig durchnässt. Emil kletterte auf Gudruns Knie. Seine kurz geschnittenen Haare waren trocken, und eigentlich fror er nicht. Ihm ging es mehr um die ausgleichende Gerechtigkeit. Krister stöhnte. Wann hörten Eltern auf, peinlich zu sein?

Artur wollte gerade etwas sagen, als das Telefon in der Küche klingelte. Ehe Gudrun aufgestanden war, hatte Maria schon den Hörer in der Hand. Aber die Neugier der Frau kannte keine Grenzen. So sicher wie der Tag der Nacht folgt und der Sommer dem Frühling, stand die Schwiegermutter Sekunden später mit ein paar Kaffeetassen als Vorwand für ihre Aufdringlichkeit in der Küche.

«Ich bin's. Sie müssen sofort kommen! Bitte!», schniefte Rosmarie. «Die haben mir gesagt, dass Sie erst nachmittags zur Arbeit fahren. Könnten Sie nicht hereinschauen, wenn Sie hier vorbeifahren? Es hört mir ja kein anderer zu.»

«Was ist denn passiert?» Maria machte eine abwehrende Handbewegung zu ihrer Schwiegermutter, die immer näher an sie herankam und an einem kaum sichtbaren Fleck auf dem Küchentisch herumwischte. Gudrun übersah ihre Geste geflissentlich und nahm die Teller aus der Spüle, leise und vorsichtig, damit sie ja kein einziges Wort versäumte.

«Dies ist ein privates Gespräch, lässt du mich bitte eine Weile allein?», sagte Maria beherrscht. Gudrun verzog den Mund und ging widerwillig hinaus zu den anderen an den Gartentisch. Dort setzte sie sich auf die äußerste Kante der Gartenbank und wippte gereizt mit dem Fuß, wie eine Katze mit dem Schwanz wedelt.

Rosmaries Kräutergarten lag im hellen Sonnenschein. Der Garten sah in seinem üppigen Grün friedlich aus. Maria atmete tief durch und ließ die Meeresluft ihre Lungen streicheln. Bienen summten in der Rosenhecke. Schwalben kamen zu ihren Nestern unter dem Dach des Restaurants und flogen wieder weg. Eine lächelnde Kellnerin in naturfarbenem ärmellosem Kleid kam Maria entgegen.

«Rosmarie ist im Gartenpavillon. Konrad sitzt dort bei ihr. Sie ist völlig durch den Wind, die Arme. Ich glaube, die Ereignisse der letzten Zeit sind zu viel für sie gewesen. Sie will uns nicht erzählen, was eigentlich los ist. Sie weint nur. Das wird alles kein gutes Ende nehmen.» Das berufsmäßige Lächeln verschwand aus dem Gesicht der Frau und wich einer eindringlichen Bitte:

«Die Polizei muss doch etwas tun können! Es ist ganz schlimm, wenn man zusehen muss, wie ein Mensch innerhalb nur weniger Tage so abbaut. Haben Sie denn immer noch keine Spur von dem Ehemann?»

«Wir arbeiten ununterbrochen daran. Wie würden Sie denn Clarence beschreiben, so als Menschen?»

«Freundlich, ein sehr netter Mann und so besorgt um Rosmarie. Er fährt überall mit ihr hin. Die beiden sind immer zusammen. Wenn sie auf einem Fest ist, holt er sie jedes Mal ab. Macht gar nichts, wenn es spät wird, er wartet im Auto und bringt sie nach Hause. Und neulich, als sie eine Freundin in Gävle besuchte, fuhr er hin und überraschte sie, als sie gerade in den Zug steigen wollte. Er hatte Rosen gekauft. Da könnte mein Mann sich mal eine Scheibe abschneiden.»

Sie näherten sich dem Pavillon, und die Frau fasste Maria an den Arm. «Versprechen Sie mir, dass dieses Elend bald ein Ende hat. Sie hält es nicht mehr lange aus, mit dieser Ungewissheit zu leben.»

Rosmarie saß zusammengekauert in einem Korbstuhl in einer Ecke des Pavillons. Konrad saß neben ihr und hielt ihre Hände in seinen. Sein Gesicht drückte eine Trauer aus, die Maria beinahe die Fassung nahm.

«Kommen Sie mit», sagte Rosmarie und stand mühselig auf. «Kommen Sie mit zur Brücke, dann können Sie es sehen.» Ihr Gesicht war ebenso zerknirscht wie das von Konrad. Mit dem Jackenärmel trocknete sie sich die verschwollenen Augen.

«Geht ihr vor, ich komme langsamer hinterher», sagte Konrad. Sie gingen auf den Seerosenteich mit den Trauerweiden zu. Als sie sich der Brücke näherten, merkte Maria, wie Rosmaries Körper sich versteifte, wie der Griff um ihren Arm härter wurde.

«Auf der Brücke neben der Weide, sehen Sie selbst!» Maria schob die Zweige beiseite und starrte auf den durchnässten zerzausten Katzenkörper, der schlapp und ausgestreckt unter den dunkelroten Buchstaben lag, die das Wort HURE bildeten. «Ich sah etwas Weißes, das durch die Binsen zu sehen war, und dann entdeckte ich die Katze.» Ein heiserer Weinkrampf unterbrach die Stimme. «Ich glaube, das ist Blut.» Rosmarie wies auf die Buchstaben. Zitternd ließ sie sich auf die Knie nieder und strich der Katze über das nasse Fell. Nur das leise Rauschen des Windes in der Weide war zu hören. Maria ging in die Hocke und legte ihr den Arm um die Schultern. Lange saßen sie so da, bis Konrads schleppende Schritte auf dem Schotterweg zu hören waren.

«Was halten Sie davon?», wollte Maria wissen. Rosmarie schüttelte den Kopf.

«Weshalb sollte Clarence die Katze töten, an der er so hängt?» Plötzlich wurde ihr das Symbolische der ganzen Situation klar. «Wenn er die Katze töten kann, dann kann er auch mich umbringen. Will er das zum Ausdruck bringen?» Rosmaries runde Augen sahen Maria flehentlich an, bettelten und baten darum, dass sie widersprach, ihr sagte, dass der Gedanke abwegig sei.

«Wir haben das Schloss an der Haustür auswechseln lassen», murmelte Konrad. «Und wir schlafen in der Küche, die Tür zum Schlafzimmer ist abgeschlossen und die Vorhänge sind zugezogen, falls er auf die Idee kommt, durchs Schlafzimmerfenster einzusteigen. Es kommt einem vor, als ob man in Gefangenschaft lebt. Abends haben wir die Lampe in der Küche ausgeschaltet, und so sitzen wir im Dunkeln da, damit man uns nicht sehen kann. Wir trauen uns nicht, das Radio oder den Fernseher einzuschalten, damit wir kein Geräusch überhören, einen Schritt auf dem Schotter oder eine Klinke, die gedrückt wird. Von der Abenddämmerung bis zum Hellwerden am Morgen sitzen wir abwechselnd wachend am Küchentisch. Wir kochen Kaffee, um uns wach zu halten. Wie lange soll das noch dauern? Wir leben in einem Gefängnis! Was tut die Polizei, um ihn zu finden? Wie schnell ist die Polizei hier, wenn wir den Alarm auslösen? Es dauert mindestens dreißig Minuten, will ich mal annehmen. Was kann in einer halben Stunde alles passieren? Und dann, wenn ihr ihn erwischt, wie lange bleibt er eingesperrt, bis er Urlaub bekommt und meine Tochter totschlägt?» Konrad atmete schwer. Ein zischender Laut folgte jedem Atemzug. Die Lippen nahmen eine bläuliche Farbe an. Er tastete nach einer Dose in der Tasche und steckte sich eine Nitroglyzerintablette unter die Zunge.

«Wir halten es nicht mehr länger aus.» Rosmarie blickte ihren Vater ängstlich an. Maria schossen die Tränen in die Augen. Sie kam sich hilflos vor. In Sicherheit zu leben sollte eigentlich zu den Grundrechten der Menschen zählen. Dass ein herzkranker alter Mann die Nächte hindurch wachen musste, um seine misshandelte Tochter vor weiteren Übergriffen zu beschützen, war unakzeptabel. Aber es fehlten die Mittel. Sie reichten nicht mal für die Fälle, bei denen Männer verurteilt worden waren und Besuchsverbot hatten. Und immer wieder passierte, was niemals hätte geschehen dürfen. Die effektivste Möglichkeit, bei den Mitteln, die ihnen zur Verfügung standen, wäre gewesen, Männern, die ihre Frauen schlugen, elektronische Fußfesseln anzulegen.

«Bis wir Clarence haben, sollten Sie sich vielleicht mit dem Frauenhaus in Verbindung setzen. Das ist das Beste, was mir gerade in den Sinn kommt», schlug Maria unsicher vor. «Wissen Sie eigentlich, dass Clarence jeden Monat große Summen an einen Mann gezahlt hat, der Mårten Norman heißt?»

«Ich habe keinen Einblick in die Geschäfte von Clarence. Nein, das wusste ich nicht.» Rosmarie stand auf und bürstete sich die Knie ab. Immer noch war ihr Blick auf die tote Katze gerichtet.

«Mårten Norman und Clarence haben gleichzeitig auf Zypern bei der UNO gedient. Am ersten Montag in jedem Monat treffen sich die UNO-Soldaten im Engelen. Himberg fuhr gestern Abend hin. Er hat Sie nicht angerufen und gesagt, was dabei herausgekommen ist? Er hat es mir versprochen.»

«Wir haben nicht das Geringste gehört!»

«Dann möchte ich mal telefonieren und deswegen nachfragen. Himberg ist vielleicht über Nacht in Stockholm geblieben.»

«Wenn Clarence dort nicht erschienen ist, wenn sie ihn nicht festgenommen haben, was macht ihr dann?», keuchte Konrad, immer noch außer Atem nach dem Spaziergang.

«Wir verfolgen weiter jede Spur, die uns zu ihm führen kann. Geben sein Foto an die Medien und bitten die Bevölkerung um Hilfe. Sie wissen von keinem Sommerhaus oder Ähnlichem, wo er sich aufhalten kann? Ein Hotel, wo er öfter übernachtet?»

«Nein, wir haben mal darüber gesprochen, ein Gehöft zu kaufen, aber daraus wurde nichts. Wir haben keinen so großen Bekanntenkreis. Ich habe bereits alle infrage kommenden Leute angesprochen. Odd habe ich sicher schon zehnmal angerufen und die Sekretärin in Haags Maklerbüro auch häufiger. Die wundern sich genauso wie ich.»

Maria wählte Hartmans Nummer und musste eine ganze Weile warten, bis sie die wohlbekannte Stimme hörte. In wenigen Worten berichtete sie über die tote Katze und die Buchstaben, die auf die Brücke gemalt worden waren. Hartman versprach, Erika zu schicken, damit sie die rote Farbe untersuchen konnte. Himberg war über Nacht in Stockholm geblieben, aber jetzt war er auf dem Weg nach Hause. Kein Clarence Haag war im Engelen erschienen. Aber Himberg hatte, Hartman zufolge, ein ausführliches Gespräch mit Odd Molin geführt.

24

Auf dem Weg zur Wache hörte sich Maria mit einem Ohr die Nachrichten an. Neue Kürzungen wurden für den öffentlichen Dienst angekündigt, Grund waren die gigantischen Auslandsschulden. Kaum zu glauben, dass Schweden noch Ende der Siebziger einen Budgetüberschuss gehabt hatte. Jetzt kündigte man neue Sparmaßnahmen an, um die Ausgaben der Städte in den Griff zu bekommen. Was geschieht, wenn sich die Unterstützungen für die Bedürftigsten in nichts auflösen? Solche Verpflichtungen entfallen ja nicht, nur weil der Staat und die Städte zahlungsunfähig werden. Irgendwer muss auf die eine oder andere Weise immer bezahlen. Maria dachte an die Menschen, die sie im vorigen Winter getroffen hatte, die in Wohnwagen lebten, seitdem das Behindertenheim geschlossen worden war. Für die psychisch Kranken in Kronköping galt das Gleiche. Wie viele von ihnen allein in ihren Wohnungen saßen, eingesperrt mit den sie bedrohenden Stimmen, unfähig zu sozialen Kontakten, durch ihre Krankheit nicht in der Lage, Termine beim Arzt oder bei Behörden einzuhalten, konnte man aus den Anrufen bei der Polizei nur ahnen. Die Reform sollte ihnen allen eigene Wohnungen verschaffen, und die Überlegung dahinter war sicher richtig, allerdings nur, wenn sie die Unterstützung und Hilfe zu Hause in dem Umpfang erhielten, wie sie sie tatsächlich benötigten. Aber die Gelder, die die Städte für diese Maßnahmen erhielten, wurden nicht zweckgebunden gezahlt und verschwanden im nicht gedeckten Gesamtetat. Vor einiger Zeit hatte Maria in einer Fernsehsendung die neuesten Zahlen erfahren. Ein Drittel der Patienten, die eigene Wohnungen erhalten hatten, waren inzwischen verstorben. Ein Drittel! Es gibt immer jemanden, der bezahlt. Angehörige, nicht selten alte Mütterchen, tragen die Last, wenn ihre erwachsenen Kinder in Armut leben. Was geschieht, wenn es nicht genügend Plätze in den Therapieeinrichtungen gibt? Jemand anderes bezahlt. Mårten Normans Mutter, die verletzt in der orthopädischen Abteilung saß, zum Beispiel. Es gibt immer jemanden, der bezahlt, immer.

Hartman sah müde und schlecht gelaunt aus. Vielleicht lag das an seinem missglückten Versuch, sich an magere Kost zu gewöhnen. Ganz einfach zu viel zugemutet oder Mangel an Überzeugung, überlegte Maria und setzte sich zu den anderen in den Besprechungsraum.

«Wir haben Mårten Normans vorläufigen Obduktionsbefund bekommen.» Hartman blätterte wütend in dem Papierstapel vor sich und zuckte gereizt mit den Schultern, als er nicht fand, was er suchte. «Mårten Norman ist nicht ertrunken!»

«Nicht ertrunken? Was hat er dann mit dem Kopf unter Wasser gemacht?», fragte Himberg und rieb seine runde Kartoffelnase.

«Das Lungengewebe sah normal aus», unterbrach Erika. «Ertrinkt jemand, dann füllen sich Lungen und Magen mit Wasser.

Man kann geplatztes Gewebe sehen. Mårten Normans Lungen waren normal. Er hatte auch kein Wasser im Magen. Mårten Norman ist also gestorben, ehe er im Wasser landete. Das bestätigt den Verdacht, dass hier ein Verbrechen vorliegt. Wäre die Verwesung weiter fortgeschritten gewesen, hätte man das nicht mehr feststellen können. Er tauchte rechtzeitig wieder auf, kann man sagen. Der Körper weist keine Anzeichen äußerer Gewalt auf, keine Verletzungen oder Einschüsse. Man fertigt gerade eine Giftanalyse an. Wie wir vorher schon angenommen haben, ist der Tod vor etwa einer Woche eingetreten. Aber das ist nicht das Seltsamste daran. Am auffälligsten ist, dass er einen Ring verschluckt hat. Den haben wir heute Morgen in einer Tüte bekommen.» Sie machte eine Plastiktüte auf und schüttelte eine Puzzlering auf den Tisch. Maria lehnte sich vor, um ihn genauer anzusehen. Ein vierteiliger Puzzlering aus Gold oder einem goldhaltigen Metall. Ein Axtring, wie Mayonnaise gesagt hätte.

«Was glaubt ihr, was das für eine Art Ring ist?»

«Wir können den Juwelier in Bredstörms Schmuckgeschäft ja mal fragen, der müsste das wissen. Ich glaube, UNO-Soldaten tragen solche Ringe. Aber vielleicht werden die ja bei Bredstörms ganz normal über den Ladentisch verkauft, was weiß ich.» Maria wusste genau, dass ihnen Mayonnaise ein solches Stück gezeigt hatte.

«Mårten hat UNO-Dienst geleistet, stimmt's?», fragte Hartman und rieb sich das Ohr.

«Dieser Mayonnaise auch. Das kam in aller Deutlichkeit zum Ausdruck, als ich ihn vernommen habe.» Arvidsson errötete leicht und konzentrierte sich auf einen Sprung in seiner Kaffeetasse. «Er hat mir seine ganze Lebensgeschichte erzählt. Dann versuchte er, mir einen alten Volvo 240 aufzuschwatzen.»

«Kauf ihn!», bat Maria und drückte Arvidssons Arm.

«Warum denn bloß? Jeder weiß doch, wie diese alten Volvos rosten.» Arvidsson strich sich die Haare nach hinten und faltete die Hände im Genick, um Marias Versuch eines Körperkontakts zu entgehen.

«Weil das Auto in meinem Garten steht!»

«Das reicht als Verkaufsargument nicht, tut mir Leid. Frau Mayonnaise hatte offenbar Zoff mit Jacob Enman. Sie nannte ihn alter Gauner, bevor sie wusste, dass er nicht mehr lebt. Jacob hat wohl ihrem Sohn, dem kleinen Engel, im Frühjahr die Ohren lang gezogen, als er Steine auf eine Eidergans schmiss, die auf ihrem Nest saß.»

«Das wundert mich kein bisschen. Das ist ein ziemliches Ekel», sagte Maria mit Nachdruck.

Hartman räusperte sich und bat um Aufmerksamkeit.

«Warum hatte der Kerl einen Ring im Magen? Warum um Gottes willen verschluckt man einen Ring? Die Gerichtsmediziner meinen, dass der Ring genauso gut an Mårten Normans rechtem Ringfinger gesteckt haben kann. Die Größe stimmt und er hat einen hellen Streifen am Finger, der darauf hindeutet, dass die Sonne die Haut an genau dieser Stelle nicht bräunen konnte.»

«Vielleicht wollte er seinen Schatz mit in den Sarg nehmen?», lachte Himberg. Ein gemeinsames Stöhnen war von den Anwesenden zu hören. Hartman bat um Konzentration. Himberg blätterte schmollend in seinem Block und rollte seinen Stift zwischen den Fingern. «Mårten war sicher hungrig», murmelte er vor sich hin.

«Vielleicht hat er Angst gehabt, dass der Ring ihm gestohlen wird. Möglicherweise hat er den Ring gestohlen und sich vorgestellt, ihn als Anzahlung für den nächsten Schuss zu verwenden», schlug Arvidsson vor.

«Oder er kannte seinen Mörder und wollte uns einen kleinen Hinweis geben.» Erika sah nicht so aus, als ob sie selbst daran glaubte. «Obwohl, woran er gestorben ist, steht immer noch nicht fest.»

«Himberg, kannst du uns etwas aus dem Engelen berichten?»

«Clarence Haag ist dort nicht aufgetaucht. Es gab zwar den einen oder anderen, der ihm ähnlich sah, in gutem Anzug oder so. Odd Molin saß an meinem Tisch, gleich an der Tür. Wäre Clarence hereingekommen, hätte Odd ihn sofort erkannt. Wir saßen oben im ersten Stock, also im Restaurant.»

«Aber du hast dich eine ganze Weile mit Odd unterhalten?»

«Ja, ein sehr netter Mann. Der konnte erzählen! Bezahlt die Polizeiverwaltung eigentlich das Bier, das ich bei diesem Fahndungsauftrag gezwungenermaßen trinken musste?» Himberg zog eine Quittung aus seiner abgewetzten Brieftasche. «Wir haben ziemlich lange dort gesessen und ich habe ja in Stockholm übernachtet. Es hätte verdächtig ausgesehen, wenn ich Mineralwasser getrunken hätte.»

Hartman warf einen schnellen Blick auf den Zettel.

«Du hättest alkoholfreies Bier trinken können.»

«Gibt es so was?»

«Aus fahndungstechnischen Gründen ist alkoholfreies Bier vorzuziehen. Der Antrag ist abgelehnt. Und jetzt wollen wir uns an das Thema halten», sagte Hartman mit einem Blick auf die Uhr.

«Könnte man Rosmarie Haag nicht Polizeischutz geben?» Maria berichtete über die Ereignisse an diesem Morgen. «Es ist nicht ausgeschlossen, dass Clarence das Hause aufsucht.»

«Rosmarie Haag hat eine Alarmanlage bekommen. Ich verstehe, dass sie es nicht leicht haben, dass sie sehr unter Druck stehen. Aber das ist unmöglich. Auch wenn nicht gerade Urlaubszeit wäre, gäbe es keine Möglichkeit.»

«Ich habe eine schnelle Analyse der Farbe auf der Brücke gemacht, es war Blut. Ob menschliches oder Tierblut kann man so schnell noch nicht sagen, aber der Test ergab Reste von Hämoglobin.»

«Das ist unbehaglich, wir wollen mal abwarten, was der Juwelier zu dem Ring zu sagen hat. Hast du uns etwas über Jacob Enman mitzuteilen, Erika?»

«Er ist ebenfalls seit etwa einer Woche tot, plus minus einem Tag. Er hat keine lebenden Angehörigen. Der Schuppen, das Haus oben im Wald und die Wohnung gehen an den allgemeinen Erbschaftsfonds. Er war gesund wie ein junger Mann, sagt der Obduzent. Hätte sicher noch zehn Jahre länger leben können, wenn er nicht umgebracht worden wäre. Der Schlag schräg von der Seite auf den Hinterkopf führte sofort zum Tod. Nach den Zeugenaussagen hatte er ein gutes Gehör und hätte reagieren müssen, wenn ein Unbekannter hereingekommen wäre, hätte aufstehen oder sich zur Tür hin umdrehen müssen. Ich glaube, wir können davon ausgehen, dass derjenige, der Jacob erschlagen hat, jemand war, den er kannte, jemand aus dem engeren Bekanntenkreis. Über das ganze Mittsommerwochenende hat niemand einen Unbekannten unten am Fischereihafen gesehen. Es scheint also, dass derjenige, den wir suchen, sich normalerweise da unten aufhält.»

«Was sagte Odd Molin zu dem Foto von Mårten Norman?», wollte Hartman wissen.

«Da ist so konkret nicht viel herausgekommen. Wir mussten ja vor allem auf die Tür achten.»

«Erkannte er Mårten Norman?»

«Das kann man eigentlich nicht sagen. Er traf mehrere andere Männer, die er wieder erkannte.» Himberg sprach schnell und leise, während er konzentriert versuchte, eine Mine aus seinem Stift herauszuschütteln.

«Aber du hast ihm das Foto gezeigt?»

«Ach verflucht, das Foto!»

«Soll ich deine Antwort so verstehen, dass du es ihm nicht gezeigt hast? Hast du das Foto überhaupt dabeigehabt?»

«Ja, ich habe es mitgehabt, aber ...»

«Du hast es ihm gar nicht gezeigt.»

«So kann man es ausdrücken. Schließlich ist man ja auch nur ein Mensch! Da war Tanz und der eine oder andere wurde von feinen Damen aufgefordert, du weißt ja, wie das ist.»

25

Ivan Sirén saß bibbernd und in eine genoppte rot karierte Decke gewickelt am Küchentisch, als Maria an der Tür klingelte. Langsam stand er auf und hinkte los, um ihr zu öffnen. Das Haar hing ihm strähnig und grau über die Schultern. Die Wangen unter den fieberglänzenden Augen schienen noch mehr eingesunken zu sein.

«Habt ihr sie erwischt, die Veganer?», fragte er, und ein Gestank von Azeton und saurem Kaffee kam aus seinem Mund.

«Wir tun unser Bestes, aber das kann noch etwas dauern. Wir müssen einen Mord aufklären. Außerdem ist unten in Kronviken jemand ertrunken. Kann ich dir ein paar Fragen stellen?» Ivan nickte schweigend und wickelte sich tiefer in seine Decke ein. Eine der Wollsocken hatte am Zeh ein Loch, und Maria sah, wie er das verstecken wollte, indem er die Füße übereinander legte.

«Bist du wegen des Knöchels bei einem Arzt gewesen?»

«Häggs haben mich hingefahren. Wir haben Penizillin aus der Apotheke geholt.»

«Hast du heute schon was gegessen?»

«Nein.» Ivan strich sich nachdenklich über den Schnurrbart. «Ich glaube nicht.»

«Soll ich dir was machen, während wir miteinander reden?»

«Ja danke.» Ein schwaches Lächeln war durch den Bart zu sehen.

«Was hast du denn im Haus? Ist das der Vorratsschrank?» Ivan nickte. Seine Augenlider hingen schwer wie Blei.

«Brei, Grießbrei wäre gut. Natürlich nur, wenn du den auch haben willst?»

«Danke für die Einladung», antwortete Maria und nahm einen Kochtopf aus dem blitzblanken Topfschrank. Während sie den Grieß und die Milch anrührte, blickte sie auf ihre Hände. Jeder einzelne Nagel war abgekaut und die Nagelbetten rissig nach der Arbeit in der Erde. Ivans Nägel sahen noch schlimmer aus. Sie waren beinahe nicht zu sehen, stellte Maria fest, als er die Hand zum Mund führte. Aber das war nur ein geringer Trost.

«Wenn du mal an den Sonntag des Mittsommerwochenendes zurückdenkst, warst du da unten am Fischereihafen?»

«Wir haben Sonntagabend Netze ausgelegt und sie in der Morgendämmerung am Montag eingeholt. Viel war nicht gerade drin.»

«Warst du am Samstag unten am Strand?»

«Nein, da haben wir Nerze geimpft. Ein paar Schuljungen helfen mir. Das nimmt viel Zeit in Anspruch. Ich würde mich freuen, wenn ich diese Untiere los wäre, also die Nerze. Ich überlege ernsthaft, ob ich die Zucht nicht zum Winter hin aufgebe.»

«Aber am Sonntagabend legtet ihr Netze aus. Waren das nur die Häggs und du?»

«Jacob war auch dabei.»

«Wie spät kann es gewesen sein, als ihr euch getrennt habt?»

«Zehn, halb elf.»

«Hast du um die Zeit jemand anders da unten gesehen?»

«Ja doch, da waren dieser Mayonnaise und seine Frau. Der Bengel stand da und warf Steine nach den Möwen. Jacob hat sich mit ihm angelegt, und das war ja auch kein Wunder. Ich glaube, er wird Biffen genannt.» Ivan lächelte ein wenig, und plötzlich sah er ganz jung und spitzbubenhaft aus.

«Lagen noch mehr Boote als die *Marion II* draußen?»

«Ja, der mit seinem Mahagoniboot, der Sonntagssegler, wie wir ihn nennen.»

«Weißt du, wie der heißt?»

«Molin, und dann der Hausmakler, der verschwunden ist. Die waren auf dem Weg raus nach Kronholmen. Die Frau blieb am Strand. Es schien, als ob sie sie abgesetzt hätten. Sie saß auf dem Anleger und weinte.»

«Kannst du sie beschreiben?» Ivan sah aus, als ob er längere Zeit überlegte.

«Kann man die Schönheit eines Tautropfens beschreiben?» Er strich sich mit der Hand über die fieberglänzenden Augen. Maria entschied sich, nur die notwendigsten Dinge zu erfragen und später wiederzukommen.

«Was habt ihr gemacht, als ihr am Sonntag wieder an Land wart?»

«Wir haben bei Jacob eine Tasse Kaffee getrunken, dann sind wir zu uns nach Hause gefahren. Ich hab die Nachrichten um elf angesehen und bin danach ins Bett gegangen. Wir wollten ja früh raus.»

«Montagmorgen habt ihr die Netze eingeholt. Weißt du noch, wie spät es war, als ihr zum Fischereihafen kamt?»

Ivan wartete mit der Antwort, bis er den Brei, der auf dem Löffel gewesen war, hinuntergeschluckt hatte. Maria sah sich in der peinlich sauberen Küche um, in der sich als einziger Wandschmuck ein Quecksilberbarometer und ein gelblicher Plastikrahmen mit einem Foto von Ingemar Johansson befand, sowie ein Stringregal für die Tageszeitungen und das Telefon, das ein altes Bakelitmodell mit Wählscheibe war. Neben dem Herd stand eine Thermoskanne mit einer makrameeartigen Umhüllung aus rotem Plastikband. Sicher ein Originalstück. Ein unbewusster Kult?

«Wie spät kann es gewesen sein, als ihr runter zum Fischereihafen kamt?», wiederholte Maria.

«Wie spät es war, fünf vielleicht?»

«War Jacob dabei, als ihr die Netze eingeholt habt?»

«Nein, der hat sich nicht wohl gefühlt, wollte Kräfte sparen. Er ist ja über neunzig. Aber er war auf. Das war er. Obwohl er über dem Küchentisch lag und schlief. Für sein Alter ist er aber trotzdem fit, das kann ich dir sagen.»

«Ivan, du weißt sicher, dass Jacob tot ist», sagte Maria und sah Ivan vorsichtig an.

«Hägg hat das gesagt. Wer kann das gewesen sein? Wer kann Jacob so was angetan haben? Hägg glaubt, es könnte der Fixer aus dem Schuppen nebenan gewesen sein.»

«Hast du Mårten Norman am letzten Wochenende gesehen?»

«Nein, gesehen habe ich ihn nicht, aber am Sonntagabend war in seinem Schuppen Licht.»

«Als ihr Montagmorgen die Netze eingeholt habt, war da noch jemand am Strand?»

«Nein.»

«Hast du gesehen, ob in Mårten Normans Schuppen Licht war?»

«Hab ich nicht dran gedacht.»

Ivan sah wirklich sehr müde und bleich aus, und Maria hielt es für das Beste, ihn wieder ins Bett kriechen zu lassen.

«Kommt heute noch jemand und sieht nach dir?»

«Hägg wollte mit Eierkuchen vorbeikommen, wenn er unten auf der Polizeiwache gewesen ist und seine Aussage gemacht hat. Dann bekomme ich wohl auch von Gustav eine Blume oder zwei, kann ich mir vorstellen.»

Maria ließ das Auto an der Polizeiwache stehen und ging zu Fuß zu Bredströms Juwelierladen. Das dauerte fünf Minuten länger, aber in der Innenstadt waren die Parkplätze rar. Die Fassade des Rathauses wurde vor dem Bootsfestival in der nächsten Woche renoviert. Maria wich Gerüsten und Leitern aus und musste einen Umweg um eine Absperrung machen, die die Bevölkerung daran hinderte, direkt in einen Zementmischer zu laufen. Die halbe Straße vor dem Kiosk war aufgerissen. Hier wurde rustikaler Kopfstein verlegt statt des praktischen, aber unästhetischen Asphalts, der vorher als Fahrbahndecke da war. Maria blieb am Kiosk stehen und kaufte ein Stück Schokolade und drei Kugeln Sahneeis, Nougat, Schokolade und Rumrosinen. Mit der Eistüte in der Hand fiel ihr ein, dass es unerwünscht war, in Bredstöms Juwelierladen Eis zu essen. Es gab sogar einen kleinen Aufkleber mit einer Eistüte und einer Zigarette, beide dick und rot durchgestrichen, damit niemand die Botschaft übersehen konnte und Eis oder Zigarettenasche auf den roten Teppichboden fallen ließ. Daher lehnte sich Maria ein Weilchen gegen die Wand des Kiosks und ließ sich die Sonne ins Gesicht scheinen, während sie genüsslich ihr Eis leckte.

«WERN!!» Die Stimme war nicht zu überhören. «Bist du im Dienst?»

Das konnte sie nicht abstreiten. Aber als sie sah, wie Ragnarsson Luft holte, um mit seiner Attacke loszulegen, und merkte, wie peinlich das werden würde, wenn er sie vor der ganzen Schlange am Kiosk zurechtwies, legte sie die Hand auf seinen Arm und flüsterte ihm ins Ohr:

«Nicht hier, Åke. Die Leute gucken schon. Denk an unseren guten Ruf.» Ragnarsson stutzte und sah sich ein wenig verlegen um, und damit war die Sache erledigt. Hinterher überlegte Maria manchmal, weshalb er mit seinem Geschimpfe so plötzlich aufhörte. Vielleicht hörte er die Stimme seiner Mutter: «Mach dich jetzt nicht lächerlich, Åke.» Oder war es die Frechheit, mit der er nicht fertig wurde, wenn er auf direkte und ungehörige Weise mit seinem Vornamen angesprochen wurde. In dieser Stunde spielte jedenfalls die Abneigung, die Maria ihrem Chef gegenüber empfand, keine Rolle mehr, und sie konnte ihn danach sogar mit ein bisschen Wärme betrachten, jedenfalls hin und wieder.

Der Besitzer von Bredströms Juwelierladen war nicht da, aber seine Frau, die manchmal im Laden half, war sehr entgegenkommend und hilfsbereit. Maria legte den Ring auf den Tisch, und Frau Bredström zeigte auf einen Schaukasten am anderen Ende des Ladens, in dem ähnliche Ringe auf einer dunkelblauen Samtunterlage lagen, sortiert danach, in wie viele Teile man sie zerlegen konnte: vier, sechs oder zwölf.

«Die werden Afrikaringe oder UNO-Ringe genannt. Wir stellen sie natürlich nur in 18 Karat Gold her. Das, womit die Burschen aus dem Ausland nach Hause kommen, ist nur 14 Karat, Axtgold, wie sie sagen.» Die Frau des Juweliers kicherte, dass der ganze Brustkorb hüpfte.

«Haben Sie eine Möglichkeit, herauszufinden, wie viel Karat dieser Ring hat?»

«Mein Mann arbeitet im Augenblick nicht, aber wenn Sie ihn uns bis morgen hier lassen wollen, kann er einen Blick drauf werfen. Wie ist denn Ihr Name?»

«Maria Wern, von der Polizei.»

«Ach so, dann kann ich ihm gleich mal Bescheid sagen. Er hält hier nebenan Mittagsruhe», sagte Frau Bredström und zeigte auf den roten Samtvorhang, der den Laden vom privaten Teil des Hauses trennte.

Ein sehr müder Mann, dem die Haare zu Berge standen, trat durch den Samtvorhang, nachdem die Frau ihn gerufen hatte. Bredström begrüßte Maria mit Handschlag und suchte in der Tasche seines Jacketts nach der Brille.

«Na, dann wollen wir mal sehen, wollen mal sehen», murmelte er vor sich hin. «Die Untersuchung dauert einen Moment. Sie können sich ja ein wenig im Laden umsehen, während Sie warten. Vielleicht finden Sie etwas Interessantes.»

«Sie ist von der Polizei», flüsterte seine Frau. Der Juwelier wischte sich mit der Faust übers Ohr und zuckte mit den Schultern. Maria folgte seiner Empfehlung und unternahm eine Runde durch den Laden.

Ohrringe und andere Ringe funkelten in Samtkästen an ihr vorbei. In einem Schaukasten ganz für sich allein hing genauso ein Halsband, wie sie es von Krister zu Weihnachten bekommen und seitdem täglich getragen hatte. Es sah aus wie ein keltisches Schmuckstück oder ein Fund aus der Eisenzeit, war aber aus reinem Gold. Frau Bredström war darauf aufmerksam geworden, hatte es aber nicht kommentiert. Mit einer gewissen Befriedigung erinnerte sich Maria an den Heiligen Abend bei der Schwiegermutter und die Bewunderung, die das Halsband geweckt hatte. Eigentlich durfte sie sich das Preisschild nicht ansehen. Durfte sie wirklich nicht. Aber andererseits wollte sie feststellen, ob es tatsächlich genau der gleiche Schmuck war, und dann konnte sie den Preiszettel einfach nicht übersehen. Die Glasscheibe beschlug; 4900,–, dafür kann man mit ein bisschen Glück einen Gebrauchtwagen oder in der Zeitung eine Waschmaschine UND einen Geschirrspüler finden. Wie kam Krister eigentlich dazu, ein Halsband für 4900 Kronen zu kaufen? Wie war ihm das geglückt, ohne dass sie gemerkt hatte, dass das Geld vom Konto verschwunden war? Wahrscheinlich war es nie darauf gewesen. So war das mit Krister, man wusste es nie sicher.

Zu Anfang hatten Kristers Freunde sie davor gewarnt, mit diesem Mann ein gemeinsames Konto zu führen. Kauft keine teuren Sachen, man weiß nicht, wie lange das hält. Wartet mit dem Ledersofa ein Weilchen, hatten sie gesagt. Aber Maria hatte nicht auf sie gehört. Wenn sie ein Verhältnis begann, sollte es auch mit ganzem Herzen sein. Schwer genug war es sowieso. Sie hatte an mehreren abschreckenden Beispielen das Gegenteil beobachtet. Ein Paar im Bekanntenkreis, das sich ständig darüber stritt, wer was zu bezahlen hatte. Der Höhepunkt war gewesen, als sie für Karin ein Geburtstagsgeschenk gekauft hatten und das ganze Fest mit ihrem Streit verdarben, wer denn der bessere Freund sei und welchen Prozentsatz jeder von ihnen demzufolge bezahlen sollte; dreißig bis siebzig oder vierzig bis sechzig oder sogar achtzig bis zwanzig. Die Geschichte wurde nur noch von der übertroffen, in der die Frau dieses Paares ihren Mann einen ganzen Tag lang während der Arbeit im Krankenhaus mit Osterfedern jagte, weil er sich weigerte, die Hälfte des Preises zu bezahlen, denn er legte auf Osterschmuck nicht den gleichen Wert wie sie. Und das wurde höchstwahrscheinlich der Grund für ihre Trennung. Nein, ein gemeinsames Konto hatte unter diesen Umständen als einzig denkbare Alternative gegolten. Clarence hatte die gesamte Kontrolle über die

Lebenshaltung des Paares Haag. Rosmarie hatte ihn um Geld für den Kauf der notwendigsten Dinge bitten müssen. War es möglich, dass er mehrere Jahre lang Tausende von Kronen ausgegeben hatte, ohne dass Rosmarie davon eine Ahnung hatte?

Juwelier Bredström räusperte sich und nahm die Lupe aus dem Auge.

«Tja, also, Frau Wern. Dieser Ring besteht nur aus 14-karätigem Gold. Der kann nicht in meinem Laden gekauft worden sein. Wie meine Frau vorhin schon gesagt hat: Wir verkaufen nur 18- oder 24-karätiges Gold.»

26

«Kommst du mit raus nach Kronholmen, Maria? Ich hab Hartman gesagt, dass ich dich dabeihaben will.» Erika Lund stand mit den Autoschlüsseln in der Hand bereit. «Ich würde mir gern ansehen, wo Mårten Normans Leiche gefunden worden ist, und auch einen Blick auf Kronholmen selbst werfen. Odd Molin hat versprochen, uns in seiner ungewöhnlichen *Viktoria* mitzunehmen.»

«Findest du das richtig?»

«Wie meinst du das?»

«Er ist doch nicht völlig unverdächtig.»

«Odd Molin? Meinst du wirklich, dass Odd Molin jemandem mit der Axt auf den Kopf schlagen würde?»

«Die Frage lass ich offen.» Maria versuchte, trotz ihres Unbehagens freundlich zu klingen. «Weiß Hartman, dass wir mit Odd fahren?»

«Nein, aber wir können in der Zentrale Bescheid sagen, falls er uns entführen will», antwortete Erika spöttisch.

Der Fischer, der Mårten Normans Leiche aus dem Wasser gezogen hatte, saß schlecht gelaunt und wortkarg hinten in Odd Molins Schärenkreuzer. Der Kapitän selbst polierte die Schiffsglocke. Das Messing glänzte verführerisch im Sonnenschein. Die tiefrote Farbe des Mahagoniholzes lag ohne den geringsten Kratzer unter zwölf Schichten sorgfältig aufgetragenem Firnis, erzählte Odd. Erika hielt sich an der Want fest und wollte gerade aufs Deck treten, als Odd ihren Fuß in der Luft auffing.

«Stopp», brüllte er in unfreundlichem Ton und mit saurer Miene.

«Runter mit den Schuhen, verdammt nochmal. Auf meinem Deck wird barfuß gelaufen.» Erika streifte sich gehorsam die Schuhe ab, und Maria folgte ihrem Beispiel mit kaum unterdrückter Wut. Als sie es sich im Sitzbrunnen bequem gemacht hatten, wunderte sich Maria, warum sie nicht das Polizeiboot genommen hatten, das im Hafen von Kronköping lag.

«Odd macht das gratis. Auf diese Weise ersparen wir dem Staat die Treibstoffkosten.»

«Nur damit du es weißt, Erika, mir ist bei der Sache nicht ganz wohl.»

«Normalerweise wischt man sich die Schuhe auf einer kleinen Matte am Kai ab. Aber ich hab keine gesehen und es deshalb vergessen. Sieh mal, jetzt hebt er den Hund hinein.»

Der kleine Dackel sah in seiner grellgelben Schwimmweste wie eine Bockwurst mit Brötchen drum herum aus. Odd hob ihn an einem Handgriff auf dem Rücken hoch und wischte seine Pfötchen sorgfältig mit einem weißen Handtuch ab.

«Die *Viktoria* allein zu segeln ist nicht ganz einfach. Willkommen an Bord», sagte Odd. «Und was kann ich den Damen anbieten? Vielleicht ein paar Erdbeeren?» Jetzt hörte sich seine Stimme wie flüssiger Honig an. Erika kicherte geziert, und Maria stieß ihr mit einem spitzen Ellbogen in die Seite.

«Bist du sicher, dass er uns nicht unter Drogen setzt?», zischte sie.

«Maria glaubt, dass du uns vergiften willst», rief Erika laut und unbekümmert.

«Nicht doch, ich bin doch nur dazu da, euch den Tag zu verschönern.» Odd lächelte sein breites Eichhörnchenlächeln. Ein Nager. Maria fiel ein, wie Eichhörnchen sich über ein Vogelnest hermachen, anderen Tieren die Jungen und die Eier wegfressen, wenn es ihnen gelingt. Eichhörnchen sind Raubtiere. Diesmal trug Odd keinen Anzug, sondern eine Seglerjacke und weiße Hosen. Wie praktisch sind weiße Hosen, wenn man segelt?, überlegte Maria. Ihr Laune hatte sich nach der Zurechtweisung von vorhin immer noch nicht gebessert. Der Fischer hinten schien ebenfalls ihrer Ansicht zu sein, denn sein tadelnder Blick war auch auf Odd Molins weiße Hose gerichtet: Sonntagssegler, drückten seine übereinander geschlagenen Beine und die fest über der Brust verschränkten Arme aus. Ich komme mit, wenn es sein muss, aber die sollen wissen, dass es Unterschiede zwischen den Menschen gibt.

Sonne und guter Wind. Die Möwen flogen vom Anleger auf und folgten ihnen mit hungrigen Schreien. Das Wasser rauschte blaugrün und schäumte an den Seiten der *Viktoria*.

«Das wird eine ruhige Überfahrt.» Odd hisste Segel. Maria sah den Fischerhafen immer kleiner werden. Das gelbe Haus war schon nicht mehr zu sehen, aber die Kirche mit ihrer großen Eisenglocke ruhte majestätisch auf der Kante der Klippe. Lange war sie als Landmarke zu sehen. Mit gemischten Gefühlen genoss Maria die Bootstour, die Segel voller Wind, die Sonne, die ihren Körper wärmte. Sie aßen Erdbeeren und Lachsschnittchen. Maria lehnte den Champagner dankend ab, ebenso Tord.

«Zieh das Großsegel ein wenig ein, Erika», kommandierte Odd, der die ganze Zeit über die Segel im Blick hatte. Der Dackel stand ganz vorn mit der Nase im Wind. Klein, aber selbstbewusst.

«Ein Glas Champagner kann nicht schaden», lachte Erika, nippte daran und flirtete mit Odd.

«Hier ist es gewesen.» Der Fischer nahm die Mütze ab und hielt sie sich vor die Brust. Odd nahm die *Viktoria* aus dem Wind. Erika reffte das Segel. Sie ankerten.

«Wissen Sie, wie hier draußen die Strömung verläuft?», fragte Maria und setzte sich nach hinten zu Tord mit der Seekarte in der Hand.

«Meiner Meinung nach ist er ja von Kronholmen ins Wasser gefallen und die Fahrrinne entlanggetrieben. So war es wahrscheinlich», antwortete er, nahm eine ordentliche Prise Kautabak und warf danach die Dose ins Wasser. Sie trieb auch wirklich in die angegebene Richtung. Maria pfiff laut und bekam einen Rüffel von Odd Molin. Man pfeift niemals auf See! NIEMALS! Sein Blick war so wütend, dass Maria einen Moment lang fast befürchtete, er würde sie über Bord werfen wollen.

«Warum?», flüsterte Maria Erika zu, als Odd wieder mit dem Segel beschäftigt war.

«Das bedeutet Gefahr, man ruft die bösen Geister des Wetters, ruft nach dem Sturm. Seeleute sind ein abergläubisches Volk, musst du wissen, genauso wie die Menschen in den alten Bauerndörfern. Vielleicht weil Fischer und Bauern mehr als andere von Wind und Wetter abhängig sind. Auf See gibt es viele alte Sprichwörter.»

Odd musste dagestanden und ihnen mit gespitzten Ohren zugehört haben.

«‹Sunset in red is sailors dead›, pflegen wir zu sagen.» Er schnippte den Rest seiner Zigarre ins Wasser und nahm einen Schluck Champagner. «Na denn Prost, Mädels!»

Maria überlegte im Stillen, wie viele Gläser Champagner Odd bereits getrunken hatte. Notfalls musste Tord auf dem Heimweg das Ruder übernehmen. Dieses Unternehmen war ihr nicht ganz geheuer. Odds launiger Humor und Erikas mangelnde Urteilsfähigkeit. Marias Blase drückte, und sie ging unter Deck auf die Toilette. Die war so klein bemessen, dass man seine Hose beinahe draußen vor der Tür herunterlassen musste, um dann rückwärts hineinzugehen. Maria fühlte sich nicht ganz wohl bei den plötzlich wechselnden Neigungen des Schiffes.

«Sicher weißt du, dass du kein Papier oder andere Gegenstände in die Toilette werfen darfst?», donnerte Odd von oben. Das Boot schwankte, und Maria hielt sich an dem Handgriff des Badezimmerschrankes fest, um nicht das Gleichgewicht zu verlieren. Die Tür sprang auf, und der ganze Inhalt der Regale flog ihr in die Arme. Den Rasierapparat und das Aftershave legte sie nach bestem Gutdünken zurück. Sicher würde er sie verdächtigen, in seinem Schrank herumgesucht zu haben.

«Wie geht es da unten?», fragte Odd. «Du bist doch nicht etwa seekrank? Haha! Komm herauf an die frische Luft, dann geht es dir besser.»

Der Fischer fuhr sich mit der Hand über seinen verschwitzten Schädel.

«Die Unterströmungen bei der Aussichtsklippe auf Kronholmen laufen hierher, und danach folgt der Strom der Fahrrinne beinahe bis ganz an den Fischereihafen.» Maria blickte in seine wasserblauen Augen und bemerkte die kleinen Salzkristalle in den Augenbrauen und die Schweißflecken, die an den Seiten des blauen Hemdes wie weiße Ringe getrocknet waren. Seine gestopften Wollsocken waren ebenso wie Marias Strümpfe durchnässt. Sicher war er es auch nicht gewohnt, ohne Schuhe umherzulaufen. Odd rauchte eine neue Zigarre und sah zufrieden aus. Die Landzunge näherte sich. Sie liefen in eine kleine geschützte Bucht ein.

«Fender raus», befahl Odd, und Erika gehorchte als gut dressierter Gast, der sie war, sofort. Die Fender waren von einer Art komplizierter Makrameearbeit umschlossen.

«Großkotzstrümpfe!», sagte Tord und spuckte zielsicher eine Ladung über die Reling.

Sie legten am Steg von Kronholmen an, einer alten morschen Holzbrücke mit großen Löchern in den Brettern. Ein Schuppen mit Schwimmwesten, die man leihen konnte, war, abgesehen von den beiden Windschutzwänden an der Südseite, das einzige Gebäude hier. Das Dach war mit Teerpappe belegt, die an der Ecke zum Steg lose herunterhing. Komischer Platz zum Verleihen von Schwimmwesten, dachte Maria. Wenn man erst mal bis hierher gekommen ist, hat man die Bucht doch schon überquert. Strandastern wuchsen zwischen den Steinen am Strand, aber für die blauen Blüten war es noch zu früh. Weiter drinnen auf der Insel wuchs das Gras kniehoch. Maria versuchte, nicht an Schlangen zu denken, als sie die Steinhaufen zwischen den Sträuchern sah. Wenn man hier draußen auf der kleinen Insel von einer Schlange gebissen wurde, dauerte es eine Ewigkeit, bis man im Krankenhaus in der Stadt ankam.

«Früher weideten hier draußen Schafe. Jetzt laufen fast nur noch Touristen herum», erklärte der Fischer. Odd hob den Dackel an dem Handgriff herüber und befreite ihn aus seiner Schwimmweste. Glücklich mit dem Schwanz wedelnd, sprang der Hund in den Wald, um sein Geschäft zu machen und sich dann wieder artig an der Seite seines Herrchens einzufinden.

«Das war nett von dir, Odd, uns zu der Insel zu segeln», bedankte sich Erika und lächelte den Kaptän mit ihren roten Lippen an.

«Ich habe nicht gesagt, dass das gratis war», sagte Odd spitzbübisch. «Ich habe mir vielleicht eine kleine Kompensation in natura vorgestellt.» Pfui, dachte Maria, und ihr wurde immer deutlicher, dass hier etwas nicht stimmte. Tord spuckte auf den Boden, und man sah ihm an, dass er der gleichen Auffassung war. Aber Erika lächelte nur und hängte sich bei Odd ein. Ganz selbstverständlich ergab es sich, dass sie sich in zwei Gruppen teilten, als der Pfad, der um die Insel herumlief, sich gabelte.

«Wir treffen uns an den Windschutzwänden», sagte Erika mit Nachdruck und machte eine abwehrende Geste mit der

Hand, als Maria Anstalten machte, ihnen zu folgen. Also lief es darauf hinaus, dass Maria und Tord an der Westseite der Insel entlanggingen und Erika und Odd an der Ostseite. Die Aufteilung hätte eine andere sein sollen, und Maria fühlte sich immer verwirrter. Tord sah nicht mehr ganz so mürrisch aus, nachdem Odd sich entfernt hatte.

«Hier auf der Westseite haben wir die Aussichtsklippe. Man kann sich vorstellen, dass er von hier aus runtergefallen ist, wenn er unvorsichtig gewesen ist. Unterhalb der Klippe ist tiefes Wasser und die Unterströmungen sind kräftig. Ein Körper, der hier runterfällt, wird von den Steinen nicht verletzt und schlägt auch nicht auf dem Boden auf. Er wird schnell ein ganzes Stück hinausgezogen und treibt dann mit dem Strom an der Fahrrinne entlang, wie ich es Ihnen da draußen gezeigt habe.» Tord beschattete die Augen mit der Hand und blinzelte über das Wasser.

Ein noch schmalerer Pfad führte durch das Weißdorngebüsch hinaus auf die Klippe. Die langen scharfen Stacheln luden nicht gerade dazu ein, ihn zu verlassen. Keine Umkehrmöglichkeit, kein Fluchtweg zurück, wenn jemand den Pfad versperrte. Ganz bewusst ging Maria drei Schritte hinter dem Fischer, fest entschlossen, den Tag zu überleben. Der Bewuchs nahm ab, und der letzte Teil der Klippe war kahl. In gehörigem Abstand von Tord trat Maria an die Kante und starrte in das gurgelnde grünschwarze Wasser, das unter der Klippe hin und her wogte. Verlockend und glitzernd an der Oberfläche mit Stängeln giftgrünen Seegrases, das sich an der Unterkante der Klippe festgebissen hatte. Und da unten, direkt an der Wasserfläche, schwappte ein dunkelgrüner Zweig auf dem Seegras auf und ab. Ein Rosmarinzweig. Maria wurde leicht schwindelig, und sie trat einen Schritt zurück, direkt in eine kleine einfache Feuerstelle. Ein Ring von Steinen um feuchte Asche und verkohlte Astreste herum. Eine schwarze Blechdose war sicher als Kochtopf benutzt worden. Darin befanden sich Reste von grünen dünnen Blättern und einer gelblichen Flüssigkeit. Maria beugte sich herab und nahm eine Probe des Inhalts. Tord beobachtete ihr Tun schweigend. Rosmarin zur Erinnerung an die Toten. Ein deutliches Gefühl der Verlassenheit bemächtigte sich ihrer. Hastig stand Maria auf und beeilte sich, als Erste auf dem Pfad zu sein, der von dem Aussichtsplatz wegführte. Ein verschwommenes Bild von Jacobs eingeschlagenem Hinterkopf stand ihr vor Augen und wollte nicht weichen. Hinter sich hörte sie Tords Atemzüge und beschleunigte ihre Schritte. Rannte beinahe durch das Gebüsch. Die feuchten Strümpfe scheuerten in den Schuhen. Zweige wurden hinter ihr geknickt. Die Schritte folgten ihren eigenen in immer schnellerem Takt.

«Vor mir brauchen Sie keine Angst zu haben, ich denke nicht daran, Sie die Klippe runterzustoßen», hechelte Tord hinter ihrem Rücken. «Mit den Strömungen ist nicht zu spaßen.»

«Nein», bestätigte Maria und bemühte sich, ihrer Stimme einen festen Klang zu geben.

«Mein Onkel ist hier draußen ertrunken, als ich ein kleiner Junge war. Das war im Mai, und das Wasser war noch kalt. Er ist wohl nicht ganz nüchtern gewesen, wollte angeben und von der Aussichtsklippe aus tauchen. Es dauerte länger als einen Monat, bis wir ihn fanden. Er war beinahe ans Land getrieben worden. Der Hund hat ihn gefunden. Pfui Deibel! Ich werde nie vergessen, wie er ausgesehen hat. Und dann die verrückte Tilda, die sich während des Krieges hier draußen das Leben genommen hat. Während der Bereitschaftszeit waren hier Soldaten aus Stockholm stationiert. Sie wurde schwanger, die Arme. Wenn der Wind auf das Land zu bläst, hört man, wie sie draußen auf der Klippe ihre komischen Lieder singt. Hohe gebrochene Töne. Sie hat immer gesungen, die verrückte Tilda, wenn sie nicht gerade Zimtstangen oder Ingwer gekaut hat. Eines Abends stand sie nur im Nachthemd da draußen auf der Klippe. Vom Land aus sah es wie ein weißes Segel aus. Dann ist sie gesprungen.»

Als sie bei den Windschutzwänden ankamen, waren Odd und Erika schon da. Erika mit Odds weißer Mütze auf ihren dunklen Locken und Odd mit einem Kranz aus Butterblumen im Haar, auf die Ellbogen gestützt wie ein Dionysos mit dem Champagnerglas in der Hand. Ein Zipfel des Hemdes hing aus dem halb offenen Hosenschlitz. Maria schloss die Augen und dachte an die Rückfahrt. Sie setzten sich auf einen Baumstamm an der Feuerstelle. Die Sonne brannte auf ihren Wangen. Fliegen schwirrten umher. Maria sehnte sich nach festem Boden unter den Füßen, für sich, aber auch für Erika.

«Kennst du diesen Mann?» Maria zog das Foto von Mårten Norman heraus. Dionysos, der sicher eine Brille benötigte, hielt es mit ausgestreckten Armen vor sich.

«Nein, hab keine Ahnung, wer das sein kann. Nimm noch eine Erdbeere, Süße. Im Korb sind auch noch Schnittchen», antwortete er und klatschte der lachenden Erika kräftig auf den Hintern. Maria kniff die Augen zu und wünschte sich meilenweit weg. Wenn sie nur erst wieder an Land waren, würde sie Erika gehörig ihre Meinung sagen.

«Sieh nochmal hin und nimm dir genügend Zeit. Bist du ganz sicher, dass du den Mann niemals vorher gesehen hast?»

«Ja, und du hast doch verdammt nochmal gehört, was ich eben gesagt habe», fauchte Odd drohend.

«Ich kenne ihn jedenfalls», mischte sich Tord helfend ein.

27

Gegen Abend hatte der Wind aufgefrischt. Sie mussten in dem roten Sonnenuntergang nach Hause kreuzen. Odd hatte Erika das Ruder übergeben, um selbst die Segel zu trimmen.

«Die alte *Viktoria* liegt hoch am Wind. Sie ist das schnellste

Boot im Kronviken», schwadronierte Odd und spuckte dreimal über die Reling. «Hol das Vorsegel dicht, Tord. Du siehst doch, dass es achtern flattert.» Maria war übel. Das Boot schlingerte durch die Wellen, schlug und donnerte. Das Vorschiff tauchte immer tiefer ein. Eine große Woge spülte über das gesamte Vordeck und füllte das Cockpit. Erika jubelte. Maria fühlte sich dem Tode nahe. Sie würden alle ertrinken. Die Übelkeit war kaum noch auszuhalten. Am ganzen Körper klebte der kalte Schweiß, sie stand zitternd auf, um sich über die Reling zu übergeben, und wurde von Tord unsanft heruntergedrückt.

«Wir wenden! Haben Sie den Baum nicht gesehen?!» Maria erbrach sich in das Cockpit und verfehlte den Dackel nur um wenige Zentimeter. Wenn es noch schlimmer wird, nehme ich seine Schwimmweste, überlegte Maria, ehe sie gezwungen wurde, wieder die Seite zu wechseln. Bis ans Land war es entsetzlich weit. Als der Hund auch kotzte, wusste Maria, dass dies das Ende war. Alle würden sie ertrinken, und sie würde ihre Kinder nie wieder sehen.

«Kannst du nicht reffen und mit dem Motor gegensteuern, dann liegen wir etwas ruhiger. Dem Mädchen geht's schlecht», rief Tord.

«Kommt überhaupt nicht infrage! Solange es genug Wind gibt, segeln wir!», entgegnete Odd und holte das Großsegel noch dichter.

Nach der schweren Heimfahrt war Maria völlig ermattet. Zu einem Gespräch mit Erika war es nicht mehr gekommen. Als sie endlich anlegten, empfand sie nur Dankbarkeit dafür, dass sie überhaupt noch am Leben war. Während der Autofahrt hatte sie sich etwas erholt, aber der Boden schaukelte immer noch. Das Leben ist voller Überraschungen und ein Unglück kommt selten allein, wie der Eigentümer der Goldenen Traube zu sagen pflegte.

Am Küchentisch der Familie Wern saß Mayonnaise und jammerte mit seinen ölverschmierten schwarzen Händen vor dem Gesicht. Vor ihm saß Krister, der seine Kaffeetasse unruhig auf der Untertasse herumdrehte. Gudrun Wern, die eine Sensation und schmutzige Wäsche roch, lief in immer enger werdenden Kreisen um sie herum und bediente den ungepflegten Mann am Tisch.

Als Maria durch die Küchentür trat und die anderen begrüßte, ließ er ein neues unartikuliertes Jammern hören und wandte sein gerötetes Gesicht der Zimmerdecke zu. Gudrun versuchte, ihm noch ein Stück Kuchen anzubieten, und hatte damit unerwarteten Erfolg. Maria kam sich vor, als ob die widerstrebenden Gefühle sie ersticken würden.

«Haben wir irgendein überzähliges Bett?», fragte Krister vorsichtig und blickte mit einer gewissen Verwunderung seine durchnässte Frau an.

«Manfreds Frau hat ihn aus dem Haus geworfen, und er weiß nicht, wo er hin soll», erklärte Gudrun eifrig.

«Das weiß ich bald selbst nicht mehr. Vielleicht kann er bei dir und Artur wohnen?», schlug Maria ohne die geringste Hoffnung auf Zustimmung vor. Krister warf ihr einen vorwurfsvollen Blick zu.

«Wie du aussiehst, arme Maria. Komm und setz dich erst mal und trink eine Tasse Kaffee.» Maria ließ sich willenlos von ihrer Schwiegermutter an den Tisch führen.

«Ihr beiden könnt ja im Bootshaus schlafen. Ich halte das hier nicht mehr aus», stellte sie fest, nachdem sie ihren Kaffee ausgetrunken und eine Weile überlegt hatte. Dann stand sie entschlossen vom Tisch auf und ging ins Schlafzimmer, um sich umzuziehen. «Du weißt doch, dass ich heute Abend ausgehen will», rief sie Krister durch die geschlossene Tür zu.

«Nein. Wohin denn?»

«Zu Jesper Ek, der dir das Hähnchenbraten beigebracht hat, weißt du nicht mehr? Der Mann, der durch seine Kochkünste mit nur einem Festessen die gesamte Belegschaft lahm gelegt hat. Die Kripo des gesamten Bezirks ist zu seinem Grillfest eingeladen.»

«Sei vorsichtig!», lachte Krister und steckte demonstrativ einen Finger in den Hals.

«Ich kümmere mich heute Abend um die Kinder», bot Gudrun Wern sich an und nötigte Mayonnaise ein weiteres Stück Kuchen auf. «Du bleibst doch nicht so lange, Maria?»

«Das kann ich nicht versprechen. Aber Krister ist ja zu Hause und kann sich um sie kümmern, wenn du müde wirst.»

Jesper Ek freute sich, sie alle zu sehen. Und er zeigte das deutlich. Maria wurde mit großer Umarmung begrüßt und Arvidsson ebenfalls, obwohl er bis zum Hals errötete.

«Ich habe mir vorgestellt, das wir grillen. Was haltet ihr von Lammsteak und Kartoffelgratin?» Ein kräftiger Grillduft, getrost Brandgeruch zu nennen, zog durch die Wohnung hinaus. «Musst du nicht drinnen sein und auf das Steak aufpassen?», wunderte sich Erika.

«Nein, das macht sich von selbst. Bitte bedient euch doch mit einem Willkommenstrunk. Einem Jesper-Spezial, ein Souverän-Drink!»

«Ungefähr wie der grüne Aufzug. Erst geht er runter, nachher kommt er wieder hoch. Auch ein Souverän-Drink», entgegnete Arvidsson treffend, und alles war wieder wie früher, als sie sich gegenseitig die Wort im Munde umdrehten wie eifrige Kommunalpolitiker.

«Ich finde, es riecht angebrannt», stellte Hartman fest und ging mit raschen Schritten durch Eks Wohnzimmer auf die Terrasse.

«Ist alles in Ordnung.»

«Hast du was zum Löschen, Jesper? Eine Wasserspritze oder so. Das Fleisch brennt!»

«Gut, dann ist es jetzt fertig», sagte Ek unbekümmert. Willst du mir helfen, die Teller rauszutragen, Himberg? Wir sitzen am besten draußen.»

Es war ein ruhiger Abend. Die Sonne ging hinter den Bergen unter. Maria lehnte sich zurück und genoss ihr Bier. Noch schaukelte alles etwas, aber sie hatte den Tag überlebt. «Sunset in red is sailors dead.» Der Sonnenuntergang war in seinen Farben intensiv, von Blutrot zu Orange bis Zitronengelb, das in ein Blau überging.

«Was hat Odd zu dem Foto von Mårten Norman gesagt?», wollte Hartman wissen.

«Er hätte ihn noch nie gesehen. Da sei er ganz sicher, aber er hat sich keine große Mühe gegeben, muss ich sagen.»

«Eigenartig, sehr eigenartig. Ich habe das Fotoalbum durchgeblättert, das du von Rosmarie Haag mitgebracht hast. Darin gibt es ein Foto mit drei fröhlichen jungen Männern in blauen Baskenmützen: Clarence, Odd und Mårten Norman. Es ist an dem Tag aufgenommen worden, als sie entlassen wurden. ‹Auf dem Heimweg nach Schweden›, steht auf der Rückseite. Du hast doch erzählt, dass dein Nachbar Manfred Magnusson auch UNO-Dienst auf Zypern geleistet hat. Vielleicht weiß der, ob sie sich gekannt haben?»

«Fraglich, Mayonnaise wurde nach zwei Monaten nach Hause geschickt.»

«Weshalb?»

«Das wüsste ich auch gerne!»

«Wenn man aus dem gleichen kleinen Ort in Schweden kommt und gleichzeitig an der gleichen Stelle UNO-Dienst macht, ist es dann nicht eigenartig, wenn man die Kameraden auf einem Foto nicht wiedererkennt?», wunderte sich Hartman.

«Seit der Zeit sind zwanzig Jahre vergangen», gab Maria zu bedenken und wischte nachdenklich den Schaum von ihrem Bier.

«Ich konnte sehen, dass das Bild im Album Mårten Norman

darstellte, obwohl das Foto zwanzig Jahre älter ist als der Ausweis, den er in der Jackentasche in dem Fischerschuppen hatte. Außerdem ist er auf mehreren Fotos zu sehen. Es sieht aus, als ob Clarence, Mårten und Odd Freunde waren. Wir werden ihn morgen dazu befragen. Würdest du auf den Fotos Mayonnaise wiederfinden können?»

«Ich wäre froh, wenn ich das nicht müsste. Ich sehe ihn sowieso viel zu oft. Er wohnt praktisch bei uns und würde sicher Kopf bei Fuß mit Krister in meinem Bett liegen, wenn ich für die Nacht nicht das Bootshaus empfohlen hätte. Mayonnaises Frau hat ihn rausgeschmissen, deshalb schlafen Krister und Mayonnaise heute Nacht draußen.» Hartman sah ein wenig nachdenklich aus, sagte aber nichts.

Mit einem Handtuch um den Hosenbund und einem über der Schulter schnitt Ek das Steak auf, dabei lächelte er ebenso stolz wie der Besitzer der Goldenen Traube, wenn er das Rinderfilet nach Art des Hauses tranchierte. Der Unterschied war lediglich, dass Eks Kreation flambiert war, reell flambiert bis an die Grenze der Unkenntlichkeit. Arvidsson starrte wie hypnotisiert auf sein kohlrabenschwarzes Stück, das innen rot und blutig war.

«Noch ein Argument, um Vegetarier zu werden», stellte er fest und nahm eine ordentlich Portion vom Kartoffelgratin. Maria stocherte ebenfalls in ihrem Stück in der Hoffnung, einen kleinen essbaren Streifen zwischen dem Schwarzen und dem Roten zu finden.

«Souveräne Mahlzeit», strahlte Jesper Ek, stopfte sich ein ordentliches Stück in den Mund und spülte mit einem großen Schluck Bier nach. «Das ist schwedisches Fleisch, ihr braucht also keine Angst vor Magenbeschwerden zu haben! Ich habe das Lamm von meinem Bruder Arne als Geburtstagsgeschenk bekommen. Sie hieß Berta. Als kleines Lamm verlor sie ihre Mutter, da hat Arne sie mit der Flasche großgezogen. Berta gehörte richtig zur Familie. Sie schlief neben seinem Bett und weckte ihn morgens mit ihrem Geblök. Sie lief Arne überallhin nach. Er hat geweint, als er sie geschlachtet hat. Niemals hätte er ein Stück von diesem Fleisch heruntergekriegt», erzählte Ek und sah sich mit Tränen in den Augen um. Hartman schmuggelte sein Stück Fleisch in die Serviette und nahm eine so große Portion Salat, dass seine Frau sich sehr gewundert hätte.

Es war erstaunlich, wie ein so von sich eingenommener Mann wie Örjan Himberg nach nur einigen Gläsern Bier zu einem schluchzenden Weichling, um nicht zu sagen mentalen Exhibitionisten werden konnte. Alle intimen Details seines Ehelebens legte er uneingeschränkt auf den Tisch. Weil keiner sich seine Gewissensqualen anhören wollte, wurde es an seiner Ecke des Tisches immer leerer.

«Ich leg mich auf sie drauf und rutsch wieder runter, und sie fühlt nichts, empfindet absolut nichts. Kannst du das verstehen, Arvidsson? Ist meiner zu klein, was meinst du?», fragte Örjan Himberg und fasste sich nachdenklich an den Schritt seiner weißen Gabardinehose, während er sich über die beiden leeren Stühle lehnte, die zwischen ihm und Arvidsson standen. «Was meinst du? Du musst ihn doch in der Sauna gesehen haben. Ist er zu kurz?»

«Ich glaube, ich werde Ek mal beim Abwaschen helfen.» Arvidsson stand mühselig auf und stellte seinen Stuhl zur Verfügung. «Hier kann man sein Bier ja nicht genießen.»

Am Tisch zurück blieben Maria und Erika, nachdem alle Herren sich in einem seit Menschengedenken einmaligen Reinlichkeitswahn zum Abwaschen zurückgezogen hatten. Vielleicht waren Frauen toleranter, wenn es um emotionale Themen ging.

«Was meinst du, Erika?», wiederholte Himberg, während er sich über die drei leeren Stühle lehnte, die jetzt die Distanzierung der anderen verdeutlichten. «Sussi sagt zu den Leuten, dass dieses Gerede über Sex viel zu ernst genommen wird. Ich habe gehört, wie sie das dem Mann erzählt hat, der die Stromzähler abliest.»

«Lass es mich mal so ausdrücken: Ob ein Konzert einem gefällt, liegt nicht an der Größe des Taktstockes. Es geht darum, die richtigen Saiten zu streichen, um die Harmonie und das Einfühlungsvermögen.»

«Ich begreife gar nichts! Was hat denn das mit Sussi zu tun?», gestand Himberg.

«Ich verstehe das schon», entgegnete Maria, «aber nur ein Wolf versteht einen Wolf. Ich glaube nicht, dass Örjan in der richtigen Stimmung ist, um das zu begreifen, auch wenn es hübsch formuliert ist. Also, Örjan, sieh mich an! Passt du auf? Hast du mal versucht, ihr einen Strauß Rosen zu überreichen und ihr dabei in vollem Ernst gesagt, dass du sie liebst? Das hört sich einfach und trivial an, aber wir Frauen fallen jedes Mal darauf rein.»

«Als ich das letzte Mal Rosen gekauft habe, hat sie mir den Strauß um die Ohren gehauen. Sie würde nur wieder vermuten, dass ich ihr untreu gewesen bin, wenn ich ihr Blumen kaufen würde.»

«Bis du denn untreu gewesen», fragte Erika jetzt richtig neugierig.

«Na klar, man ist ja schließlich auch nur ein Mensch.»

«Dann ist die Methode natürlich sinnlos», stellte Maria fest. «Okay, was mag denn Sussi so? Geht sie gern ins Kino? Mag sie Schokolade oder vielleicht Musik? Lass mal deine Phantasie spielen. Zeig ihr, dass du dich wirklich darum kümmerst, wer sie ist und was sie will. Versuch mal festzustellen, was sie vom Leben erwartet.»

«Ach was, sie interessiert sich nur für Versandhauskataloge.»

«Dann musst du sie eben mal mit nach Ullared nehmen und dein Glück unterwegs in einem romantischen Motel versuchen», schlug Erika mit einem schiefen Lächeln vor.

«Versandhausfetischist, sie ist Versandhausfetischist», wiederholte Örjan nachdenklich, sank über dem Tisch zusammen und legte den Kopf in seine Hände. «Vielleicht sollte man ihr vor jedem Quickie ein kleines Geschenk kaufen.»

Jetzt fand auch Maria, dass die Grenze ihrer Gutmütigkeit erreicht war. Sie stand auf und gesellte sich zu den anderen an der Spüle.

«Wie sieht es denn nun aus, Jesper, du kommst doch zurück?», fragte Maria, nachdem sie Ek einen Moment zur Seite genommen hatte.

«Werde ich wohl», bestätigte Ek. «Was sollte ich denn sonst tun? Ich habe nachgedacht, und ich will Polizist sein. Was sollte ich denn sonst mit meinem Leben anfangen?»

Maria nahm Jesper gerade in den Arm, als Arvidsson an der Küchentür vorbeikam. Sie sah seine bestürzte Miene, und ihr fiel ein, dass Arvidsson keine Freundin hatte. Er hatte auch noch nie über eine frühere Beziehung gesprochen.

Erika saß im Garten und schwatzte mit Himberg. Das hörte sich scheinheilig an nach dem, was Erika am Abend vorher auf dem Anleger am Fischereihafen erzählt hatte. Sie hatte gesagt, dass sie ihren früheren Ehemann immer noch liebte. Vielleicht war diese Mannstollheit eine Form von Abwehr, ihre Weise, den Schmerz zu unterdrücken. Wollte sie sich selbst beweisen, dass sie auch ohne jenen Mann leben konnte und dass sie immer noch attraktiv war, oder hatte sie eine Überdosis von ihrem Östrogen genommen? Wenn es so trübsinnig war, ins Klimakterium zu kommen, wie Erika es zum Ausdruck zu bringen schien, waren das keine schönen Aussichten, überlegte Maria. Moderne Brille und Schweißausbrüche. Reiß dich zusammen, Erika! Ich brauche ein Vorbild. Erika hatte ihr erzählt, dass das Wort Klimakterium aus dem Griechischen kommt und Sprosse heißt, während es im Arabischen ‹älter werden ohne Hoffnung› bedeutet. Sprosse hörte sich definitiv besser an. Ein Alter, in dem man nach oben klettert, Karriere macht. Ein echter Aufwärtstrend, wenn man die Regel und andere Kinderkrankheiten hinter sich hat. Wenn ein Apfel reif wird, spricht man auch von Klimakterium, hatte Konrad erzählt. Maria fand das ein hübsches Bild. Außerdem hatte sie gehört, dass rundliche Frauen das Klimakterium besser überstehen. Das Bauchfett übernimmt die Rolle des Östrogendepots, wenn die Eierstöcke müde werden. Welch herrliches Argument, um massenweise Schokolade essen zu können! Nein, Erika, glücklicher wirst du nicht, wenn du ein Verhältnis mit Himberg anfängst. Maria ging hinaus in den Garten, um ihre Freundin vor weiteren Dummheiten zu bewahren.

Das gelbe Haus lag im Dunkeln da, aber durch die undichten Bretter des Bootshauses war ein schwacher Lichtschein zu sehen. Der Wind hatte sich gelegt. Schon von weitem konnte Maria die wohlbekannten Töne der Ballade von der Brigg *Blue Bird* hören. Sie konnte sich ein Lachen nicht verkneifen. Das Ganze war pathetisch. Mayonnaise stimmte hin und wieder hoch und falsch ein, während Krister sich ganz anständig an die Noten hielt. Wahrscheinlich hatten sie Bier getrunken. Krister konnte, wenn er getrunken hatte, die Ballade von der Brigg *Blue Bird* nie singen, ohne dass ihm die Tränen kamen. Das war ein effektives und zuverlässiges Mittel, um den Alkoholpegel zu messen. Zwei einsame Männer in einem Bootshaus, von ihren Frauen hinausgeworfen, sangen des Nachts schmachtende Lieder zur Gitarre. Maria fühlte sich angezogen wie Metallschrott von einem Magneten. Das musste sie sich einfach ansehen.

«Hei, hier sitzt ihr also», begrüßte sie die beiden.

«Ja.» Krister wischte sich die Nase ab.

«Geht es euch gut? Ihr friert doch nicht hier draußen?»

«Nein, wir schwitzen ganz schön», antwortete Mayonnaise. Im Schein der Petroleumlampe konnte Maria sehen, wie Recht er hatte. Der Mann war schweißnass. Das Haar klebte ihm am

Kopf und unter den Achseln waren große dunkle Flecke auf seinem T-Shirt. Krister sah auch nicht gerade kühl aus.

«Was habt ihr gemacht? Habt ihr Kraftsporttraining gemacht?», fragte Maria misstrauisch.

«So kann man es ausdrücken. Komm mit, ich zeige es dir.» Krister nahm die rußende Lampe von der Wand und ging vor ihr hinaus in die Nacht.

«Was ist denn? Wenn du mir die Löcher der Wühlmäuse zeigen willst, komme ich nicht mit. Die Wühlmäuse sieht man im Dunkeln nicht richtig. Man wird sehr krank werden, wenn man gebissen wird! Ich gehe da nicht hin, Krister! Wenn ihr sie in ihren Löchern ausgeräuchert habt, können sie jetzt überall im Gras sein», rief Maria und hüpfte in ihren Sandalen umher.

«Nun beruhige dich mal, es ist etwas ganz anderes.»

«Hat Mayonnaise seine Autos weggeschafft?»

«Ich habe heute Morgen ein Auto nach Hause geholt, deshalb bin ich ja rausgeflogen. Was soll ich bloß tun?», sagte Mayonnaise mit kläglicher Stimme.

«Es gibt da etwas, das heißt Schrottplatz», seufzte Maria genervt. «Man kann auch eine Anzeige unter ‹Zu verschenken› in die Zeitung setzen.»

«Wir haben die Autos ein bisschen beiseite geschoben», sagte Krister und hielt die Lampe hoch. Maria spähte in das Mondlicht und sah die schwarze Erde liegen, glatt wie Kaffeesatz, so weit dass Auge reichte. Ein Paradies für Maulwürfe.

«Wir haben ein Kräuterbeet für dich gegraben, ein eigenes Kräuterbeet. Da drüben haben wir Gestelle für Erbsen und Hopfen zusammengenagelt. Und dort», Krister leuchtete mit der Lampe in eine andere Richtung, «dort haben wir eine Bank aufgestellt, da kannst du deine müden Füße ausruhen.»

«Mir wird richtig warm ums Herz.» Maria umarmte Krister und streichelte Mayonnaise den verschwitzten Arm.

«Dank euch beiden, vielen Dank! Ich werd jetzt mal reingehen und Gudrun ablösen.»

«Die ist schon vor längerer Zeit nach Haus gefahren. Hast du die Kinder nicht gesehen? Sie liegen ganz hinten im Bootshaus, wie Kohlrouladen in ihren Schlafsäcken.»

Der Mond stand groß und rund über dem gelben Haus am Wasser. Es raschelte in den Johannisbeersträuchern, und ein leichter Wind fuhr wie der Atem der Nacht durch das Laub des Birnbaums und über den weißen Klee auf dem Rasen. Eine dunkle Gestalt mit einem großen Bündel im Arm schlich über den Hof und den Pfad hinunter. Das Gras war feucht vom Tau, und die untere Kante der weißen Hose des Wanderers wurde nass. Schritt für Schritt kam der hellgraue Schatten des Bootshauses näher, und vorsichtig wurde die Tür aufgedrückt, die sich mit einem laut knarrenden Geräusch öffnete.

«Krister, bist du wach?»

«Ja.»

«Da drinnen wurde es mir zu einsam.»

«Ich rück ein bisschen zur Seite, dann hast du zwischen Linda und mir Platz.» Maria strich mit der Hand über Kristers Gesicht, um sicherzugehen, dass er es war. Sie rollte die Matratze aus und kroch unter die Bettdecke. In der Dunkelheit spürte sie, wie Krister sie anstarrte.

«Was ist denn?»

«Du, hier war ein Mann und hat unser Haus geschätzt und gesagt, ihr hättet über eine Wohnung in der Stadt gesprochen. Er ist hier erschienen, kurz nach dem du heute Abend zu Ek gefahren bist. Er hat erzählt, dass ihr zusammen gesegelt seid und Erdbeeren gegessen und Champagner getrunken habt. Hast du vor, mich zu verlassen, Maria?» Kristers Stimme war ungewöhnlich bedrückt. Er sprach langsam und gefasst.

«Odd Molin?»

«Ja, er hieß Odd Molin.» Maria hörte die Angst in Kristers Stimme. «Habt ihr deshalb den Garten umgegraben, du und Mayonnaise?», prustete sie los.

«Willst du mich sitzen lassen?» Kristers Stimme brach mitten im Satz ab.

«Nein, ich gehe mit dir bis ans Ende der Welt, wenn du willst. Jetzt eben befinde ich mich an deiner Seite in einem zugigen Bootshaus zusammen mit einem schnarchenden Manfred Magnusson. Wenn das nicht das Ende der Welt ist, dann weiß ich nicht, wo das sonst sein soll. Außerdem ist es so harmonisch mit dem Meer direkt im Schlafzimmer, da kann man mit dem Rauschen der Wellen einschlafen und mit nassen Strümpfen aufwachen», kicherte Maria.

Im flimmernden Licht des Fernsehers sah er die Konturen ihres Körpers, wenn sie im Zimmer herumlief. Ihr wallendes Haar, das beinahe kindliche Profil ihres Gesichts, die vollen Brüste und die weichen runden Hüften. Sie flocht das Haar zu einem Zopf. Ängstlich bewegte sie sich von einem Fenster zum anderen. Es schien, als ob sie seine Nähe erahnte. Die katzengleichen runden grauen Augen mit den großen Pupillen starrten in die Dunkelheit hinaus. Sie blickte ihn direkt an, ohne ihn zu sehen. Von ihrem eigenen Licht geblendet. Warum plagte er sich damit, sie anzusehen, sie zu begehren, diese Hure? Warum ließ er die Erinnerungen immer wieder an sich herankommen? Die Erinnerungen, die so wehtaten. Sie war mit ausgestreckten Armen auf ihn zugelaufen gekommen. Das dünne weiße Kleid war wie ein unschuldiges Brautkleid, wie Regenwasser an ihrem Körper herabgeflossen. Die in der Kühle der Nacht steifen Brustwarzen zeichneten sich unter dem Stoff deutlich ab. Sie hatte sich in seine Arme geworfen. Vorbehaltlos, ohne Angst. Sie hatte ihm ihr Gesicht zugewandt und auf seinen Kuss gewartet. In ihren Augen hatte sich seine Sehnsucht gespiegelt, verschwommen grau wie geschmolzenes Blei. Die Erinnerung an die behutsamen Hände, die seinen Körper leidenschaftlich berührten, spürte er immer noch auf seiner Haut. Sie hatte ihm lächelnd, aber sehr ernst einen Zweig Rosmarin gereicht. Er hatte den Duft eingesogen. «Es gibt eine alte ukrainische Volksweisheit, die besagt, wenn eine Frau einem Mann einen Zweig Rosmarin gibt und er ihn annimmt, dann wird er sie ewig lieben.» Vielleicht stimmte das, aber manchmal ist die Liebe dem

Hass so verdammt ähnlich. Die Grenze zwischen Sehnsucht und Schmerz ist haarfein. Wenn er ihr damals in jener Stunde den Hals umgedreht hätte, bräuchte er sie nicht mit diesem anderen zu teilen. Aber er hatte den Zweig entgegengenommen, wie ein eingebildeter Narr, betäubt vom Verlangen, verzaubert und erblindet. «Komm», hatte sie gesagt und ihn an die Hand genommen. Die Kerzen im Pavillon hatten im Wind geflackert. Vorsichtig hatte er ihre Blüte geöffnet, hatte ihren Nektar an seiner Haut gespürt, als sich ihm die Pforte des Paradieses öffnete und sie die seine wurde.

Auf Zypern hatte er von einer alten, schwarz gekleideten Frau einen Zweig Rosmarin gekauft. Er wollte den Duft des Krautes spüren und sich erinnern. Der Tag flimmerte vor Hitze. Die Zikaden in den Olivenbäumen überstimmten sie beinahe mit ihrem Gesang. Eine ganze Weile hatte es gedauert, bis er sie überredet hatte. Sie wollte ihm den Zweig nicht verkaufen. «Das ist das Gewächs des Todes», hatte sie in ihrem gebrochenen Englisch gesagt. Er hatte sich über ihren Aberglauben lustig gemacht. Da hatte sie auf den Boden gespuckt und ihre Hände zum Himmel erhoben, um die Verantwortung von sich zu weisen. «Sei vorsichtig, junger Mann», hatte sie gesagt und ihre knochige Hand auf seinen Arm gelegt. Die Strenge in ihren braunen Augen hatte ihn vor Unbehagen etwas schaudern lassen. Vielleicht war es Zufall, vielleicht ein Omen. Eine Woche später war er im widrigen Schlund der Hölle verschwunden. Wie ein Lebender ohne Leben hatte er im Totenreich den richtigen Augenblick abgewartet. Nur der Hass hatte ihn am Leben gehalten. Der Gedanke an Rache hatte ihm die Kraft gegeben, durchzuhalten.

28

«Hast du gehört, wie es heute Nacht über dem Wasser gekracht hat? Das hörte sich beinahe so an, als wenn das Eis bricht», sagte Krister und drehte sich halb in seinem Schlafsack, um an den Reißverschluss zu kommen.

«Nein, ich habe gut geschlafen. Nicht mal Mayonnaises Schnarchen habe ich gehört.»

«Der ist nicht mehr hier.» Maria sah sich um. Die Kinder schliefen eingewickelt in ihren Schlafsäcken, aber der Platz, an dem Mayonnaise gelegen hatte, war leer.

«Jonna kam gegen eins und hat ihn geholt. Sie konnte den Wasserhahn in der Küche nicht zukriegen, und das Wasser sprühte durch den ganzen Raum.»

«Und da ist er in Gnaden wieder aufgenommen worden?»

«Ja, bis auf weiteres. Hast du den Knall heute Nacht da draußen wirklich nicht gehört? Es hörte sich wie eine Explosion an. Du musst tatsächlich fest geschlafen haben. Wo bist du übrigens gestern Vormittag hingegangen, als du einfach verschwunden bist? Wir dachten, du wärst unten am Strand. Ich hab mir schon Gedanken gemacht.»

«Ich bin den Kirchberg hinaufgegangen. Ich dachte, dort würde ich jedenfalls vor Mayonnaise Ruhe haben. Ich kann mir nichts anderes als sein eigenes Begräbnis vorstellen, was ihn an so einen friedlichen Platz locken könnte.»

«Das kann man nie wissen. Was hast du dort gemacht?»

«Ich habe einen Grabstein vor der Kirche entdeckt, gleich an der Tür. Der kam mir so eigenartig vor. Auf dem Grab gab es keine Blumen, nur ein kleines Kräutergewächs. Der Stein sieht wie ein abgehauener Baumstamm aus.»

«Warum findest du das so merkwürdig?»

«Das war Rosmarin. Rosmarin zum Gedenken an die Toten ist ein alter ägyptischer Brauch. Man gab dem Toten Rosmarin mit ins Grab. Auf Einzelheiten kann ich nicht eingehen, aber Rosmarin hat bei den Ermittlungen in diesen Mordfällen eine seltsame Rolle gespielt. Obwohl das vielleicht nur Zufälle sein können. Von Gewürzen habe ich nicht viel Ahnung.»

«Wessen Grab war das?»

«Weiß nicht. Ich fand es ein bisschen peinlich, heranzutreten und das Moos abzuschaben. Da lief eine alte Frau umher und harkte den Schotter. Stell dir vor, der Stein gehört zum Grab eines ihrer Familienangehörigen, und ich stell mich hin und kratze daran herum. Das kann ich doch nicht einfach so machen! Sie sah so schüchtern aus, ein bisschen menschenscheu. Ich konnte sie nicht mit meiner Frage belästigen, fand ich.»

«Siehst du den Sonnenaufgang über dem Wasser?», fragte Krister und öffnete die Tür zum Meer. «Der Himmel ist ganz rot. Das sieht nach Unwetter aus.»

«Und ich habe geglaubt, das Wetter wird schlecht, wenn der Himmel abends rot leuchtet.» Maria blinzelte ins Licht.

«Das ist sicher auch so, das rote Licht ist das Haltesignal der Natur, bleib stehen und suche Schutz. Es kommt ein Unwetter!»

Ohne die Kinder zu wecken, schlich sich Maria zu ihrem frisch gegrabenen Kräutergarten. Vor sich sah sie die Pflanzen in ordentlichen Rechtecken mit Wegen dazwischen. Pfefferminze wollte sie haben, um daraus Tee zu kochen oder eine Minzsoße zum Lammsteak. Dill für die Krebse war natürlich notwendig. Zitronenmelisse schmeckte gut auf Erdbeertorten oder zum Eis. Maria merkte richtig, wie ihre Finger vom Chlorophyll grün wurden. Voll Eifer pflanzte sie die Stauden ein, die sie bei Rosmarie gekauft hatte, ehe sie schnell duschte und zur Arbeit fuhr.

Trotz der frühen Stunde war die Arbeit in der Polizeiwache in vollem Gange. Ragnarsson war anwesend. Hartman, Himberg und Arvidsson arbeiteten mit Hochdruck.

«Du hast dich am Telefon nicht gemeldet. Hattest du den Stecker rausgezogen?», wollte Hartman wissen.

«Ich habe im Bootshaus geschlafen.» Hartman hob die Augenbrauen, äußerte sich aber nicht dazu.

«Du weißt also noch nichts von den Ereignissen der Nacht. Gegen zwei Uhr heute Morgen ist ein Boot in die Luft gesprengt worden. Das passierte dicht vor Kronholmen. Die Küstenwache ist sofort rausgegangen. Der Feuerschein war bis hier zum Hafen in der Stadt zu sehen. Es sieht so aus, als ob es Odd Molins Schiff war, das sich da in Rauch aufgelöst hat.»

«Odd Molin, ist der ... lebt er?»

«Das wissen wir noch nicht. Man hat einen Dackel aus dem Fahrwasser gefischt. Beinahe hätte das Boot ihn überfahren. Glücklicherweise hatte er eine Schwimmweste um. Odds Hund, sagt Erika. Odd Molin ist nicht zu Hause. Arvidsson ist da gewesen. Er ist vom Vorsitzenden der Wohnungsbaugenossenschaft hineingelassen worden und vernimmt den Mann jetzt gerade.»

Maria drückte die Hand vor die Augen, um ihrer Unruhe Herr zu werden.

«Der Körper kann in Stücke gerissen oder abgetrieben worden sein. Ein Taucher ist am Platz, hat aber vorläufig nichts gefunden. Eine andere Möglichkeit ist ja, dass Odd verreist ist. Wir haben versucht, seine Sekretärin zu erreichen. Vielleicht ist sie gerade auf dem Weg zur Arbeit. Wir setzen uns in einer Viertelstunde zusammen. Nimm dir erst mal eine Tasse Kaffee, du scheinst eine gebrauchen zu können», sagte Hartman und fuhr sich mit den Händen beunruhigt durch seinen Haarschopf, wie er es immer tat, wenn die Situation nicht ganz unter Kontrolle war.

Maria starrte erschöpft auf die Stapel von Akten, die sich auf ihrem Schreibtisch häuften. Der Urlaub stand bevor. So wie die Arbeitslage jetzt aussah, war das Datum allerdings nicht mehr länger aktuell. Da mussten eine ganze Reihe von Überstunden gemacht werden, wenn der ganze Stapel der Vorgänge nicht über Sommer liegen bleiben sollte. Maria nahm zwei Mappen, die obenauf lagen, und ging über die Straße zur Staatsanwaltschaft. Die Hitze war erdrückend, der Himmel von dunklen Wolken verhangen. Es schien, als ob die Sonne ihre ganze Energie auf die Lücken zwischen die Wolken konzentriert hatte. Wie in einem Brennglas über dem bereits versengten Gras. Bald würde das Unwetter da sein.

Als sie zurückkam, hatten sich die anderen bereits versammelt. Maria wechselte einen schnellen Blick mit Erika, ehe sich die Technikerin errötend in ihre Papiere vertiefte. Das dunkle, sonst so sorgfältig geföhnte Haar lag platt und unfrisiert wie ein Helm auf ihrem Kopf. Die Augen hatte dunkle Schatten. Erika sah erbärmlich aus.

«Innerhalb kurzer Zeit haben wir jetzt einen Vermissten, einen Todesfall durch Ertrinken, bei dem ein Verbrechen nicht ausgeschlossen werden kann, und einen ungewöhnlich grotesken Mord durch einen Axthieb. Das, sowie die Ereignisse der vergangenen Nacht, stellt große Anforderungen an uns. Wir alle müssen mit Überstunden rechnen. An Urlaub ist nicht zu denken. Es kann sogar sein, dass wir Personal aus dem Urlaub zurückrufen müssen. Ek hat sich gesundschreiben lassen und wird uns in der Zentrale unterstützen. Wir heißen dich willkommen. Du hast uns gefehlt», sagte Hartman herzlich. Ek blickte zufrieden umher. Er hatte seine Kollegen vermisst.

«Hab mich nach Hartmans Zimtschnecken gesehnt», stellte er fest und nahm eine Schnecke von dem bis zum Rand gefüllten Teller. Ragnarsson verließ den Raum, um sich um die Presse zu kümmern, und Hartman ergriff wieder das Wort.

«Arvidsson und ich haben die mit den Fischern und Sportbooteignern in Kronviken geführten Vernehmungen ausgewertet. Insgesamt ergibt sich folgendes Bild.» Hartman blätterte das oberste Blatt auf dem Flipchart um, zeigte, wo in der Nacht die Explosion stattgefunden hatte, und zog eine durchgehende Zeitlinie. «In der Nacht zum Montag nach dem Mittsommerwochenende sterben zwei Menschen. Jacob Enman bekommt einen tödlichen Schlag mit einer Axt auf den Kopf. Die technische Untersuchung deutet darauf hin, dass auch Mårten Norman in der gleichen Nacht ums Leben kam. Mehrere Zeugen haben den alten Jacob noch gegen 23.00 Uhr am Sonntagabend lebend gesehen. Am Montagmorgen liegt er über seinem Küchentisch in der gleichen Stellung, in der er von der Polizei gefunden wurde. Mårten Norman hat niemand nach 21.00 Uhr am Sonntag gesehen, um die Zeit ist Rosmarie Haag auf ihn aufmerksam geworden. Etwa um 23.00 Uhr hat Licht in seinem Schuppen gebrannt. Dazu gibt es übereinstimmende Zeugenaussagen. Am Morgen danach war das Licht gelöscht. Niemand hat Norman seitdem gesehen. Odd Molin und Clarence Haag sind an dem Wochenende zusammen gesegelt. Rosmarie Haag ist eigener Aussage nach im Fischereihafen geblieben. Ich habe sie ebenso wie ihren Vater Konrad Hultgren zu einem weiteren Verhör herbestellt. Nach den Angaben, die Wern gegenüber gemacht wurden, segelten die Herren um Kronholmen herum, angeblich, um für die Regatta am Wochenende zu trainieren. Als sie Rosmarie mit dem Boot abholen wollten, war sie nicht mehr da. Odd hatte nicht weiter darüber nachgedacht. ‹Sie ist manchmal etwas sonderbar›, meinte er. Clarence Haag haben wir aus nahe liegenden Gründen nicht vernehmen können. Keine der Zeugenaussagen, die wir von Fischern oder Freizeitseglern bekommen haben, weicht von denen der anderen ab. Erika hat was Neues aus dem kriminaltechnischen Labor zu berichten. Bitte sehr.»

Erika blickte mit einer eigenartigen Scheu von ihren Unterlagen auf. Sie nahm ihre Hände vom Knie und tastete über den Tisch nach dem Papierstapel.

«Der Magen von Mårten Norman enthielt nicht nur den Puzzlering, sondern auch Pflanzenteile. Der standardisierte

Gifttest ergab nichts Neues. Spuren von Heroin, Kleinstmengen. Geringe Mengen Alkohol, 0,84 Promille. Keine Spuren von Schlafmitteln. Vom Mageninhalt ausgehend wurde daraufhin auf der Suche nach anderen Stoffen ein neuer Test vorgenommen. Dabei fand man reichlich Alkaloide im Blut, unter anderem Koniin. Das stimmt mit den Pflanzenteilen überein, die man gefunden hat. Die Todesursache ist ohne jeden Zweifel die Einnahme von Gefleckten Schierling in tödlicher Dosis.»

«Rosmarie Haag hat vor mehr als einem Monat Anzeige erstattet, weil Gefleckter Schierling und Eisenhut in ihrem Garten ausgegraben worden waren.» Maria suchte zur Bestätigung Augenkontakt mit Himberg. Aber der blätterte in seinem Block und sah sie nicht an.

«Ja, das ist wohl richtig.»

«Unter anderem deshalb ist sie heute nochmals hergebeten worden», ergänzte Hartman.

«Haben die Fingerabdrücke, die ich zu Hause bei der Haag genommen habe, etwas erbracht?», wollte Maria wissen.

«Außer Rosmaries und Konrads gibt es noch einen weiteren Abdruck, den wir nicht identifizieren konnten. Von Clarence stammt er nicht. Ob der Fingerabdruck der von Odd Molin ist, werden wir feststellen, wenn Erika seine Wohnung untersucht hat.»

«Mir fällt etwas ein, auf das ich aufmerksam wurde, als ich bei Rosmarie war. Die haben vor kurzem eine ganz neue Terrasse angelegt, mit ebenerdigen Platten. Der Erdhaufen daneben ist erst vor einigen Tagen abgefahren worden.»

«Gut, der Sache werden wir nachgehen, während die beiden hier bei uns sind. Arvidsson besorgt die Genehmigung für die Durchsuchung des Hauses. Leider spricht eine ganze Menge dafür, dass sie sich des Mordes schuldig gemacht hat. Vielleicht geht auch das Verschwinden ihres Mannes auf ihr Konto. Nach den Misshandlungen, denen sie ausgesetzt war, hatte sie ein Motiv, Clarence zu töten. Mårten Norman hat wahrscheinlich

Geld von Clarence Haag erpresst, sicher wusste er etwas, was er nicht wissen sollte. Rosmarie Haag hat ihn als Letzte lebend gesehen. Der alte Jacob kann etwas gesehen haben, was dem Mörder zum Nachteil gereicht hätte, und der zog daraus den Schluss, dass es besser sei, ihn zum Schweigen zu bringen. Rosmarie befand sich an dem Abend am Fischereihafen. Niemand kann sagen, ob sie in der Nacht überhaupt nach Hause gekommen ist. Odd und Clarence kamen gegen 24.00 Uhr in den Hafen. Das wird von verschiedenen Personen im Fischereihafen bestätigt.» Hartman fuhr sich mit der Hand durchs Haar und stützte die Ellbogen auf den Tisch.

«Ich habe über die Sache mit dem Puzzlering nachgedacht. Ist es ein Zufall, dass drei der Beteiligten gleichzeitig auf Zypern UNO-Dienst geleistet haben?» Arvidsson warf seinen Pony zur Seite und starrte Hartman an, dem die Hand mit der dritten Zimtschnecke vor dem Mund erstarrte.

«Interessant, dass Odd Molin abstreitet, Mårten Norman zu kennen. Nachweislich haben sie miteinander zu tun gehabt. Man kann auch darüber spekulieren, warum Mårten Norman seinen Puzzlering verschluckt hat. War es eine Tat unter Drogeneinfluss, ein sinnloser Einfall, oder ist es von Bedeutung, ein Hinweis, bewusst platziert, als er nicht mehr mit Gnade rechnete? Das hört sich vielleicht an den Haaren herbeigezogen an. Vor zwanzig Jahren fuhr eine Gruppe junger Männer von hier nach Zypern. Weshalb sollte sich gerade jetzt unter diesen Männern etwas abspielen, zwanzig Jahre danach? Wenn da unten was passiert ist, hätte das doch sofort Konsequenzen gehabt, oder nicht?» Hartman blickte in der Hoffnung auf eine Antwort in die Runde.

«Will mir jemand erklären, worum es bei dem Zypern-Konflikt eigentlich ging? Ich nehme an, wir haben das in der Schule durchgenommen, aber es ist nichts hängen geblieben», gab Maria zu. «Ich brauche Nachhilfe. Was haben die auf Zypern gemacht?» Alle blickten Arvidsson an, der leicht errötete und versuchte, die Schnecke hinunterzuschlucken, die er im Mund hatte. Umständlich räusperte er sich.

«Es begann 1967 mit dem Palastputsch in Griechenland. Georgios Papadopoulos, Oberst der Artillerie, und seine Junta übernahmen die Macht im Land. König Konstantin veranlasste im Dezember desselben Jahres einen Gegenputsch, der aber missglückte. Links Eingestellte und Intellektuelle wurden eingesperrt. Die Meinungsfreiheit wurde abgeschafft, und Anhänger der Opposition wurden festgenommen, gefoltert und verbannt. Als Kuriosität kann auch erwähnt werden, dass die Junta versuchte, die Mode der sechziger Jahre, also lange Haare und Miniröcke, abzuschaffen. Die Überempfindlichkeit hatte Hochkonjunktur. Als Mick Jagger in Athen auf der Bühne stand und während eines Konzerts Blumen in die Menge warf, wurde er festgenommen, weil er angeblich den Kommunisten seine Sympathie gezeigt hatte.

1974 zwangen griechische Offiziere den Präsidenten und den Erzbischof Makarios, nach Zypern zu fliehen. Da besetzten die Türken die Insel. Zwei Tage nach der Invasion einigte man sich nach einer Resolution des UNO-Sicherheitsrats auf einen Waffenstillstand. Das führte zum Fall der griechischen Militärjunta. Konstantin Karamanlis übernahm die Macht, und die Demokratie wurde wieder eingeführt. UNO-Soldaten standen an beiden Seiten der Grenze, eingesetzt an besonderen Beobachtungspunkten und Checkpoints, beispielsweise vor Banken, Geschäften und Hotels.» Arvidsson lehnte sich zurück und gab damit zu verstehen, dass sein Vortrag zu Ende sei.

«Ganz ausgezeichnet!», rief Hartman begeistert aus.

«Hab drüber gelesen», sagte Arvidsson schüchtern.

«Du willst also die Spur mit dem UNO-Dienst verfolgen?» Hartman zog seine Brille aus der Brusttasche und machte sich eine Notiz auf seinem Block.

«Ich will das untersuchen, aber wie du richtig sagst, klingt es ein wenig abwegig. Ich werde aber mal bei SWEDINT, dem Verbindungsstab für Auslandseinsätze, anfragen. Da wird die Auswahl der UNO-Soldaten getroffen. Die Ausbildung selbst findet in Södertälje statt. Die Frage ist aber, ob die sich noch an die Zeit von vor zwanzig Jahren erinnern, oder ob es aus der Zeit Unterlagen im Archiv gibt. Dieser Manfred Magnusson, den ich vernommen habe, scheint nicht sehr gut Bescheid zu wissen. Er erzählt gern von seinen eigenen Abenteuern, aber sonst ist sein Gedächtnis lückenhaft. Er wurde nach zwei Monaten nach Hause geschickt. Normalerweise bleiben sie sechs Monate. Manche verpflichten sich zu einer Verlängerung und bleiben dann auf Antrag eine Periode länger. Manfred Magnusson, seine Lebensgefährtin und sein Sohn verließen den Strand auch gegen 22.30 Uhr, nachdem sie sich etwa eine Stunde lang lauthals gestritten hatten. Es ging offenbar darum, was wichtiger war, eine größere Versandhausbestellung oder eine Urlaubsreise.»

«Wern, du bist im Haus von Clarence Haag gewesen. Hast du etwas von Interesse gefunden?» Hartman klappte seine Brille zusammen und kratzte sich mit den Bügeln im Ohr.

«Er hat eine ganze Wand mit Trophäen aus Zypern. Medaillen, Feuerzeuge, Messer, Abzeichen aus Stoff. Was man sich so vorstellen kann, nichts Ungewöhnliches. Das Fotoalbum habe ich mit auf die Wache gebracht. Ich glaube, es liegt in deinem Zimmer.»

29

Rosmarie Haag saß zusammengekauert im Besucherstuhl des Vernehmungsraums. Ihre Haut war kränklich bleich. Nervös rang sie die Hände auf dem Schoß. Maria stellte ihr einen Becher mit kochend heißem Kaffee hin. Rosmarie nahm ihn mit beiden Händen und hielt ihn an ihre Brust, um ihren Körper zu wärmen. Der Regen, der sich so lange durch dunkle Wolken angekündigt hatte, fiel draußen vor dem Fenster in dicken Tropfen. Maria hatte Kopfschmerzen, der Wetterumschwung machte ihr zu schaffen.

«Sie sehen müde aus. Haben Sie in der letzten Nacht etwas schlafen können?»

«Um zwei Uhr herum war ich wach und hörte die Explosion. Es wird erzählt, das sei Odds Boot gewesen, die *Viktoria*», antwortete sie tonlos.

«Das stimmt leider», bestätigte Hartman. «Wie Sie verstehen werden, haben wir eine ganze Reihe von Fragen an Sie. Ich möchte, dass Sie sich Zeit nehmen und so genau wie möglich antworten.» Rosmarie sah verschreckt aus. Die großen grauen Augen waren trotz des Tageslichts ganz schwarz.

«Wollen Sie bitte erzählen, was Sie am Sonntagabend des Mittsommerwochenendes getan haben.»

«Ich bin so müde. Ich werde etwas Falsches sagen und mir selbst widersprechen. Ich schaffe es einfach nicht.»

«Wir haben viel Zeit. Versuchen Sie es! Sie können sich dann später ausruhen.» Hartman lächelte freundlich und aufmunternd. Maria war unendlich dankbar, dass diese Vernehmung nicht von Ragnarsson geleitet wurde.

«Clarence wollte, dass ich mit ihm und Odd mit der *Viktoria* hinausfuhr. Sie beabsichtigten, rund um Kronholmen zu segeln. Vielleicht wollte er Odd und mich zusammen sehen und Beweise dafür finden, dass da etwas zwischen uns war. Clarence war angetrunken und schlecht gelaunt. Odd schrie und kommandierte. Ich weiß nie, an welcher Schnur oder an welchem Tau, oder wie das heißt, man ziehen muss. Mir ist ein Missgeschick passiert, ich habe eine Kippe gegen den Wind weggeworfen, die landete auf Odds blitzblankem Deck und brannte ein kleines Loch in das Holz. Deswegen hat Odd gar nicht mehr aufgehört zu schimpfen.» Maria nickte. Sie konnte sich Kapitän Molins Wutausbrüche in einer solchen Situation sehr gut vorstellen. «Odd trank die ganze Zeit über von seinem grässlichen Billigchampagner. Das ist einfacher Schaumwein, den er in feinere Flaschen abfüllt, wenn er angeben will. Ebenso lächerlich wie seine Rolex-Imitation. Clarence war so gemein. Alles, was ich gesagt oder getan habe, war falsch. Ich weinte, bis sie mich am Fischereihafen von Bord ließen. Ich hasse das Segeln! Clarence flüsterte mir ins Ohr, ich sei die hässlichste alte Schlampe, die er je gesehen hätte, und er würde es mir schon zeigen, wenn wir nach Hause kämen.»

«Dann sollte er sich mal gründlich vom Augenarzt untersuchen lassen», meinte Hartman. «Wie spät kann es gewesen sein, als Sie an Land abgesetzt wurden?»

«Acht vielleicht.»

«Haben Sie dort am Strand andere Menschen gesehen?»

«Gustav Hägg und seinen Vater. Die waren dabei, Netze auszulegen. Ich habe ein bisschen mit Gustav gesprochen. Er ist so zutraulich. Er hatte einen Strauß mit kleinen Glockenblumen gepflückt und steckte mir eine Blume ins Haar. Ein Teil der Stiele war gebrochen. Er war mit dem Strauß in der Hand hingefallen. Gustav weiß genau, was eine Frau hören möchte. Er versteht was von uns Frauen.» Rosmarie zwang sich ein bleiches Lächeln ab.

«Ja, von ihm kann man manches lernen», bestätigte Hartman. Maria dachte, dass man ein Stück weit vorangekommen war, wenn man das einsah.

«Haben Sie gesehen, ob noch weitere Personen in dem Boot waren?»

«Ich weiß nicht. Ich habe nicht daran gedacht. Ich war so müde und unkonzentriert. Muss das Aufnahmegerät eingeschaltet sein?»

«Das Tonband hilft uns dabei, uns zu erinnern. Wenn ich alles mit meiner langsamen Hand aufschreiben soll, dauert das viel länger, und außerdem wird daraus meine Version Ihrer Aussage, nicht Ihre eigenen Worte. Wissen Sie, wie deren Boot heißt?»

«*Maria II*, vielleicht *Marta II*. Nein, ich weiß es nicht. Es ist ein normales Fischerboot.»

«Was geschah danach?» Hartman lehnte sich zurück, um durch seine Körpersprache anzudeuten, dass er bereit war, lange zuzuhören. Er nahm seine Brille ab und kratzte sich mit den Bügeln ausgiebig die Kopfhaut. Danach standen ihm seine Haare zu Berge.

«Ich saß auf dem Anleger und überlegte, welchen Sinn das Leben noch hat. Für wen lohnt es sich noch zu leben. Meinem Vater mache ich nur Kummer, und für meinen Mann bin ich ein Klotz am Bein. Ich fühlte, dass das alles so sinnlos ist.» Rosmarie starrte aus dem Fenster auf den Blutahorn, der im Wind hin und her schwankte und mit seinen Blättern ein ständig wechselndes Schattenspiel bot. «Ich habe überlegt, wie das wohl ist, wenn man ertrinkt. Wie lange es dauert, bis man das Bewusstsein verliert, und was man empfindet, wenn man sich anders entscheiden will, es aber schon zu spät ist.»

«Wann haben Sie damit angefangen, solche Überlegungen anzustellen?» Hartman beobachtete Rosmaries Gesicht mit neuer Intensität.

«Nicht beim ersten Mal, als Clarence mich schlug, da dachte ich noch, es sei ein Ausrutscher, dass er sich nicht bewusst sei, was er tat. Er hat als Kind und Jugendlicher viel Prügel bezogen. Es ist schwer, eine solche Kindheit abzuschütteln. Ich wollte ihn verstehen und ihm vergeben. Dass er mich schlug, war wohl eher ein Reflex, dachte ich. Eigentlich wollte er es nicht. Er wurde nicht damit fertig, dass er die Kontrolle über sich verlor. Ich wollte in einer normalen Beziehung leben, jemanden haben, mit dem ich meinen Alltag teilen konnte. Ich glaubte, wenn ich mich intensiv genug um ihn bemühte, wenn ich ihm die Wärme gab, die er in seiner Kindheit so vermisst hatte, dann würde alles gut werden.»

«Wurde es aber nicht?»

«Nein, es wurde schlimmer», flüsterte Rosmarie, und ihre

Stimme war kaum zu verstehen, weil der Regen gegen die Scheibe trommelte. Maria sah, wie sie mit den Tränen kämpfte. «Ich glaube, an den Tod habe ich erst in diesem letzten Jahr gedacht. Wie man ohne große Schmerzen Schluss machen kann. Eine Zeit lang habe ich an Digitalis gedacht. Aber ich bin mir nicht sicher, welche Dosis man braucht. Es muss widerlich sein, im Krankenhaus aufzuwachen und sich anhören zu müssen, dass man nur die Aufmerksamkeit anderer erregen wollte. Clarence hätte den besorgten Gatten gespielt und sie alle hinters Licht geführt. Danach wäre ich wieder allein mit ihm und in der schlimmsten aller Höllen gewesen. Nie hätte er mir verziehen, dass ich ihn enttäuscht habe.»

«Wir werden Ihnen helfen, jemanden zu finden, mit dem Sie reden können, jemanden, der Sie ernst nimmt und der Erfahrungen mit solchen Dingen hat, die Sie durchgemacht haben. Das Frauenhaus hat Kontakte zu erfahrenen Psychologen. Das weiß ich.»

«Sie meinen also, ich sei ein Fall für die Psychiatrie? Hysterisch und schwierig?»

«Ich glaube, Sie haben es ungewöhnlich schwer gehabt und könnten Hilfe gebrauchen, um das zu verarbeiten. Unter den Umständen, unter denen Sie gelebt haben, ist es nicht ungewöhnlich, dass man darüber nachdenkt, ob man seinem Leben ein Ende setzen soll. Ich glaube, Sie brauchen Unterstützung, um zurück zu einem sinnvollen Leben zu finden, um Ihr Selbstwertgefühl zu stärken. Aus Ihrem Garten sind Gefleckter Schierling und Eisenhut verschwunden, habe ich gehört.» Maria bewunderte Hartmans Ruhe und Geschick.

«Ja, aber Gefleckter Schierling soll ganz fürchterlich schmecken, und Eisenhut bringt einen langsamen qualvollen Tod voller Angst, bei dem schließlich die Atmung versagt. Ich würde niemals solche Pflanzen benutzen.»

«Woran dachten Sie, als die Pflanzen verschwanden? Haben Sie jemand Bestimmtes in Verdacht? Zu Himberg haben Sie gesagt, dass Sie beunruhigt darüber waren, dass die Pflanzen ausgegraben wurden, und dass Sie Angst hatten, dass derjenige, der sie mitgenommen hat, wusste, um welche Art von Pflanzen es sich handelte. Sie wuchsen nicht an der gleichen Stelle.»

«In der Gärtnerei sind ständig Kunden. Ich glaube nicht, dass die Pflanzen tagsüber hätten ausgegraben werden können, ohne dass jemand es gemerkt hätte.»

«Sind früher schon mal Pflanzen verschwunden?»

«Nein, manchmal kann man beobachten, dass jemand einen Sprössling oder so abknipst, aber dass etwas ausgegraben wurde, ist noch nie passiert.»

«Hätte Clarence die Pflanzen wiedererkannt?»

«Ganz bestimmt nicht. Wie ich schon zu Frau Wern gesagt habe, konnte Clarence selbst bei Tageslicht eine Rose nicht von einer Tulpe unterscheiden. Nein, ich glaube nicht, dass Clarence es getan hat.»

«Was geschah dann, nachdem Sie eine Weile auf der Brücke gesessen hatten?»

«Ich habe diesen Fixer gesehen, aber nur von weitem. Er kam auf den Anleger zu, und ich dachte, das könnte unangenehm werden, wenn er hinkam und ich da ganz allein saß. Daher bin ich aufgestanden.»

«Woher wussten Sie, dass er es war? Kannten Sie sich?»

«Nein, Gustav hat es gesagt: ‹Da kommt der Fixer.› So wird er wohl in der Familie Hägg genannt. Ich würde ihn nicht wiedererkennen, wenn ich ihm begegnen würde. Der Abstand war recht groß und ich bin ziemlich kurzsichtig. Clarence wollte nicht, dass ich eine Brille trage. Er hat sie zerbrochen.»

«Sie standen also vom Anleger auf. Wie spät war es da?»

«Ich habe keine Ahnung. Ich konnte Häggs Boot weit draußen auf dem Wasser sehen. Die waren noch nicht zurückgekommen, sondern immer noch auf dem Weg hinaus. Ich entschloss mich, nach Hause zu fahren, und ging zur Landstraße hinauf, von dort hat mich eine alte Dame in einem roten Renault mitgenommen. Sie brachte mich bis nach Hause. Ich nahm eine heiße Dusche und legte mich hin.»

«Können Sie die Dame, die Sie mitgenommen hat, näher beschreiben?»

«Sie muss etwa fünfundsiebzig Jahre alt gewesen sein. Hatte graue kurz geschnittene Haare und eine rote Jacke an. Wir haben kaum miteinander gesprochen. Sie versuchte es, aber ich war dem Weinen nahe und fühlte mich nicht in der Lage, über das Wetter und die Kartoffelpreise zu plaudern. Ihr Gesicht war recht schmal. Ihre Augen standen eng beieinander. Sie hatte eine spitze Nase und das Kinn sah aus wie eine Mondsichel. Sie trug eine große unmoderne Brille mit hellblauem Gestell.»

«Eine ausgezeichnete Beschreibung. Wann kam Clarence nach Hause?»

«Das weiß ich nicht. Ich schlief bis zum Morgen. Ich wachte erst gegen acht auf, und da war er zu Hause.»

«War es denn nicht schwer, einzuschlafen, wo Sie doch ahnten, dass er nach Hause kommen und Ihnen wehtun würde?»

«Ich trank Wein, bis ich einschlief. Ich kann nie von allein einschlafen.»

«Nehmen Sie Schlaftabletten?»

«Nein, dann müsste ich ja zu einem Arzt gehen. Vielleicht würde ich abhängig von Schlaftabletten und wäre gezwungen, mit der Mütze in der Hand dazustehen, dem Urteil des Arztes ausgeliefert. Da steuere ich meinen Verbrauch an Beruhigungsmitteln lieber selbst. Ich trinke jeden Abend Tee aus Johanniskraut und Schafgarbe.»

«Ist Ihnen auf dem Heimweg noch jemand anders begegnet?»

«Nein.»

«Auch nicht Ihr Vater?» Rosmarie zögerte einen Moment. «Nein, ich glaube nicht.» Sie wurden von einem lauten Klopfen unterbrochen. Erika trat durch die Tür.

«Ich möchte kurz mit dir unter vier Augen sprechen, Hartman.» Sie gingen ein Stück den Flur entlang, bis sie außer Hörweite waren.

«Wir haben unter den Platten von Rosmarie Haags neuer Terrasse eine Axt gefunden. An der klebten Blut und graue Haare. Die Axt lag in einer ganz normalen Plastiktüte.»

30

«So ein Boot muss doch hoch versichert sein», meinte Himberg.

«Das müssen wir kontrollieren.» Hartman wischte sich den Perlzucker ab, der an seinem Schnurrbart klebte, und rieb sich nachdenklich das Ohr.

«Wir haben Odds Sekretärin erreicht. Sie sagt, er wollte heute Morgen nach Stockholm fahren. Er hat um zwei eine Besprechung. Odd hatte nicht vor, noch ins Büro zu kommen, sondern wollte direkt von zu Hause aus losfahren. Das wusste sie genau. Wir haben den Kunden in Stockholm gebeten, sich sofort mit uns in Verbindung zu setzen, wenn Odd Molin dort auftaucht», berichtete Maria.

«Nichts deutet darauf hin, dass er in Stockholm war, als das Boot in die Luft flog», stellte Hartman fest und erwartete eine Bestätigung von Arvidsson.

«Er hatte vor, heute Morgen um fünf loszufahren. Das Auto steht noch auf dem Parkplatz. Er kann natürlich den Zug genommen haben. Wir sind dabei, diese Variante zu kontrollieren.» Arvidsson machte sich eine Notiz auf seinem Block.

«Ich habe mit eigenen Augen gesehen, wie besorgt er um sein Boot war. Daher kann ich mir nicht vorstellen, dass er es selbst in die Luft gesprengt hat. Allerdings hatte er einen Gaskocher an Bord. Der kann explodiert sein. Es könnte sich doch um einen Unfall handeln», gab Maria zu bedenken.

«Das ist klar, wenn der Gasbehälter undicht ist oder wenn man vergisst, den Hahn zuzudrehen, sammelt sich das Gas unten in der Bilge. Dann kann die ganze Herrlichkeit in die Luft fliegen», meinte Arvidsson.

«Dann habe ich an diesen Hund gedacht. Ich glaube nicht, dass Odd den allein gelassen hat. Übrigens erstaunlich, dass der eine solche Explosion überlebt hat. Der Hund war vielleicht gar nicht mit auf dem Boot? Wenn das der Fall war, muss jemand ihn auf Kronholmen ausgesetzt oder ins Wasser geworfen haben. Das wiederum lässt darauf schließen, dass es doch kein Unfall war. Vielleicht haben wir es mit einem Tierfreund zu tun?» Maria sah Arvidsson fragend an und wunderte sich ein wenig darüber, dass eine Resonanz ausblieb.

In diesem Augenblick stürmte Ragnarsson durch die Tür und warf sich auf einen Stuhl, sein Haar war nass und das Regenwasser tropfte von seiner Kleidung.

«Das Leben ist hart für uns Raucher», murmelte er, und wie immer hing eine Kippe in seinem Mundwinkel. «Wir haben doch das Ereignis des Jahres, ‹Kronholmen-Rund›, am kommenden Wochenende vor uns. Was machen wir daraus?» Gierig griff er nach der letzten Schnecke und machte eine ausholende Handbewegung zu Hartman hin. «Der Sportboothafen wird von Menschen nur so wimmeln. Sicher wird es eine Reihe von Besäufnissen und Schlägereien geben, darauf müssen wir uns vorbereiten. Die Öffentlichkeit nimmt keine Rücksicht darauf, dass wir gerade in mehreren Mordfällen ermitteln. Wenn wir den Wettkampf absagen, haben wir die Schlagzeilen, und wenn etwas Ernsthaftes passiert und wir sind nicht ausreichend präsent, gibt es ein noch größeres Theater. Was sagst du dazu, Hartman?»

«Zuallererst müssen wir den Druck der Medien außer Acht lassen und unsere Kräfte so klug einsetzen wie irgend möglich. Ich werde selbstverständlich meinen Urlaub verschieben, und ich würde mich freuen, wenn mehrere andere das auch tun. Erst mal freiwillig.»

«Die Presse will wissen, ob wir die allgemeine Sicherheit garantieren können.»

«Dann musst du ihnen wohl wie üblich sagen, dass wir den Standard im Rahmen unserer Möglichkeiten aufrechterhalten.»

«Besteht ein erhöhtes Risiko für die Bevölkerung? Gibt es eine allgemeine Bedrohung oder besagen unsere Fahndungsergebnisse, dass es nach einer internen Abrechnung aussieht?» Ragnarsson goss sich Kaffee ein, trank einen Schluck und verzog sein Gesicht zu einer säuerlichen Miene.

«Das Einzige, was die allgemeine Sicherheit beeinträchtigen könnte, wäre, wenn jemand auf die Idee kommt, die Würstchenbuden in die Luft zu jagen. Ich sehe keine generelle Bedrohung, aber die Veranstaltung verlangt Personal und Kräfte, die wir eigentlich nicht entbehren können.»

«Die Staatsanwaltschaft hat die Hausdurchsuchung bei Rosmarie Haag genehmigt, habe ich gehört. Kann man davon ausgehen, dass sie die allein Schuldige ist? Ich hörte von der Axt, und außerdem gehört ihr auch das weiße Taschentuch von dem Parkplatz bei der Goldenen Traube. Das hat sie den Protokollen zufolge zugegeben.»

«Ich bin nicht sicher, ob sie schuldig ist.»

«Was meinst du damit, verdammt nochmal? Sicher ist sie schuldig. Ich habe der Presse gerade mitgeteilt, dass wir eine Verdächtige festgenommen haben.»

«Ich bin nicht überzeugt. Die Frau scheint den Ernst der Situation selbst nicht begriffen zu haben. Sie weinte erleichtert, als sie erfuhr, dass wir sie über Nacht hier behalten wollen. Sie freute sich darüber, mal schlafen zu können, ohne dass ihr Vater auf sein und sie bewachen muss.»

«Was für ein Schwachsinn! Die Dame vergießt ein paar Tränchen, und Hartman, der Gentleman, geht ihr sofort auf den Leim.»

«Wir werden sehen», sagte Hartman ruhig und bestimmt.

«Ich glaube auch nicht, dass sie schuldig ist», ergänzte Maria. «Jedenfalls nicht an dem Mord an Jacob Enman. Möglicherweise hat sie ihren Mann umgebracht, aber der Mord mit der Axt ist nicht ihre Sache.»

«Was denn, glaubst du, dass sie unschuldig ist? Hier halten wir uns an die Fakten. Alles deutet doch darauf hin, dass sie schuldig ist. Sie hatte die Gelegenheit, beide ums Leben zu bringen, Jacob Enman und Mårten Norman. Sicher fällt die Leiche ihres Mannes an einem der nächsten Tage aus einem Kleiderschrank. Ich will dir nur sagen, es ist eine große Erleichterung, wenn ich der Presse mitteilen kann, dass wir eine Mordverdächtige festgenommen haben. Die Frage ist nur, ob sie es allein getan oder ob der Alte ihr dabei geholfen hat.»

«Eine alte Dame in einem roten Renault hat sie mitgenommen. Wenn wir diese Zeugin finden, ändert sich die Sachlage erheblich.»

«Sofern es die Dame überhaupt gibt. Erlaubt mir, das zu bezweifeln! Sie war offenbar namenlos.» Ragnarsson suchte in seinen Taschen aufgeregt nach seinem Feuerzeug, bevor ihm einfiel, dass er im Haus nicht mehr rauchen durfte.

Er setzte sich mit einem süßsauren Lächeln, das die langen nackten Zahnhälse entblößte und Maria gehässigerweise wieder an Wühlmäuse und das Wühlmausfieber denken ließ.

«Sag der Presse bloß nicht zu viel. Nachher wird es nur peinlich für dich, wenn du darauf zurückkommen und dementieren musst. Das führt zu nachlassendem Vertrauen in die Arbeit der Polizei.» Hartmans Gesicht war wie in Zement gegossen. Erika, die merkte, dass die Positionen festgefahren waren, versuchte in der Sache weiterzukommen.

«Hat Rosmarie Haag ein Alibi für die letzte Nacht, für die Zeit der Explosion?»

«Sie hat ausgesagt, dass sie gegen zwei Uhr auf war und den Knall vom Kronviken her gehört hat. Der Vater schlief. Hätte sie etwas zu verbergen gehabt, dann hätte sie ja behaupten können, dass sie beide am Küchentisch saßen. Dann finde ich es merkwürdig, wenn jemand eine Mordwaffe in einer Plastiktüte verpackt, ehe er sie eingräbt. Das sieht doch so aus, als ob jemand um jeden Preis sichergehen will, dass die Fingerabdrücke und die Blutspur erhalten bleiben.»

Hartman zog sich seine Jackett an und ging in der kühlen Abendluft nach Hause. Der Duft des Sommerregens hing noch zwischen den Bäumen. Aber der Himmel hatte sich aufgeklärt. Der Mond rollte rund und gelb über die Hausdächer, so als ob er nur spielte und den Ernst der Stunde überhaupt nicht begriff. Fröhlich versteckte er sich hinter dem Turm von Sankt Marien und folgte Hartmans Schritten, als dieser auf den Platz davor einbog.

Hartman dachte an Rosmarie Haag. Sie schien die Möglichkeit, sich zu verteidigen, noch nicht begriffen zu haben, und ihr fehlte offenbar auch der Wille dazu. Sein ganzes Gespür sprach dafür, dass sie unschuldig war, während sich andererseits die Beweise für ihre Schuld auf seinem Schreibtisch häuften. Wenn nun Clarence Haag doch noch am Leben war? Zwar hatte Rosmarie allen Grund, sich ihres Peinigers zu entledigen, aber das dann auch in die Tat umzusetzen war nicht das Gleiche. Vielleicht hatte Clarence das Ganze arrangiert oder Odd Molin. Wer wusste denn, ob Odd eine alte Rechnung mit seinem Partner offen hatte, oder umgekehrt. Insbesondere wenn Odd ein Auge auf die Ehefrau von Clarence geworfen hatte. Das war ein klassisches Muster. Oder war es Konrad? Konnte nicht ein Vater zu allem fähig sein, wenn seiner Tochter ein Leid angetan wurde? Was hätte er selbst wohl getan, wenn seine Tochter misshandelt worden wäre? Sich auf die Polizei und die Gerichte verlassen oder das Recht in seine eigenen Hände genommen? Hartman schüttelte sich bei dem Gedanken. Er wollte sich die Antwort lieber nicht zu sehr ausmalen.

Hungrig und sehr müde öffnete Hartman die Tür seines

Heims, einem kleinen Ziegelhaus in zentraler Lage zwischen der Kirche und der Bibliothek. Im Wohnzimmer brannte Licht. Der Tisch war mit einem Kristallglas und gefalteter Serviette für eine Person gedeckt. Marianne hatte sicher bereits schon vor mehreren Stunden gegessen, stellte Hartman mit einem Blick auf die Uhr fest. Der Mond sah neugierig durch die Scheibe, als Tomas Hartman sich Wein in das hübsche handgeschliffene Glas goss. Das Schachspiel stand bereit. Seine Frau hatte den weißen Bauern nach C3 gezogen, ehe sie sich schlafen legte, etwas weniger gewagt nach dem Verlust beim letzten Mal. Hartman überlegte eine Weile, machte einen Zug und weckte dann seine Frau mit einem Kuss auf die Stirn. In einem Käfig auf dem Fußboden saß Peggy eingesperrt. Das Leben zu Hause hatte an diesem Abend einen neuen und ungewöhnlichen Glanz bekommen. Marianne stand auf, zog sich ihren blauen Bademantel an und ließ sich am Schachbrett nieder. Sie fingerte unschlüssig an ihrem weißen Springer.

«Mir wird noch einfallen, wie man das gemacht hat», sagte sie eigensinnig.

«Das wird wie beim letzten Mal werden, du verkriechst dich wieder in deiner Ecke.»

«Glaubst du, jemand hat das getan?»

«Was meinst du?»

«Sich im Ernst in eine Ecke verkrochen.»

«Warum nicht? Irgendwoher muss der Begriff ja kommen.»

«Oder den Zweig abgesägt, auf dem er sitzt?»

«‹Mir ist nichts Menschliches fremd.›»

«Das ist beinahe so wie im ‹Guinness Buch der Rekorde›, eine Dummheit machen, die so außergewöhnlich ist, dass daraus eine Redensart wird. Eine Art Beleg dafür, dass sie das absolut Dümmste ihrer Art ist.»

«Im Büro sagen wir ‹souveränes Essen›, dann wissen alle, dass das Risiko einer Vergiftung groß ist.»

«Du meinst damals, als Ek den Leberauflauf des Kalifen servierte. Du musst nicht so nachtragend sein. Und übrigens ist das kein landesweit bekannter Begriff.»

«Noch nicht.»

«Bist du ganz sicher, dass du deinen Urlaub aufschieben musst, Tomas? Das ist ärgerlich. Und was ist mit der Westküste? Musst du deinen Urlaub jedes Mal als Letzter nehmen?»

«Ich finde auch, dass das ärgerlich ist, aber ich habe wirklich keine Wahl. So ist das nun mal. Kannst du nicht deine Schwester auf eine Last-Minute-Reise mitnehmen und wir lassen uns dann etwas einfallen, das wir später gemeinsam machen können?»

«Ich möchte aber lieber mit dir verreisen, beim letzten Urlaub war es schon genauso. Es ist nicht leicht, mit Kriminalinspektor Hartman zusammenzuleben, das will ich dir nur mal sagen. Aber getan ist getan.»

«Gib zu, dass du mich des Geldes wegen geheiratet hast, wegen meines guten Gehaltes», sagte Tomas mit gespieltem Ernst.

«Nein, deinen Körper wollte ich haben», lächelte Marianne und klopfte ihrem Mann auf den Schmerbauch.

Sie zogen die Vorhänge im Schlafzimmer zu und krochen ins Bett. Kriminalinspektor Hartman, der nach den Ereignissen des Tages völlig am Ende war, schlief sofort ein. Im Halbschlaf hörte er die Stimme seiner Frau von weit her. Zuerst schwach murmelnd und dann immer dringlicher.

«Tomas, was glaubst du, wie sich Lena im Augenblick fühlt?» Hartman fuhr mit einem Ruck hoch, wie ein Barsch an der Angel.

«Was hast du gesagt?», krächzte er hellwach.

«Aber du hörst mir ja nicht zu. Ich überlege, wie es bei Lena steht, mit Freunden und so. Meinst du, sie ist mit ihrem Leben zufrieden, so wie es jetzt ist?» Tomas Hartman überlegte krampfhaft. War Lena auf irgendeine Art gefährdet? Was war es denn, das er verstehen sollte? Was erwartete Marianne von ihm?

«Geht es ihr nicht gut? Hat sie dir was gesagt?»

«Nein, nicht direkt. Ich habe nur dagelegen und überlegt.»

«Es ist also nichts passiert?», fragte Tomas erschöpft.

«Nicht dass ich wüsste. Jetzt schlafen wir, finde ich.»

Marianne drehte sich auf die Seite und schlief bald danach mit ruhigen tiefen Atemzügen. Aber Hartman konnte sich nicht entspannen. So war es häufig. Gerade wenn er kurz vor dem Einschlafen war, begann seine Frau den Tag mit all seinen guten und schlechten Ereignissen zusammenzufassen. Gern mit einer oder mehreren Fragen am Schluss, die die ganze Ermittlungsmaschinerie wieder in Gang setzten. Dann konnte er daliegen und sich quälen, während sie ihre Grübeleien abgeladen hatte und ruhig schlief.

Lange Zeit stand er hinter dem Jasminstrauch versteckt und sah die Abenddämmerung kommen. Die weißen Blüten dufteten nicht mehr: gelblich und leblos klammerten sie sich an die Zweige oder fielen wie ein Blütenregen auf den Boden. Jetzt war die Zeit da. Bald würde alles erledigt sein.

Er kannte ihre Gewohnheiten. Abends saß sie im Dunkeln an ihrem Küchentisch. Er war vorsichtiger geworden, seit Konrad in das Wohnhaus gezogen war. Aber heute Abend war es anders. Der Alte war in seinem eigenen Haus geblieben. Rosmarie war nicht mehr so vorsichtig. Lautlos schlich er über das feuchte Gras zu dem Gebäude. Das Mondlicht war ungewöhnlich hell. Die Sterne leuchteten. Er drückte den Rücken in die Schatten der Hauswand und blickte zu ihnen hinauf. Ein anderer Sternenhimmel als der, den er aus seinem Gefängnis beobachtet hatte. Er schloss die Haustür auf. Ein kaum hörbarer Klick, und die Klinke wurde heruntergedrückt. Das Haus atmete Leere. Kein Duft nach frisch aufgebrühtem Kaffee und kein Küchengeruch. Er spannte seine Sinne aufs Äußerste. Aber die Stille lag schwer und unbeweglich in den Räumen. In der Küche war sie nicht, aber ein Weinglas stand noch an ihrem Platz am Fenster. Pflaumenwein, wie in der Zeit der Unschuld. Er konnte die Spuren ihrer Lippen sehen und führte das Glas mit seinen behandschuhten Händen vorsichtig an den Mund. Ließ die Kante des Glases seine Lippen in einem Kuss berühren, so tot wie das Glück, das er einmal empfunden hatte. Vorsichtig strich er mit dem Finger über den Fuß des Glases, den sie in ihrer Hand gehalten hatte.

Beinahe lautlos glitt er durch die Räume, durch das Meer der Engel ins Schlafzimmer. Drückte ihren Duft an sein Gesicht. Ihre Bettwäsche an seine Haut. Die Gefühle ergriffen ihn stärker, als er geahnt hatte. Drohten seine Absicht zu gefährden. Wie ein verletztes Tier zog er sich in seinem Schmerz zusammen. Atmete tief ein. Der Rosmarinzweig war weg. Sicher hatte sie die Botschaft verstanden. Rasend verkrampfte sich seine Hand um das Messer, und er schnitt ihr Herz aus der Matratze. Sie würde ihn nicht noch einmal enttäuschen, diese Hure. Früher oder später würden sie sich in der Einsamkeit begegnen. Dann würde alles vollendet werden. Danach würde die begehrte Ruhe seine rechtmäßige Belohnung sein.

31

«Wieder raus auf den Platz! Dies hier ist, verdammt nochmal, kein Kinderfest!», brüllte Mayonnaise. Maria, die ihren freien Tag hatte, ehe ihr eine gigantische Arbeitswoche bevorstand, hatte ihren fünfjährigen Sohn zum Fußballunterricht begleitet. Offenbar war es den Verantwortlichen in Kronviken nicht gelungen, einen besseren Trainer als Mayonnaise zu engagieren. Manfred Magnusson tobte, sprang mit den kleinen Fünf- und Sechsjährigen um, als ob er allein das Schicksal der Welt entscheiden würde. Und das je nachdem, wie die Feldschlacht gegen Kronköping ausging. Der kleine dunkelhaarige Kerl, der Durst bekommen hatte und vom Platz gelaufen war, um einen Schluck Wasser zu trinken, gehorchte mit Tränen in den Augen und einem wütenden Blick unter seinem Pony hervor.

«Das ist hier kein Kinderfest, hört ihr!», wiederholte Mayonnaise, so als ob ihm selbst sein Befehl besonders gut gelungen vorkam.

«Jetzt mach aber mal halblang, Manfred. Das sind KINDER, die du trainierst. Die sind hier, um ihren SPASS zu haben», sagte Maria und blickte ihren Nachbarn streng an.

«Auch das noch! Die sind hier, um der Mannschaft von Kronköping zu zeigen, was Sache ist. Aber verdammt nochmal, ran an den Ball! Steh nicht da und schlaf! Gib es den Kerlen! Wo ist der Torwart? Wo ist Biffen, verflucht?» Ein ganz kleiner und sehr glücklicher Spieler aus Kronköping bekam seine Chance vor dem leeren Tor. Nachdem er zwei- oder dreimal danebengetreten hatte, bekam er den Ball auf die Fußspitze und kullerte ihn über die Ziellinie. Jubel im Publikum! Biffen stand fünfzehn Meter weiter weg im Gras mit heruntergelassener Hose. Mayonnaise wurde abwechselnd rot und bleich, hin und her gerissen von seinen Gefühlen.

«Warum hast du das gemacht?», wimmerte er, völlig am Boden, als der Junge auf den Platz zurückkehrte.

«Ich musste pinkeln, raffst du das nicht?» Nach diesem Tor beruhigte sich Mayonnaise etwas. Die Schamröte brannte lange auf seinen Wangen. Maria sah das deutlich, obwohl der Bart das meiste verdeckte. Nicht ein Wort kam mehr über seine Lippen. Nicht mal, als ein kleiner Knirps sich die Haut am Knie abschürfte und das ganze Spiel unterbrochen wurde, weil alle das BLUT sehen wollten. Danach dauerte es beinahe fünf Minuten, bis alle Kinder ihre richtige Hälfte wieder gefunden und ihre ursprünglichen Plätze eingenommen hatten. Emil war gar nicht zu sehen. Maria fand ihn erst nach einer ganzen Weile. Er saß auf der Wiese im Gras und sah sich einen Schmetterling an.

«Fußball ist nicht mein Ding», erklärte er.

«Vielleicht, vielleicht auch nicht. Papa, du und ich, wir können ja spielen, wenn wir nach Hause kommen. Jedenfalls ist das nicht Mayonnaises Ding. Das ist mal sicher!»

Krister stand auf dem Parkplatz vor dem Clubhaus und wartete. Linda saß auf seiner Schulter und bearbeitete seine Frisur mit ihren schmierigen kleinen Händen.

«Ich habe den Picknickkoffer gepackt, dann können wir gleich losfahren. Hast du die Karte im Auto, die du von Erika Lund bekommen hast?»

«Im Handschuhfach.»

«Wo wollen wir hin, wollen wir baden?», fragte Emil.

«Wir wollen versuchen, einen Weg durch den Wald nach Sandåstrand zu finden. Den Platz, den Gustav die Brücke der Wichtelmännchen nennt. Von dort ist Gustavs Taube, Arrak, losgeflogen, als wir ihm bei dem Wettkampf geholfen haben, wisst ihr noch?»

«Prima!» Emil hüpfte auf einem Bein im Kreis.

«Jetzt sind allerdings keine Tauben da. Aber da ist ein Badestrand mit Sand so weich wie Zuckerkuchenteig.»

«Sag so was nicht. Linda steckt auch so schon Sand in den Mund, ohne dass du ihr das extra sagst.»

Der Weg über die Schießbahn durch den Wald war kurvenreich und voller Schlaglöcher. Linda wurde übel, und sie übergab sich, obwohl sie langsam und mit heruntergekurbelten Fensterscheiben fuhren. Mehr als einmal mussten sie anhalten und sie aussteigen lassen, damit sie sich an der frischen Luft erholte.

«Wir hätten vielleicht zu Hause bleiben und im Kronviken baden sollen», murrte Maria.

«Das macht doch Spaß, mal was anderes zu sehen, ich dachte, du wolltest da weg, um dich richtig dienstfrei zu fühlen.» Krister lachte aufmunternd und streichelte Linda über die Wangen. «Wenn wir da sind, bauen wir Kaninchenlöcher im Sand.»

Die Kartenskizze war schwer zu deuten, und vom Weg durch den Wald, der manchmal nur aus einer Fahrspur im Gras oder über niedrigem Gestrüpp bestand, zweigten andere schmale Schneisen oder Pfade in unbekannte Richtungen ab. An einer

Stelle bogen sie an einem Bach zu früh ab und mussten ein ganzes Stück rückwärts zum Hauptweg zurückfahren. Auf dieser Strecke konnte man sich Verkehr in beiden Richtungen nicht vorstellen. Linda übergab sich wieder auf dem Rücksitz. Schließlich öffnete sich der Wald zu einer Lichtung mit einer Wiese, die bis unten ans Wasser reichte. Dort sah man endlich ein Gehöft mit dem Tor und einem abgeblätterten Schild, aus dem hervorging, dass dies einmal Gideons Gärtnerei gewesen war.

«Sieh mal, Papa, da ist ein Hügel unten auf der Wiese, beinah so was wie eine Höhle.»

«Das ist ein Bunker.»

«Was ist ein Bunker?»

«Die Soldaten hatten so was, um darin während des Krieges geschützt zu sein. Da konnten sie durch die Schlitze hinausgucken und schießen, ohne selbst getroffen zu werden.»

«Wie fies. Ich will da raufklettern.» Emil lief so schnell ihn seine kleinen kurzen Beine trugen, und Linda trappelte hinterher. Sie blieben einen Augenblick auf der steinernen Brücke stehen und blickten fasziniert hinunter in das schwarze Wasser, das darunter durch zum Meer floss. Emil warf einen Stock hinein. Der Wind war warm und voller Düfte; Gagelstrauch und Minze, Wiesenblumen und salziger Tang. Mild streichelte er das Gras und fuhr sanft über die Glockenblumen und Margeriten auf der Strandwiese. Die Blätter der Erlen und die Stängel des Trockengrases zitterten leicht. Das Wasser glitzerte, als wenn sich darunter viele Edelsteine verbargen, facettenreich und vielfarbig in der leichten Kräuselung. Weit hinten am Horizont schimmerte Kronholmen in der diesigen Luft. Die Aussichtsklippe überragte das Meer, dunkel und mächtig.

«Ich liebe dich», flüsterte Krister mit dem Mund in Marias Haaren.

«Ich liebe dich auch», antwortete sie und ließ ihre Hand die Konturen seines Körpers entlang unter dem Hemd den Rücken hinunter- und über den Hintern gleiten. Er beugte sich vor und küsste sie. Er küsste ihren Hals und die Ohrläppchen. Hinter einem Wacholderstrauch glitten sie in der blinden Leidenschaft wilder Küsse zu Boden. Sie spürten nicht die gelbe Härte des Grases oder die stechenden Tannennadeln vom letzten Jahr. Krister schob ihren Rock über die Hüften, streichelte die braunen Schenkel. Einen kurzen Augenblick kämpfte er mit sich, ehe die Lust die Vernunft völlig besiegt hatte. Murmelnd bat er sein besseres Ich um Vergebung. Maria lächelte erregt, presste sich an ihn und knöpfte seine Hose auf. Keiner von ihnen dachte an die möglichen Konsequenzen. Danach küsste Krister ihre Stirn und die Augen.

«War das so klug, das hier?»

«So was weiß man immer erst hinterher, auch sichere Perioden sind eine Lotterie. Glücklicherweise gewinnt man nicht jedes Mal, aber wissen kann man es nie.»

«Das werden Zwillinge», sagte er mit gespieltem Ernst.

Eng umschlungen gingen sie hinunter zum Strand. Emil stand ganz oben auf dem Bunker, stolz und fröhlich, als ob es der Mount Everest wäre, den er bestiegen hatte.

«Diesen Bunker kann man als Gefängnis benutzen. Du kannst ihn haben und darin deine Verbrecher einsperren, Mama.»

«Wie gut», lachte Maria.

«Obwohl man gar nicht rein kann, denn es ist ein Schloss an der Tür.»

«Nur der Gefängniswärter hat einen Schlüssel.»

«Ja, und er hat schon einen Gauner eingesperrt», rief Emil und guckte zwischen den Brettern hinein.

Sie gingen an den Strand und badeten. Krister und Linda gruben Kaninchenlöcher in den Sand, lange Gänge, in denen sich die Hände begegneten. Linda lachte glucksend, so wie nur ein Kind lachen kann, ehe das Leben Ansprüche stellt und kompliziert wird.

«Biffen kann die Hände vom Lenker nehmen, wenn er Rad fährt, und sein Papa hat ein Gewehr, das ist furchtbar gefährlich.»

«Wieso ist das so spannend, wenn man den Lenker loslässt? Davon hat man doch nichts, wenn man es kann», tröstete Maria, als sie einen Anflug von Minderwertigkeit in der Stimme ihres Sohnes hörte.

«Und Papa, weißt du was? Biffen hat was gesagt, das ist was ganz ganz Schlimmes!»

«Was denn?», fragte Krister neugierig. Das wundert mich überhaupt nicht, dachte Maria.

«Sag, dass das nicht stimmt, Papa. Du musst sagen, dass das nicht stimmt!»

«Was denn?»

«Wie Babys gemacht werden. Das ist ganz, ganz ekelhaft!»

«Maria, hilf mir!»

«Nein, du. Das kannst du auch allein erledigen. Ich will jetzt baden.» Linda, die die in der Luft liegende Spannung unwillkürlich spürte, begann zu lachen, aus vollem Hals zu lachen. Sie lachte so, dass ihre Beine versagten und sie im Sand auf dem Rücken liegen blieb wie ein strampelnder Käfer und nur noch kicherte. Je verlegener Krister und Emil aussahen, desto alberner lachte sie.

«Sag, dass das nicht stimmt, Papa! So kann man das doch nicht machen? So habt ihr das doch nicht gemacht, oder?» Emils Augen waren voller Misstrauen und Anklage.

Maria trat in die lang gestreckte Bucht und musste in dem flachen Wasser ein Stück gehen, bevor sie schwimmen konnte. Weiter draußen war das Wasser kühler. Ihr Haar folgte ihr ruckweise bei jedem Schwimmzug. Ich frag mich, wie das ist, wenn man ertrinkt? Wie lange dauert es, bis man das Bewusstsein verliert? Als Maria die Augen schloss und auf den Grund tauchte, sah sie Rosmarie Haags bleiches Gesicht mit den großen sorgenvollen Augen vor sich. Ein paar kräftige Schwimmzüge, und dann öffnete sie sie wieder. Eine kleine Sandflunder suchte Schutz im Seegras. Stell dir vor, man bereut es, wenn es bereits zu spät ist. Wenn man nicht länger die Kraft hat zu kämpfen. Wenn einem der Sinn des Ganzen genau da an der Grenze des Todes bewusst wird. Maria schwamm an die Oberfläche und holte Luft. Instinktiv spürte sie, dass Rosmarie Haag unschuldig war. Aber was gab Ragnarsson auf primitive Fähigkeiten wie Instinkte, nicht ein Jota. Instinkt war etwas für niedere Wesen, die keinen Verstand hatten, meinte er. Maria fand das ebenso intelligent, wie wenn man auf sein Gehör verzichtet, weil man ja das Augenlicht hat. Sie mussten Clarence Haag finden. Tot oder lebendig. Irgendwo musste er ja sein. Und mit ihm beantworteten sich sicher viele Fragen. Bibbernd stieg Maria aus dem Wasser und ging bei leichtem Gegenwind den Strand hinauf, um sich in ihren Bademantel zu wickeln.

«Mein Papa hat einen Sack mit Samen, Babysamen», teilte Emil ihr mit, während er auf den runden Steinen an der Strandkante balancierte.

«Ich darf gratulieren», sagte Maria und verbeugte sich höflich vor ihrem Mann, der lang ausgestreckt wie ein gestrandeter Seehund auf seinem Bademantel lag, mit einem sehr eigenartigen Ausdruck auf dem Gesicht. «Kommt, wir sehen mal nach, ob es Erdbeeren gibt. Erika sagte, dass sie da oben im Gras bei dem Haus Erdbeeren gefunden haben.» Maria ließ ihr langes pitschnasses Haar über Kristers Rücken gleiten, und der Seehund kam auf die Füße. Die Kinder rannten durch das hohe Gras. Hin und wieder waren sie kaum zu sehen und dann wieder liefen sie im Kreis herum. An Stellen, an denen die Sonne durch die Büsche schien, wuchsen kleine süße Erdbeeren. Emil zog seine auf einen Grashalm, das war bei den reifen Früchten ganz einfach. Dicht neben den Resten eines Schuppens, der zusammengefallen und teilweise verrottet war, fand Maria mehrere kümmerliche Kräuterstauden, die sich mühselig gegen

Quecken, Ackerwinde und Gänsefuß durchgesetzt hatten. Zitronenmelisse und Oregano erkannte sie sofort. Etwas unsicher war sie bei einer Pflanze, deren Samen wie Hundekekse aussahen und einen starken Duft verströmten. Vielleicht Kümmel oder Anis? Viele Pflanzen sehen wie Hundekekse aus, manche sind giftig wie Schierling.

«Ist das ein Spukhaus?», wollte Emil wissen und blinzelte zu Gideons Gebäude.

«In dem Haus hat ein Gärtnermeister gewohnt.»

«Wo ist der jetzt?»

«Er ist tot, aber sein Haus steht noch. Er wollte es nicht verkaufen, deshalb steht es hier für alle Leute.»

«Ach wie lieb. Dann ist er ja ein nettes Gespenst. Ich möchte rein und es mir ansehen.»

Emil galoppierte voraus und wieherte wie ein Pferd.

Die Treppe zum alten Haus war beschädigt und morsch. Die wilden Äste der unbeschnittenen Obstbäume warfen mit ihren Blättern Schatten auf den Eingang. Die Stämme waren mit Moos und Efeu bewachsen. Kleine Früchte, Puppenäpfel, hingen vereinzelt an den vielen Spießen. Direkt am Giebel rankten sich Veilchen dem Licht entgegen, ebenso Pinocchiorosen. Stockrosen standen majestätisch an der Südwand, und überall wuchsen Quecken und Nesseln. Krister ging voraus und fasste an die Haustür. Die hatte kein Schloss mehr, sondern nur einen Haken an der Außenseite. Sicher war das Schloss verrostet und durch den Haken ersetzt worden, damit der Wind die Tür nicht aufriss. Maria lächelte über die neugierigen Gesichter der Kinder. Man konnte richtig sehen, wie die Phantasie sie gepackt hatte. Krister schien das Gleiche zu fühlen, jedenfalls sah man ihm die Lust am Fabulieren an.

«Hier in diesem Haus wohnte einmal ein Seeräuber, der Gideon Wilhelm Eisenfuß hieß.» Linda schnaufte und blickte das Gesicht ihres Vaters wie verhext an. «Sein ganzes Leben lang war er auf den sieben Meeren unterwegs und raubte Gold. Ich weiß, dass er seinen Schatz in diesem Haus versteckt hat.»

«Woher weißt du das?», flüsterte Emil andächtig.

«Ein Vogel hat es mit zugeflüstert. Ein verzauberter Vogel auf dem Apfelbaum dort.»

«Ich habe nichts gehört», sagte Linda leise. «Was hat der Vogel gesagt?»

«Dass wir im ganzen Haus suchen sollen. In Versen, ich glaube, es waren Hexameter», antwortete Krister mit einem Blick zu Maria.

Es roch abgestanden und nach Müll. Unter den Fenstern war die Tapete durchgeweicht und verschimmelt. Der Fußboden stank nach Mäusen, und Maria befürchtete, dass sie jeden Augenblick über eine zugeschnappte Mausefalle stolpern konnten.

«Gideon Eisenfuß hat seinen Schatz vielleicht am Strand eingegraben?», schlug sie vor.

«Nein», widersprach Krister, «der müsste hier im Haus zu finden sein.»

Vor dem Fenster im Wohnzimmer hing eine zerfetzte braune Spitzengardine. Das Fensterbrett war voller Staub und toter Fliegen. Auf dem hellgrünen fleckigen Sofa lag ein zusammengerollter Schlafsack.

«Es sieht so aus, als ob Herr Seeräuber sich eine etwas modernere Ausrüstung angeschafft hat.» Maria zeigte darauf, aber Krister hatte seine Expedition bereits in die Küche geführt.

«Was ist, wenn das Gideongespenst kommt und fragt, was wir in seinem Haus machen?» Emil warf einen schnellen Blick auf die Haustür. «Vielleicht sperrt er uns ein und wir verhungern.»

«Scheint kein großes Risiko zu sein.» Krister öffnete die Tür des Vorratsschranks. «Hier gibt es genügend Konserven.» Eine große Plastikschachtel mit dem Aufdruck «Genossenschaftsschlachterei», eine alte Säge und eine rostige Axt lagen auf der

Spüle, die erstaunlich sauber war im Vergleich zu ihrer Umgebung. Blitzblank!

«Krister, ich finde, wir sollten hier rausgehen. Die Stadtverwaltung kann das Haus ja an jemanden verkauft haben, ohne dass Erika davon wusste. Ich möchte nicht wegen verbotenen Betretens oder Hausfriedensbruchs angezeigt werden.»

«Wenn ich richtig nachdenke, hat der Vogel doch wohl gesagt, dass der Schatz am Strand versteckt ist», überlegte Krister und fuhr an dem Bleistiftstrich auf Erika Lunds Skizze mit dem Finger entlang. «Ja, dies hier soll wohl der Strand sein.» Emil rannte vorweg, und Krister hob Linda über die morsche Treppe, damit sie nicht durch die Stufen fiel. Maria hakte die Tür wieder sorgfältig zu, nachdem sie das Haus verlassen hatten. Wie peinlich hätte es werden können, wenn sie dem Eigentümer des Hauses in der Küche Auge in Auge gegenübergestanden hätten. Zweifellos wäre Krister schnell ein passender Satz eingefallen, aber ärgerlich hätte es trotzdem werden können.

Krister rannte wie ein Elch über die Strandwiese und erreichte den Sand vor den Kindern. Er warf sich über den Picknickkorb und grub dann wie ein halb verhungerter Hund in den Kaninchengängen.

«Hier irgendwo muss es gewesen sein. Fühlt mal hier, Emil und Linda, wenn ihr die Hand von der anderen Seite hineinsteckt.»

«Ich habe etwas», strahlte Emil und zog eine Packung mit Keksen aus der Erde.

«Ich auch», rief Linda und zog hell auflachend einen von Kristers Strümpfen aus ihrem Loch.

«Das ist doch kein Schatz», rief Emil entrüstet.

«Auf dem Paket steht ‹Goldmarie›, vielleicht war es solches Gold, das er auf den sieben Meeren geraubt hat, und da hat er noch Glück gehabt, denn Kekse kann man essen. Gold lässt sich nicht so gut kauen. Ich will euch von einem König erzählen, der Midas hieß. Der wünschte sich einmal die Gabe, dass alles, was er berührte, zu Gold wurde. Und wisst ihr, was passierte?»

«Er wurde reich!», antwortete Emil.

«Nein. Er bat darum, seine Gabe zurückgeben zu dürfen. Er wollte sie nicht mehr haben. Wenn er sein Brot nahm, wurde es steinhart, und er konnte es nicht mehr essen. ALLES, was er anfasste, wurde zu Gold. Er wäre fast verhungert.»

«Wann wird der weiße Mann lernen, dass man Gold nicht essen kann?», zitierte Maria.

Linda grub ihre Zehen in den Sand ein und spielte, dass sie wie Pilze wieder hochkamen. Krister döste in der Sonne, und Maria bedauerte, dass sie ihre Aquarellfarben nicht mitgenommen hatte. Das warme Licht lag über den prächtigen Farben der Strandwiese und gab ihnen eine neue Fülle und Leuchtkraft. Das Meer schimmerte türkis vor dem gelbweißen Sand. Maria wandte sich zu dem mildgrünen Fichtenwald um und entdeckte die schmale tiefe Bucht dort, wo der Bach ins Meer floss. Gut versteckt im Schilf befand sich ein Anleger. In das Bachbett konnte man sicher mit einem Boot hineinkommen, jedenfalls mit einer kleinen Jolle. Maria fiel Odd Molin ein, aber sie schob den Gedanken von sich. Heute hatte sie frei.

«Wollen wir jetzt nach Hause fahren?», fragte Krister.

«Erst müssen wir den Gauner rauslassen», entgegnete Emil ernst und zog seine Mutter am Ärmel.

«Nein, es ist am sichersten, wenn er heute Nacht da drinnen bleibt. Morgen kann der Gefängniswärter ihn dann entlassen. Komm jetzt, E-Mail», lachte der Computerfreak Krister und zauste seinem Sohn die Haare.

«Ich sage es ihm, damit er Bescheid weiß!» Emil galoppierte über das Gras.

«Ist alles in Ordnung?», fragte Maria, als sie sich an der Steinbrücke trafen.

«Er liegt nur da und schläft. Er hört ja nichts», antwortete Emil.

32

Hartman sah müde und grau aus, als er von der Staatsanwaltschaft zurückkam. Ohne Gruß ging er in sein Büro und schloss die Tür hinter sich. Maria ging nachdenklich an ihren Schreibtisch und erledigte einige Telefonate. Die ganze Zeit über hatte sie das Gefühl, als ob die Dinge nicht zum Besten standen. Mit Hartman stimmte etwas nicht. Aber er hatte die Tür zugemacht, und das musste man respektieren. Maria setzte sich mit der Staatsanwaltschaft in Verbindung, um die Genehmigung für eine Hausdurchsuchung bei Odd Molin zu bekommen. Arvidsson zufolge war Odd nicht zu seiner Besprechung um 14.00 Uhr in Stockholm erschienen. Zuletzt hatte ihn am Abend vorher ausgerechnet Mayonnaise gesehen. Nachdem Odd von Krister mehr oder weniger hinausgeworfen worden war, als er versucht hatte, Familie Werns Haus in Kronviken zu schätzen, war Mayonnaise ihm ein Stück gefolgt, um sich zu vergewissern, dass er nicht zu Jonna hineinging und ihr Flausen in den Kopf setzte. Dafür war jetzt nicht der richtige Zeitpunkt. Sehnsüchtig hatte Mayonnaise durchs Fenster hineingesehen. Da saßen Jonna und Biffen vor dem Fernseher und aßen Hamburger. Jonnas Schwester war auch da, die eidechsengleiche Krähe. Würde die Schwester übernachten und den Konflikt anheizen, dann wusste Mayonnaise sicher, dass er die ganze Nacht über draußen bleiben musste. Odd hatte ihm auf den Rücken geklopft. «So was passiert nun mal, mein Junge. Wenn ihr an Verkaufen denkt, kann ich euch Kunden vermitteln. Aus einem solchen Haus dürft ihr nur mit einem deutlichen Gewinn ausziehen.» Mayonnaise hatte ihn etwas von Meeresblick und Deutschen murmeln hören. Danach hatte niemand mehr Odd gesehen. Keiner der Sportbooteigner hatte bemerkt, wie Odds Schiff in der Nacht den Hafen in Richtung Kronholmen verlassen hatte. Erst am Morgen stellte man fest, dass der Liegeplatz leer war.

Viele hatten die Explosion um zwei Uhr gehört, manche hatten einen Lichtschein gesehen, als das Boot in die Luft flog. Trotz massiven Einsatzes war seine Leiche nicht gefunden worden. Die Taucher waren da draußen weiter auf der Suche. Immer noch war nicht klar, was die Explosion verursacht hatte. Vielleicht konnte man bei einer Durchsuchung des Hauses einen Hinweis finden.

Maria hatte am Vormittag mit Odds Sekretärin gesprochen. Die Frau war völlig aufgelöst. Sorgte sich aber vor allem um ihren Arbeitsplatz, der nun möglicherweise verloren ging. Sie würde nach dem Essen zur Vernehmung erscheinen. Maria bat sie, festzustellen, ob von den Objekten, die zum Verkauf standen, das eine oder andere unbewohnt war. Es gab eine kleine Chance, dass die Herren Clarence und Odd sich in so einem Haus aufhielten. Jedenfalls war das nicht völlig abwegig. Maria ging mit verschiedenen Vorgängen hinüber zur Staatsanwaltschaft.

Das Blumengeschäft schräg gegenüber hatte große Kisten mit Petunien und Lobelien herausgestellt. Halb verwelkt, aber zu einem Sonderpreis. Die Veilchenpflanzen sahen schon wie tot aus und würden sicher ihren Gnadenstoß von der Sommerhitze bekommen, die von dem schwarzen Asphalt reflektiert wurde, auf dem die Kisten wie auf einem Riesengrill standen. Ansonsten war das Angebot an Pflanzen schmal. Maria widerstand der Versuchung, einen Kasten mit Petunien zu kaufen.

Als sie von der Staatsanwaltschaft in ihr Büro zurückgekehrt war, nahm sie sich eine Anzeige vor, in der der Betroffene den Aussagen nach eigene Knöllchen mit seiner Postgironummer gedruckt hatte, die er dann hier und da in der Stadt an Autos geklemmt hatte, die gar nicht im Parkverbot standen. Erfinderisch, aber kaum lohnend, denn einer der ersten Zettel war auf der Scheibe des stellvertretenden Direktors des Straßenbauamtes gelandet. Sie hämmerte die Anzeige in den Computer, musste aber dabei die ganze Zeit an Hartman denken. Sie hatte gemerkt, dass mit ihm irgendetwas nicht stimmte. Sie wusste, dass sie zu ihm hineingehen und mit ihm sprechen musste. Als er sich später auch nicht zu den anderen in den Aufenthaltsraum setzte, machte sie sich ernsthaft Sorgen. Daher ging sie in ihr Büro und rief ihn über die Haussprechanlage an. «Wir trinken jetzt Kaffee.» Keine Antwort. Vorsichtig klopfte sie an Hartmans Tür. Kein Laut war zu hören. Unaufgefordert trat sie ein. Am Schreibtisch, mit dem Kopf auf die Arme gestützt, in der gleichen Haltung, in der man den alten Jacob gefunden hatte, saß Hartman da. Die Zeit stand still. Maria spürte einen Adrenalinstoß bis in die Fingerspitzen. Die Zeit stand still. Ihre Stimme versagte. Ein hechelnder Laut kam über ihre Lippen. Da bewegte er sich ein wenig. Drehte den Kopf.

«Ich möchte in Ruhe gelassen werden», sagte er.

«Wenn du mich nicht ausdrücklich bittest zu gehen, setze ich mich einen Moment.» Hartman nötigte sich ein schwaches Lächeln ab, das eher einer Grimasse glich.

«Also bitte, setz dich.» Maria setzte sich neben ihn und versuchte ihm in die Augen zu sehen.

«Was ist denn los?» Tomas Hartman schüttelte seinen grauen Lockenkopf und seufzte tief.

«Sag doch. Ich sehe doch, dass dich irgendetwas bedrückt. Wir Kollegen müssen zusammenhalten. Du hast mich so viele Male wieder aufgerichtet, gerechterweise bin ich jetzt mal an der Reihe, dir zuzuhören. Was ist passiert?»

«Meine Tochter Lena ...» Hartman unterbrach und räusperte sich. «Meine Tochter ist festgenommen worden. Sie riskiert, verhaftet zu werden.» Eine große Angst kam über Maria.

«Warum? Was hat sie getan?»

«Mit mir will sie absolut nicht sprechen.» Hartman kniff sich ins Kinn, sodass die Haut weiß wurde. «Sie ist heute Morgen mit einer Spraydose in der Hand erwischt worden. Sie und ihre Freunde waren im Laden von Kronköpings Pelz & Leder. Sie haben Kleidung für beinahe 100 000 Kronen beschädigt. Sie hat auch zugegeben, dass sie da draußen bei diesem Nerzfarmer dabei gewesen ist. Ich habe vergessen, wie er heißt.»

«Ivan Sirén.»

«Genau. Meine Tochter hat seine Wand besprüht. Sie hat es zugegeben, als wir erfuhren, dass Erika Lund auf der Büchse, die ihr in dem Gebüsch da draußen gefunden habt, Fingerabdrücke gesichert hat.»

«Sachbeschädigung, das kann eine teure Geschichte werden, aber deshalb kommt sie doch nicht ins Gefängnis. Sie ist doch noch nicht mal achtzehn?»

«Doch, sie ist neunzehn. Aber die Sachbeschädigung macht mir nicht die meisten Sorgen, auch wenn das böse aussieht. Das Schlimmste ist die Sprengung des Büros der Genossenschaftsschlachterei am Neujahrstag. Daran erinnerst du dich sicher.»

«Ja klar, war sie dabei?», fragte Maria ungläubig. Vor sich sah sie Lena, die sie bei Hartmans Geburtstag kennen gelernt hatte, eine intelligente und aufgeweckte junge Frau mit gesundem Selbstvertrauen und Humor.

«Dazu verweigert sie die Aussage. Entweder ist sie mitschuldig, oder sie will ihre Freunde schützen. Ich befürchte das Schlimmste. Wenn sie mitschuldig ist, wird das als Brandstiftung mit versuchtem Mord angesehen. Dann reicht es nicht mit Bewährung und Sozialdienst. Das Einzige, das ich mit Sicherheit weiß, ist, dass sie das Fuchseisen nicht aufgestellt hat. Das hat sie gesagt. Und ich glaube, sie sagt die Wahrheit. Sie hat mich noch nie belogen. Bei diesen Aktionen geht es um Moral. Ein Abrücken von der Kultur, in der wir leben. Ich hätte ihr mehr zuhören und ihre Ansichten ernst nehmen müssen, als ich noch die Chance hatte, mit ihr zu diskutieren. Ich hätte heute nicht zur Arbeit kommen sollen. Es kommt sowieso nicht viel dabei heraus», sagte Hartman und stand entschlossen aus seinem Stuhl auf. Maria nahm ihn freundschaftlich in den Arm.

«Danke, dass du mir das alles erzählt hast.»

In diesem Augenblick wurde die Tür aufgerissen, ohne dass vorher geklopft worden war.

«Oho, oho! Altes Herz wird wieder jung. Schäm dich, Hartman!» Ragnarsson grinste übers ganze Gesicht, was sonst sehr selten vorkam, und strich sich mit der flachen Hand über sein sowieso schon plattes Haar.

Rasend vor Wut drehte Maria sich um. Sekunden später hatte sie die Tür hinter Ragnarsson geschlossen und auf den Knopf «Bitte nicht stören» gedrückt. Ein überraschter Ragnarsson fand sich plötzlich in den Besucherstuhl gedrückt wieder.

«Durch sich selbst erkennt man andere. Hartman hat die Frau seines Lebens zu Hause und sucht keinen Ausgleich am Arbeitsplatz, wie andere Männer mittleren Alters hier im Haus. Wenn du gefühlsmäßig nicht so ein Zwerg wärst, würdest du vielleicht verstehen können, was Kameradschaft und ganz normale Freundlichkeit bedeuten!»

Ragnarsson sah richtig geschockt aus, wie er da heruntergedrückt und doppelt gefaltet in dem Sessel hing. Was war aus der kleinen Polizeiassistentin geworden? Vergriff sie sich jetzt im Ton, nachdem sie zur Kriminalinspektorin befördert worden war? Es war eben nicht mehr so wie früher, als man sich eine Beförderung verdienen musste. Heutzutage konnte jedermann Kriminalinspektor werden. Zehn Dienstjahre, und schon schlugen sie über die Stränge.

«Meine Tochter ist festgenommen worden. Ich bin heute nicht richtig bei der Sache», erklärte Hartman.

Ragnarssons versteinerte Miene zuckte ein wenig, bevor sich seine Gesichtszüge normalisierten. Er richtete sich im Stuhl auf und sah Maria durch die Tür verschwinden.

«Zwerg, was soll das heißen? Was meint sie damit, wenn sie sagt, ich sei ein Zwerg? Ich bin doch nicht kleiner als beispielsweise Ek. Kannst du das begreifen, Hartman? Kann man Frauen überhaupt verstehen? Früher war es besser, als ein Kerl noch ein Kerl war und ein Polizist ein Mann!», brummte er und verließ den Raum, ohne die Sorgenlast seines Kollegen zu kommentieren.

Odd Molins Sekretärin gehörte zu der effektiven Sorte, die eine Diskussion schnell und geschickt lenken und die Leute dazu bringen, zur Sache zu kommen. Eine ausgezeichnete Vorzimmerdame und ein Wachhund für einen Mann, der in Ruhe gelassen werden will. Bestimmt nicht der Typ einer Geliebten. Für Maria war es ein Rätsel, wie eine so kleine Person so heftig unter den Armen schwitzen konnte. Der unverwechselbare Duft der Frau hing noch in der Tapete, lange nachdem sie den Raum verlassen hatte. Die Worte klebten ebenfalls noch da, als ob sie mit Reißzwecken befestigt worden waren. Aus Haags Maklerbüro waren alle liquiden Mittel abgezogen worden. Alle! Clarence war verschwunden. Odd hatte sich ebenfalls in Luft aufgelöst, aber das Merkwürdigste überhaupt war der Ring, Odds Ring, der auf dem Schreibtisch klirrte.

«Wenn mit Odd etwas passierte, sollte ich damit zur Polizei gehen. Das hat er gesagt, als wir uns gestern Abend verabschiedeten. Dieser Fixer, der ertrunken ist, hatte einen Ring im Magen, sagte Odd.»

«Wie hatte er das erfahren? Wissen Sie das?»

«Das war wohl eine seiner Tussis, Erika, glaube ich, ja, so hieß sie. Odd sagte, er wollte zur Polizei gehen und erzählen, wie sich das verhielt. Ich weiß nicht, was er damit gemeint haben kann. Er wollte mit Ihnen sprechen, sagte er.»

«Und jetzt sind die Konten der Firma leer?»

«Ich habe schon vorgestern Schlimmes geahnt. Als Clarence verschwand, stellte ich fest, dass er eine größere Summe abgehoben hatte. Danach muss Odd gestern den Rest genommen haben. Ich habe nichts mehr, um die laufenden Rechnungen zu bezahlen. Die Firma ist reif für einen Konkurs, und ich stehe ohne Arbeit da. Ich habe mein ganzes Leben in diesem Maklerbüro gearbeitet! Wer stellt denn heutzutage noch eine Frau von fünfundfünfzig Jahren ein?» Plötzlich fing sie an zu weinen. Maria schien es jedenfalls so, als ob sie weinte. Aber es kamen keine Tränen.

«Vielleicht sind sie alle beide tot! Für wen soll ich denn nun arbeiten?»

«Wem gehört die Firma, falls Odd und Clarence nicht mehr am Leben sein sollten?», fragte Maria, obwohl sie sich die Antwort beinahe vorstellen konnte.

«Der Frau, Rosmarie Haag. So wie es festgelegt ist, geht auch der Anteil von Odd Molin an sie. Er hat keine lebenden Verwandten.»

«Aber die Firma ist pleite, sagen Sie?»

«Ja. Deshalb habe ich nicht schon gestern Abend angerufen. Ich bekam die Nachricht, dass das Konto überzogen war, und glaubte, es handele sich um einen Buchungsfehler. Ich habe die ganze Nacht gerechnet. Als ich dann Odd nicht erreichte, dachte ich mir, dass es jetzt richtig ernst ist. Da fiel mir ein, dass er vorhatte, zur Polizei zu gehen, und genau in dem Moment riefen Sie an.»

«Haben Sie kontrolliert, ob es irgendwelche leer stehenden Gebäude im Angebot der Firma gibt?»

«Ja, habe ich. Im Augenblick sind alle Objekte bewohnt.»

33

Arvidsson und Himberg hatten wieder einen Besuch in Videvägen gemacht, diesmal nicht auf der Jagd nach Äther, sondern um möglicherweise einige von Mårten Normans Fixerfreunden zu vernehmen. Nicht Freunde, darauf hatte Per Trägen nachdrücklich hingewiesen, als Norman bei einer früheren Gelegenheit zum Verhör abgeholt worden war.

Fixer sind Einzelgänger, die haben keine anderen Loyalitäten als ihre Drogen.

«Er rauchte jetzt im letzten Jahr braunes unraffiniertes Heroin», berichtete Arvidsson. «Mårten Norman hütete sich vor Spritzen. Um seinen Bedarf zu finanzieren, dealte er.»

«Das Teufelszeug hat angefangen, sich auch in Kronköping auszubreiten. Das sind solche Gangster wie Mårten Norman, die suchen sich die Schulkinder und drehen ihnen den Scheiß an. Man traut sich bald nicht mehr, die Kinder in die Schule zu schicken! Die halten sich für Erwachsene, wenn sie da mit ihrer Aluminiumfolie sitzen und Feuer machen. So gerauchtes Heroin ist stark im Kommen. Nach den Erkenntnissen der Drogenpolizei der EU ist die Einfuhr von Heroin höher als jemals zuvor. Meiner Meinung nach ist es sogar ein Glück, wenn ein Dealer umgebracht wird!» Himberg schlug mit der Faust auf den Tisch, sodass die Kaffeebecher schepperten.

«Wenn sie bei ihrem Drogenkonsum so weit gekommen sind, haben sie eigentlich keine andere Wahl mehr. Es sind die Großen, die über Leichen gehen, um Geld zu verdienen, ohne selbst abhängig zu sein. Die sollte man sich vornehmen», sagte Hartman. Ein Zittern ging durch seinen Körper, wenn er an seine Tochter dachte und daran, welche Bekanntschaften sie im Gefängnis machen würde.

«Wo kommt der Scheiß her? Aus Südostasien?»

«Ja, früher kam er aus dem Goldenen Dreieck in Südostasien. Jetzt haben andere Regionen höhere Zuwachsraten. Der goldene Halbmond durch Iran, Afghanistan und Pakistan ist stark im Kommen und nicht zuletzt Lateinamerika», informierte Arvidsson.

«Habt ihr noch mehr aus denen herausbekommen, als dass Norman Heroin konsumierte? Wussten sie, ob er Kontakt zu Odd Molin hatte? Molin hat das ja abgestritten.»

«Ich kann dir sagen, es war nicht leicht, sich mit denen zu unterhalten. Per Trägen lag völlig besoffen auf dem Fußboden im Wohnzimmer, während seine Mitbewohnerin ungeniert mit einem Bekannten der Familie auf dem Sofa daneben kopulierte, in der Hoffnung, damit an eine Flasche billigen Rotweins zu kommen.»

«Kopulierte?», fragte Maria, und Arvidsson, der sich streng an den Behördenjargon gehalten hatte, um seine Schüchternheit zu überwinden, wurde rot bis zum Hals. Himberg fand die Situation unbeschreiblich lustig.

«Sie paarten sich», verdeutlichte er mit breitem Grinsen. «Die anderen waren völlig high. Wir haben einige zum Verhör mitgenommen. Unter anderem Per Trägen. Der will die Sache hinter sich bringen, wenn er nach Hause gefahren wird. Manchmal kann er richtig vernünftig sein. Ich war vor einer Weile bei ihm unten, da meinte er, Arvidsson sei Robert Redford; wir müssen also noch ein Weilchen warten. Wahrscheinlich hat er ebenfalls Heroin geraucht. Er sitzt unten und kratzt sich die Haut ab wie ein verlauster Affe.»

Odd Molins Wohnung lag im feinsten Viertel der Stadt mit Aussicht auf den Fluss, direkt neben dem Stadtpark. Maria Wern und Erika Lund hatten sich entschieden, den Bus zu nehmen und das letzte Stück zu Fuß zu gehen. Die Kühle nach dem Regenschauer am Morgen hatte nicht lange angehalten. Seit zwei Stunden strahlte die Sonne wieder von einem blauen Himmel. Der Gedanke, sich in ein kochend heißes Auto zu setzen, war nicht gerade verlockend. Öffentliche Verkehrsmittel waren eine luftigere Alternative. Glaubten sie, bis sich zeigte, dass in dem halb vollen Bus keine Plätze auf der Schattenseite mehr frei waren. Die Plastiksitze des Busses waren heiß, als sie sich hinsetzten. An der Rückenlehne vor ihnen hatte jemand mit dem Messer eine lange Schramme gezogen und verschiedene Obszönitäten hingeschmiert. Über der ersten Sitzreihe direkt hinter dem Fahrer hatte eine ungewöhnlich kreative Person das «Eis essen verboten»-Schild in ein Phallussymbol umgewandelt. Erika Lund verhielt sich Maria gegenüber immer noch reserviert, weil die verlangt hatte, dass Hartman darüber informiert wurde, dass Erika eine Information an Odd Molin weitergegeben hatte. Nicht alle Fakten zu kennen würde die Fahndung erschweren. Es war wichtig, dass Odd Mårten Normans Ring kannte, ehe er seinen eigenen ablieferte. Das begriff Erika, aber sie fand es peinlich. Maria ihrerseits war verwirrt. Erika war eine erfahrene und gewissenhafte Technikerin. Ihre Arbeit erledigte sie mit größter Sorgfalt.

«Wenn du es nicht selbst sagst, muss ich es tun.» Maria hatte nicht nachgegeben, und schließlich musste Erika zu Kreuze kriechen. Hartman war dankbar gewesen, dass er die Wahrheit erfuhr, und hatte keinen Aufstand deswegen gemacht. Trotzdem war Erika mürrisch. Sie hatten schon schönere Stunden miteinander verbracht als diesen Nachmittag, als sie in dem Stadtbus dahinschaukelten. An der großen Brücke stiegen sie aus und wanderten am Fluss entlang. Auf der Böschung lagen Leute und sonnten sich in kleinen familiären Gruppen. Der eine oder andere Glückliche hatte ein Buch aufgeschlagen, ohne von den kleinen Kindern gestört zu werden. Eine Mädchenclique im Oberstufenalter sonnte sich oben ohne.

«Passt bloß auf. Schnell kommt die Zeit der Hängebrüste!», brummte Erika.

«Was ist aus der Golfverabredung geworden? Hast du deinen Ex noch getroffen?» Erika zuckte mit den Schultern und sah plötzlich sehr unsicher aus.

«Ich weiß nicht, ob daraus noch etwas wird. Er hat nicht von sich hören lassen.»

«Hast du denn von dir hören lassen? Schließlich warst du doch verhindert.»

«Ich traue mich nicht. Stell dir vor, SIE ist da oder er will sich überhaupt nicht mit mir treffen. Ich komme mir verschwitzt und nervös wie ein Teenager vor. Du kannst dir wohl nicht vorstellen, dass so was möglich ist. Aber genauso verhält es sich, wenn man fünfzig und verliebt ist. Man wird nicht im Geringsten reifer und klüger. Er wird denken, ich sei alt und hässlich geworden. Wenn er mich verlassen hat, als ich noch jünger und hübscher war, wird er mich jetzt erst recht nicht attraktiv finden.»

«Oder es geht gar nicht darum. Vielleicht sehnt er sich nach dir als Mensch. Sehnt sich nach dem, was euch verbunden hat, nach dem, was er mit dir gemeinsam hatte.»

«Das war ein schönes Märchen.»

«Das mit Odd, was war denn das?»

«Eine Maßnahme, um mir Mut zu machen. Ein gegenseitiges Ausnutzen. Ich brauchte ein bisschen Aufmerksamkeit und Mut vor der wirklichen Herausforderung. Er brauchte eine zusätzliche Bestätigung, dass er der Schwarm aller Frauen ist. Ich habe keine Gewissensbisse, wenn du das glaubst.»

«Du kannst gut segeln. Ich befürchtete schon, wir würden alle ertrinken.»

«Ist man an der Küste aufgewachsen, dann kann man das. Außerdem ertrinkt man nicht automatisch, wenn man ins Wasser fällt.»

«Doch, wenn man so seekrank ist, dass man sterben will. Ich hatte wirklich schon überlegt, ob ich dem Hund die Schwimmweste wegnehme. Trägst du nie eine Schwimmweste?»

«Ich rechne damit, dass Fett oben schwimmt.»

«Hör auf, so auf deinen Körper fixiert zu sein. Soll ich dir Komplimente machen und dir sagen, dass du mager wie eine gegen Gras allergische Bergziege bist?»

«Ja danke. Sehr gern, aber das hat gesessen. Hast du gehört, dass die da draußen Reste von Sprengstoff gefunden haben?»

«Nein.»

«Die Theorie von der undichten Gasleitung können wir vergessen. Die Explosion war gut vorbereitet. Man hat Reste von Sprengteig und Zündschnüren gefunden. Die Ladung war an einen Zeitzünder angeschlossen. Absolut kein Unglücksfall. Ich finde das fürchterlich. Wenn sie Leichenteile von Odd Molin untersuchen wollen, weigere ich mich, daran teilzunehmen. Das halte ich nicht aus! Da ist für mich die Grenze.»

«Dazu kannst du nicht gezwungen werden. Wenn Odd am Leben sein sollte, kann er dann etwas von einer ausländischen Versicherung kassieren, was meinst du?»

«Nicht ohne dass wir die Chance bekommen, ihn zum Verhör vorzuladen. Er hatte wohl vor, dir etwas zu sagen. Das hat seine Sekretärin gemeint. Was könnte das gewesen sein?»

Dann standen sie vor der renovierten Fassade von Odd Molins Wohnung. Eine Wohnung im dritten Stock mit großem breitem Balkon und Parabolantenne. Das Treppenhaus war blitzsauber und duftete leicht nach Zitrone. An einer der Türen aus Kirschenholz war ein Messingschild angebracht, darauf stand der Name Odd Molin in schwarzen Buchstaben. Sie betraten die geräumige Diele, nachdem sie von dem Vorsitzenden der Wohnungsbaugenossenschaft höchstpersönlich eingelassen worden waren. Alle Einrichtungsgegenstände in Odd Molins Wohnung waren teuer und hatte einen Bezug zur Seefahrt, angefangen bei dem Küchentisch aus Mahagoni, dem Barometer und der Schiffsglocke aus Messing bis zu den Positionslampen, in denen die Lautsprecher über dem Fernseher verborgen waren. Die ochsenblutfarbenen Ledermöbel im Wohnzimmer passten zu dem exklusiven handgeknüpften Teppich und der Fernseher mit Zubehör war sicher der teuerste seiner Art. Erika fuhr mit der Hand über das Bücherregal und stieß einen Pfiff aus.

«Du wirst es nicht glauben!»

«Was denn?»

«Sieh dir mal die Bücher an, sind alles Attrappen!» Erika nahm eine Reihe von Buchrücken heraus. Die ganze Wand sah genauso aus, mit Ausnahme der Reihe ganz oben rechts, wo die Segelbücher standen. Die Jahrbücher des schwedischen Yachtclubs seit 1982.

Maria ging weiter ins Schlafzimmer mit dem imponierenden Bett aus Mahagoni, natürlich wie eine Koje gebaut. Das Holz blinkte in der Nachmittagssonne, die durch die runden Bullaugen schien. Sie ging ans Fenster und blickte auf den Balkon hinaus, auf dem in Ampeltöpfen englische Geranien hingen. Erika zog sich Handschuhe an und durchsuchte systematisch die Schmutzwäsche in dem Korb. Plötzlich fing sie an zu lachen.

«Er hat keine Phantasie, überhaupt keine Phantasie! Es gibt keine andere Stelle außer vielleicht der Matratze, wo die Leute ihr Geld verstecken.» Erika hielt den Stapel mit Scheinen hoch, der in ein Paar schwarze Unterhosen eingewickelt gewesen war.

«Wie viel ist das?»

«Für dich so etwa zwei Jahreseinkommen. Wenn wir keinem erzählen, dass wir es gefunden haben, können wir uns auf eine längere Kreuzfahrt machen oder uns ein Liften bei einem berühmten Chirurgen leisten oder, warum nicht, in Champagner baden.»

«Das perfekte Verbrechen. Niemand vermisst das Geld. Wie gut, dass wir zu zweit sind.» Maria schnitt eine Grimasse.

«Und was haben wir hier?» Erika zog einen grauen Strumpf heraus. «Hier haben wir den Pass. Ich hatte von einem Mann wie Odd eigentlich mehr Einfallsreichtum erwartet.»

«Hartman sagt immer, dass man von Stress dumm wird. Vielleicht hatte Odd es eilig. Hier liegt ein billiger Pullover mit einem aufgenähten Lacoste-Krokodil. Warum macht er so was?»

Maria ließ ihren Blick wieder durch das Wohnzimmer schweifen. Über der Sitzgruppe hing in einem Holzrahmen mit Messingbeschlägen ein großes Bild der ungewöhnlich schönen *Viktoria*, die inzwischen auf dem Meeresgrund lag.

«Ich kann mir kaum vorstellen, dass Odd sein Boot selbst in die Luft gesprengt hat. Das hätte er niemals übers Herz gebracht. Du hast ja gesehen, wie er sich über jede kleinste Schramme aufregte. Das war doch die am besten gepflegte Yacht im ganzen Kronviken.»

«Gebe ich zu. Ich dachte an den Dackel. Ist es nicht eigentümlich, dass der überlebt hat?»

«Bei einer solch schweren Explosion kann er nicht in der Nähe des Bootes gewesen sein. Der Hund hatte ja keinerlei Verletzungen.»

Systematisch durchsuchte Erika Schränke und Schubladen, kroch auf dem Boden umher und tastete den Teppichboden im Schlafzimmer ab. Sie hob ein loses Stück hoch, das unter dem Doppelbett lag.

«Du enttäuschst mich, Odd.»

«Was hast du gefunden?»

«Herrenmagazine, um nicht zu sagen pornographische Zeitschriften, wie es im Protokoll stehen wird, und ein Foto von Rosmarie Haag im Bikini.»

«Das scheint schon vor längerer Zeit aufgenommen worden zu sein. Die Farbe ist verblasst. Wie hübsch sie war.»

«Kinderbauch!», entgegnete Erika und betrachtete das Foto genau.

«So muss sie ausgesehen haben, als ihr Liebhaber nach Zypern fuhr. Ob sie in anderen Umständen war, als das Foto aufgenommen wurde, ist nicht zu sehen», stellte Maria fest.

«Wer war es denn? Ich meine, ihr Liebhaber?»

«Weiß ich auch nicht. Jedenfalls nicht Clarence.»

«Er hat also einen Grund, im Nachhinein eifersüchtig zu sein?»

«Vielleicht.»

«Was meinst du denn, hat Rosmarie Clarence umgebracht?»

«Mårten Norman vergiftet und Odd Molins Boot in die Luft gesprengt, ganz abgesehen von dem Mord an dem alten Jacob Enman. Nein, kann ich mir nicht vorstellen. Sie hat nicht die Kraft, nicht den Hass, der notwendig ist, um so was zu tun. Sie ist viel zu weich und eingeschüchtert. Wenn sie Clarence umgebracht hat, ist das allenfalls Totschlag. Ich glaube, sie ist der Typ, der selbst die Polizei anruft und erzählt, was sie getan hat. Aber sag das mal Ragnarsson, dann kannst du was zu hören bekommen. Er konzentriert sich ganz auf Rosmarie. Möglicherweise kann er sich vorstellen, dass sie einen Helfer gehabt hat.»

«Oder sie spielt sehr geschickt Theater», gab Erika zu bedenken und blickte forschend auf die junge lächelnde Frau auf dem Foto. Maria sah wieder zu dem Gemälde hin, das den Raum dominierte.

«Hast du ein Vergrößerungsglas, Erika?»

«Na klar, alles was Sie brauchen, Sherlock Holmes.» Erika suchte in ihrer Tasche und überreichte Maria die Lupe. Sie stieg aufs Sofa und ging ganz nahe an das Bild heran.

«Guck mal, sieh mal hier, Erika!» Erika stieg ebenfalls aufs Sofa, ließ aber wohlerzogen ihre Schuhe auf dem Fußboden stehen.

«Wer ist das?»

«Das ist Egil Hägg. Er ist Schlosser und hat einen Sohn, der Gustav heißt. Die haben ein Fischerboot in Kronviken liegen.»

«Und was ist dabei?», wunderte sich Erika.

«Ich bin nur überrascht, jemanden auf dem Bild zu sehen, den ich kenne. Eigenartig.»

«Da ist doch nichts dabei, wenn sie mal zusammen gesegelt sind, beide sind doch auf dem Kronviken unterwegs.»

«Nein, vielleicht hat das nichts zu bedeuten. Auf dem Bild könnten ebenso gut du oder ich sein. Wir sind ja auch mit Odd gesegelt. Das werde ich nicht vergessen, so lange ich lebe», sagte Maria mit Nachdruck.

«Was meinst du, wo wollte Odd hin mit dem Geld und seinem Pass?»

«Die große Frage ist eher, wo befindet er sich jetzt, ohne Geld und Pass.»

«Bei diesen beiden Herren können wir nichts als selbstverständlich voraussetzen. Die können sich ebenso gut an einem unbekannten Ort aufhalten, als Tote.»

Maria ließ das Vergrößerungsglas fallen und stieg vom Sofa. Erikas Munterkeit erstaunte sie. Da klang ein falscher Unterton mit. Vielleicht war das notwendig, um nicht die Fassung zu verlieren. Etwas verlegen blickte sie auf die staubigen Abdrücke, die sie auf Odds glänzendem Ledersofa mit ihren weichen Pumps hinterlassen hatte. Beinahe konnte sie Odds Stimme hören: «Runter mit den Schuhen, verdammt. Auf meinem Deck lauft ihr barfuß.»

34

Maria Wern saß Per Trägen im Vernehmungsraum gegenüber. Der Mann befand sich in einem jämmerlichen Zustand. Hartman hatte sich auf den Schreibtisch neben das Aufnahmegerät gesetzt. Die Möblierung des Zimmers war eigentlich nicht gut durchdacht. Der Besucherstuhl stand gleich an der Tür und blockierte beinahe den Ausgang. Falls jemand, der zum Verhör geladen war, Amok laufen sollte, war man abgeschnitten, ohne Fluchtmöglichkeit. Große kräftige Männer dachten vielleicht gar nicht an eine solche Möglichkeit, aber Maria hatte sich mehr als einmal bedrängt gefühlt. Man sollte wenigstens einen Alarmknopf anbringen. Ragnarsson machte sich öfter über sie lustig, weil sie überall Gefahren sah. Maria hatte ihm entgegnet, dass es Phantasie und Einfühlungsvermögen erfordert, wenn man Risiken vorbeugen will. Taktisch richtig zu arbeiten hieß, immer einen Schritt voraus zu sein. Ein Beispiel für mangelnde Phantasie war die neue Schutzausrüstung, die Ragnarsson bestellt hatte und bei der die Schutzwesten absolut nicht den weiblichen Formen angepasst waren. Die Westen waren außerdem viel zu groß für diejenigen, die nur 1,60 Meter maßen. Die Weste, die Maria probeweise anzog, hatte ihr bis zur Nase gereicht. Wahrscheinlich leben Menschen mit Phantasie länger, obwohl Optimisten, die sich zurücklehnen, ein schöneres Leben haben. Der Meinung war jedenfalls Ek.

Per Trägen kratzte sich an Schenkeln und Armen, sein ganzer Körper zitterte, wenn er angesprochen wurde. Die Pupillen waren immer noch klein wie Stecknadelknöpfe.

«Sie kannten also Mårten Norman. Als er vor einiger Zeit zum Verhör abgeholt wurde, hat er sich in Ihrer Wohnung aufgehalten.»

«Hat er vielleicht», gab Per gereizt zu.

«Kennen Sie diesen Mann?» Per Trägen nickte zu dem Bild von Clarence Haag, das vor ihm auf dem Tisch landete.

«Das ist Mårtens Erbtante.»

«Wollen Sie das mal etwas näher erläutern?»

«Mårten hatte was mit dem Makler. Er hat nie erzählt, was das war, obwohl ich mehrere Male versucht habe, ihn zum Reden zu bringen.»

«Wissen Sie, ob Mårten sich auch auf andere Weise Geld beschafft hat?»

«Wie alle anderen auch. Als Dealer. Vielleicht Einbrüche? Aber dafür hat er wohl schon gesessen.»

«Wissen Sie, ob er sich von jemandem bedroht fühlte?»

«Er sprach manchmal von dem Löwenritter. Er hatte Angst vor dem Löwenritter. Nur wenn er high war, dann waren sie Freunde.»

«Hat er von dem Löwenritter Geld bekommen, was meinen Sie?»

«Nein, davon hat er nichts gesagt.»

«Woher wussten Sie, dass er Angst hatte? Hat er darüber gesprochen?»

«Weiß ich nicht so genau.» Per kratzte an der Backe, seine

langen Nägel hinterließen blutige Streifen. Maria dachte an Aids und Gelbsucht. «Er hat gesagt, der Löwenritter würde ihn umbringen. Er würde in einem Raumschiff mit seinen Löwen über den Himmel fahren und die Menschen mit einem radioaktiven Strahl vernichten. Dann würden er und seine Bestien die Toten mit ihren Eisenzähnen zerkauen. Seine Hirngespinste jagten ihm Angst ein.»

«Das verstehe ich. Hat er auch von dem Löwenritter gesprochen, wenn er klar im Kopf war?»

«Weiß ich nicht so genau. Darf ich aufs Klo gehen?»

«Gleich. Hatte Mårten Feinde? Jemand anderen, der ihm ans Leder wollte? Hatte er Schulden?»

«Manchmal. Aber die hat er immer bezahlt. Ich weiß nicht, wie. Ob er noch von anderen außer von Clarence und seiner Mutter was geholt hat, weiß ich nicht. Darf ich nun endlich aufs Klo?»

«Wir unterbrechen jetzt und machen in etwa zehn Minuten weiter.»

Ragnarsson drehte und wand sich unlustig in seinem Stuhl. Die Aufmerksamkeit aller war auf ihn gerichtet. Langsam trank er einen Schluck Kaffee, zog eine missbilligende Grimasse und sah sich im Besprechungsraum um.

«Wer will anfangen?» Hartman fuhr sich übers Kinn, sodass die Bartstoppeln raschelten.

«Das Verhör mit Per Trägen hat nichts Handfestes ergeben. Wir haben ihn laufen lassen. Was er erzählt hat, war, dass Mårten Angst hatte, von einem, den er Löwenritter nannte, umgebracht zu werden. Ob das einen Bezug zur Wirklichkeit hatte, wissen wir nicht. Mårten hatte Halluzinationen.»

«Ich glaube, einer der Ritter an König Artus Tafelrunde wurde Löwenritter genannt», sagte Arvidsson. «Der vollbrachte große Taten mithilfe von Löwen. Das hört sich wie ein guter Stoff für Halluzinationen an.» Erika fuhr sich mit der Hand durch ihr dunkles lockiges Haar und schob den Kaffeebecher zur Seite.

«Der Sprengstoff, von dem Reste am Wrack der *Viktoria* gefunden wurden, kann möglicherweise von einem Diebstahl aus einem Waffenlager vor vier Monaten stammen. Es ist auch vorstellbar, dass er von einer Baustelle verschwunden ist. Ich habe neulich in einer Reportage gelesen, dass im Durchschnitt 20 Kilo Sprengstoff von einer größeren Baustelle verschwinden, ehe die Polizei eingeschaltet wird. Es ist kein größeres Problem, sich Sprengstoff zu beschaffen, wenn man in der Branche Kontakte hat. Wir haben auch die Laborergebnisse einer Anzahl von Proben bekommen. Die Substanz, die Wern aus einer Blechdose an einer Feuerstelle auf Kronholmen genommen hat, ist analysiert. Was sagt ihr zu Bier und Schierling? Nicht als Gebräu gekocht, sondern kalt aus Bier und Pflanzenteilen gemischt. Werden die Blätter ganz geschluckt, schmecken sie vielleicht nicht so fürchterlich. Mårten Norman kann die Droge freiwillig zu sich genommen haben, das wissen wir nicht. Brauchte er dringend Stoff, dann war er vielleicht bereit, mal was Neues auszuprobieren. Die Frage ist jedoch, wie er nach seinem Tod ins Wasser gekommen ist und warum er den Ring verschluckt hat. Wir haben außerdem eine große Menge Heroin gefunden, 1,2 Kilo. Ratet mal, wo: in der Schwimmweste von dem Dackel. Mit großer Sicherheit heißt der Besitzer der Ware ebenfalls Odd.»

«Hast du was Neues zu den Fingerabdrücken auf Familie Haags Fensterbrett zu sagen?»

«Nein, nichts. Konrads Fingerabdrücke waren dabei und Rosmaries. Den dritten Abdruck konnte wir nicht identifizieren. Konrad hat ja erzählt, dass er den Stuhl zurückgestellt hat, weil es so unordentlich aussah, wie er da unter dem Fenster stand. Weil wir gerade bei den Fingerabdrücken sind, kann ich auch gleich sagen, dass an der Axt nur Jacobs eigene waren. Die Haarreste und das Blut gehören ebenfalls zu Jacob Enman.

Das Blut auf der Brücke war Tierblut. Das ist alles von meiner Seite.»

«Ich habe mit den Tauchern gesprochen. Sie sind der Meinung, dass es dauern wird, ehe man Odd Molins Leiche findet, sofern sie überhaupt da draußen ist. Da herrscht eine starke Strömung», sagte Hartman.

«Und eine Dame in einem roten Renault hat sich natürlich nicht gemeldet?», brummte Ragnarsson und ließ den Teelöffel vor sich auf dem Tisch kreiseln. Maria suchte in seinem Gesicht und entdeckte einen Schimmer von Triumph.

«Nein, nichts Neues an dieser Front», gab Ek zu.

«Ich frage mich, ob ihr der Alte nicht doch geholfen hat?» Ragnarsson rieb seine grobporige Nase mit der flachen Hand und nieste kräftig. «Vielleicht war Konrad sogar derjenige, der durch das Schlafzimmerfenster hineingesehen hat.»

«Konrad Hultgren ist schwer herzkrank. Ich kann mir nicht vorstellen, dass er rein physisch in der Lage war, an den Morden mitzuwirken. Er kann auch kaum der Mann mit der Mütze gewesen sein, ohne von Clarence erkannt zu werden», gab Maria zu bedenken.

«Woher wissen wir, dass er herzkrank ist? Haben wir uns eventuell bei seinem Arzt erkundigt? Oder hat Wern eine Ausbildung zur Krankenschwester, von der wir anderen nichts wissen?»

«Nein, aber selbst für einen Amateur war das ganz deutlich. Er nahm Nitroglyzerintabletten. Als er eine kurze Strecke laufen wollte, wurden sein Lippen blau.»

«Du meinst also, seine Lippen sind blau geworden. Das kann auch an deiner Erwartungshaltung gelegen haben, als er sich Pillen in den Mund geschoben hat, stimmt's?» Ragnarsson setzte eine süßsaure Miene auf, wie immer, wenn er Marias Arbeit kritisierte.

«Natürlich können wir seinen Arzt vernehmen, wenn du daran zweifelst.» Maria gab sich großzügig. «Aber das ist Zeitvergeudung», murmelte sie zu Erika.

«Wo befand sich Konrad in der Nacht, als die Morde begangen wurden?»

«Er hat seine Schwester in der Stadt besucht. Dort hat er übernachtet. Das bestätigen sowohl seine Schwester als auch deren Freundin, die im selben Haus wohnt. In der Nacht, als Odd Molins Boot gesprengt wurde, schlief er Rosmarie zufolge auf der Küchenbank der Familie Haag.» Ek beugte sich vor und blätterte in seinem Block. «Er macht aus seiner Abneigung gegen den Schwiegersohn keinen Hehl. Wenn man sehr weit gehen will, kann man sich sogar vorstellen, dass er jemanden engagiert hat. Was kostet heutzutage ein Mord? Wenn er eine größere Summe bezahlt hat, muss er sie in der Matratze gehabt haben. Auf seinem Konto gibt es nichts Außergewöhnliches.»

«Was sagt Rosmarie?» Ragnarsson schnäuzte sich kräftig in ein nicht ganz sauberes Taschentuch. Er sah nicht gesund aus. Seine Augen waren müde und glänzten.

«Sie behauptet, wie schon früher, sie sei unschuldig. Sie hat heute Vormittag einen Pflichtverteidiger bekommen. Wenn die alte Dame sie mitgenommen hat, kann sie am Abend des Mordes gegen 23.00 Uhr zu Hause gewesen sein. Sie weiß, was an diesem Abend in den Nachrichten um 23.00 Uhr gesagt wurde. Clarence und Odd kamen etwa um 23.30 Uhr in den Hafen. Das sagen mehrere Zeugen aus dem Sportboothafen. Clarence hätte also um Mitternacht zu Hause sein können. Zwei Zeugen sagen aus, dass er gleich nachdem sie angelegt hatten, in seinen blauen BMW gestiegen und in Richtung des Kräutergartens losgefahren ist. Dass Rosmarie zu Hause war, als Clarence eintraf, wissen wir nur von ihr selbst. Aber wir können ja über das Gegenteil nachdenken. Was hätte Clarence getan, wenn sie nicht in ihrem Bett gelegen hätte? Hätte er dann nicht Himmel und Erde in Bewegung gesetzt? Sich an Konrad in der Stadt gewandt? Denkbare Freundinnen und Bekannte angerufen, die Polizei alarmiert, oder er wäre sogar nach Hause zu Odd gefahren? Alles deutet darauf hin, dass die beiden in der Mordnacht zu Hause waren.»

«Sofern sie nicht gemeinsam Mårten und Jacob umgebracht haben», schniefte Ragnarsson und musste mehrmals hintereinander niesen. «Vielleicht war es Clarence' Idee? Ich vermute, Rosmarie hat mitgemacht, sie hatte mehr Angst vor ihrem Mann als vor einem Gerichtsurteil.»

«Damit kommen wir zum Ausgangspunkt: Wo ist Clarence Haag?» Hartman goss sich mehr Kaffee in seinen Becher und reichte Ek die Kanne hinüber. Der Magen protestierte hörbar, als die ätzende Flüssigkeit durch seine Kehle rann. Zum Mittagessen hatte Hartman keine Zeit gehabt, und das machte ihn leicht reizbar und mürrisch.

35

Krister hatte unter lauten Protesten die Kinder aus dem Kindergarten abgeholt, weil Maria hatte mitteilen lassen, dass sie Überstunden machen musste. Als sie weit nach neun Uhr am Abend nach Hause kam, saß die Schwiegermutter auf dem Sofa und stickte an einem Kreuzstichbild mit einem Elch im Mondenschein. Über die Schultern hatte sie sich Ivans Fleecejacke gelegt, die Krister zurückzugeben vergessen hatte.

«Krister ist bei Manfred. Er hilft ihm beim Umziehen.»

«Mayonnaise will tatsächlich umziehen?»

«Ja, er will in eine Wohnung in der Stadt ziehen. Sie wollen das Haus verkaufen. Der Junge soll bei seiner Mutter wohnen. Der arme Manfred, er ist ja so verzweifelt. Die Frau ist bei ihrer Schwester, aber er packt seine Sachen. Den Jungen hat sie mit in die Ehe gebracht, wird erzählt. Was soll nun aus Manfred werden? Die Frau hat ihm wohl eine Wohnung in der Grönsångargatan besorgt, hat er gesagt. Da siehst du mal! Sie muss es also lange geplant haben, das Weibsbild!» Maria überlegte, was Ek wohl zu seinem neuen Nachbarn, Mayonnaise, sagen würde. Wer weiß, vielleicht würden sie Wand an Wand wohnen.

«Geh ruhig ein Weilchen rüber, wenn du Lust hast. Ich bleibe bis um zehn, dann kommt Astrid und holt mich ab.» Gudrun nahm ihre Arbeit am rechten Hinterfuß des Elchs wieder auf, und Maria warf einen kurzen Blick ins Kinderzimmer. Sie strich Linda übers Haar und deckte Emil, der seine Decke weggestrampelt hatte, wieder zu. Dann ging sie hinaus in den Mondschein auf den Pfad, der zu Mayonnaises Haus führte. Der arme Mann, zwar war es sicher kaum auszuhalten, mit ihm zu leben, aber das galt auch für Jonna, befürchtete Maria.

«Ich soll mir alles nehmen, was ich brauche. Eigentlich brauche ich nichts außer Jonna und Biffen. Was soll man denn mit all dem Krempel?», schniefte Mayonnaise. «Sag doch, dass sie wiederkommt, Krister.»

«Ein Bett und ein paar Kochtöpfe brauchst du mindestens.»

«Habt ihr euch wegen der Autos gestritten?», fragte Maria und fühlte sich irgendwie mitschuldig an dem Unglück, das sie hier sah, auch wenn es ihr unsinnig vorkam, dass sie die Schrottautos in ihrem Garten dulden sollte, nur um die Ehe der Nachbarn zu retten.

«Nein, sie hat einen anderen kennen gelernt. Einen Kerl, der ihr alles schenkt, worauf sie nur zeigt. Einen kleinen blassen Wirtschaftsprüfer mit Brille. Ich hab vielleicht geguckt, als ich ihn gesehen habe. Und was für eine Memme! Aber sie meint es offenbar ernst. Sie will den Jungen mitnehmen und zu dem Mann ziehen.»

Krister trug den letzten Karton hinaus und spannte die Plane über den Anhänger. Maria war klar, dass jetzt nicht der richtige Augenblick war, um Mayonnaise nach Fotos aus der Zeit auf

Zypern zu fragen. Aber ganz nebenbei stellte sie ihm doch eine Frage:

«Wie viele wart ihr von hier, die zusammen nach Zypern gefahren sind?»

Mayonnaise blickte sich erstaunt um. Seine Gedanken kamen von weit her. Man sah ihm an, dass er intensiv überlegte.

«Das waren Clarence, Odd, Mårten, der Löwenritter und ich. Wir haben im Spaß gesagt, wir sind die Ritter an König Artus Tafelrunde. Wir streckten den Damen unsere Lanze entgegen.»

Mayonnaise demonstrierte mit aller Deutlichkeit, was damit gemeint war.

«Der Löwenritter?»

«Ich weiß im Moment nicht mehr, wie er hieß. Wir haben ihn den Löwenritter genannt. Netter Kerl!»

«Er ist nicht zusammen mit den anderen zurückgekommen, oder?»

«Nein, ich weiß nicht, wo er geblieben ist. Ich glaube, er ist wegen Rauschgiftvergehen eingesperrt worden. In der Türkei! Das hat ein Kamerad gesagt, den ich im Engelen getroffen habe. Aber das ist lange her. Warum interessiert dich das?»

«Bin einfach neugierig.»

«Ich kann jetzt nicht weiter darüber reden.» Mayonnaise machte ein Gesicht wie ein geprügelter Hund. «Ich fühl mich miserabel.»

«Das kann ich verstehen. Hast du morgen Abend Zeit, dann komm ich mal vorbei.»

«Jede Menge Zeit wahrscheinlich.» Mayonnaise trottete los und setzte sich ins Auto.

«Jetzt kommt Astrid.» Gudrun Wern schob die Spitzengardine zur Seite und lehnte sich über die Aralie am Fenster. Maria warf ebenfalls einen Blick aus dem Fenster und sah, wie ein roter Renault vor dem Haus einbog. Sie unterbrach die Zubereitung des

Essens für morgen, trocknete sich die nassen Hände am Hosenboden ab und begrüßte die Frau in der Diele. Sie hatte kurze graue Haare und trug eine rote Baumwolljacke, genau wie die Frau, die Rosmarie beschrieben hatte. Maria spürte, wie ihr das Blut ins Gesicht stieg. Eifrig hielt sie ihr einen Kleiderbügel hin und bat die Frau dann ins Wohnzimmer.

«Hast du möglicherweise am Sonntagabend nach Mittsommer am Fischereihafen eine rothaarige Frau in deinem Auto mitgenommen?»

«Ja. Ja, das habe ich», antwortete Astrid erstaunt.

«Weißt du, dass die Polizei nach dir sucht?»

«Nein!» Sie kriegte einen gehörigen Schreck. «Ist ihr was passiert?»

Sie setzten sich auf das Sofa im Wohnzimmer. Gudrun Werns Augen strahlten vor Begeisterung. Sie war vollkommen Ohr. Der einsame Elch lag zusammengeknüllt im Nähkorb. So interessant war es bei der Schwiegertochter lange nicht mehr gewesen. Maria merkte es, und ihre Muskeln in Schultern und im Genick verkrampften sich. Kopfschmerzen kündigten sich an.

«Erzähl mir so genau wie möglich, wie das war. Wie spät es war und so weiter.»

«Es muss ungefähr halb elf gewesen sein, als ich die Rothaarige in mein Auto einsteigen ließ. Ich habe sie beim Kräutergarten abgesetzt. Die Fahrt kann etwa eine halbe Stunde gedauert haben. Sie sah so einsam und unglücklich aus, die Arme. Ich nehme sonst nie Anhalter mit. Mach ich nicht, aber man hat ja kein Herz aus Stein. Ich habe versucht, ein bisschen mit ihr zu reden. Aber sie hat kaum geantwortet. Das war ein bisschen undankbar, wenn ich das mal so sagen darf. Es gehört sich doch, dass man antwortet, wenn man gefragt wird. Sie hat sich nicht mal bedankt.»

«Wo wolltest du denn hin, als du an dem Hafen vorbeikamst?»

«Ich wollte meine Schwester abholen, die zu einer Feier bei Familie Turesson in Björkavi war.»

«Bist du später am dem Abend auf dem gleichen Weg am Kräutergarten vorbei zurückgefahren?»

«Ja, ungefähr um zwölf. Ich fuhr langsam daran vorbei, damit meine Schwester sehen konnte, wo ich sie abgesetzt hatte, die Rothaarige. In einem Fenster im Erdgeschoss brannte Licht.»

«Hast du dort noch andere Menschen gesehen?»

«Ein Mann stieg aus einem Auto aus, oben beim Haus. Er ging hinein. Ich war beruhigt, denn da wusste ich, dass sie nicht allein war. Sie brauchte wirklich jemanden, mit dem sie reden konnte, die arme Kleine. Glücklicherweise bin ich langsam gefahren, sonst hätte ich vielleicht einen jungen Mann überfahren, der schwankend auf seinem Fahrrad quer über die Straße kam und runter zum Strand fuhr. Er hatte eine Plastiktüte in der Hand, sicher Bier. Da unten war ein Zelt aufgestellt, so ein Militärzelt. Ich hab den Bengel erkannt. Das ist Veras Enkel gewesen. Der treibt sich da unten mit seiner Clique rum und trinkt Bier, das hat Vera mir erzählt. Meine Nachbarin Vera, du weißt. Die ist darüber nicht gerade erfreut, und das sagt sie laut. Kann die Polizei die Jugendlichen nicht davon abhalten, sich da unten herumzutreiben und zu trinken?»

«Können wir jetzt gleich seine Telefonnummer haben? Das ist sehr wichtig.»

«Sag Vera bloß nicht, dass ich so was erzählt habe.» Astrid starrte verschreckt zu Gudrun, und die stimmte ihr zu. Es war nun wirklich nicht ihre Absicht, dass an die Öffentlichkeit drang, was Vera ihr vertraulich mitgeteilt hatte, geschweige denn, dass es in einem Polizeibericht erwähnt wurde.

«Mit Vera brauche ich überhaupt nicht zu sprechen. Ich möchte nur, dass der Enkel mir hilft. Er hat sich nicht verdächtig gemacht, aber er kann uns eine große Hilfe sein. Ebenso wie du es gewesen bist, indem du mir das hier erzählt hast. Eine wirklich große Hilfe.» Darauf wies Maria nachdrücklich hin, um die Frau zu beruhigen, der der rote Renault gehörte.

Hartman wollte gerade für diese Nacht die Tür hinter sich schließen, als das Telefon klingelte. Es war Maria Wern. Sachlich und kurz zusammengefasst berichtete sie über das abendliche Gespräch mit dem jungen Mann aus dem Zelt und mit Astrid, die in dem roten Renault unterwegs gewesen war. Veras Enkel hatte am Strand unterhalb des Kräutergartens das ganze Mittsommerwochenende bis zum Montag wild gezeltet. Vom Sonntagabend an hatten sie bis vier Uhr morgens draußen am Feuer gesessen und sich Sportsendungen angehört. Ebenso wie Astrid war ihm der blaue BMW aufgefallen, der um Mitternacht herum zu dem Haus abgebogen war. Danach hatten sie aus dem rosa Haus die ganze Nacht über nichts mehr gesehen oder gehört. Die Lampe im Fenster war ausgeschaltet worden, nachdem der Mann nach Hause gekommen war. Um sechs herum war der Junge zum Pinkeln aus dem Zelt gekommen, da hatte das Auto immer noch dagestanden.

«Eigentlich hätte das auch bis morgen Zeit gehabt. Das war etwas übereifrig», entschuldigte sich Maria.

«Es ist gut, dass du angerufen hast», widersprach Hartman. «Rosmarie Haag hat also ein Alibi, bis auf die Zeit von vier Uhr bis sechs Uhr. Um fünf rum am Montagmorgen war Hägg mit seinen Leuten am Strand. Da lag Jacob bereits in der Stellung über dem Tisch, in der man ihn später fand. Dass Rosmarie und Clarence zwischen vier und fünf zwei Morde begangen haben können und es dann ungesehen bis nach Hause geschafft haben, halte ich für ausgeschlossen. Ich bin erleichtert, weil das auch meine Ansicht war, und zugleich macht es mir Sorgen, denn damit stehen wir wieder am Anfang. Danke, dass du angerufen hast. Ich sage Ragnarsson Bescheid.»

Maria hockte sich in der vierbeinigen blauen Badewanne hin und duschte. Dann kroch sie ins Bett. Irgendwann in der Zukunft konnten sie sich vielleicht eine Duschkabine leisten. Aber eigentlich war das gar nicht nötig. Vieles von dem, ohne das man nicht auszukommen glaubte, kann man ohne große Probleme entbehren, wenn man dazu gezwungen wird. Krister würde sicher auf sich warten lassen. Auch wenn Mayonnaise keine größeren Möbel zu transportieren hatte, würde er moralische Unterstützung bis in die frühen Morgenstunden brauchen. Humpe sprang aufs Bett und wanderte auf Kristers Decke auf und ab. Er schlich wie ein Löwe und schlug nach einer Fliege, die sich kurz auf dem Kopfkissen niedergelassen hatte, ehe er es sich an Marias Füßen schnurrend bequem machte. Da fiel Maria ein, dass sie vergessen hatte, Hartman zu sagen, was Mayonnaise über den Löwenritter erzählt hatte. Aber zu dieser späten Stunde konnte sie ihn nun wirklich nicht noch einmal anrufen. Das musste bis morgen warten. Jetzt brauchte sie ihren Schlaf. Maria schloss hoffnungsvoll ihre Augen, aber die Gedanken an die Fahndung in diesen Mordfällen ließen ihr keine Ruhe. Die Nacht war warm. Maria schob die Decke mit den Füßen auf den Boden und sehnte sich nach kühlen Dezembernächten.

Das Mondlicht tanzte zwischen den Zweigen des Apfelbaumes und blinkte im schwarzen Wasser des Baches in vielen dunklen Spiegeln und gebrochenen Bildern. Seine Schritte waren schwer von der Bürde, die er trug, schwer von der Todessehnsucht. Was war sein Leben wert gewesen? Wer hätte mit ihm tauschen wollen? Ständige Plage und Ungewissheit. Erniedrigung, aber nicht ohne Hoffnung auf Genugtuung. Das Wort Gerechtigkeit mochte er nicht in den Mund nehmen, das war für ihn eine Nummer zu groß. Aber stets mit dem Gedanken an Rache hatte er überlebt. Wenn alles vollbracht war, würde er den letzten Schritt über die Grenze machen, dorthin, wo die Wellen einschlafen und die Fragen für immer ihren Sinn verlieren.

Eine kurze Sekunde lang hatte er das Paradies zu schmecken bekommen, einen Augenblick nur, damit er verstehen würde, welches Leben er verloren hatte. Hätte er sich in sein Schicksal ergeben sollen? Sich mit weniger begnügen, als sich an seinen Peinigern zu rächen? Der Gedanke widerte ihn ebenso an wie der Kadaver, den er in der weißen Wanne der

Genossenschaftsschlachterei vor sich her trug. Mit der Axt in genügend kleine Stücke gehauen, damit sie nachher in der Fleischmühle zermahlt werden konnten. Es verdross ihn, dass sein Feind nicht anwesend sein und seine eigene Auflösung mit ansehen konnte.

Die bösen Augen der Nerze glommen in der Dunkelheit. Im Mondlicht konnte er den Wechsel der Farben auf den Pelzen sehen, wenn die Tiere sich unruhig in ihren Käfigen hin und her bewegten. Fauchend wie böse Geister. In Gefangenschaft, so wie er selbst gefangen gewesen war. Mit dem großen Unterschied, dass sie sich würden satt essen dürfen.

36

Viel zu früh klingelte der Wecker. Maria schlief wieder ein und bekam von Krister einen unfreundlichen Knuff in die Seite. Widerwillig fuhr sie aus ihren Träumen hoch.

«Du musst doch aufstehen», sagte er gereizt.

«Bringst du die Kinder heute hin, dann darfst du auch etwas länger schlafen?»

«Okay», brummte Krister und stellte den Wecker um. «Ich habe keinen Gutschein für ungestörtes Ausschlafen mehr übrig, oder?»

«Nein, hast du nicht.» Maria konnte über Kristers schlappe Gestalt nur lächeln. Er war ein ausgeprägter Nachtmensch, und Maria war morgens häufig fit und ausgeruht, abends dagegen müde. Dass sie sich überhaupt kennen gelernt hatten, war eine Laune des Schicksals.

Die Küchentür stand weit offen. Maria trat auf die Treppe hinaus und blickte in den Garten. Dort im Erdbeerfeld stand eine sehr kleine Linda in Emils großen Gummistiefeln und einem rosa Nachthemd. Sie winkte mit der ganzen Faust voller Erdbeeren.

«Riesenguten Morgen», rief sie.

«Dir auch einen riesenguten Morgen», antwortete Maria, stieg in die Botten und schlenderte zum Weg, um die Morgenzeitung zu holen. Ein flüchtiger Blick auf die Titelseite und Maria wusste, dass Ragnarsson einen schweren Tag vor sich hatte. Rosmarie Haag freizulassen, nachdem er selbstsicher vor die Presse getreten war und verkündet hatte, dass der Axtmord im Prinzip aufgeklärt und die Schuldige festgenommen sei, würde aus Sturm einen Orkan machen. Für sie alle würde es ein anstrengender Tag werden. Der zeltende junge Mann musste mit seinen Freunden auf der Wache erscheinen und weitere Frage beantworten, ebenso Astrid in dem roten Renault. Das Ergebnis stand bereits fest. Rosmarie musste freigelassen werden.

Maria blickte auf die Küchenuhr. Sie würde es zeitlich schaffen, mit dem Fahrrad in die Stadt zu fahren, wie sie es vorgehabt hatte. Wenn die Fahndung die volle Konzentration erforderte, blieb keine Zeit für irgendwelches physische Training. Zur Arbeit mit dem Rad zu fahren war dann eine gute Möglichkeit, die Kondition zu kräftigen. Bei genauerem Nachdenken hatte sie dafür seit Ende Mai nichts getan, damals hatten sie während der Arbeit Hallenhockey gespielt. Maria stand im Tor und hatte einen Ball nach dem anderen durchgelassen. Ragnarsson war Angriffsspieler der Gegenpartei gewesen. Jedes Mal, wenn er mit grimmigem Blick angekommen war, hatte es ein Tor gegeben. Der Grund dafür war allerdings nicht der, den Ragnarsson annahm. Ragnarsson kämmte sein schütteres Haar normalerweise in Höhe der Ohren von links nach rechts über seinen kahlen Schädel. Es herrschte Uneinigkeit darüber, wie er diese Frisur festigte, aber wenn er an der Verteidigung vorbeidribbelte, war es mit der Festigkeit vorbei. Das Haar fiel schulterlang auf die linke Seite und der Schädel bekam die Form eines polierten Frühstückeis. Mit seiner aggressiven Haltung und der ungewöhnlichen Frisur sah er unwiderstehlich komisch aus. Jedes Mal, wenn er angriff, musste Maria so sehr lachen, dass sie vergaß, ihren Schläger zu benutzen. Ragnarsson hatte sich gefreut, wenn ihm ein Tor geglückt war, und so hatten sie beide ihren Spaß, jeder in seiner Unzulänglichkeit.

Kondition muss man immer wieder auffrischen, und jetzt musste sie sich bewegen, oder sie durfte keine Schokolade mehr essen. So viel war mal sicher. Weil die Schokolade aber zu den Grundnahrungsmitteln gehörte, wählte sie die Bewegung. Sie würde es sogar schaffen, den längeren Weg durch den Wald zu fahren anstatt am Wasser entlang, und damit Platz für weiteren Verbrauch schaffen. Ein anderer Vorteil war, dass sie sich den Gegenwind ersparte. Ivans Fleecejacke lag lässig über der Lehne des Wohnzimmersofas. Die konnte sie gleich mitnehmen. Es war doch recht peinlich, dass Krister vergessen hatte, sie zu dem Brieftaubenwettkampf mitzunehmen. Dann war das auch erledigt. Ivan zu dieser frühen Stunde zu wecken gehörte sich nicht, aber wenn sie sie an die Türklinke hing, würde er verstehen, dass sie da gewesen war. Ivan hatte die Jacke vielleicht schon vermisst. Maria klemmte sie auf den Gepäckträger, nahm Linda zum Abschied in den Arm und fuhr los.

Die Luft war kühl. Die Sonne wärmte den Rücken. Die Brise von der See her duftete nach Tang. Die Möwen kreisten dicht über dem Boden. Maria bog zum Wald hin ab. Durch die Frische des Fahrwindes bekam sie eine Gänsehaut. Die Morgensonne sickerte durch das dichte Nadeldach des Fichtenwaldes und gab dem Moos dort, wo die Strahlen den Boden erreichten, eine leuchtend grüne Farbe. Hügelauf ging es langsam voran. Hin und wieder musste Maria im Stehen treten. Ihr Kondition war schlechter, als sie gedacht hatte, gedanklich war sie gut durchtrainiert gewesen. Es war nicht viel Verkehr. Der Abstand zwischen den Häusern wurde größer. Maria ließ ihren Gedanken freien Lauf, aber andauernd kamen sie auf Rosmarie Haag zurück. Heute sollte sie freigelassen werden. Wohin? Eine Gefangenschaft gegen eine andere eintauschen. Am besten war es, wenn sie sich mit dem Frauenhaus in Verbindung setzte, vielleicht konnte sie dort wohnen, bis Clarence gefunden war. Sie brauchte so dringend die Unterstützung anderer, die Ähnliches erlebt hatten. Es ist schwer zu verstehen, dass eine Frau sich damit abfindet, geschlagen zu werden, wenn man es nie selbst erlebt hat. Wahrscheinlich geht dem eine lange Zeit der psychischen Misshandlung und der strengen Kontrolle voraus, bis das Selbstwertgefühl schließlich verloren geht und alle konstruktiven Kontakte zusammenbrechen. Wie viele der misshandelten Frauen glauben, dass es ihr eigener Fehler ist, wenn sie geschlagen werden? Dass es an ihrer eigenen Unzulänglichkeit liegt, in einer Partnerschaft zu funktionieren, dass die Tortur aufhört, sobald sie ihrem Peiniger gehorchen. Zu Anfang lieben sie den Mann sicherlich und interpretieren alles zu seinem Vorteil. Die gefühlsmäßige Bindung macht sie verwundbar und formbar.

Maria dachte an ihr eigenes Leben. Es war kurz davor gewesen, dass sie selbst in eine solche Situation geriet, schrecklich nahe. Vor der Zeit mit Krister war sie mit einem Mann verlobt gewesen, der das Unglück ihres Lebens hätte werden können, wenn die Verbindung noch eine Weile gehalten hätte. Er hatte sie wie einen Collie herumgeführt. Nur Dank Karin war sie mit dem bloßen Schrecken davongekommen. Kaum auszudenken, wenn sie schwanger geworden wäre. Wie hätte sich das Leben dann gestaltet? Maria schüttelte den Gedanken ab. Wie oft hatte sie misshandelte Frauen vernommen, die davon ausgegangen waren, dass alle Frauen Schläge von ihren Männern bekamen! Dass so etwas völlig normal war. Maria sah eine Frau vor sich, die ihr misstrauisch ins Gesicht gelacht hatte, als sie ihr klar machen wollte, dass sie selbst nicht eine einzige Ohrfeige von Krister bekommen hatte. So etwas war in der Vorstellungswelt jener Frau nur dummes und überhebliches Gerede.

Ein tiefer Waldsee blinkte zwischen den Bäumen neben dem Weg. Geisterhaft schwarzes Wasser unter dichten Fichten. Blaubeerkraut breitete sich über Hügel aus und verband sich mit Wellen aus hellgrünem Moos. Maria konnte sehen, dass die Beeren schon blau zu werden begannen. Die Landschaft öffnete sich zu Rapsfeldern und Koppeln. Weit vor sich konnte sie bereits die roten Ställe mit den Nerzkäfigen sehen. Der Bach aus dem Waldsee floss ein Stück weit neben dem Weg her, um dann eine scharfe Biegung in Richtung auf das Häggsche Haus zu machen. Ein Taubenschwarm kreiste über Ivans Hausdach und flog dann nach Süden davon. Der Wind blies leicht über das flache Land. Ivans Zeitung hing noch im Briefkasten. Die konnte sie den Weg hinauf mitnehmen und an der Türklinke festklemmen. Wenn er immer noch Schmerzen im Fuß hatte, war es ja nicht nötig, dass er zur Landstraße hinuntergehen musste. Maria quälte sich den Hügel hinauf und bog zu Ivans Haus ab. Sie lehnte das Rad gegen die Hauswand und nahm die Jacke vom Gepäckträger, legte sie sich über die Schulter und ging um den Giebel herum zum Haupteingang. Dort blieb sie stehen. Die Treppe war voller Glasscherben. Mehrfarbiges zerbrochenes Glas wie ein beschädigtes Kaleidoskop. Jede Scheibe war herausgeschlagen. Die Tür war nur angelehnt. Auf der Schwelle befanden sich Blutspuren. Einige wenige bedrohliche Tropfen auf dem dunklen Eichenholz.

«Ivan, bist du da? Ivan!» Hatten ihm die Tierschutzaktivisten erneut zugesetzt? Maria trat in die Diele und sah sich um. Keine äußerlichen Zeichen von Gewalt. Eine einsame Kaffeetasse stand in der blitzblanken Spüle. Aus dem Schlafzimmer hörte sie ein leises Geräusch. Maria ging vorsichtig an der Wand des Flurs entlang. Die Tür war zur Hälfte geöffnet. Das Bett mit einer Decke aus braunem Frottee war nachlässig gemacht. Ein Schuss, gefolgt von dem heiseren Schrei einer Frau, ließ die Luft vibrieren. Maria ging hinter dem Türpfosten in Deckung. Mit rasendem Puls drückte sie sich gegen die Wand. Sie war unbewaffnet und hatte kein Handy bei sich. Das Herz schlug ihr gegen die Rippen. Der Mund war völlig trocken. Maria atmete kaum. Die Luft hatte keinen Platz in den Lungen. Der Schrei wiederholte sich und mischte sich auf eigentümliche Weise mit anderen Stimmen, Musik und Motorgeräuschen. Erst als eine tiefe Männerstimme verkündete: «Das Hörspiel ...», wagte Maria hinter dem Türpfosten hervorzukommen. Nach dem Abspann kamen die lokalen Nachrichten. Das Programm war verlängert und handelte zum überwiegenden Teil von dem Axtmord in Kronviken sowie der Festlichkeit, die am Wochenende stattfinden sollte: der Segelwettbewerb «Kronholmen-Rund». Es gab viele Spekulationen, dagegen wenig wirklich Neues.

Maria verließ das Wohnhaus und ging hinunter zu den Nerzkäfigen. Lachte vor sich hin, weil sie sich von dem Radio hatte hinters Licht führen lassen. Die Türen der Ställe waren sorgfältig verschlossen. Etwas anderes wer auch gar nicht zu erwarten nach dem, was dem unfreiwilligen Nerzfarmer angetan worden war. In dem hintersten Gebäude bemerkte Maria flüchtig eine schnelle Bewegung hinter der weiß gekalkten Fensterscheibe, gefolgt von einem heulenden metallischen Geräusch.

«Ivan! Ivan!» Keine Antwort. Die Tür war abgeschlossen. Aber das Schloss saß locker. Ohne Schwierigkeit konnte Maria den Kolben mit einer Nagelfeile zurückschieben, die sie in ihrem Rucksack bei sich trug. Das ging leichter, als sie gedacht hatte. Maria drückte die Tür auf, und eine Wolke von beißendem Gestank nach Tierkot schlug ihr entgegen. Die Nerze fauchten in ihren Käfigen und starrten den Eindringling mit ihren bösen schwarzen Augen an. Die scharfen Zähne blitzten in dem schwachen Tageslicht, das durch die wenigen Fensterscheiben an der Längsseite zum Hof hin hereinfiel. Es dauerte, bis sie sich an das Dunkel gewöhnt hatte. Maria hielt sich in der Mitte des Ganges und ging auf den offeneren Teil des Stalls zu, in dem Ivan gestanden hatte, als er die Fleischstücke zu Nerzfutter zermahlen hatte. Immer noch hatte sie im Ohr, wie die Bandsäge sich heulend durch die Knochen gefressen hatte und wie das Fleisch sich neben der Fleischmühle in den Eimer aus rostfreiem Stahl geringelt hatte. Der Gestank war nicht auszuhalten. Maria versuchte durch den Ärmel von Ivans Fleecejacke zu atmen. Die Körperwärme nach der Radtour begann abzunehmen. Sie fror in ihren feuchten Kleidern und stopfte die Hände in die Seitentasche der Jacke. Die Hand stieß an einen kalten metallischen Gegenstand. Maria zog ihn ans Licht. Es war ein großer Schlüssel, vielleicht der Schlüssel zu einem Strandschuppen.

Wo konnte Ivan sein? Auf dem Boden war Blut. Ein rotes Haarbüschel lag wie zufällig neben einem Plastikbehälter in der Ecke bei den Käfigen. Maria öffnete den Behälter und sah, dass er voller roter menschlicher Haare war. Unwillkürlich und sich des Absurden der Situation bewusst, starrte sie in den Eimer daneben. Oben auf dem blutigen Hackfleisch lag ein Oberkiefer. Weiße Emaille gegen den rotbraunen Brei. Maria blieb die Luft weg. Der Schreck fuhr ihr in die Glieder und ließ sie erstarren. Ein halber Vorderzahn aus Gold. Clarence?! Maria versuchte sich zur Tür zu wenden, aber ihr Körper war unendlich schwer und gehorchte nicht mehr. Der Schlüssel! Ein großer rostiger Schuppenschlüssel. War es der Schlüssel von Jacobs Strandschuppen? Jacobs Schlüssel in Ivans Tasche. Die Nerze fauchten. Flucht! Sie musste von hier weg. Weg von der Gefahr. Maria wollte gerade in Panik hinauslaufen, als ein Arm sich um ihren Hals legte und sie den zunehmenden Druck von kaltem Metall gegen ihre Schläfe spürte.

«Verdammtes Bullenluder, bleib jetzt ganz ruhig. Ruhig, verflucht!», fauchte eine Männerstimme. «Was hast du verdammt nochmal hier zu suchen?» Maria hatte Mühe zu antworten, weil der Griff um ihre Kehle immer fester wurde. In ihren Ohren rauschte es. Es fiel ihr schwer, den Blick zu fixieren.

«Ich habe mir Sorgen deinetwegen gemacht, Ivan», kam es stoßweise.

«Völlig unnötig», knurrte Ivan und ließ los, presste aber die Pistole fester an ihre Schläfe. «So was Idiotisches!» Maria konnte seine Socken sehen, Wollsocken mit Löchern darin. Der nackte Arm, der sich um ihren Hals gelegt hatte, war mit langen dunkelroten Schrammen bedeckt. Die Katze, Rosmaries Katze? Erwürgt und aufgeschnitten! Clarence' zu Brei gemahlener Körper, der Goldzahn, der auf der weißen Garnierung blitzte! Das Bild des Hackfleisches, das sich aus der Fleischmühle ringelte. Maria wurde übel und sie schwankte.

«Ich wollte dir nur deinen Pullover zurückbringen, Ivan. Lass mich los! Du kennst mich doch, ich bin Maria!»

«Mach keine Witze. Ich weiß, was du gesehen hast. Halt die Arme hinter den Rücken und geh voran zum Kühlraum. Geh los, verdammt! Sonst blas ich dir das Gehirn aus dem Schädel, du verfluchte falsche Schlange!»

Hinterher konnte Maria sich selbst nicht richtig erklären, was dann geschah, nur dass die Griffe, die sie im Kursus zur Selbstverteidigung gelernt hatte, automatisch ausgelöst wurden, als das Adrenalin in die Fingerspitzen zu strömen begann. Vielleicht wäre es ihr gelungen, wenn sie das Glück auf ihrer Seite gehabt hätte und Ivan nicht so rücksichtslos und roh gewesen wäre. Maria fiel über sein ausgestrecktes Bein und bekam einen Fußtritt in den Magen. Sie konnte sich nur noch zusammenrollen und den Kopf schützen.

«Hör auf, Ivan!» Seine dunklen Augen glommen vor Hass. «Ich bin Maria, ich habe dir nichts getan. Sieh mir ins Gesicht!» Maria bekam einen Schlag auf den Unterkiefer und schmeckte Blut im Mund. Ihre Hände und Füße wurden gefesselt. Als der Mund mit Kreppband zugeklebt wurde, versuchte sie ihm in die Augen zu sehen, vergeblich. Sie sah einen Moment lang sein breites Kreuz unter dem wallenden weißen Haar und dann wurde die Tür geschlossen und es war dunkel. Kalt und dunkel wie im Reich der Urkälte. Maria versuchte mit der Zunge zu fühlen, ob die Zähne festsaßen. Das Klebeband zwang sie, das Blut zu schlucken, das sich in ihrem Mund gesammelt hatte. Ohne Ivans Jacke wäre sie sicher erfroren. Das klappernde Geräusch, das den Raum füllte, machte sie nervös, bis sie begriff, dass sie selbst mit den Zähnen klapperte. Knirschende Zähne, außer Kontrolle. Sie hatte einen kurzen Blick auf ihr Gefängnis werfen können, ehe die Dunkelheit total wurde. Zwei hellrote Tierkörper, die an Schlachterhaken hingen. Sie hoffte, dass es Tierkörper waren.

Würde jemand erfahren, was mit ihr geschehen war, oder würde sie ebenso spurlos verschwinden wie Clarence? Maria beugte sich vor über ihre gefesselten Füße. Drückte mühselig ihre Schuhe weg, und dann gelang es ihr auf akrobatische Weise, die Zehen unter ihr Halsband zu klemmen und daran zu reißen. Das tat im Nacken weh. Der Magen schmerzte. Das Halsband hing jetzt noch an der Sicherheitskette. Ein letzter Ruck, und der Schmuck lag vor ihren Füßen. Mit beiden Füßen gleichzeitig hüpfend schob sie ihn in eine Ecke. Das Gesicht schlug gegen kaltes Fleisch, und sie verlor das Gleichgewicht. Vielleicht würde jemand das Halsband finden und den richtigen Schluss daraus ziehen.

Wie lange Zeit vergangen war, bis Ivan zurückkam, wusste sie nicht. Vom Licht geblendet, versuchte sie die dunkle Gestalt in der Türöffnung anzustarren. Ihre Muskeln hatten sich in der Abwehr gegen die Angst und die Kälte krampfartig verspannt. Die Zähne klapperten unkontrolliert. Ivan trat auf sie zu und riss das Klebeband von ihrem Mund.

«Ich werde jetzt das Seil um deine Füße lösen. Versuch keine Tricks. Wir gehen zum Auto hinaus.» Ein ganzer Schwall von Gedanken schoss Maria durch den Kopf. Warum sollte sie weggebracht werden? Warum hatte er sie bis jetzt am Leben gelassen? Würde er sie an einer einsamen Stelle erschießen? Sie darüber ausfragen, was die Polizei wusste, und sie dann verschwinden lassen?

Die Nacht war dunkel. Das Mondlicht von Wolken verdeckt. Es fiel ein leichter Regen. Maria hob ihr Gesicht und wankte auf schwankenden Beinen auf das wartende Auto zu. Da sah sie einen kurzen Moment eine weiße Jacke, einen Menschen. Das musste doch Gustav sein? Weit unten an der Landstraße. Ivan ging dicht hinter ihr. Mit ihrer ganzen Konzentration und Kraft blieb sie plötzlich stehen und schlug mit ihren gefesselten Händen direkt in Ivans Schritt. Dem Laut nach zu urteilen war es ein Volltreffer. Maria rannte los, rannte um ihr Leben, stolperte, stand wieder auf und lief auf tauben Beinen weiter. Langsam wie in tiefem Lehm, Schritt für Schritt auf die Rettung zu. Die Schultern spannten sich gegen den Schuss, der jeden Augenblick kommen konnte. Ivans schwerer Atem, der näher und näher kam, bis sie den Schlag auf den Hinterkopf spürte und alles dunkel wurde.

37

Langsam kam die Dämmerung mit ihrem trügerischen Gelb. Die Luft in dem Bunker machte das Atmen schwer. Nicht noch eine Nacht in dieser stinkenden Hölle!, dachte Maria. Die Wände wurden dunkler und rückten zusammen. Das Dach senkte sich langsam auf sie und den Toten herab, dessen Hand sie gehalten hatte. Sie erkannte ihn. Die Bilder kamen bruchstückhaft zurück. Der Mann neben ihr war der Makler Odd Molin, fahl und schmutzig gelb war seine Haut und sein Lächeln steif wie bei einem Gebissabdruck. Die Wände pressten sie zu einer Einheit zusammen, Maria und den Toten. Die Angst hämmerte in ihrer Brust. Der kalte Schweiß klebte in ihren Achselhöhlen und unter den Brüsten. Der Hals war rau nach den stundenlangen vergeblichen Hilferufen über den einsamen Strand. Wie lange kann ein Mensch ohne Wasser auskommen? Die Zunge fühlte sich wie ein Schleifklotz im Mund an. Die Lungen drückten wie schwere Klumpen nach oben gegen den Hals. Maria setzte sich auf den Boden. Versuchte ihre Kräfte zu sammeln. Die Gedanken flogen ihr durch den Kopf wie aufgeschreckte Vögel. Vielleicht hatte sie zu große Angst, um sich zu konzentrieren, oder die Unschärfe war die Folge des Schlages auf den Hinterkopf.

Maria schielte zu dem Toten und merkte, wie eine neue Woge der Übelkeit durch ihren Körper fuhr. Sie war noch niemals mit einem toten Menschen allein gewesen. Im Leichenschauhaus, wo sie hin und wieder dienstlich zu tun hatte, war immer Personal dabei gewesen. Jetzt war sie allein mit dem Tod. «Sieh doch nicht so ängstlich aus, kleines Fräulein. Er liegt ja ganz still da», hatte der Obduzent gesagt, als sie sich zum ersten Mal einem Verstorbenen genähert hatte, beklommen und ihrer eigenen Reaktion nicht sicher. Die da unten in der Pathologie hatten ihren eigenen Jargon. Beerdigungsunternehmer waren da etwas dezenter. Obwohl die sicher auch ihr eigenes Vokabular hatten, wie alle anderen. Odd Molin lag still an seinem Platz. Würde es so zu Ende gehen? Das Leben. Einsam geht man in den Tod, in eine Einsamkeit, in der niemand einen begleitet. Maria dachte an ihre Kinder, und ihr kamen die Tränen. Würde sie die beiden nie aufwachsen sehen? Oder nie mehr eifrige Arme um ihren Hals fühlen, nie mehr über kurz geschnittenes Jungenhaar streicheln dürfen, kleine warme Füße gegen ihre Haut drücken? Nie mehr aus voller erotischer Lust lieben dürfen? Ganz in zitternden Atemzügen versinken? Vorbehaltlos geliebt und ungestüm begehrt und ersehnt werden. Sie ließ die Gedanken schweifen und erinnerte sich an die kostbaren Stunden in dem feuchten Wiesengras, am Strand in sinnlichem Mondschein, im Moos unter knarrenden Fichten, sogar in Schwiegermutters Holzschuppen in der Zeit der ungeduldigen Verliebtheit, als sie sich ständig berühren mussten. Mitten im Weinen musste sie lächeln. Die Erinnerungen vertrieben das Jetzt. Wenn sie ihr Leben noch einmal leben durfte, dann musste es wieder mit Krister sein. Nicht etwa, dass das so einfach war. Aber das Einfache und wenig Konfliktfreie ist nicht immer das, was das Leben lebenswert macht. Krister konnte man nicht so selbstverständlich hinnehmen. Jeder Tag brachte seine eigenen Überraschungen, seine eigenen Konflikte und sein eigenes Glück. Maria schlang die Arme um ihren Körper und weinte einsam vor sich hin. Ihr Mund war so trocken, dass sie kaum schlucken konnte. Gierig streckte sie die Hand durch die Luke und versuchte ein paar Regentropfen aufzufangen. Der Regen hatte aufgehört. Maria leckte ihre Hände ab, die den feuchten Beton berührt hatten. Warum hatte sie nicht früher daran gedacht, dass sie Wasser sammeln musste solange es regnete, teures Wasser in den Handflächen. Sich satt trinken, in der blauen Badewanne duschen, das wäre ein Geschenk des Himmels. Sich die Zähne putzen dürfen. Maria atmete in die Handfläche. Sie roch schlecht. Die Zähne fühlten sich pelzig an, wenn sie mit der Zunge darüber fuhr. Viele Gedanken gingen ihr durch den Kopf. Sie hatte Schwierigkeiten, sich zu konzentrieren. Sich in die Erinnerung zu flüchten war so viel einfacher, als sich der schrecklichen Gegenwart zu stellen.

Der Mann mit der Mütze hatte außer seiner Kopfbedeckung auch eine Brille und Handschuhe getragen. Eine Ausrüstung, die ebenso vermummte wie eine Gesichtsmaske. Eine Personenbeschreibung ohne Haarfarbe, Augenfarbe oder Fingerabdrücke. Maria blickte auf ihre Hände, ihre abgekauten Fingernägel. Nur Ivans Nägel hatten schlimmer ausgesehen, waren kaum zu sehen, beinahe wie bei einem Folteropfer, dem die Nägel ausgerissen worden waren. Handschuhe! Ivan sah wie ein alter Mann mit jungem Gesicht aus. Ein gebrochener Körper, der Maria an alte schwarzweiße Filme erinnerte, in denen Galeerensklaven im Takt der Trommel ruderten. Der Löwenritter? Wie sieht man nach zwanzig Jahren in türkischen Gefängnissen aus? Überlebt man das? Verurteilt wegen Rauschgiftvergehen, hatte Mayonnaise gesagt. Die Verhältnisse in türkischen Gefängnissen waren nicht ganz unbekannt. Außer regelrechten

Misshandlungen kamen auch sexuelle Folter mit Elektroschocks oder Schlagstöcken vor, Schläge unter die Fußsohlen, Brandwunden von Zigaretten, Hunger, wenn man keine Lebensmittel von Angehörigen bekam oder bezahlen konnte. Maria hatte darüber gelesen, als sie während der Schulzeit Mitglied in einer Gruppe von Amnesty International gewesen war. Wenn man unter solchen Umständen überlebte, musste man sich für das Leben entschlossen haben. In jedem Fall überleben, stark motiviert von einem Ziel in seinem Leben. Jemanden, den man liebt, wiedersehen? Rosmarie Haag? Oder einen Auftrag erfüllen?

Maria sah Clarence' Überreste vor sich und faltete voller Widerwillen ihre Hände. Die weiße Garnierung in dem roten Hackfleisch, der Goldzahn. War Ivan nach zwanzig Jahren zurückgekehrt und hatte seine Braut bei seinem Waffenbruder Clarence gefunden? Vielleicht war er in den Garten geschlichen, um sie von weitem anzusehen. Hatte durch das Schlafzimmerfenster geguckt, deren intimste Umarmung gesehen und das als Liebesakt voller gegenseitiger Lust missverstanden. Aber das erklärte noch nicht die Maskerade in der Goldenen Traube. Warum traf er sich mit Clarence bei helllichtem Tage in aller Öffentlichkeit? Warum ging er ein solches Risiko ein? Clarence' Körper zu Nerzfutter zu zermahlen und die Tiere die Beweise auffressen zu lassen war durchdacht und kaltblütig. Vielleicht war Odd das gleiche Schicksal bestimmt. Und ihr selbst! Maria unterdrückte einen Schrei mit der Hand. Merkte, wie sich ihr Magen zusammenkrampfte und ihr schwindelig wurde. Sie musste hier raus! Irgendwie musste sie es schaffen. Vielleicht hatte Odd etwas in seinen Taschen, das sie benutzen konnte, um das Schloss oder die Bretter aufzubrechen. Maria kroch auf allen vieren zu dem Toten hin. Der Gestank trieb ihr die Tränen in die Augen. Hände und Knie zitterten. Die Übelkeit nahm wieder zu. Wenn ihr jemand vor einer Woche gesagt hätte, dass sie eine Leiche fleddern würde, wäre ihr das ebenso unwirklich vorgekommen wie ein gemütlicher Spaziergang auf dem Mond. Aber Not kennt kein Gesetz. Es gibt immer Umstände, mit denen man die absurdesten Machenschaften erklären kann. Maria ließ die Hand in Odds Jackentaschen gleiten, erst in die eine, dann in die andere. Sie dachte an Krister und die Kinder, an den herrlichen Sommernachmittag, den sie am Sandåstrand verbracht hatten. Ein Bunker! Mama, da drin ist ein Räuber eingesperrt! Er liegt nur da und schläft, er hört nichts. Wie konnte sie nur so blind und taub gewesen sein? Kinder und Narren sagen die Wahrheit. Hatte er Odd gesehen? Himmel und Hölle! Maria holte tief Luft und tastete Odds Hosentaschen ab. Der Stoff war feucht. Sie versuchte, nicht daran zu denken, was das sein konnte.

«Wir Menschen unterscheiden uns kaum voneinander, wenn man bis an die Wurzeln zurückgeht.» Maria drehte den Kopf zu der dumpfen Stimme um und entdeckte zwei schwarze Augen in der Luke.

«Ivan, bist du das? Bitte lass mich raus. Ich habe zwei kleine Kinder, die brauchen mich. Ich habe dir nichts getan. Lass mich raus!!»

«Ich hätte auch ein Kind gehabt, das mich brauchte, wenn diese Hure nicht abgetrieben und sich danach in die Arme von Clarence geworfen hätte.»

«Sie hatte eine Fehlgeburt, Ivan.»

«Durchaus nicht. Ich habe ihr Krankenblatt gelesen. Ein weißer Kittel und ein selbstbewusstes Auftreten öffnen alle Türen. Als sie erfuhr, dass ich nicht zurückkommen würde, dass ich auf der türkisch-zypriotischen Seite festgenommen worden war, hat sie abgetrieben. Da stand spontaner Abort.»

«Spontaner Abort bedeutet Fehlgeburt. Das heißt so», erklärte Maria und empfand das als einen Teil ihrer Argumentation für ihre Befreiung. Die Augen verschwanden von der Luke. «Ivan, bist du noch da?» Ein sonderbarer Laut war von der Außenseite zu hören. Ein Lachen wie trockenes Laub im Wind kratzte an der Betonwand entlang. «Ivan! Geh nicht weg, Ivan! Du darfst mich hier nicht allein lassen. Erzähl, Ivan, erzähl, was damals auf Zypern passiert ist!»

38

«Ich war jung, gutmütig und sträflich leichtsinnig. Die Welt wartete auf meinen tapferen Einsatz. Um mich der schönen Rosmarie würdig zu erweisen, begab sich der Löwenritter hinaus in die Hitze des Kampfes. Damals waren wir beinahe noch Kinder. Das Leben meinte es gut mit uns und wir genossen es. In Kyrenia kauften wir uns jeder einen Puzzlering, gleich beim ersten Mal, als wir auf der türkisch-zypriotischen Seite waren. Im Scherz waren wir die Ritter von König Artus, die Ritter der Tafelrunde. Einer für alle, alle für einen. Und so ergab es sich. Einer für alle! Mein Leben im Tausch gegen deren Leben, meine Gefangenschaft gegen deren Freiheit.

Wir waren beinahe drei Monate auf Zypern gewesen, als Clarence vorschlug, dass wir noch einmal nach Kyrenia fahren sollten. Wir hatten Urlaub übers Wochenende, und ich hatte mir vorgenommen, nach Pafos zu fahren. Damals war ich sehr an Vögeln interessiert. Die Zyperngrasmücke und der Zypernsteinschmätzer sind Vögel, die nur dort vorkommen. Ich hatte mich auf den Ausflug gefreut. Wenn man Glück hat, sollte man auch Eleonorenfalken, Halsbandfrankoline und Steinsperlinge sehen. Ich hatte kein Glück. Die einzigen Vögel, die ich an dem Wochenende gesehen habe, waren volle Strandhaubitzen und Galgenvögel. Clarence war unwidersprochen der Anführer. Wir fuhren nach Kyrenia, Clarence, Odd, Mårten und ich. In einer Bar unten im Hafen feierten wir das Wochenende. Clarence bezahlte. Er hatte Geburtstag. Übrigens hatte er immer viel Geld bei sich. Ich habe nicht nein gesagt. Er saß mir gegenüber. Wir tranken immer gleichzeitig. Die Musik dröhnte aus einer schlechten Lautsprecheranlage in das verräucherte Lokal. Clarence wurde nicht betrunken. Er bestellte immer mehr. Ich versuchte mitzuhalten. Es war so eine Art Wetttrinken. Die anderen versammelten sich um uns. Die Musik hörte auf. Ich kann mich erinnern, dass es heiß und verqualmt war. An Clarence' schiefes Lächeln. Das Mädchen, das mit seinen großen schaukelnden Brüsten über seiner Schulter hing. Der blutrote Mund. Sie lächelte mich an. Clarence hatte einen Schweißtropfen an der Augenbraue hängen. Seine Augen waren schmale Schlitze. Mir wurde schlecht. Der Fußboden kam mir entgegen. Ich hatte Schmerzen in den Schultern. Mein Gesicht landete in einer Pfütze. Clarence hatte sein Bier auf den Boden geschüttet, ohne dass ich es gemerkt hatte. Welch eine Verschwendung!, dachte ich noch. Dann kann ich mich an nichts mehr erinnern.

Am Morgen danach wachte ich in einer Zelle mit kahlen Wänden auf. Ein Loch im Fußboden, durch das man pinkeln konnte, war die einzige Annehmlichkeit. Kein Stuhl, keine Pritsche, keine losen Teile, die man zertrümmern konnte. Kakerlaken groß wie Streichhölzer krochen an den Wänden entlang. Ich hatte niemanden, mit dem ich sprechen konnte. Die Wächter waren an keinem Gespräch interessiert. Ich glaube, es hat zwei Wochen gedauert, bis ich verlegt wurde und erfuhr, dass ich wegen Rauschgifthandels angeklagt worden war. Meine Kameraden hatte niemand gesehen. Wahrscheinlich waren sie bereits am gleichen Abend in Nicosia über die Grenze gegangen.

Im Gefängnis hat man Zeit zu überlegen, und ich brauchte nicht viele Tage, um mir ein Bild davon zu machen, was passiert war. Kleine Bruchstücke hier und da, ein zufälliges Wort, eine plötzlich eintretende Stille. Clarence immer mit seinem vielen Geld. Die handelten mit Rauschgift. Wer kontrolliert UNO-Soldaten, die die Grenze überschreiten, genauer? Es war ein fast risikoloses Unternehmen. Sicher wollte Clarence seinen Kontaktmann in der Bar im Hafen treffen, in der wir uns befanden. Aber irgendwas ging schief. Er muss gewarnt worden sein. Ich blieb zurück und habe die Rechnung bezahlt. Volltrunken und leicht hereinzulegen.»

«Hast du diese Szene in der Goldenen Traube noch einmal durchgespielt?», flüsterte Maria und merkte, wie die trockene Starre der Zunge die Worte entstellte.

«Das weißt du also. Ich habe eine Weile darüber nachgedacht, und es sagte mir zu. Es gab auch praktische Gründe dafür, dass wir uns trafen, solange es noch hell war. Clarence hielt sich auf dem Laufenden. Er bezahlte regelmäßig, um zu erfahren, wie es mir im Gefängnis ging. Als ich nach Großvaters Tod mein Erbe antrat, konnte ich es mir leisten, einen Anwalt zu nehmen. Ich erfuhr, dass man zu Hause annahm, ich sei tot. Dass Clarence Großvater informiert und ihn in seiner unendlichen Güte getröstet hatte. Clarence wusste also, dass ich entlassen worden war. Aber er wusste nicht, wo ich mich befand. Ich habe bald begriffen, dass er niemals ein Risiko einging, nie allein war. Es schmeichelte mir, dass er meine Wut ernst nahm. Sicher wünschte er sich, dass ich auftauchen und einen Fehler machen würde. Einmal bestraft, immer verdächtig. Die einzige Möglichkeit, ihn zu treffen, war, seine Gier auszunutzen. Ein dickes Geschäft anbieten und ihn bei Tageslicht treffen. Ich habe ihm Wein zum Essen angeboten. Den besten des Hauses. Bezahlen durfte er. Glas für Glas, während ich die entsprechende Menge in den Blumentopf daneben goss. Seine Miene war unbezahlbar, als er mich erkannte. Ein Déjà-vu-Erlebnis mit umgekehrten Rollen. Diesmal war er an der Reihe, den Heiligen Gral bis zum Boden zu leeren.»

«Wie hast du es geschafft, dass er nicht weglief?»

«Angenehme Gesellschaft, man läuft vor einer scharf geladenen Waffe nicht einfach so weg.»

«Eine Browning, im Taschentuch versteckt?»

«Wieder richtig. Gar nicht schlecht.»

«Hast du ihn erschossen?», fragte Maria, ohne sich entscheiden zu können, ob sie es wirklich wissen wollte oder nicht. Auf unglückliche Weise war die Antwort auch mit ihren eigenen Überlebenschancen verknüpft.

«Nein. Wie erreicht man einen langsamen qualvollen Tod? Hat Rosmarie nicht erzählt, was ich alles in ihrem Kräutergarten ausgegraben habe?»

«Eisenhut?» Maria hatte überlegt, um etwas zu trinken zu bitten, unterließ es jetzt aber. «Du bist das Risiko eingegangen, erkannt zu werden.»

«Wer würde in der Gestalt eines alten Mannes einen jungen toten Mann suchen? Das dauert jedenfalls. Ich habe hier draußen gesessen und ihm zugeguckt, dem Aas, wie er herumgekrochen ist in seinem eigenen Erbrochenen. Er war bis zum letzten Augenblick bei Bewusstsein, dann erstickte er. Einige Stunden der Pein gegen meine zwanzig Jahre in der Hölle. Das war es wert. Jede Minute, die er litt, hatte er sich ehrlich verdient. Wenn er gefunden worden wäre, ehe ich ihn klein gehackt hatte und den Körper verschwinden ließ, wäre jeder Verdacht auf Rosmarie gefallen. Vergiften ist eine weibliche Spezialität. Ein paar Morde an einigen nahen Bekannten und dann ein Selbstmord als Schlusspunkt hatte ich mir für sie ausgedacht.»

«Hast du Mårten Norman umgebracht?»

«Den Ritter in der traurigen Gestalt? Er bekam den Schierlingsbecher, aber das weißt du inzwischen sicher auch schon. Ich habe nicht damit gerechnet, dass er so schnell auftaucht. Zwei Monate später wäre optimal gewesen, dann wäre der Zusammenhang verwischt gewesen. Im Prinzip hatte er sich schon selbst das Leben genommen. Aber es bestand das Risiko, dass er über Dinge zu reden begann, die besser verschwiegen werden. Daher half ich ihm, dem Geschehen vorzugreifen. Ich habe es wie einen Unfall durch Ertrinken aussehen lassen.» Maria hatte auf der Zunge, den Puzzlering zu erwähnen, ließ es aber bleiben. Über Informationen zu verfügen kann ein Vorteil sein, auch wenn man es zu Anfang nicht erkennt.

«Odd Molin? Hast du sein Boot gesprengt?»

«Nein, so was liegt mir nicht. Er durfte seine ungewöhnlich schöne *Viktoria* natürlich selbst in die Luft jagen. Eine Nummer auf dem Handy, und das Feuerwerk war ausgelöst.»

«Wo hast du den Sprengstoff hergehabt?»

«Du fragst zu viel. Ohne deine verdammte Neugier hättest du sicher ein langes und glückliches Leben gelebt», knurrte Ivan. «Aber ich will nicht ungefällig sein. Warum nicht den Wissensdurst einer zum Tode Verurteilten stillen? Ich bin in ein Waffenlager eingebrochen, den Rest habe ich mir übers Internet in dem ‹Terroristenshop› besorgt.»

«Odd?»

«Auf den habe ich im Dunkeln vor seiner eleganten Wohnung gewartet. Der alte Drogenhändler. Wir haben einen kleinen Ausflug in meinem Audi gemacht, genauer gesagt hierher. Er durfte auch den Heiligen Gral leeren, aber gerechterweise mit Schierling. Die Strafe soll im Verhältnis zur Tat stehen. Er durfte sogar wählen, ob er Nerzfutter mit oder ohne Betäubung werden wollte, und er wählte Betäubung.»

«Ist deine Rache jetzt befriedigt?», flüsterte Maria heiser.

«Nein.»

«Manfred?»

«Manfred Mayonnaise Magnusson.» Ivan lachte sein trockenes krächzendes Lachen. «Mit einem solchen Gehirn geboren zu werden ist Strafe genug. Die anderen konnten ihn nicht mitnehmen, das verstand ich. Sobald wir aus dem Camp kamen, machte er sich in die Hose, die kleinste Spannung und aus ihm wurde eine lebende Latrine. Er wurde schnell nach Hause geschickt. Für die allgemeine Moral war es so am besten.»

«Wie hast du zwanzig Jahre im türkischen Gefängnis überlebt?»

«Das will ein anständiges Mädchen wie du nicht wissen.»

«Ich vertrage mehr, als du glaubst.»

«Ach, sieh mal an. Ich habe meinen Körper für ein Stück Brot verkauft, um Antibiotika zu kaufen, wenn mich das Fieber schüttelte, und um Folter anderer Art zu entgehen. Hinterher habe ich erfahren, dass man von seiten der UNO große Anstrengungen unternommen hat, um mich in ein schwedisches Gefängnis verlegen zu lassen, aber vergeblich. Die Soldaten in dem Camp wurden regelmäßig ausgetauscht, und ich wurde schließlich vergessen, für tot erklärt.»

Maria versuchte, ihre Stimme ruhig und sachlich klingen zu lassen. «Wenn du weißt, wie grässlich das ist, eingesperrt zu sein, hungrig und durstig zu sein, warum tust du mir das dann an? Ich bin ebenso unschuldig, wie du es gewesen bist. Was hast du noch zu erledigen, Ivan? Was willst du mit mir tun? Lass mich raus. Ich kann Geld für dich besorgen, alles was du für eine Flucht brauchst.»

Die Augen verschwanden aus der Luke. Leise Schritte im Gras.

«Ivan! Ivan! Komm zurück, Ivan! Ivaaaan!» Die Einsamkeit schlug in der Dunkelheit einen eisernen Ring um sie. In tränenlosem Weinen stützte sie ihren Kopf auf ihre Knie. Es raschelte leicht im Gras, und ein kleiner dreieckiger Kopf erschien in der Luke. Eine Waldmaus. Die schnüffelte in ihrem stinkenden Verlies herum und verschwand dann wieder hinaus in die Nacht. Vielleicht gab es sogar für die kleinen Tiere eine Grenze, an der Gestank unerträglich wurde. Wenn Mäuse zu dem Bunker fanden, gab es keinen Grund, warum sich nicht auch richtige Ratten einfinden sollten. Waren die Nager Aasfresser oder bevorzugten sie lebendes Futter? Sie schob den Gedanken mit der ganzen Kraft ihres Willens von sich weg.

Maria dachte über Ivans hoffnungslose Situation nach. Auch wenn es ihm glückte zu beweisen, dass er unschuldig verurteilt in türkischen Gefängnissen gesessen hatte, kam er nie darum herum, für die Morde, die er in Schweden begangen hatte, bestraft zu werden. Mit den Informationen, die sie hatte, würde Ivan sie niemals lebend herauskommen lassen. Sicher würde er sich eher selbst das Leben nehmen, als noch einmal ins Gefängnis zu gehen. Vielleicht wusste er noch nicht, wie es weitergehen sollte. Dass sie selbst noch lebte, war ein Rätsel. Er hatte den Klebestreifen abgerissen und ihre Fesseln gelockert. Vielleicht war es so, dass er jemanden brauchte, mit dem er sprechen konnte, jemanden, der wusste, welches Unrecht ihm widerfahren war. Das gab ihr ein wenig Hoffnung, eine kleine Überlebenschance.

Rosmarie Haag kuschelte sich in ihren Korbstuhl in dem grünen Pavillon und füllte einen blau lasierten Keramikbecher mit Pflaumenwein. Die Dämmerung senkte sich langsam über den Garten und glitt mit unmerklichen Schritten über das Wasser des Teiches. Die weißen Seerosen leuchteten im Dunkeln wie Sterne. Die erstaunten Johannisbeersträucher, die vom Regen überrascht worden waren und nun bis zu den Wurzeln im Wasser standen, streckten ihre Zweige wie Fühler gegen den Abendhimmel. Hörten auf das Grummeln des Donners.

Sie machte kein Licht. Die Dunkelheit war kein Feind. Der Regen klatschte gegen die spitz zulaufenden Fensterscheiben und glänzte im Schein eines kräftigen Blitzes. Die Petroleumlampe, die an mit Grünspan überzogenen Ketten von der Decke hing, schaukelte langsam hin und her. Rosmarie änderte ihre Stellung in dem knarrenden Korbstuhl. Zog die grüne Baumwolldecke fester um ihre Schultern. Sie hatten sie nach dem Löwenritter gefragt. Ob sie wusste, wo er sich aufhielt. Ob sie seinen Namen gehört hatte. Erst hatte sie vorgehabt, ihnen zu erzählen, er sei tot. Dass er seit beinahe zwanzig Jahren tot war. Clarence hatte in einem Regen von gelbem Herbstlaub an einem frostigen Oktobertag auf der Treppe gestanden. Er hatte ruhig und sehr deutlich zu ihnen gesprochen. Überdeutlich. Wiederholt, dass Ivan ... dass er nie mehr ... nie mehr. Wie eigenartig ein Mund aussieht, der sich ohne sinnvolle Laute bewegt, wie ein weit entfernter und schlecht untertitelter Film, bei dem die Worte ihre Schärfe und ihren Zusammenhang mit der Zeit verlieren. Clarence hatte sich einen Seitenscheitel gekämmt. Mit dem Scheitel sah er älter aus. Er sah lächerlich aus, wie ein namenloser Komiker, ein Clown. Hatte sie gelacht? Der Goldzahn hüpfte auf und ab, wie die Nadel einer Nähmaschine. Er hörte nicht auf zu sprechen. Das war so merkwürdig. Alles war so merkwürdig. Eine Raupe kroch über die froststeifen Blätter. Eine lebende Raupe. Die Gedanken wurden im Frost steif. Jemand hatte sie behutsam in die Wärme geleitet, bevor die Dunkelheit kam.

Heute hatten sie sie nach dem Löwenritter gefragt. Ihr Kopf war bei dem unerhörten Gedanken beinahe gefühllos geworden. Langsam hatte die Lähmung nachgelassen, nachdem sie nach Hause gekommen und Schutz im Pavillon gesucht hatte, nachdem sie sich in ihren eigenen Stuhl gekuschelt und den Wein seine Wirkung hatte tun lassen. Sie hatte denen nichts gesagt. Aber der Gedanke war auf fruchtbaren Boden gefallen, in eine Erde, in der das Samenkorn bald wachsen würde. Konnte er am Leben sein? Ivan, der Löwenritter. Ivan mit den kräftigen Händen und dem durchdringenden Blick. Ivan, der ihre Lust geweckt und Versprechungen gemacht hatte. Wenn er am Leben war, gab es dann einen Zusammenhang mit Clarence' Verschwinden? Den Mythen zufolge verehrte Ivan Löwenritter die Frau eines anderen Ritters. Er tötete den Ritter im Kampf und vereinte sich danach mit seiner Geliebten, so wurde es jedenfalls in den Liedern besungen.

Ein Blitz durchzuckte den Himmel, gefolgt von einem heftigen Knall. Was spielte es für eine Rolle, wenn er die anderen alle getötet hatte, sofern er nur selbst am Leben war. Sie konnten zusammen fliehen. Warum hatte er sie nicht geholt? Er hatte versprochen zu kommen und bei der Geburt des Kindes dabei zu sein. Das war sein heiliges Versprechen gewesen. Wenn er frei war, wenn er lebte, dann würde er kommen. Rosmarie fuhr mit den Händen über ihren leeren Schoß. Spürte den Fötus sich bewegen. Griff nach der kleinen Ferse, die am Nabel zu fühlen war. Bevor die Geburt begann, würde er zu ihr kommen. Das hatte er versprochen.

Sie hatte an Manfred Magnusson gedacht. Wenn der nun etwas gehört hatte? Durch Regen und Wind radelte sie hin und wurde von einer triefäugigen Frau hinausgeworfen.

«Du riechst nach Schnaps! Ich lass dich nicht rein, bild dir das ja nicht ein.» Rosmarie bettelte, schrie und drohte. Sie musste wissen, wo Manfred zu finden war. Sie musste es einfach wissen!

«Hier sind schon genug Weiberröcke. Lass dich ordentlich bumsen, wenn du ihn erwischst. Aber ich sag dir bloß, als Liebhaber taugt er nichts, er ist so phantasievoll wie ein Sack Kartoffeln. Aber wenn du wen suchst, mit dem du saufen kannst, dann bist du bei ihm gerade richtig! Übrigens ist er umgezogen.»

Erst viel später begriff Rosmarie, dass sie Manfred gemeint haben musste, dass ihr selbst unterstellt worden war, mit Manfred angebändelt zu haben. Welch verrückter Gedanke.

39

Als Maria aufwachte, war es stockdunkel. Wie lange sie sich schon in dem Bunker befand, konnte sie nicht sagen. Das Geräusch eines herannahenden Autos wurde immer stärker. Sie fühlte sich schwach. Hatte nicht die Kraft, um Hilfe zu rufen. Undeutlich konnte sie zwei Männerstimmen unterscheiden. Die eine dumpf, die andere ein wenig heller.

«Jetzt musst du mir mal mit der Taschenlampe leuchten, Gustav. Ich will einem Onkel helfen, von hier wegzukommen. Er schläft da drin. Maria auch, sei leise und weck sie nicht. Sei ganz leise.»

Maria wurde von dem Licht geblendet. Sie hörte ein Geräusch, als ob etwas über den Boden geschleift wurde. Das konnte Odds Leichnam sein. Es war ihr eigentlich egal. Bevor sie von den Geräuschen gestört worden war, hatte sie sich in Großmutter Vendelas großer warmer Küche befunden. Liebevoll umhegt. In Sicherheit gewiegt. Vendela hatte sie an die Hand genommen und ihr gesagt, sie solle mit hinunter auf die Wiese kommen, hinunter an den Bach und von dem reinen Wasser trinken. Trinken, bis aller Durst gelöscht war. In dem glitzernden Wasser baden. Vendelas Gesicht war so nahe gewesen, dass Maria den Duft von Kaffee und Zimt gespürt hatte. Die Augen waren so voller Liebe. In dieser Güte hatte Maria sich als Kind gespiegelt. Maria hatte ihre Hände zu einer Schale geformt, sich hinabgebeugt und sie mit kristallklarem Wasser gefüllt. Aber als sie die Hände hob, um zu trinken, sah sie, dass sie leer waren. Vendelas weiche Gestalt wurde mager und kantig. Der Duft des Zimts wich dem grässlichem Gestank nach Exkrementen. Im klaren Bild des Albtraums strich sich Ivan das weißgelbe Haar aus dem Gesicht. Maria bekam einen harten Fußtritt in die Seite.

«Was machst du, Ivan?» Gustav war bestürzt, seine Augen wurden schmal. «Lass Maria!»

«Hast du deinem Papa erzählt, dass du gesehen hast, wie ich Maria ins Auto getragen habe? Hast du das jemandem erzählt?», fragte Ivan ruhig und zugleich drohend.

«Nein, ich wollte es sagen, aber dann habe ich es vergessen. Papa hat mir ein neues Fahrrad gekauft.»

«Bist du sicher, dass du nichts gesagt hast? Wenn du mir was vorlügst, schneide ich dir die Ohren ab!»

«Bombensicher.» Gustav hielt sich beide Hände vor die Ohren und lächelte. Ivan war ein richtiger Spaßmacher. «Ich habe Durst, Ivan. Von Popcorn werde ich immer furchtbar durstig. Darf ich die Flasche aus deinem Auto holen? Igitt, wie das hier nach Scheiße stinkt. Hat sich wer in die Hose gemacht? Ist das ein Klo?»

«Nein, geh du rein. Ich gebe dir die Flasche durch die Luke.» Ivan verschwand und kam wieder. Maria spürte, dass Gustav neben ihr saß. Er war warm und roch wie frisch geduscht.

«Warum schläfst du hier?», wunderte sich Gustav. Maria versuchte eine Antwort, aber ihre Stimme versagte, die Zunge saß wie festgeklebt am Gaumen. Sie sehnte sich nach Vendela und dem glitzernden Wasser. Der Durst war nicht auszuhalten. Die Augenlider scheuerten.

«Ivan! Wir wollen zu Hause schlafen! Hier ist es nicht schön! Ivan!» Gustav stand auf und fasste an die Tür. Die war abgeschlossen. «Lass uns raus, Ivan! Wir wollen nicht hier drin sein! Ivan!!» Ein schleppendes Geräusch war vor dem Bunker zu hören. Immer undeutlicher und entfernter. Der Laut brach für eine Weile ab, und Ivans Augen erschienen in der Luke.

«Das ist deine Schuld. Ich wollte dir nichts Böses tun. Aber jetzt musst du hier erst mal drin sitzen bleiben. Ich kann das Risiko nicht eingehen, dass du tratschst.»

«Ivan, lass mich raus, Ivan. Ich sage es Papa, dass du doof zu mir gewesen bist.»

«Da siehst du es. Schläft Maria?» Maria wollte den Kopf heben und antworten, aber sie schaffte es nicht. Auch gut. Ivans Schritte entfernten sich in der Nacht, und weit weg startete ein Automotor.

«Willst du was trinken, Maria? Wir können spielen, dass dies unsere eigene Hütte ist, auch wenn es wie ein Misthaufen stinkt. Bist du krank? Ich kümmere mich um dich. Ich hab mich mal um eine junge Katze gekümmert, die war auch krank. Aber die ist später gestorben. Ich hab dir ja neulich schon gesagt, dass du dich warm anziehen musst. Man kann sich erkälten und krank werden, wenn man sich nicht warm anzieht, sagt Papa. Wir können ja spielen, dass das Wasser Medizin ist. Ich helfe dir beim Trinken. So, ja, und noch einen Schluck. Was bist du durstig! Hast du ganz furchtbar lange nichts getrunken? Soll ich dir was auf der Mundharmonika vorspielen? Du kannst deinen Kopf auf mein Knie legen, und dann lege ich die Jacke wie eine Decke über dich. Ist es gut so?»

«Danke», flüsterte Maria und fiel wieder in einen unruhigen Schlaf.

Vendela war wieder da in dem Grenzland, wie ein stilles Streicheln, wie ein Duft nach Zimt. Ihr Lächeln war wie die Sonne. Regen fiel in großen lauwarmen Tropfen und schmolz auf der Haut. Sie gingen über die Wiese. Das Gras beugte sich taufrisch und weich unter ihren Füßen. Als sie an die äußerste Spitze der Aussichtsklippe kamen, hoben sie ab und glitten über die Kante. Das machte so viel Spaß, vom Wind getragen zu werden war so einfach. Maria breitete die Arme aus und ließ die milde Brise mit den Ärmeln spielen. Da unten in einem Bunker lag Marias Körper mit dem Kopf auf Gustavs Knie. Sie konnte ihr eigenes Gesicht sehen, sehen, dass sie schlief. Zusammen mit Vendela wurde sie über schöne Landschaften getragen, und ihr war leicht ums Herz und sie lachte Vendela zu, die ihr Haar mit langen weichen Strichen kämmte, genauso wie damals, als sie klein war. Nichts war mehr gefährlich. Alles schön und einfach. Siehst du, wie es da hinten hell wird?, fragte Vendela in der blauen Dämmerung. Dort wollen wir hin. Durch die Helligkeit. Hörst du die Musik? Hörst du, es knistert wie Wunderkerzen. Maria hörte zu, und alles um sie herum schmolz hinweg. Sie war mitten in der Musik. Sie war ein Teil davon. In einem Schwall von Tönen flossen die Akkorde. Ein unwiderstehlicher Impuls zog sie auf das Licht zu, vereinigte sich mit dem Herzschlag und hob sie hoch wie ein Blatt im Wind. Näher und näher mit einer nie gekannten Intensität.

«Nein, Maria. Sieh dich nicht um!» Vendelas Gesicht war freundlich, doch besorgt.

«Wo sind Emil und Linda?» Maria suchte ihre Kinder im Grenzland, fand sie aber nicht. Sie streckte sich gegen das Bewusstsein, voller Sehnsucht nach ihnen.

Vendela verschwand in dem knisternden weißen Licht, das sie einmal von der Erde weggeführt hatte. Maria blieb in der Musik, dem eintönigen Klang einer Mundharmonika in abgestumpften Händen.

Die Töne der Mundharmonika hielten sie bei Bewusstsein in dem erschöpften Körper mit seinem Stechen im Magen und dem schmerzenden Kopf. Als die ersten Strahlen der Dämmerung durch die schmalen Schlitze an der Wasserseite in den Bunker fielen, schlug Maria die Augen auf. Sie wollte leben, wollte um jeden Preis überleben. Sie musste ihre Kinder wiedersehen. Sie in den Arm nehmen. Gustav strich Maria übers Haar.

«Trink, Maria, ich habe den Rest für dich aufgehoben. Ich habe einen Riesenhunger. Aber wir haben nichts zu essen. Nur Hanfsamen. Menschen müssen sich vor Hanfsamen in Acht nehmen, sagt Papa. Das ist eine Art Rauschgift, aber Arrak mag es. Stimmt's, Arrak?» Erst dachte Maria, sie träumte. Sie fasste das Geräusch wie einen Nachklang der Träume von Vendela auf, aber aus Gustavs Pullover kam ein gurrender Laut.

«Hast du die Taube bei dir?» Maria brachte nur ein Flüstern zustande.

«Ja, wir haben zusammen ferngesehen, das ist so harmonisch. Dann rief Ivan, dass ich ihm bei einer Sache helfen sollte. Ich sollte die Taschenlampe halten, während er irgendwas unter der Motorhaube von seinem Audi kontrollierte. Als ich da stand und ihm leuchtete, habe ich ihn gefragt, warum er dich ins Auto getragen hat, gestern früh. Ich habe gefragt, ob du geschlafen hast, und er hat ja gesagt. Seine Stimme hörte sich freundlich an, aber seine Finger zitterten. Dann sagte Ivan, wir wollten eine Probefahrt mit dem Auto machen. Ich wollte nach Hause und Papa um Erlaubnis fragen, aber Ivan meinte, es wäre dumm, ihn zu wecken. ‹Er wird nur schlechter Laune›, sagte Ivan, und das wird er auch, das weiß ich. Hast du den Taubenring noch, den ich dir gegeben habe?» Maria zeigte auf ein dünnes Lederband an ihrem Handgelenk. Dort hing er. Gustav lächelte fröhlich.

«Das ist aber hübsch geworden.»

«Wenn du die Taube loslässt, fliegt sie dann nach Hause?»

«Ja.» Gustav nahm Arrak aus dem Pullover. Sie reckte den Hals und trippelte einige schlaftrunkene Schritte auf das Licht zu. «Er ist auch durstig. Wir müssen ihn nach Hause fliegen lassen.»

«Warte! Ich muss nachdenken. Kann man mit der Taube einen Brief schicken?»

«Arrak ist eine Brieftaube! Klar kann man einen Brief mit ihm schicken. Der muss aber ganz klein sein.»

«Kann man ein kleines Stück von dem Etikett der Colaflasche abreißen?»

«Aber sicher! Soll ich Brücke der Wichtelmännchen auf den Schnipsel schreiben?»

«Kannst du das?»

«Na klar! Papa weiß genau, was ich will, wenn ich schreibe. Womit sollen wir schreiben?»

«Wir haben keinen Bleistift, nicht mal einen Lippenstift», antwortete Maria erschöpft.

«Mit Blut kann man schreiben und mit einer Taubenfeder, aber mir wird dann immer schwindelig. Ich werde bewusstlos, wenn ich Blut sehe, und manchmal werde ich auch bewusstlos, wenn ich gar kein Blut sehe. Das ist mal so, mal so. Aber wenn man muss, dann muss man!» Gustav riss ein Loch in den Schorf einer Wunde an seinem Bein und starrte mit einer Mischung aus Schreck und Behagen auf das Blut. Sorgfältig, mit der Zunge im Mundwinkel, zeichnete er mit der Feder einen Kreis mit zwei gespitzten Ohren. Fummelte den kleinen Zettel unter den Ring der Taube und ließ sie direkt vor der Luke los. Gerade da hörten sie ein Auto kommen und einige schnelle Schritte, als ob jemand mit schweren Sprüngen über die Wiese hastete.

«Schnell, Gustav, versteck die Taube wieder unter deinem Pullover, und vor allem zeig sie nicht, wenn das Ivan ist, der da kommt. Versprich es mir ganz fest. Vielleicht nimmt er sonst den Zettel, verstehst du? Kannst du Mundharmonika spielen, damit man nicht hört, wenn die Taube gurrt?» Gustav nickte und legte mit aller Kraft los.

Die schwarzen Augen erschienen in der Luke. Maria schluckte ihre Enttäuschung runter. Einen kurzen Augenblick hatte sie gehofft, dass Rettung nahe war.

«Her mit der Mundharmonika, Gustav.»

«Aber die hast du mir doch geschenkt, Ivan. Du bist doch mein Freund. Jetzt bist du richtig doof, ich mag dich aber trotzdem. Ich weiß, dass du nett sein willst, obwohl dir manchmal die Finger zittern. Und einmal, als du gegen die Nerzkäfige getreten hast, waren deine Beine böse, aber das macht nichts. Wir sind doch Freunde, nicht?»

«Halt die Schnauze und gib mir die Mundharmonika», fauchte Ivan mit unsicherer Stimme.

«Okay, also du kannst sie ein bisschen haben. Ich kann dir zeigen, wie man darauf spielt, wenn du willst!»

«Was ist mit Maria?»

«Die schläft und schläft.» Gustav streichelte Maria die Wange.

«Was willst du tun, Ivan?», flüsterte Maria kaum hörbar und hob vorsichtig den Kopf.

«Aha, du lebst jedenfalls. Du bist zäher, als ich gedacht hatte.»

«Rosmarie hat dir nichts Böses getan. Sie liebt dich, Ivan. Aber du bist nicht zurückgekommen. Sie hat geglaubt, du seiest tot.»

«Halt die Klappe!»

«Sie ist von Clarence misshandelt worden. Er hat den Kräutergarten vor der Pleite gerettet. Sie ist von ihm abhängig, aber sie liebt ihn nicht!»

«Das habe ich gesehen, als ich in deren allerheiligstes Schlafgemach geguckt habe», entgegnete Ivan, und seine Stimme troff vor Bitterkeit.

«Das war eine Vergewaltigung, Ivan. Du hast die blauen Flecken auf ihren Armen und am Hals nicht gesehen. Lass sie dir zeigen!»

«Du lügst, du verdammtes Luder», schrie Ivan, und sein Gesicht verschwand von der Luke.

«Ivan, lass uns raus!», bat Maria mit tränenerstickter Stimme.

40

Mit einer zusammengerollten Wildlederjacke unter dem Kopf erwachte Tomas Hartman auf dem Fußboden seines Büros, nachdem er fast drei Stunden lang unruhig geschlafen hatte. Der Teppichboden roch nach Staub und säuerlichen Strümpfen. Hartman stützte sich auf die Ellbogen und versuchte, sich über seine Situation Klarheit zu verschaffen. Der Kopf schien vor Müdigkeit beinahe zu platzen. Er warf einen Blick auf die Uhr und war schlagartig hellwach. Seit beinahe achtundvierzig Stunden war Maria Wern jetzt verschwunden. Die Unruhe packte ihn mit aller Gewalt. Versetzte ihm einen Schlag auf das Zwerchfell. Das übliche Brennen bei zu wenig Schlaf, Stress und zu viel Kaffee machten sich bemerkbar.

Hartman fühlte sich unwohl und sein Kopf war leer. Zwei Tage gesucht und kein Resultat. Maria war wie vom Erdboden verschwunden. Nicht eine Spur. Keine Zeugen. Niemandem war eine blonde Frau Mitte dreißig aufgefallen, die auf der Küstenstraße in die Stadt geradelt war. Und das Fahrrad war auch verschwunden! Marias Ehemann war völlig aufgelöst. Bei der Kriminalpolizei des gesamten Bezirks war die Hölle los.

Hartman richtete sich auf. Die Muskeln schmerzten vor Müdigkeit und wegen der ungewohnten Schlafstellung. Die Augen brannten wie nach einem Rugbywettkampf auf Sandboden. Er ging hinaus auf die Toilette und wusch sich den Kopf mit kaltem Wasser. Wischte sich, weil nichts anderes da war, mit ein paar Papierhandtüchern über den Schädel und ging in den Aufenthaltsraum.

Die ersten Purpurstrahlen der Morgendämmerung fielen durch das Fenster und beleuchteten Arvidssons rote Tolle. Er saß stoppelbärtig und bleich am Fenstertisch über seine Kaffeetasse gebeugt.

«Ich habe für dich gleich Kaffee mitgekocht. Ganz frischen.» Schweigend machten sie sich über ein paar trockene Zwiebäcke her. Es war schon merkwürdig, Arvidsson ohne eine Tageszeitung am Tisch sitzen zu sehen.

Hartman dachte an seine Tochter. Er empfand Erleichterung, aber keine Freude. Als sie schließlich den Ernst der Lage einsah, hatte sie ihre Verschlossenheit aufgegeben und von der Neujahrsnacht und der Explosion in der Schlachterei gesprochen. Sie war mit den anderen nur mitgegangen, ohne zu begreifen, was da geplant war. Die hatten sie gebeten, weiter weg stehen zu bleiben. Sie gab sogar zu, dass sie Angst bekommen hatte. Staatsanwalt Stefan Berg hatte erklärt, dass sie wohl um eine Gefängnisstrafe herumkommen würde, aber mit einer Geldstrafe oder irgendeiner Form von Sozialdienst musste sie rechnen. Marianne hatte vor Erleichterung geweint, aber Hartman konnte sich nicht recht freuen, nachdem jetzt Maria Wern verschwunden war. Mitten in all dem Durcheinander hatte Ragnarsson sich krank ins Bett gelegt. Niemand bedauerte ihn. Er hatte einen Schnupfen, nicht eigentlich Fieber, sagte seine Frau, aber er fühlte sich unpässlich und musste sich ausruhen, meinte sie. Andere hatten den Verdacht, dass bestimmte direkt gesendete Sportveranstaltungen ihn lockten. Hartman war sich zu schade, um solche Vermutungen zu kommentieren. Er krempelte die Ärmel hoch und arbeitete.

Arvidsson war die Ermittlungsunterlagen, die Maria Wern in der letzten Woche erarbeitet hatte, systematisch durchgegangen, hatte die Personen, die sie vernommen hatte, zu einem neuen Verhör vorgeladen und hatte ihre Protokolle überprüft. Gemeinsam hatten sie die vierundzwanzig Stunden vor Marias Verschwinden rekonstruiert. Hartman hatte mehrere Stunden mit Krister Wern zusammengesessen, der immer wieder versuchte, sich an die Begebenheiten der letzten Tage zu erinnern. Arvidsson hatte darum gebeten, sich nicht mit Maria Werns Ehemann befassen zu müssen, und Kriminalinspektor Hartman hatte verstanden, warum.

Krister Wern war zutiefst zerknirscht gewesen und hatte sich allerlei Vorwürfe gemacht. In allen Einzelheiten legte er Rechenschaft über Geschehnisse und Umstände ab, die Hartman mehrmals veranlassten, die Augenbrauen hochzuziehen. Gleichzeitig war er dankbar für die Möglichkeit, einen Teil der Aussagen unter den Tisch fallen zu lassen, ehe sie im Computer aktenkundig wurden. Um Marias willen und besonders im Hinblick auf Ragnarsson und den Groll, den dieser Frauen im Allgemeinen und Maria Wern im Besonderen gegenüber hegte. Krister Wern hatte offensichtlich eine kleine Affäre gehabt, einen kleinen Seitensprung riskiert, wie er es ausdrückte. Nichts Ernstes, nur einen kleinen Flirt. Das war schlimm. Verdammt unnötig. Das Schlimmste daran war eigentlich nicht das, was tatsächlich passiert war, denn da war im Grunde nicht viel passiert. In nicht ganz nüchternem Zustand war er bei der Abschlussfeier für einen Kursus mit einem Mädchen, das Ninni Holm hieß, in einer Besenkammer gelandet. Sie hatten sich gestreichelt und betatscht. Sie war schrecklich kitzelig. Was wohl dazu beitrug, dass nichts Ungehöriges passierte. Viel schlimmer wäre es gekommen, wenn Maria davon Wind bekommen hätte. Wenn sie von jemandem erfahren hätte, dass sie beide gleichzeitig in der Besenkammer gewesen waren und ihre Schlüsse daraus gezogen hätte. Krister beteuerte, dass es das erste Mal gewesen war und nie wieder vorkommen würde.

«In einer Besenkammer?»

«Weder dort noch sonst wo. Kann sie mich wegen böswilliger Gerüchte verlassen haben?»

«Was denkst du selbst denn?»

«Ich weiß es nicht.»

In seiner Verzweiflung hatte Krister Karin und Marias Eltern angerufen. Deren Unruhe hatte seine Reumütigkeit noch mehr verstärkt.

«Wir kommen alle mal in Versuchung, aber man muss sich doch über die Konsequenzen im Klaren sein. Maria ist eine wunderbare Frau. Pass gut auf sie auf!» Hartman hatte ihm ein paar Tipps gegeben und war sich unendlich alt vorgekommen. Nie hätte er als junger Polizist ahnen können, dass Sex- und Lebenskundeunterricht zu den Aufgaben eines Polizisten gehörten. Aber mit der Zeit hatte sich gezeigt, dass die Arbeit, Menschen auf den richtigen Weg zu geleiten, eigentlich nie aufhörte. Angefangen damit, dass man ausgesetzte Kleinkinder mit Brei fütterte, bis das Jugendamt kam und sich ihrer annahm, über die gemeinsame Trauer mit alten Damen über totgefahrene Möpse, bis hin zur rein physischen Gewalt gegenüber hitzköpfigen Übeltätern. Jeder Tag brachte seine eigene Belastung mit sich, und an diesem Freitag war sie besonders hoch.

«Ich will nach Södertälje runterfahren. Es kann leichter sein, an das richtige Material zu kommen, wenn man vor Ort ist. SWEDINT hat eine Reihe von Erinnerungsbüchern und Videofilmen über die Jahre der Operation UNICYP archiviert. Da muss es doch einiges an Papieren durchzublättern geben», erklärte Arvidsson.

«Was willst du denn rausfinden?»

«Wie viele Männer aus dieser Stadt dabei gewesen sind. Mit wem Odd Molin und Clarence Haag zusammen waren. Ich habe die Fotos, die wir bei Clarence ausgeliehen haben, durchgesehen, aber das hat mich nicht weitergebracht. Clarence kann sehr wohl solche entfernt haben, die andere nicht sehen sollten. Ich glaube, es dauert zu lange, wenn SWEDINT suchen und uns das Material schicken soll. Wie war das übrigens mit dem Personal der Goldenen Traube, haben die in Odd oder Mårten den Mann mit der Mütze erkannt?»

«Nein, das hat nichts ergeben. Wir müssen wohl nach einer weiteren Person suchen. Fahr du nach Södertälje. Dabei kann was rauskommen. Sieh aber zu, dass du mit uns in Verbindung bleibst, falls es hier kracht», bat Hartman.

Hartman steckte sich ein paar Stücke Zucker in den Mund, etwas anderes war nicht da. Das Gehirn braucht Glukose, wenn es arbeiten soll. Die Landkarte lag immer noch ausgebreitet auf seinem Schreibtisch. Mit dem Finger zeichnete er den Weg nach vom Fischereihafen in Kronviken vorbei an Rosmaries Kräutergarten bis in die Stadt. Alle Fäden der Fahndung schienen irgendwie zur der Gärtnerei oder daran vorbeizuführen. Niemand hatte Maria dorthin fahren sehen. Auch nicht von dort weg.

Gestern hatte Hartman Rosmarie erneut vernommen. Etwas an ihrer Haltung hatte sich seit dem letzten Mal verändert. Sie war nicht länger so apathisch und erschöpft. Unter der gespielten Gleichgültigkeit loderte eine fiebrige Flamme. Sie wusste etwas, was sie nicht preisgeben wollte. Hartman war überzeugt, dass sich da irgendetwas zusammenbraute. Wusste sie, wer der Löwenritter war? Oder hatte sie sich eventuell entschlossen, ihrem Leben ein Ende zu setzen, überlegt, wie sie das anstellen sollte? Trotz sehr knapper Reserven hatte Hartman beschlossen, Rosmarie Haag rund um die Uhr überwachen zu lassen. Die Regeln für die Telefonüberwachung waren streng, bis auf weiteres mussten sie sich mit einem Polizisten vor Ort begnügen.

Sorgen machte Hartman auch die Regatta am Wochenende und die unzureichende Aufsicht, die sie anzubieten hatten, obwohl bisher niemand Urlaub bekommen hatte. Man könnte sich überlegen, ob die Verantwortlichen solcher Großveranstaltungen nicht selbst die Kosten für die Kontrolle übernehmen müssten, überlegte Hartman. Die Überstunden, die jetzt zwangsläufig anfielen, mussten irgendwann abgebummelt oder bezahlt werden. Der Etat würde noch vor Ende des Sommers hoffnungslos überzogen sein, davon war er überzeugt. Einsparungen vorzunehmen, kurz bevor man mit umfangreichen Änderungen anfängt, führt logischerweise zu Konsequenzen. In Kronköping hatte das zu Kündigungen und Krankmeldungen geführt, deren Umfang niemand hatte vorausahnen können.

Hartman dachte an Maria. Keine Sekunde glaubte er an Kristers Vermutung, dass sie sich aus privaten Gründen auf den Weg gemacht hatte. Sie war einfach nicht der Typ, der Dinge ungeklärt hinter sich lässt. Vor allem würde sie ihre Kinder nicht verlassen. Eher schon den Ehemann vor die Tür setzen, wenn sie erfuhr, was er getan hatte. Aber Hartman war trotzdem zu dem Schluss gekommen, Krister in seiner Auffassung nicht zu korrigieren. Teils hatte der allen Grund, über sein Verhalten nachzudenken, und teils kam ihm dann nicht der Gedanke, sie könne nicht mehr am Leben sein. Hartman fuhr mit dem Finger die anderen Wege entlang, die am Kronviken vorbeiführten. Es gab natürlich die Möglichkeit, dass sie ein Stück weit auf der Landstraße gefahren war und dann weiter über kleine Wege kreuz und quer durch den Wald. Nicht leicht zu finden, wenn man sich in dem Gebiet nicht auskannte. War sie durch den

Wald gefahren, dann standen fünf oder sechs Wege zur Auswahl, aber an einigen bestimmten Punkten musste sie notgedrungen vorbeigefahren sein. Was hatte sie für einen Grund gehabt, die Strecke durch den Wald zu wählen? Der Weg an der Küste war breit und asphaltiert, die ganz schnelle Möglichkeit. Der Wind? Hatte er nicht kräftig geweht, bevor das Unwetter losbrach? Hartman markierte die verschiedenen Wege und wollte gerade die Einsatzzentrale anrufen, als es im Haustelefon knackte. Ek meldete sich.

«Hartman, ich weiß, du hast alle Hände voll zu tun, aber ich habe da was, von dem ich meine, es könnte von Interesse sein», sagte er vorsichtig.

«Keine Gefahr, komm raus damit.»

«Einer der Zeugen aus dem Fischereihafen, ein Egil Hägg, will eine Vermisstenanzeige aufgeben.»

«Du meinst, noch eine Person ist verschwunden?», fragte Hartman misstrauisch.

«Ja, kann ich ihn zu dir reinschicken?»

41

Der kräftige Mann stützte seinen Kopf in die Hände. Seine Schultern zuckten, denn er weinte.

«Wann haben Sie festgestellt, dass er weg war?» Egil blickte auf. Seine Augen waren geschwollen und hatten rote Ränder. Er konnte nicht still sitzen. «Heute Morgen. Aber er hat nicht in seinem Bett gelegen. Das war unberührt. Gustav macht sein Bett nie selbst. Das muss ich tun. Ich war gestern Abend sehr müde, da bin hinaufgegangen und habe mich hingelegt. Gustav hatte mittags geschlafen, er war überhaupt noch nicht müde. Er wollte ein Fernsehprogramm zu Ende sehen und dann allein

Licht ausmachen und hinaufgehen, wenn das Fernsehen zu Ende war.»

«Ist er früher schon mal weg gewesen, verschwunden, ohne zu sagen, wohin er gehen wollte?»

«Nicht seit seiner Kindheit. Als meine Frau starb, war er zwölf Jahre alt. Damals war er einen ganzen Tag lang weg. Ich habe ihn oben in der Kirche gefunden. Er lag vor dem Altar und schlief. Er wollte wissen, was sie mit der Kiste gemacht hatten, in der seine Mutter lag und schlief. Er wollte, dass sie wieder mit nach Hause kam. Ich konnte ihm doch nicht sagen, dass sie eingeäschert worden war. Der Pastor hat ihm erklärt, dass der Körper nur eine Schale ist, die man auf der anderen Seite nicht mehr braucht, dass man die Schale eingräbt, um das Kleid zurückzugeben, das man von der Erde geliehen hat, um hier darin zu leben. Das hat er verstanden.»

«Wissen Sie, ob er sich gerade jetzt über irgendetwas aufgeregt hat? Etwas, das er gesehen oder gehört hat? Worüber haben Sie am Abend, ehe Sie ins Bett gingen, mit ihm gesprochen?» Egil trocknete sich unbeholfen die Augen und rieb seine Nase mit dem Hemdsärmel.

«Wir haben von Jacob gesprochen. Das haben wir jetzt jeden Abend getan. Gustav und Jacob führten lange Gespräche über alles Mögliche: das Leben, den Tod und wie es mit dem Kautabak wird, wenn die Kerle von der EU erst bestimmen dürfen. Viele hier trauern um Jacob, aber für Gustav war er etwas ganz Besonderes. Der Großvater, den er nie gehabt hat. Wo kann der Junge sein? Kann er sich verirrt haben? Gustav muss regelmäßig Medizin einnehmen. Er hat einen Herzfehler und ist Epileptiker. Er stirbt vielleicht! Ich habe schon öfter gedacht, dass ich länger als Gustav leben will, damit ich mich um ihn kümmern kann. In der letzten Zeit bin ich mir langsam darüber klar geworden, dass einer den anderen braucht.»

Egil begann wieder zu zittern, und Hartman ging hinaus, um ihm eine Tasse Kaffee zu holen.

«Wo wohnen Sie?» Hartman zeigte auf die Karte, die er auseinander gefaltet auf seinem Tisch liegen gelassen hatte. Mit einer kräftigen und schmutzigen Faust fuhr Egil die Landstraße entlang bis in den Wald hinein.

«Dort, dort wohnen wir, genau an dem Bach.» Hartman versuchte ein peinliches Gähnen zu unterdrücken und rieb sich die Augen. Wenn Maria den Weg durch den Wald gefahren war, musste sie an Häggs Haus vorbeigekommen sein. Das war die einzige Möglichkeit, auf dem Weg in die Stadt den Bach zu überqueren. Ab dieser Kreuzung konnte sie das letzte Stück in die Stadt auf der Landstraße gefahren sein. Das war eine denkbare Alternative.

Krister starrte auf eine gepunktete Bettdecke, die er noch nie gesehen hatte. Die Tapete, die ihn von allen Seiten umgab, war hellblau mit kleinen hysterischen weißen Wolken und Giraffen. Ganz bestimmt nicht die Tapete, die er in seinem und Marias Schlafzimmer geklebt hatte. Hellwach richtete er sich auf und hörte neben sich ein schniefendes Geräusch, da lag jemand neben ihm eingerollt in eine ebensolche gepunktete Bettdecke, wie sie über seinen Knien lag. Eine braune Haarlocke schaute am Kopfkissen heraus. Krister begann zu schwitzen. Ihm war übel, und reumütig ließ er sich zurück in die Kissen fallen.

Maria! Die Kinder waren bei der Großmutter. Die Realität umgab ihn wie ein feinmaschiges Netz und ließ ihn nicht entkommen. Maria! Liebe Maria! Was hatte er getan? In all seiner Schäbigkeit Trost gesucht? Er hatte es nicht mehr ausgehalten, allein zu Haus zu sitzen und die ständigen Fragen der Kinder beantworten zu müssen. Die Großmutter war erschienen, wie ein Blitz aus heiterem Himmel. Tütenweise Süßigkeiten. Billige Süßigkeiten, giftgrün, knallrot und blau. Schaumteddys. Saure Zungen! Er hatte seiner Mutter gehörig die Meinung gesagt, zum ersten Mal in seinem Erwachsenenleben hatte es einen heftigen und unerfreulichen Streit gegeben, ohne dass er eingelenkt hatte. Alle Angst um Marias Schicksal hatte beim Anblick der grellbunten Süßigkeiten das Fass überlaufen lassen. Warum hatte sie den Kram gekauft, wo sie doch wusste, dass Maria das nicht wollte? Respektlos! Gudrun Wern war so überrumpelt, dass sie sich eine Weile hinlegen musste. Dann rief sie Artur an, ihren Ritter. Als er schließlich kam, herrschte so dicke Luft, dass Krister es keine Sekunde länger aushielt. Er war mit dem Auto in die Stadt gefahren.

«Mach jetzt keine Dummheiten.» Ein väterliches Klopfen auf die Schulter. Er war zu Mayonnaise in die Wohnung gefahren.

«Du brauchst einen Schluck!» Der Bedarf war groß. Dann hatten sie sich in die Stadt aufgemacht, um Witwen und geschiedene Frauen anzumachen, wie Mayonnaise sich ausdrückte. Krister hatte eine blasse Ahnung, dass er viel geweint und im Parkrestaurant ein Beefsteak mit Pommes frites gegessen hatte.

«Du musst was essen!» Aber die Bissen blieben ihm beinahe im Halse stecken. Mehr Bier. Eine Frau mit krächzendem Lachen und Säcken unter den Augen hatte die Brüste auf seine Schulter gelegt, während sie sich über ihn beugte und ihn fragte, ob er mit ihr nach Hause kommen wollte. Der ekelhafte Gestank ihres Parfüms stach ihn immer noch in die Nase. Er hatte Angst bekommen, war aufgestanden und auf die Tanzfläche gewankt. Sich im Gedränge übergeben und einen gewissen Abstand zu den Menschen um sich herum geschaffen. Ninni Holm! Plötzlich stand sie mit ihren weichen runden Armen einfach neben ihm. Er weinte sich an ihrer Schulter aus, verbarg die Nase in ihrem Haar. Und sie wiegte ihn zur Musik: «Lady in red ... never noticed this beauty by my side.» Gott im Himmel, wie sehnte er sich nach Maria!

«Bist du wach, Krister?»

«Entschuldige. Das habe ich nicht gewollt. Ich bin so unglücklich. Ich weiß nicht mal, wie ich hierher gekommen bin.»

«Wir haben ein Taxi genommen.»

«Danke, dass du dich um mich gekümmert hast, als ich stockbesoffen war.»

«Keine Ursache. Wenn du wieder auf den Beinen bist, darfst du gern das Badezimmer scheuern.»

«Entschuldige.» Krister schämte sich in Grund und Boden.

«Ich hatte mir von dieser Nacht etwas mehr erwartet, als Kindermädchen zu spielen und dir beim Kotzen zu helfen. Ich hatte schon ein verdammt hübsches Mädchen an der Angel», sagte Mayonnaise verträumt. «Aber was tut man nicht alles für einen Freund.» Sein bärtiges Gesicht erschien über der Bettdecke, und das war kein schöner Anblick.

«Jetzt reiß dich mal zusammen, Krister», sagte Mayonnaise, als sie um die Mittagszeit hinaus in das gelbe Haus gefahren waren. Er gab seinem Kumpel einen Knuff mit dem Ellbogen in die Seite. «Du kannst nicht hier rumsitzen und die Wände anstarren. Alle Frauen hauen irgendwann mal ab. So ist das nun mal. Wenn man aufhört, vor ihnen auf den Knien zu liegen und meint, man hätte die Sache im Griff, dann verschwinden sie. Das passiert jeden Tag. Sieh mich doch an. Man überlebt es. Gut geht's mir auch nicht, aber ich kann jedenfalls wie ein normaler Mensch essen. Iss jetzt deine Wurst auf, wie ein richtiger Mann. Sie kommt zurück, verlass dich drauf, wenn nicht anders, so wenigstens, um ihre Klamotten zu holen.»

«Wo kann sie sein? Sie muss sich doch melden. Ich habe mich noch nie so einsam gefühlt.»

«Wir beide können doch zusammen bleiben. Weißt du was? Ich ziehe hierher um. Dann sparen wir eine Miete, was hältst du davon?»

«Danke, aber so war das eigentlich nicht gemeint.»

«Na, für einen Freund tut man doch mal was! Aber sauber machen und sich um die Kinder kümmern musst du allein. Möglicherweise kann ich ihnen mal was vorlesen. Ich hab Biffen immer den Versandhauskatalog vorgelesen, nicht Märchen oder so 'n Quatsch. Biffen weiß, was eine Klemmschraubendichtung oder eine Zughakenfeder ist, im Gegensatz zu den verklemmten Geschöpfen, die sonst so im Kindergarten herumtoben. Und ich kann Essen kochen», grinste Mayonnaise hoffnungsvoll.

«Klar, da bin ich ganz sicher», bestätigte Krister widerwillig mit einem Blick auf die verkohlten Wurststücke. «Stell dir vor, dass sie gar nicht abgehauen ist. Vielleicht ist sie von einem Verrückten niedergeschlagen worden. Die sind doch hinter einem Axtmörder her.» Krister sprach mit leiser Stimme, obwohl die Kinder nicht im Haus waren. Aus alter Gewohnheit sozusagen, wenn über Dinge gesprochen wurde, die nicht für Kinderohren bestimmt waren.

«Also wirklich», murrte Mayonnaise und nahm die Bratpfanne vom Tisch, «wenn du deine Wurst nicht haben willst, esse ich sie auf.» Krister blickte leicht verwirrt auf und nickte.

«Stell dir vor, sie ist tot. Was soll ich denn dann machen? Ich halte es nicht mehr länger aus. Ich muss wissen, was passiert ist.»

«Wenn sie tot ist, wäre die Sache ja ganz einfach. Dann musst du sie begraben.» Mayonnaise war praktisch veranlagt, jetzt stopfte er sich einfach die angebrannte Fleischwurst in den Mund.

«Halt die Schnauze!», rief Krister gereizt. «Hat sie nicht von einem Grab mit einer kleinen Pflanze irgendwo gesprochen, einer Art Kräutergewächs. Die hieß irgend so was wie Rosmarie.» Krister stand hastig auf und ging zum Bücherregal, nahm das Lexikon heraus und las laut vor: «Rosmarin, ros marinus (Meertau) Art aus der Familie der kranzblumigen Gewächse. Ein immergrüner Busch mit aromatisch-harzigem Duft. Die Blätter sind graufilzig, die Blüten blau bis violett. In der griechischen Antike war die Pflanze der Liebesgöttin Aphrodite geweiht. Ihr wurde nachgesagt, dass sie das Gedächtnis und das Lernvermögen fördert.»

«Komm, Mayonnaise, wir fahren rauf zum Friedhof.»

«Jetzt? Wir wissen doch gar nicht, ob sie schon tot ist. Beruhige dich mal!»

Mit ein paar schnellen Schritten war Krister draußen beim Auto, und Mayonnaise hastete hinterher.

«Wollen wir in die Kirche gehen? Bist du plötzlich fromm geworden?», wunderte sich Mayonnaise, als sie den Schotterweg zur Kirche hinaufgingen. Ihm war durchaus bewusst, dass die eigenartigsten Sachen geschehen können, wenn Menschen anfangen, über den Sinn des Lebens und den Tod nachzudenken. Jonna hatte sich lauter Kristallgegenstände angeschafft und begonnen, zur Auradiagnostik zu laufen, nachdem ihre Mutter gestorben war, und sein Vater war als Witwer Mitglied der Heilsarmee geworden.

«Ist das richtig, Krister? Ist das nicht ein bisschen voreilig?»

Krister hörte nicht. Er ging zielstrebig über den gepflegten Rasen. Der Wind ließ weiße Kastanienblüten auf sie herabregnen. Die welken Fliederblüten rochen säuerlich.

«Hier ist es.» Ein Grabstein, der wie ein abgehauener Baumstamm aussah.

«Ist es nicht ein bisschen früh, sich jetzt schon einen Grabstein auszusuchen?», fragte Mayonnaise mit wachsendem Unbehagen. Etwas stimmte nicht mit Krister. Als der sich dann über eine kleine Pflanze beugte, Blätter davon zwischen seinen Fingern zerrieb und den Duft mit tiefen Atemzügen einsog, wusste Mayonnaise, dass der Wahnsinn ihn richtig gepackt hatte. Er fasste sich an die Stirn und schüttelte den Kopf.

«Du brauchst einen Schnaps!»

«Nein, ich brauche ein Messer oder einen Schraubenzieher.»

Mayonnaise grub in seinen tiefen Hosentaschen und zog einen kräftigen Nagel heraus. Er hatte von seiner Großmutter gehört, dass man jemandem, der nicht ganz richtig im Kopf ist, niemals widersprechen soll. Niemals einen Schlafwandler wecken und nie jemanden in seiner Verrücktheit stören, wenn er der Wirklichkeit entflohen ist.

«Geht der auch?», fragte er ängstlich.

«Glaub schon.» Krister kratzte den gelben Schorf von dem Stein ab, ohne auf die alte Frau mit dem braunen Kopftuch, die ihn interessiert beobachtete, Rücksicht zu nehmen. Mayonnaise stieß Krister mit dem Ellbogen an. Er kam sich ertappt vor, so als ob sie etwas Unerlaubtes tun würden. Krister grüßte mit einem Nicken und machte mit seiner Arbeit weiter. Die Frau kam langsam näher, ohne den Mann, der vor dem Stein hockte, aus den Augen zu lassen.

«Wissen Sie, wer hier liegt?», fragte Krister. «Ich habe versucht, die Inschrift freizuschaben, aber das ist nicht so einfach.»

«Herman Sirén. Er ist 1952 gestorben. Davon haben Sie sicher gehört. Astrid Sirén liegt auf der Nordseite zwischen den Selbstmördern und Gewalttätern. Sie hinterließen einen kleinen Sohn.»

«Ivan Sirén?»

«Ja, so hieß er.»

«Hieß?»

«Er hat sich anwerben lassen und ist im Ausland geblieben. Er starb da draußen.»

«Das ist nicht der, der die Nerzfarm hat?»

«Sein Großvater hat sich in seinen alten Tagen noch eine Nerzfarm zugelegt. Aber das ist einer von außerhalb, der die jetzt gekauft hat. Der ist menschenscheu, sagen die Leute. Ich weiß es nicht», sagte die Frau und hielt sich die Hand vor den Mund. Vielleicht hatte sie schlechte Zähne.

«Ivan Sirén, Ivan der Löwenritter, so hieß er! Na klar, so war das», bestätigte Mayonnaise. «Weißt du davon, dass Maria mich erst Dienstag danach gefragt hat, aber da fiel es mir nicht ein. Ivan hat er geheißen. Wenn der das ist, dem die Nerzfarm gehört, können wir ja hinfahren und ein bisschen mit ihm reden, nicht?»

Krister setzte sich ins Gras. Er musste nachdenken. Ivan Sirén und Egil Hägg. Die Jacke, die bei ihnen zu Hause gehangen hatte, Ivans Fleecejacke, die hing nicht mehr in der Diele. Das wusste er sicher. Er hatte sie zuletzt gesehen, als sie auf der Sofalehne im Wohnzimmer lag. Er hatte sich vorgenommen, sie Donnerstagmorgen auf dem Weg zur Arbeit mitzunehmen. Aber da war sie weg gewesen. Wenn Maria sie nun mitgenommen hatte? Durch den Wald gefahren war, um sie bei Ivan abzugeben? Wenn Ivan derjenige war, den die Polizei suchte, konnte alles Mögliche passieren. Krister fühlte sich benebelt und schwindelig.

Erleichtert, dass er den Friedhof verlassen durfte, stieg Mayonnaise ins Auto und lenkte den Wagen auf die Landstraße. Wie schön, dass Krister sein krankhaftes Interesse an Gräbern überwunden hatte und mit ihm kam, um bei einem alten Kameraden vorbeizuschauen. Soweit sich Mayonnaise erinnern konnte, war Ivan immer ein lustiger Geselle gewesen. Irgendwie ein anständiger Kerl. Dass der mit Narkotika zu tun gehabt haben sollte, hatte sie alle erstaunt. Aber man wird ja nicht schlau aus den Menschen.

Im ruhigsten Wasser schwimmen die dicksten Fische. Vielleicht war die Versuchung einfach zu groß gewesen. Aber jetzt war das Verbrechen ja gesühnt. Ivan brauchte sicher wieder seine Freunde. Kein Wunder, dass er nach so langer Zeit im Gefängnis menschenscheu geworden war. Schade, dass Clarence und Odd nicht zu Hause waren. Man konnte sich ja fragen, wohin die verschwunden waren, sogar im Fernsehen wurde nach denen gefahndet. Könnte schön sein, sich mal zu einem Bier zu treffen und über alte Zeiten zu sprechen. Über so manche Erlebnisse, nicht über alle. Wenn man es sich genau überlegte, war die Idee vielleicht doch nicht so gut. Mayonnaise kurbelte die Scheibe herunter und ließ seine wilde Mähne im Wind flattern. Wenn das nun tatsächlich Ivan sein sollte, der nach Hause gekommen war? Krister zog sein Handy heraus. Hartman hatte ihn mehrmals nachdrücklich darauf hingewiesen, dass er sich melden sollte, wenn ihm noch irgendetwas einfiel. «Glaub nicht, irgendwas sei unwesentlich, so was kann man immer erst hinterher beurteilen», hatte Kriminalinspektor Hartman gesagt. Krister suchte den Zettel, den er in der Tasche hatte. Es war ein zerknitterter Merkzettel aus dem Kindergarten, eine Liste mit den Sachen, die Emil auf einen Ausflug im Mai mit dabeigehabt hatte. Auf der Rückseite stand Hartmans Durchwahl.

«Kriminalinspektor Hartman ist zur Zeit nicht im Haus. Von wem soll ich ihn grüßen?»

«Krister Wern.»

«Soll ich ihn bitten, zurückzurufen?»

«Tun Sie das. Er hat meine Handynummer.»

Sie fuhren über staubige Schotterwege. Die Sonne brannte auf die Scheiben und Krister schwitzte. Immer wieder wischte er sich die feuchten Hände an den Hosenbeinen ab. Was sollte er zu Ivan sagen, wenn sie sich gegenüberstanden? Hallo, Ivan, hast du Jacob mit einer Axt den Kopf eingeschlagen?

Warum meldete sich Hartman nicht? Sie kamen an dem Waldsee vorbei, mit seinem schwarzen Wasser, zur Hälfte hinter hohen dichten Fichten verborgen. Direkt am Waldrand stand eine magere Gestalt. Ein Mann mit weißem Haar und Bart.

«Halt an, Mayonnaise! Halt an!» Mayonnaise trat heftig auf die Bremse, sodass der Wagen auf dem losen Schotter ins Schleudern kam. Beinahe wären sie im Graben gelandet.

«Verdammt, was ist denn los?», schrie Mayonnaise gellend.

«Ivan! Wir sind gerade an Ivan vorbeigefahren!»

«Wir wären beinahe direkt zur Hölle gefahren, sag ich dir!»

Krister antwortete nicht. Er sprang schnell aus dem Wagen und stand dem Mann Auge in Auge gegenüber

«Ivan!» Der Magere starrte Krister forschend an.

«Hast du noch mehr Autos zu verkaufen?», lächelte er. «Es ist gut, dass ihr kommen konntet. Je mehr wir sind, die nach Gustav suchen, umso besser. Hat Egil euch jetzt eben angerufen? Wenn ihr an der anderen Seite des Sees zur Überlandleitung raufgeht, dann treffen wir uns da.»

Krister trat zur Seite. Ihm kam ein Gedanke. Er musste die Fahndungszentrale erreichen. Wenn Ivan der Mörder war, durfte er nicht verschwinden.

«Hallo, Ivan Löwenritter! Ist lange her, du! Nach wem suchen wir denn? Nach dem Axtmörder?» Mayonnaise lachte aus der Tiefe seines Bierbauchs laut los.

Ivans Augen blitzten schwärzer als das Wasser des Sees. Das Gesicht veränderte sich total. Eine schnelle Bewegung zum Gürtel, und plötzlich blitzte eine Pistole in seiner Hand.

«Was hast du da für ein Spielzeug, Ivan? Hast du die auf Zypern gekauft? Tolles Ding!»

«Schmeiß die Autoschlüssel und das Handy rüber und legt euch mit den Händen über dem Kopf auf den Boden», fauchte Ivan. Krister gehorchte sofort, bei Mayonnaise dauerte es etwas länger.

«Chic, Ivan, aber nun sei mal nicht so. Kennst du mich nicht mehr, deinen alten Kameraden Mayonnaise?»

«Tu, was ich gesagt habe, sonst schieß ich dir die Birne weg, du fetter Sack!»

Sie sahen Ivan in dem Volvo hinter den Holzstapeln des Sägewerks verschwinden. Krister kam zuerst auf die Beine.

«Wir müssen ein Telefon finden. Los, komm! Hoch mit dir!»

Mühsam kam Mayonnaise auf die Füße. Mühsam und umständlich. Die ganze Vorderseite seiner Hose hatte eine dunklere Farbe angenommen.

«Muss in einer Wasserpfütze gelegen haben», entschuldigte er sich.

Hartman fuhr sich immer wieder mit den Händen durch sein wildlockiges Haar, eine unwillkürliche Handbewegung, um durch Massage die Durchblutung zu fördern und damit die Sauerstoffzufuhr, soweit jedenfalls Arvidssons Theorie des Phänomens. Arvidsson selbst war halbwegs auf dem Rückweg von Södertälje, als Hartman seine Stimme am Telefon hörte.

«Die haben einen Namen, also erst mal vorläufig: Ivan Sirén. Ich komme jetzt zurück, den Rest der Unterlagen können sie hinterherschicken. Ivan Sirén, wegen Rauschgifthandels verurteilt. Hat auf der türkisch-zypriotischen Seite bis vor vier Monaten im Gefängnis gesessen.»

«Wir sind bereits am Platz. Im Nachbargehöft. Ich habe vor einer halben Stunde mit ihm gesprochen. Jetzt holen wir ihn uns, Arvidsson. Das verspreche ich.»

Noch während er das Gespräch beendete, sah er Krister über die Koppel angelaufen kommen. Ein Stück hinter ihm trottete Manfred Magnusson in weit gemächlicherem Tempo. Es dauerte einen Moment, bevor Krister hervorstoßen konnte, was er auf dem Herzen hatte. Seine Kondition war nicht die beste, und entsprechend schwer fiel ihm das Atmen.

«Wie viel Vorsprung kann er haben?», fragte Hartman, nachdem er sich ein ungefähres Bild der Situation gemacht hatte.

«Ich habe gar nicht auf die Uhr gesehen.» Krister stand vornübergebeugt und hielt sich mit beiden Händen am Küchentisch fest, um zu Atem zu kommen. «Er ist bewaffnet. Eine Pistole.»

42

Hartman nahm die Brille ab und steckte sie in die Brusttasche. Marianne war mit einer Hackfleischpastete vorbeigekommen. Als er mit den anderen brüderlich geteilt hatte, war für ihn nur ein kleines Stück übrig, das er mit zwei Bissen vertilgte. Der Magen protestierte laut. «Du trinkst doch ordentlich, Tomas? Nicht nur Kaffee?» Hatte sie ihn ermahnt. Hartman fühlte sich am Rande der Ohnmacht und zitterte. In einem lichten Moment hatte er einen ganzen Liter Wasser getrunken, und jetzt ging es ihm langsam besser. Tomas Hartman drückte die Fingerkuppen gegeneinander, um das Zittern zu vermeiden. Die Hände waren eiskalt.

«Da draußen haben sie erzählt, dass ihr Ivan noch nicht erwischt habt.» Egil wies auf die Empfangshalle.

«Nein, es hat Zeit gekostet, bis wir nach Süden ein paar Sperren eingerichtet hatten. Er kann sich noch in der Gegend aufhalten, aber wahrscheinlicher ist, dass er in südlicher Richtung unterwegs ist. Wir haben eine Suchmeldung nach dem Auto rausgegeben, und die Fahndung läuft jetzt landesweit.»

«Gustav! Hat er Gustav bei sich als eine Art Geisel? Meinen Sie, er war so frech, dass er bei der Suche nach Gustav mitgemacht hat, obwohl er wusste, wo er sich befand? Das hätte ich Ivan nie zugetraut. Wenn er Gustav was antut, mache ich ihn kalt. Gustav braucht unbedingt seine Medizin!»

«Ich bin an allem interessiert, was Sie über Ivan wissen. Das kann eine sehr wertvolle Hilfe sein.»

«Ivan wuchs bei seinem Großvater auf. Das war ein rechtschaffener Mann. Aber das böse Erbe muss sich wohl bemerkbar gemacht haben, obwohl er in sicheren Verhältnissen aufgewachsen ist. Wenn man Brieftauben züchtet, kommt es darauf an, dass man die Fortpflanzung richtig steuert, damit was aus den Jungvögeln wird. Hat man ein nervöses und widerborstiges Männchen ...»

«Ivan? Was wollten Sie über Ivan erzählen?» Hartman drückte seine Fingerspitzen gegen die Stirn in der vagen Hoffnung, dadurch seine Kopfschmerzen dämpfen zu können.

«Als Ivans Mutter mir dem neugeborenen kleinen Sohn im Krankenhaus lag, hörte sie üble Gerüchte über Ivans Vater und die verrückte Tilda.»

«Die verrückte Tilda?»

«Die hat sich umgebracht. Hat sich von der Aussichtsklippe geworfen. Als Ivans Mutter davon hörte, hat sie sich selbst und ihren Mann erschossen. Das waren die Nerven. Ist eine schwierige Zeit, wenn man gerade geboren hat.»

«Stimmten die Gerüchte?»

«Das weiß man nicht. Da ist alles Mögliche geredet worden. Die meisten haben geglaubt, es war einer der eingezogenen Soldaten, die auf dem Hof einquartiert waren. Die verrückte Tilda war schwachsinnig. Die konnte sich nicht wehren, war auch immer so freundlich zu allen. Sie war zu gut für diese Welt. Darum ist sie auch so schnell heimgerufen worden. Wir andern Schlitzohren, wir müssen lange in diesem Jammertal aushalten. Ich war damals Knecht bei Smedbys, auf dem Nachbarhof, und niemals habe ich Sirén herausgeputzt herumstolzieren sehn, wie viele der anderen Weiberhelden.»

«Hat Ivan erfahren, was mit den Eltern passiert ist?»

«Ich glaube, er hat erst davon gehört, als er in die Schule kam. Braucht ja nicht viel und man wird gehänselt, und die Kinder haben ja mitgekriegt, wie die Erwachsenen getuschelt und getratscht haben. Ja, er wurde gehänselt. Aber nicht lange, wenn ich mich recht entsinne. Der Großvater kam eines Nachmittags in die Schule und sprach mit der Klasse. Danach hat niemand mehr etwas gesagt. Ivans Großvater machte man sich nicht unnötig zum Feind.»

Ein Klopfen an der Tür ließ Hartman vom Stuhl auffahren. Tausend Gedanken schossen ihm durch den Kopf. Maria!

«Kannst du in den Konferenzraum kommen, Hartman?» Erika Lund war in dem unbarmherzigen Tageslicht leichenblass und hohläugig.

«Maria?»

«Ich werde drinnen berichten.» Alle waren anwesend, alle Blicke wandten sich den beiden Kollegen zu.

«Ich bin Ivan Siréns Wohnhaus und danach die Ställe mit den Nerzkäfigen durchgegangen, um mir einen weiteren Überblick zu verschaffen, bevor ich mit der Kleinarbeit fortfuhr. In dem Kühlraum mit den Tierkörpern fand ich Marias Halskette. Die die sie immer trägt. Ich glaube, er hat Nerzfutter daraus gemacht. Aus den Körpern! Proben für die DNA-Analyse sind eingeschickt, mit höchster Priorität», sagte Erika mit unsicherer Stimme.

«Was sagst du da?!» Hartman hielt sich krampfhaft an der Tischkante fest. Alles Blut war aus seinem Gesicht gewichen, «Was hast du gesagt?»

«Ich glaube, er hat die Körper zu Nerzfutter verarbeitet! Unten im Keller des Hauses, im Heizungsraum, fand ich Reste von verbrannten Kleidungsstücken, Knöpfen und Knochenteilen, die nicht ganz verbrannt waren. Unglücklicherweise kam Krister Wern in den Schuppen, als wir gerade menschliche Reste in dem Nerzfutter entdeckten. Er ist mit einem Schock ins Krankenhaus eingeliefert worden. Ich weiß nicht, wie er durch die Absperrung gekommen ist. Er meinte, die Fahndung kommt zu langsam voran und wollte dabei helfen. Wir müssen vielleicht unsere Vorgehensweise in diesem Punkt überprüfen. Die Kinder müssten aus dem Kindergarten abgeholt werden», sagte Erika und holte tief Atem. Die Tränen stiegen ihr in die Augen, und sie hielt sich die Hand vors Gesicht.

«Wer holt sie ab?»

«Ein Freund der Familie, Manfred Magnusson. Er war mit Krister Wern bei der Nerzfarm.»

«Gibt es einen Hinweis, dass Maria ...» Hartman merkte, wie die Hände wieder zu zittern begannen. In einem stillen Gebet faltete er sie auf den Knien.

«Wir haben Proben für eine DNA-Analyse eingeschickt. Es kann Stunden dauern, bis wir eine Antwort bekommen. Ich habe ein Haar aus ihrer Haarbürste zu Vergleichszwecken mitgeschickt. Das Fahrrad ist auch gefunden worden. Marias Fahrrad. Unter einem Komposthaufen ganz dicht am Wohnhaus.» Erika kniff sich fest in den Unterarm, um das Weinen zu unterdrücken, das ihr im Hals saß.

«Habt ihr Spuren von Gustav gefunden?»

«Eine Mundharmonika. Die lag draußen an einem der Nerzkäfige. Egil Hägg sagt, dass Gustav sie immer bei sich hat, sogar im Bett. Das ist sein Allerliebstes. Er hat sie von Ivan zum Geburtstag bekommen. Ich glaube, Egil war kurz vor dem Zusammenbruch, als ich sie ihm gezeigt habe.» Erika stützte sich auf dem Tisch ab und setzte sich hin. «Ich kann nicht mehr», weinte sie. Hartman legte seine Hand auf ihre Schulter. Ihm fehlten die Worte. Im Konferenzraum war es totenstill. Das eintönige Geräusch des Ventilators unterstrich zusätzlich die Sprachlosigkeit. Als Erster löste sich Arvidsson aus der Versteinerung.

«Ragnarsson hat angerufen. Er setzt mehr Leute am Festplatz ein. Dort hat es offenbar Schlägereien gegeben. Die Bewachung des Kräutergartens ist bis auf weiteres eingestellt.»

«Wer hat das Telefonat entgegengenommen, ohne mich zu informieren?»

«Himberg.»

Rosmarie hatte den ganzen Tag über im Pavillon auf ihn gewartet. Das weiße Kleid, das all die Jahre über auf dem Dachboden gelegen hatte, hing lose um ihren mageren Körper. Die Spitze am Ausschnitt war eingerissen und der Stoff gelblich geworden. Sie hatte es angezogen, um sich zu erinnern. Mehrere Schichten von Puder bedeckten die blauen Flecke am Hals, wodurch die Falten noch deutlicher sichtbar wurden. Der Tisch war mit Kristallgläsern gedeckt. Eins davon hatte einen Sprung. Die Zeit hatte ihre Spuren hinterlassen.

Als die Dämmerung sich ankündigte, steckte sie die Kerzen im Kandelaber an, auch das zur Erinnerung an ihn. Mit den Händen strich sie über ihre Brüste und die Hüften, versuchte durch ihre Hände die seinen auf ihrem Körper zu spüren. Wenn eine Frau einem Mann einen Zweig Rosmarin überreicht und er ihn annimmt, wird er sie ewig lieben. So jung waren sie gewesen und so feierlich ihre gegenseitigen Versprechen. So sicher, dass sie ihr Leben selbst bestimmen konnten. Rosmarie goss sich aus dem Keramikkrug mehr Wein ein, spielte das Rollenspiel. Bald war sie Ivan und wiederholte sein Versprechen wiederzukommen, und bald sie selbst und ihre Angst vor der Einsamkeit mit dem Kind, das sie erwartete. Zunehmend berauscht, glitt sie wie betäubt immer tiefer in die Rollen. Sie kümmerte sich nicht darum, dass sie Wein verschüttete und das Kleid Flecken bekam. Der Abschied. Ivans letzte Worte und ihre eigenen. Die Leere.

Jetzt hörte sie seine Schritte auf dem Schotterpfad, nicht mehr eifrig und fröhlich, nicht mal mehr entschlossen. Sie sah durch die Blätter seinen Schatten, eilte auf die Treppe hinaus und breitete ihre Arme aus. Ihr Haar leuchtete wie ein kupferfarbener Glorienschein im Licht der Stearinkerzen. Die cremeweiße Farbe des Kleides ließ die Haut schimmern. Ihre Wangen waren vom Pflaumenwein gerötet. Er stand regungslos da und sah sie unschlüssig an. Sah sie, als ob die Zeit sie nie getrennt hätte, und nahm sie in den Arm, vergaß alle Vorsätze. Sog ihren Duft ein, von dem er so lange geträumt hatte, und begann zu weinen. Ein Weinen, das er so viele Jahre aus seinem Bewusstsein verbannt hatte. Er ließ die Hände über den dünnen Kleiderstoff gleiten und spürte ihren warmen Körper. Küsste sie auf die Stirn und den Mund. Sie schmiegte sich dichter an ihn. Vorsichtig streichelnd knöpfte sie sein Hemd auf und ließ die Hand über den Hosenstoff gleiten, von den Schenkeln aufwärts zum Reißverschluss. Ihre Küsse versprachen alles. Ivan verlor für einen kurzen Moment die Kontrolle über sich, bevor er mit ungestümer Heftigkeit ihr Handgelenk ergriff.

«Ich kann nicht. Da ist kein Leben mehr. Alles ist zerstört und von Elektroschocks ausgebrannt. Ich kann nicht mal mehr richtig pinkeln.» Mit der rechten Hand hob er einen Urinbeutel aus dem Gürtel, um sie zu erschrecken und die Stimmung, die ihn zu überwältigen drohte, gründlich zu verderben. «Starr mich ruhig an, du, sieh dir das an.» Er versuchte, sie von sich wegzuschieben, aber sie klammerte sich an ihn. «Ich will kein Mitleid», rief er wutentbrannt und bedauerte, dass er überhaupt gekommen war. Hasste sich selbst, weil er zugelassen hatte, das sie wieder Macht über ihn ausüben konnte.

«Ich auch nicht. Ich liebe dich, Ivan. Ich habe dich immer geliebt.» Ihr Gesicht war ganz nahe vor ihm. «Bleib bei mir.» Sie nahm ein Glas vom Tisch, hielt es an ihre Lippen und führte ein zweites an seinen Mund. «Auf uns!»

«Auf uns», antwortete er und sah ihr in die Augen. Suchte nach einem Schimmer von Angst oder Enttäuschung, fand ihn aber nicht. «Ich hätte dich umbringen können», stieß er hervor in einem letzten, von Zweifeln geplagten Versuch, sie zu erschrecken.

«Ich habe nichts mehr zu verlieren.» Sie blickte ihn mit einem ernsten Lächeln an. Trank einen Schluck Wein. «Und du?»

Konrad Hultgren ging in seiner Küche auf und ab. Lange hatte er unten im Pavillon Licht gesehen. Vielleicht war Rosmarie dort im Dunkeln allein. Er hatte in den letzten Tagen Veränderungen bemerkt, ein neuer Stolz, eine neue Entschlossenheit. Jetzt würden sie mit Clarence fertig werden, wenn er zurückkam. Konrad steckte sich zwei Tabletten unter die Zunge, nahm die Taschenlampe und ging in die Dunkelheit hinaus. Auf halbem Weg an dem Teich vorbei spürte er plötzlich eine Hand auf seinem Arm.

«Polizei! Gehen Sie in Deckung. Es kann gefährlich werden. Er ist bewaffnet.» Polizeiinspektor Himberg schob den alten Mann zurück in Richtung auf das Haus. «Sind sie in dem Pavillon?»

«Ich weiß nicht. Was wollen Sie denn machen?»

«Wenn Sie in Deckung gehen, kümmere ich mich um meine Aufgabe», antwortete Himberg überheblich.

«Wer ist bewaffnet?», wollte Konrad mit rauer Stimme wissen, «Clarence?»

«Ivan Sirén.»

«Darf ich mit ihm sprechen?»

«Sind Sie nicht ganz bei Sinnen? Gehen Sie in Deckung, verdammt nochmal.»

Der Schatten einer Männergestalt glitt auf den Pavillon zu. Die Tür wurde aufgerissen. Auf dem Fußboden lagen Rosmarie Haag und Ivan Sirén eng umschlungen.

«Polizei. Werfen Sie die Waffe weg, Ivan Sirén!»

Die beiden beachteten ihn überhaupt nicht. Vielleicht war das eine Falle. Himberg merkte, wie sich sein Magen verkrampfte. «Lassen Sie die Frau los und stehen Sie auf!» Die darauf folgende Stille dröhnte in den Ohren. Himberg stieß Ivan mit dem Fuß an. Dessen Körper rollte zur Seite, die Arme ragten in die Luft. Rosmaries Augen waren geschlossen. Die weißen Lippen trugen die Spuren des tödlichen Kusses. Himbergs wütender Schrei gellte durch die Nacht und war bis auf den Parkplatz zu hören, wo Hartman gerade mit seinem Auto angekommen war.

43

Die Dämmerung hing dicht über dem Wald und senkte sich über die Strandwiese wie eine große graue Wolldecke. Die letzten Strahlen der Abendsonne beleuchteten die Unterkante der Wolken und zauberten einen Streifen von unterschiedlichsten Rottönen unter die kompakte dunkelgraue Wolkenwand. Das

Meer lag still und lauschte. Manchmal tastete sich eine leichte Welle über die runden Steine an der Wasserkante. Eine Taube war über die Wiese zum Wald hin geflogen. Eine hübsche braune Taube mit weißen Schwungfedern und weißem Kopf. Ein junger Mann sang. Aus vollem Herzen sang er seine schönen Lieder, sang für das Leben. Die Töne wurden von dem leichten Wind davongetragen, schwebten über die Glockenblumen und vereinten sich mit dem leisen Rauschen der Fichten.

Am Rande der Lichtung hielten sie mit dem Auto an. Egil Hägg rannte schneller, als man es für möglich gehalten hätte, über das Wiesengras, dicht gefolgt von Arvidsson und Ek.

Voller Verzweiflung war Egil am Nachmittag nach Hause gefahren. Nach Hause in die Leere. Zu Gustavs unberührtem Bett. Gustavs Botten standen an der Glastür zum Taubenschlag.

Die Mundharmonika hatte er oben auf das Regal über Gustavs Bett gelegt. So als ob er nur ein wenig aufgeräumt hätte, so als ob Gustav jeden Moment hereinkommen und fragen konnte, wo sie geblieben war. Alle so vertrauten Gustav-Töne fehlten ihm: Niemand schepperte in der Küche, niemand spülte Wasser in der Toilette, nicht mal Beethovens hartnäckige Streichermusik unterbrach die Stille. Egil blickte auf die Plastikschale, in der Gustavs Medikamente lagen, eingeteilt für jeden Tag. Lebenswichtige Medikamente! Egil rang die Hände, nichts konnte er tun. Ein leises Gurren aus dem Taubenschlag unterbrach für ein Weilchen sein rastloses Umherwandern. Das Leben ging trotz allem weiter. Die Tauben mussten Mais und Wasser haben. Da sah er, wie Arrak angeflogen kam und sich auf den Stab vor seinem Nest setzte. Egil wollte die Taube in die Hand nehmen. Trost bei ihr suchen, wenn es den denn geben konnte. Da entdeckte er den kleinen Zettel, der unter den Ring der Taube geschoben worden war, und seine Freude und Erleichterung kannte keine Grenzen.

Schon von weitem hörten sie Gustavs Singen unten im Bunker. Die Töne stiegen wie Rauchsignale in den Himmel: Hier sind wir! Egil stolperte vorwärts, von Tränen halb blind.

«Gustav, mein Gustav!» Arvidsson wollte rufen, aber seine Stimme versagte. Er wagte es einfach nicht, denn was wäre, wenn die Antwort ausblieb? Die Tür des Bunkers war mit einem Vorhängeschloss gesichert. Arvidsson ging um den Bunker herum auf die Seeseite und riss mit bloßen Händen die Bretter von der Luke. Er starrte ins Dunkel.

«Maria, lebst du?»

«Sie schläft immer nur», antwortete Gustav.

«Atmet sie?»

«Ja, natürlich. Man muss immer atmen, sonst stirbt man doch.»

Arvidsson nahm einen großen runden Stein und schleuderte ihn auf das Schloss. Das brach auf, und er öffnete die Tür. Der Gestank schlug ihm entgegen.

«Ist der Krankenwagen auf dem Weg?»

«Ja», antwortete Ek und ging vor der Luke in die Hocke. «Wie fühlst du dich, Maria?»

Epilog

Maria saß in der Kirche von Kronviken. Die Orgel spielte eine machtvolle Fuge, deren Töne unter das Deckengewölbe stiegen und an den Pfeilern herunter auf den Boden flossen. Ganz hinten in der Kirche hatte man ein Holzboot mit Sand gefüllt, das als Kerzentisch diente. Mit zitternden Händen hatte sie ihre Kerzen zur Erinnerung an Rosmarie Haag und Ivan Sirén angezündet. Während der Traueransprache ließ sie ihren Blick hinauf zu den Kirchenfenstern wandern. Sah die Glasscheiben in Blau, Rot und Gelb mit ihren bleigefassten Rändern. Vielleicht sah Ivan jetzt Rosmarie an, so wie er sie hatte sehen wollen, voller Liebe. Gustav saß ganz vorn neben Egil mit einem Strauß Glockenblumen in der Hand. Sein Haar bewegte sich im Takt der Musik, die Schultern schaukelten. Ein hübsches Bild, aber Maria empfand nichts dabei. Die Worte berührten sie nicht. Sie hatte nicht reagieren können, weder trauern noch sich freuen, nicht einmal Wut hatte sie empfunden. Die Wunde am Kopf war beinahe verheilt. Aber alle Gefühle waren tot. Es kam ihr so vor, als ob sie eine Maria neben sich beobachtete, feststellte, dass das, was sie tat, korrekt, jedoch ohne Leben war. Es schien ihr, als ob alles um sie herum ihr gleichgültig war. Hartman hatte verstanden und ihr professionelle Hilfe angeboten, aber sie hatte abgelehnt. Sie hatte keine Kraft mehr. Wollte nur noch schlafen. Krister machte sich Sorgen.

Ein kleiner Mann stand mit seiner Geige auf. Er sah unscheinbar aus, aber seine Musik war gewaltig. Hinterher konnte niemand genau sagen, wer er war und woher er kam. Ein Musiker auf der Durchreise? Die Töne stiegen und sanken unter dem hohen Gewölbe der Kirche. Berührten sie behutsam. Der Bogen tanzte wie verzaubert über die Saiten. Die sensiblen Finger erfüllten die Töne mit Leben. Sie gingen ins Blut und sanken wie schwere Steine ins Bewusstsein. Wiegend drückte die Musik das Schwere aus und ging dann über in ein Feuerwerk aus Tönen, wie Sterne und Feuer, Nordlicht und Wasserfall. Solche Musik erreicht Sphären, in die Worte niemals gelangen, gegen solche Musik kann man sich nicht wehren, sie erreicht die Seele direkt. Ohne das Gesicht zu verbergen, ließ Maria die Tränen ungehindert fließen und nahm Kristers Hand.